Regina Beyer

Die Beschützerin

W0264759

Regina Beyer

Die Beschützerin

Ein Lesb' Noir

im konkursbuch Verlag

edition el!es
Herausgegeben von Ruth Gogoll

© 1999 by

el!es
im konkursbuch Verlag

Postfach 1609
72006 Tübingen
Tel.: +49 (0)7071 / 78 77 9
Fax: +49 (0)7071 / 76 37 80
Internet: www.elles.de
Umschlaggestaltung: Anette Banck Design, Freiburg
Satz: graphik.text Antje Küchler, Ferrette
Druck: Typo-Druck-Roßdorf GmbH
ISBN 3-88769-611-5

1.

Lena! Beweg deinen Hintern unter diesem Scheißauto vor!« Sie war gerade dabei, eine der Schrauben wieder festzudrehen, und hielt beim barschen Klang seiner Stimme inne. Seufzend starrte sie an den dreckigen Unterboden des Wagens, unter dem sie gerade lag. Was wollte er nun wieder?

»He!« maulte er, als sie nicht sofort reagierte. Sie drehte den Kopf, so gut das in der Enge möglich war, und konnte gerade eben die derben Stiefel des Mannes sehen, der fast über ihr stand. Klirrend warf sie den Schraubenschlüssel auf den Betonboden und schob sich schwungvoll mit ihrem Rollbrett unter dem Auto hervor, bis sie zu ihm hochsehen konnte. Er hatte sich nicht bewegt, so daß er jetzt breitbeinig über ihr stand und auf sie herabsah, die kräftigen Arme in die Hüften gestemmt. Er genoß es, das war klar. Mistkerl!

»Was ist?« fragte sie ungeduldig und ignorierte seinen provokativen Blick. Sein Grinsen wurde zu einem zähneblitzenden Lächeln, auf das die Frauen vermutlich durchaus ansprangen, wenn sie ihn nicht so gut kannten wie Lena.

»Der Chef will dich sprechen.«

»So?« Sie war ehrlich überrascht, was sie von Mikes schlechten Manieren ablenkte. Es kam nicht oft vor, daß der Chef nach einem Mechaniker verlangte. »Was will er?« fragte sie.

»Woher soll ich das wissen?« brummte er unwirsch und streckte ihr die Hand entgegen, eine breite starke Hand, wie alles an ihm.

Ein haariger Unterarm, ölverschmiert wie ihr eigener auch. Sie ergriff seine Hand und ließ sich von ihm aufhelfen. Immer noch konnte er auf sie hinuntersehen. Seine Größe paßte zu seiner übrigen Statur. »Is' er fertig?«

Lena schaute über die Schulter zurück zu dem Wagen, unter dem sie eben noch gelegen hatte. Einer von mehreren Dutzend des Fuhrparks der Polizei und einer von vielen, die in der geräumigen Wartungshalle darauf warteten, repariert zu werden.

»Nein.« Sie hob einen fleckigen Lappen vom Boden neben dem verstreuten Werkzeug auf und wischte sich die Finger daran ab, bis nur noch der Dreck auf ihrer Haut haftete, der allenfalls mit einer harten Bürste oder Terpentin abging. »Die Leitung leckt noch immer.« Es ärgerte sie, daß sie den Fehler nicht schneller fand. Dabei fummelte sie schon eine ganze Weile an diesem Wagen herum. Schließlich hatte sie eine Berufsehre, die es zu verteidigen galt, besonders vor Mike, der sie immer deutlich spüren ließ, daß er nichts von Frauen im Mechanikerberuf hielt.

Sie schaute zu ihm hoch und klemmte sich den Lappen in die hintere Gesäßtasche ihres Overalls. »Ich finde die gerissene Dichtung nicht. Aber ich mache weiter, wenn ich wiederkomme.« Das klang wie eine Rechtfertigung, verdammt. *Das habe ich wirklich nicht nötig!*

»Okay, Süße.« Er grinste wieder, was Lena ebenso wie seine Anrede dazu reizte, ihm ins Gesicht schlagen zu wollen.

Aber sie beherrschte sich und ging rasch an ihm vorbei zum Fahrstuhl, der sie in die Chefetage hinauffuhr.

Hier oben fühlte sie sich immer irgendwie unwohl. Besonders, wenn sie direkt aus der Werkstatt kam und ihren Arbeitsoverall trug, so wie jetzt. Ursprünglich war er von einem dunklen Blau gewesen, wie sie fast mit Erstaunen bemerkt hatte, als ein neuer Lehrling mit einem ebenso nagelneuen Overall vor drei Tagen hier anfing. Inzwischen aber war ihrer so voller Öl und Schmierstoffe, daß er eine undefinierbare Farbe angenommen hatte, mit

Flecken, die auch durch Waschen nicht mehr zu entfernen waren. Sie trug schwere Arbeitsstiefel, so daß sie sich nicht gleich die Zehen brach, wenn ihr ein schwerer Schraubenschlüssel auf den Fuß fiel. Ihr kurzes Haar hatte sie normalerweise unter einer schwarzen Baseballkappe verborgen, damit wenigstens dort kein Öl hintropfte. Im Augenblick aber hatte sie die Mütze in ihre andere Gesäßtasche gestopft, immerhin ging sie zum Chef.

Sie sah aus wie alle Mechaniker. Das war ihr Job. Normalerweise störte es sie auch nicht. Bis zu diesen Momenten, wo sie in die Chefetage gerufen wurde und mit ihren Stiefeln lautlos über weichen Teppich ging, sich bemühte, die hellen Wände nicht zu streifen und so wenig wie möglich anfaßte. Und wenn ihr eine der Sekretärinnen entgegenkam oder einer der Uniformierten und sie mit einer Mischung aus Überraschung und Mißtrauen ansah, dann fühlte sie sich wie ein ekliges Insekt mit zu vielen Beinen, das hier ebensowenig hingehörte wie eine Mechanikerin. Unten zwischen den Wagen, selbst mit solchen Kerlen wie Mike um sich, fühlte sie sich wohler, sogar dann, wenn sie von Mike wieder die Drecksarbeiten aufgedrückt bekam und keiner der Lehrlinge mehr da war, an den sie die weitergeben konnte. Dort gehörte sie hin, da konnte sie sie selbst sein.

Der Chef erwartete sie bereits in seinem Büro, als sie nach einem kurzen Klopfen zögernd eintrat. An der Tür, die sie noch immer nicht losgelassen hatte, stand sein Name: Jürgen Wegner.

Unschlüssig blieb sie, wo sie war. Der ältere Mann war nicht allein. Ihm gegenüber, auf der anderen Seite seines Schreibtisches, saß eine weitere Person, eine Frau. »Ah, da sind Sie ja. Kommen Sie rein«, sagte Wegner, als er Lena erkannte. »Wir haben schon auf Sie gewartet.«

Lena schloß sorgfältig die Tür und drehte sich dann zu ihm um. »Das ist Lena Falk«, stellte Wegner sie der anderen Frau vor. Lena nickte ihr zu und versuchte ein zaghaftes Lächeln, das jedoch keine Erwiderung fand. »Sie kennen Karen Beringer?« fuhr

Wegner zu Lena gewandt mit einer Handbewegung auf sein Gegenüber fort.

Lena schüttelte zuerst automatisch den Kopf und nickte dann doch. Jeder kannte Karen Beringer, wenn auch nur dem Namen nach. Sie war mit ihren zweiunddreißig Jahren fast schon eine lebende Legende. Und sie war - diese Erkenntnis traf Lena fast unerwartet - offensichtlich eine wunderschöne Frau. Karen Beringers Karriere in einer Spezialeinheit für Drogen- und Rauschgiftfahndung hatte sie steil nach oben geführt. Sie war bekannt für ihren Mut, ihre körperliche und geistige Stärke und ihre Kaltblütigkeit, mit der sie ihre verdeckten Einsätze ausführte, und hatte viele Bewunderer. Auch Lena gehörte dazu.

Lediglich mit einem flüchtigen Blick musterte die andere Lenas Gestalt. Erst in diesem kurzen Moment wurde Lena sich bewußt, wie sie aussah. Wie *dreckig* sie aussah. Rasch schaute sie an sich herab und verzog mißbilligend das Gesicht. Überall war Öl auf ihr, dann der zu große Overall, und ihre Haare hätte sie eigentlich heute morgen waschen müssen, aber keine Zeit mehr gehabt. Normalerweise trug sie ja auch die Mütze. Ihr Gesicht war bestimmt auch dreckig. Verdammt, da traf sie Karen Beringer persönlich - etwas, was sie nie zu träumen gewagt hätte - und sah aus wie - wie ... *Verdammt!*

Lena erholte sich von ihrer Überraschung und merkte, daß Wegner mit ihr sprach. »... noch nicht lange wieder hier«, sagte er und lächelte freundlich. Er sah Beringer an. »Ich hoffe es geht dir schon etwas besser, obwohl du unverantwortlicherweise das Krankenhaus verlassen hast.« Das klang väterlich streng.

»Danke, es geht schon«, antwortete die Frau und zog Lenas Aufmerksamkeit wieder auf sich. Ihre Stimme war voll und dunkel und strahlte gleichgültige Ruhe aus. Sie hielt sich sehr gerade auf ihrem Stuhl, so gerade, als habe sie eine Eisenstange verschluckt, und ihr Gesicht war verschlossen und hart. Sie wirkte undurchdringlich und unnahbar. Nie hatte Lena einen Menschen getroffen, der solche Kraft und Autorität ausstrahlte.

Nur langsam begriff Lena den Sinn dessen, was Wegner gerade gesagt hatte, und erinnerte sich an die letzten Gerüchte, die vor einiger Zeit über Beringer umgegangen waren. Es hatte geheißen, daß sie verschwunden war, entführt vielleicht. Aber Gerüchte gab es viele. Und zu sehen bekam man Beringer ohnehin nicht, dazu waren ihre Aufgaben zu speziell. Aber daß sie, Lena, jetzt hier war, neben Beringer, bestätigte, daß an den Gerüchten vermutlich einiges dran war. Denn eigentlich konnte es nur einen Grund geben, weshalb man sie gerufen hatte. Hin und wieder erledigte sie einige ... besondere Aufgaben für die Polizei. Das tauchte in ihrer Personalakte natürlich nicht auf. Es war nichts Kompliziertes. Es ging einfach nur darum, Leute für eine gewisse Zeit zu verstecken, deren Leben am sprichwörtlichen seidenen Faden hing, weil es jemand anderem im Wege war. Lena hatte das schon einige Male gemacht. Wegner war deswegen vor einiger Zeit an sie herangetreten, weil sie einen Ort kannte, der das perfekte Versteck darstellte. Alles war viel einfacher als das Zeugenschutzprogramm. Es war kleiner. Denn höchstens vier Menschen würden Bescheid wissen. Und Lena war sich sicher, daß eine solche Aufgabe jetzt vor ihr saß: Karen Beringer. Was immer geschehen war, es hatte mit ihr zu tun.

»Ich - äh ... habe schon viel von Ihnen gehört«, stotterte Lena unbeholfen und hätte sich sofort am liebsten auf die Zunge gebissen. Was redete sie da für Mist? Aber die Frau ging auch gar nicht darauf ein.

»Sie arbeiten nicht im Polizeidienst«, schlußfolgerte Beringer ruhig, nachdem sie ihren schmuddeligen Overall registriert hatte.

»Nein«, erklärte der Chef, ehe Lena etwas sagen konnte. »Sie ist Mechanikerin für den Fuhrpark.«

Beringer blickte ihn an, und ihre Brauen zogen sich ein winziges, kaum merkliches, aber eindeutig mißbilligendes Stück zusammen. »Eine Mechanikerin«, wiederholte sie, und obwohl sich ihr ruhiger Ton nicht änderte, wirkte er plötzlich ungeduldig. Oder bildete Lena sich das nur ein? »Diese Idee gefällt mir nicht.«

»Ja, das kann ich mir denken. Aber wir haben schon gute Erfahrungen damit gemacht. Und es wird auch diesmal alles glattgehen.« Anscheinend rechnete er mit weiterem Widerstand von seiten der Frau, denn er wurde plötzlich sehr ernst. »Es bleibt dir gar keine andere Wahl, Karen. Das weißt du auch. Die sind hinter dir her, besonders nach den vergangenen – Ereignissen.«

»Nicht«, mahnte sie mit einem schnellen Blick zu Lena. Oh ha! Geheimsache wie? Klar, niemand verlangte, daß Beringer ihr sofort vertraute, aber so offensichtliches Mißtrauen fand Lena denn doch etwas verletzend.

»Keine Sorge«, beschwichtigte der Chef lächelnd. »Wir haben schon einige Einsätze auf diese Art erfolgreich bewältigt. Es ist die beste Lösung. Absolut sicher. Niemand wird dich dort suchen. Du weißt, es ist größte Vorsicht angebracht.« Er ignorierte den mißbilligenden Blick, den die Frau ihm zuwarf. »Bei einem Einsatz ist etwas schiefgelaufen, und jetzt besteht die Möglichkeit, daß Beringers Leben in Gefahr ist«, wandte er sich nun an Lena. »Es ist erforderlich, daß sie aus der Schußlinie bleibt. Sie kennen das ja schon. Das Versteck steht immer noch zur Verfügung?«

Lena nickte. »Ja.« Sie fragte nicht, um was es genau ging. Je weniger sie wußte, desto besser. Das hatte Wegner ihr schon beim ersten Mal erklärt. Ihre Aufgabe war einzig und allein, die Schutzperson ins Versteck zu bringen und sie dort zu behalten. Was genau dahintersteckte, hatte sie nicht zu interessieren. »Bekommen wir Unterstützung?« Bisher war stets ein Beamter dabeigewesen, falls etwas nicht so klappen sollte, wie es der Idealfall vorsah. Sollte ja mal vorkommen. Lena hatte keine Ausbildung an Waffen oder im Nahkampf. Sie sorgte praktisch nur für Kaffee und Kekse und einen angenehmen Aufenthalt.

Bevor Wegner antwortete, tauschte er einen mißmutigen Blick mit Beringer. Anscheinend war dieser Punkt schon diskutiert worden. »Nein«, erklärte Wegner schließlich. »Das wird nicht nötig sein. Karen ist in der Lage, sich selbst zu schützen – sollte es nötig werden.«

Ja, davon war Lena überzeugt. Es gab dann eigentlich nur noch eine Frage: »Wann sollen wir los?«

»Sofort.«

Na gut. Sie hätte sich zwar gerne noch umgezogen, aber das mußte sie dann unterwegs erledigen.

»Mir gefällt das nicht«, wiederholte Beringer hartnäckig.

»Karen ...«, begann er seufzend.

Beringer schüttelte abwehrend den Kopf und beugte sich ein wenig vor. »Ich komme allein zurecht. Ich brauche kein Kindermädchen«, beharrte sie deutlich ärgerlich. »Ich will mich nicht verstecken, sondern diese verdammten –« Sie schluckte den Ausdruck, der ihr auf der Zunge lag, mühsam hinunter und kämpfte um Beherrschung. Ihre Stimme klang gepreßt. »Ich will an der Sache arbeiten. Gib mir den Fall!«

»Das geht nicht, und das weißt du selbst. Du steckst da zu tief drin.«

»Ich kann nicht herumsitzen und warten. Das geht nicht! Ich drehe durch. Ich *muß* arbeiten!« Sie stieß es fast verzweifelt hervor und wirkte plötzlich etwas blaß.

»Wir haben diese Diskussion bereits geführt«, erinnerte Wegner sie ein wenig gereizt. Anscheinend war es eine sehr lebhafte Diskussion gewesen, wenn die Gemüter jetzt noch so hochkochten. »Und ich habe dir gesagt, was ich von deiner Idee halte. Du wirst die Stadt verlassen und dich ruhig verhalten. Hast du verstanden? Das ist ein Befehl, und ich will keinen Widerspruch hören. Du wirst gehen, bis alles geklärt ist.«

»Das kann ewig dauern«, widersprach Beringer aufgebracht. »Ich habe mich noch nie versteckt. Und ich werde jetzt nicht damit anfangen.« Sie deutete mit dem Finger in Lenas Richtung, die erschrocken zusammenzuckte, als der Zorn der Frau sich plötzlich gegen sie richtete. Ein kurzer Blick streifte Lena, der vor Wut brannte. »Und ich werde mich nicht von dieser –«

Oh, jetzt beißt sie um sich, fuhr es Lena durch den Kopf.

»– dieser Mechanikerin bemuttern lassen!«

Na ja, das ging ja noch, obwohl Lena den Eindruck hatte, daß Beringer eigentlich etwas anderes hatte sagen wollen. Lena war nicht beleidigt. Im Gegenteil – sie war fasziniert von dieser Frau.

»Schluß jetzt!« befahl Wegner energisch und nicht weniger aufgebracht. Der Mann und die Frau starrten sich an, ein stummer Kampf.

Beringer war es, die nachgab und sich steif erhob.

»Sorgen Sie dafür, daß Beringer das Versteck nicht verläßt, bis die Entwarnung kommt. Ich mache Sie verantwortlich, wenn etwas schiefgeht, verstanden?« wandte er sich an Lena. Seine Stimme war schneidend.

Als wenn sie etwas dafür konnte! Etwas unsicher begegnete Lena Beringers finsteren Blicken, die sie ihr und Wegner großzügig schenkte. Es war fraglich, ob sie diese Frau von irgend etwas würde abhalten können. Wenig überzeugt murmelte Lena: »Sicher.«

»Ich glaube nicht –«, fiel Beringer schon wieder ein, aber Wegner unterbrach sie.

»Ich sage es nicht noch mal! Du wirst gehen und dich ruhig verhalten, oder ich werde andere Methoden finden.«

Ungläubig starrte Beringer ihn an, sie war offenbar kurz davor zu explodieren, aber sie beherrschte sich und quetschte ein: »Wie du willst« hervor, das ihr fast im Hals steckenblieb.

Lena konnte Beringers Verhalten nicht ganz verstehen. Bisher waren die Leute, die man ihr anvertraut hatte, froh gewesen, an einen sicheren Ort zu kommen. Keiner hatte sich derartig darum gerissen, sich freiwillig in die Schußlinie zu stellen.

»Werde ich auf dem laufenden gehalten?« Beringer hielt sich noch aufrechter als zuvor, und in ihrer Stimme schwang eisige Wut. Davon ließ sich Wegner allerdings nicht im mindesten beeindrucken.

Lena beschloß in diesem Augenblick für sich, daß sie niemals in eine Situation kommen wollte, bei der sich die Wut dieser Frau gegen sie richtete. Ein Schauder lief ihr über den Rücken, und ein Hauch Nervosität beschlich sie bei dem Gedanken, allein mit ihr die Autofahrt überstehen zu müssen.

»Wahrscheinlich nicht«, erklärte Wegner gelassen. »Kontakt aufzunehmen wäre zu riskant.«

Für einen Moment schien Beringer darauf etwas sagen zu wollen, und so, wie sie aussah, war es garantiert nichts Nettes, aber schließlich gab sie sich geschlagen. Ohne ein Wort und ohne einen Blick zurück verließ Beringer das Büro, und nur die Wucht, mit der sie die Tür hinter sich zuwarf, bezeugte, *wie* wütend sie war. Entsetzt starrte Lena die eindeutig geschlossene Tür an. Sollte sie ihr jetzt einfach nachgehen?

Bei dem leisen Seufzen Wegners sah sie zu ihm.

»Chef?«

»Schon gut. Sie hat einiges durchgemacht.« Als wolle er ihr Verhalten rechtfertigen. »Ich kann sie verstehen. Aber es geht nicht anders. Nicht dieses Mal.« Wegner beugte sich hinter seinem Schreibtisch hinunter und hob eine kleine Sporttasche hoch, die er vor Lena auf den Tisch stellte. »Ein paar ihrer Sachen. Die kann sie vielleicht brauchen.«

Lena nahm die Tasche und verließ ebenfalls das Büro. Der Korridor davor war leer. Mit schnellen Schritten, die von dem dicken Teppich geschluckt wurden, eilte sie in Richtung Aufzug. Sie fürchtete schon, der Frau bis zur Garage oder sonstwohin nachlaufen zu müssen, aber als sie um die Ecke bog, blieb sie überrascht stehen.

Beringer lehnte an der Wand, den Kopf zurückgelehnt und die Augen geschlossen. Ihr Gesicht war grau in dem gnadenlosen Neonlicht. Anscheinend hatte sie Lena nicht gehört und wähnte sich unbeobachtet. Von der starren, aufrechten Haltung war jedenfalls nichts mehr geblieben. Sie wirkte nur müde und erschöpft.

Wegner hatte erwähnt, daß Beringer eigenmächtig das Krankenhaus verlassen hatte, also war sie noch nicht wieder gesund? Bis eben hatte Lena ihr davon nichts angemerkt, und sie bewunderte Beringer für ihren eisernen Willen.

Lena gab sich einen Ruck. Beringer würde nicht erfreut sein, wenn sie merkte, daß sie sie so sah. Sie war eine stolze Frau, und Schwäche, das war Lena inzwischen klar geworden in den paar Minuten, seit sie sie jetzt kannte, war etwas, das sie zutiefst verachtete. Also ging Lena lautlos weiter zum Aufzug, blieb halb von der Frau abgewandt davor stehen und betätigte den Knopf. Mit einer Ruhe, die sie nicht empfand, fragte sie: »Brauchen Sie noch irgend etwas, ehe wir fahren?« Dabei starrte sie angestrengt zu der Stockwerksanzeige hinauf und tat, als würde sie Beringer kaum bemerken, die beim Klang ihrer Stimme erschrocken zusammenfuhr und sich ruckartig aufrichtete.

»Was?«

»Wegner hat mir die Tasche da für Sie mitgegeben«, sagte Lena gelassen und deutete neben sich, wo sie das Gepäckstück abgestellt hatte. »Wenn Sie sonst noch etwas benötigen, müssen Sie es nur sagen.«

Beringer trat neben sie und hob die Tasche auf. Jede ihrer Bewegungen war bedächtig, als müsse sie vorher darüber nachdenken. Schnell durchwühlte sie den Inhalt, fand, was sie suchte, und zog eine großkalibrige halbautomatische Pistole hervor, zusammen mit einem Pistolenhalfter für den Gürtel. Achtlos hängte sie sich die Tasche über die Schulter, als der Aufzug kam und die Türen sich öffneten, und betrat die Kabine, während sie geübt das Magazin überprüfte. Sie klemmte sich das Halfter im

Rücken an den Gürtel ihrer Jeans und schob die Waffe hinein. Zum Schluß ließ sie locker das Hemd darüberfallen. Unauffällig.

»Wohin fahren wir?« fragte Beringer, als der Aufzug sich in Bewegung setzte. Sie sah Lena dabei nicht an.

Lena begann, sich unwohl zu fühlen. So offene Gleichgültigkeit - oder war es sogar Verachtung? - war sie nicht gewohnt. Auch wenn man so berühmt war, konnte man doch höflicher sein. Es würde alles ein wenig angenehmer machen.

»Nun?«

Lena begegnete Beringers ungeduldigen Blicken, als sie aufsah, und seufzte innerlich. »Es ist ziemlich weit weg von hier. Sie werden es kaum kennen. Wir fahren etwa sieben Stunden.«

»Sieben«, murmelte Beringer überrascht und runzelte düster die Stirn. Fast rechnete Lena mit einem Wutausbruch, warum auch immer. Aber die andere sagte nichts mehr.

Sie erreichten Lenas Wagen in der Tiefgarage des Gebäudes. Es war ein altes Auto, und es hätte mal wieder eine Wäsche vertragen können.

»Das ist Ihr Wagen?« kam es spöttisch von Beringer, als sie um das Gefährt herumging und es dabei betrachtete.

»Ja.« Lena nickte verwundert. »Warum?«

Plötzlich grinste die Frau kaum merklich. »Der paßt zu Ihnen.« Verblüfft hielt Lena inne, den Autoschlüssel schon in der Hand. Sie hatte doch tatsächlich gelächelt, oder?

Auf der Fahrt redeten sie nicht. Worüber auch? Hin und wieder, wenn es die Gegebenheiten des Verkehrs zuließen, wenn sie nach rechts abbiegen und ohnehin in diese Richtung sehen mußte - nur wegen des Verkehrs, versteht sich - dann betrachtete Lena die Frau kurz. Sie konnte noch immer nicht ganz glauben, daß Karen Beringer neben ihr saß. Leibhaftig!

Eigentlich hatte Lena keine Vorstellung davon, wie ihre Traumfrau aussah. Keine genaue jedenfalls. Bisher hatte sie das nie wichtig gefunden. Klar, sie mochte attraktive Frauen - wer nicht? - aber das alleine war nicht entscheidend. Wenn sie mit einer Frau lachen konnte, war das viel wichtiger. Aber Karen Beringer kam dem, was sie eventuell unter dem Begriff *Traumfrau* verstand, sehr, sehr nahe. Sie war attraktiv. Ein dunkler Typ, dunkles Haar, und ihre Haut war wie - *wie Sahnekaffee*, überlegte Lena. Ja, genau so. Nur ihr finsterer, in sich gekehrter Gesichtsausdruck störte ein wenig - ein wenig sehr.

Als sie die Stadt nach einer Stunde hinter sich ließen, konnte Lena etwas schneller fahren und mußte nicht mehr so aufpassen. Beringer lehnte sich ein wenig zurück und gab ihre steife Haltung auf. Sie entspannte sich tatsächlich und schloß sogar die Augen. Immer wieder sah Lena zu ihr, bis sie sicher sein konnte, daß die Frau eingedöst war. Dann erst entspannte auch sie sich. Eigentlich hatte sie gar nicht gemerkt, daß sie angespannt gewesen war, bis zu dem Moment, als ihre Schultern heruntersanken und sie sich in ihren Sitz zurücksinken ließ. Da bemerkte sie auch den klammernden Griff, mit dem sie das Lenkrad hielt, und lockerte ihre Finger bewußt. Die Gegenwart der Frau war anstrengend. Vermutlich lag das auch an Lenas mangelnder Erfahrung, wie man mit einer Persönlichkeit, wie Karen Beringer es war, umging. Oder auch daran, daß sie seit einer Ewigkeit die tiefste Bewunderung für diese Frau empfand - und noch ein bißchen mehr.

2.

Beringer schlief neben ihr. Zumindest nahm Lena das an, weil sie sich nicht rührte. Nach einer weiteren Stunde Fahrt beschloß sie, bei nächster Gelegenheit Halt zu machen, weil sie das Bedürfnis verspürte, sich endlich wenigstens saubere

Sachen anzuziehen, wenn sie schon nicht duschen konnte. Sie hatte nur schnell einiges aus ihrem Kleiderschrank gezogen, als sie mit Beringer auf den Fersen kurz bei sich zu Hause gewesen war. Die undefinierbaren Blicke Beringers hatten sie zur Eile angetrieben, weshalb sie gar nicht erst gewagt hatte, das Bad auch nur zu betreten.

Bei der nächsten Tankstelle verließ sie die Straße. Zuerst tankte sie, dann fuhr sie den Wagen an die Seite. Beringer rührte sich noch immer nicht. Konnte sie wirklich so tief schlafen, oder tat sie nur so? Nachdenklich betrachtete Lena sie, aber die Frau atmete ganz gleichmäßig. Lena wollte sie nicht wecken, noch nicht.

Lena stieg aus, schloß leise die Tür und holte ihre Tasche aus dem Kofferraum. Dann ging sie zu dem niedrigen Gebäude der Tankstelle. Auf der Suche nach den Toiletten entdeckte sie in der hintersten Ecke ein öffentliches Telefon an der Wand. Sie wühlte in ihrer Tasche nach Kleingeld, während sie den Hörer abnahm. Sie wählte die ersten Zahlen der Telefonnummer, als jemand sie an der Schulter packte und herumriß. Hart knallte sie gegen die Wand und wollte vor Schmerz und Schreck aufschreien, da preßte sich ein Arm gegen ihre Kehle und raubte ihr den Atem. Beringers Gesicht tauchte vor ihr auf. Der Körper der Frau ragte über ihr auf und preßte sie gegen die Wand, so daß sie sich nicht rühren konnte, selbst wenn sie es versucht hätte. Allerdings war Lena so erschrocken, daß sie daran gar nicht dachte. Entsetzt starrte sie Beringer an, die sie mit einer Kraft festhielt wie ein Schraubstock. Dann drückte sich etwas Hartes in Lenas Bauch. Lena brauchte nicht hinzusehen, um zu wissen, daß es die Mündung der großkalibrigen Pistole war. Lena erstarrte zur Bewegungslosigkeit.

»Wen wolltest du anrufen?« zischte die Frau dicht vor ihr. Lena konnte ihren Atem auf der Haut spüren. Kalte Augen durchbohrten sie wie Dolche, während Beringers Unterarm noch immer gegen Lenas Kehle drückte. Mühsam rang sie nach Luft, spürte ein

Würgen, als der Arm gegen ihren Kehlkopf drückte. Sie begriff nicht, was in die Frau gefahren war. Wollte sie sie umbringen?

»Ich frage dich nicht noch einmal«, sagte Beringer gefährlich leise und mit eisiger Ruhe und verstärkte den Druck an ihrem Hals, gleichzeitig preßte sie ihr die Waffe schmerzhaft in den Magen. Lena keuchte, und Panik kroch in ihr hoch, als sie keine Luft mehr bekam. Vielleicht sah man ihr die Angst an. Nein – *bestimmt* sah man ihr die Angst an, denn Beringer lockerte den Griff ein wenig.

»Was … soll … das?« stieß Lena mühsam hervor. Beringer starrte ihr ins Gesicht, und der verrückte Gedanke kam Lena, daß sie sie einfach umbringen würde, ohne sich etwas daraus zu machen. Sicher hatte sie schon einige Leute getötet in ihrem Beruf. Was machte da das Leben einer Mechanikerin schon aus?

»Ich wollte … meine Freundin anrufen«, stammelte Lena hastig, ehe Beringer sich vielleicht nicht mehr beherrschen konnte. » – das Versteck. Ich wollte ihr sagen – daß wir kommen.«

»Tatsächlich?« Beringer wirkte so kalt wie ein Eisschrank, aber in ihren Augen funkelte es bedrohlich. Dachte sie wirklich, Lena würde sie belügen?

Schnell wollte Lena nicken, aber das ließ Beringer mit ihrem Griff nicht zu. »Ja. Wir – wir werden erst spät eintreffen. Ich … wollte nicht, daß sie sich Sorgen macht.« Sie hörte das leise Winseln ihrer Stimme, und sie hätte entsetzt und beschämt sein müssen. Aber eigentlich hatte sie nur Angst. »Bitte«, flehte Lena. »Das ist die Wahrheit.« Sie starrte Beringer an, die ihren Blick forschend erwiderte.

Plötzlich gab Beringer sie frei. Lena schnappte nach Luft und fürchtete, daß ihre Beine nachgeben würden. Schwer sank sie gegen die Wand und atmete keuchend. Beringer war zwei Schritte zurückgetreten, aus ihrer Reichweite. Wollte sie verhindern, daß Lena sie angreifen konnte? Fast hätte Lena gelacht, aber sie spürte die Hysterie dahinter und schluckte es würgend hinunter. Die

Pistole hatte Beringer so schnell verschwinden lassen, daß Lena sich nicht sicher war, ob sie den Lauf der Waffe wirklich gespürt hatte. Aber was konnte es sonst schon gewesen sein?

Vorsichtig griff Lena sich an den Hals und massierte ihn, bis sie Beringers Blick auf sich spürte und langsam wieder die Hand senkte. Reglos lehnte sie an der Wand und sah die Frau an, wartete ängstlich, was sie nun tun sollte, was sie jetzt von ihr erwartete. Keinesfalls wollte sie sie durch eine unbedachte Bewegung reizen. Etwas, was anscheinend sehr schnell passieren konnte.

»Los!« befahl Beringer undurchdringlich, ohne den geringsten Anflug von Emotionen, und deutete auf das Telefon. »Ruf an!«

Zögernd bewegte sich Lena, aber sie ließ Beringer nicht aus den Augen, als sie den Hörer aufhob, der an der Schnur baumelte. Jede Bewegung war langsam und so bedächtig, wie Lena es fertigbrachte, nur ihr Herz raste wie verrückt. Aber als sie kurz einhängte und dann neu wählte, mußte sie den Blick von der Frau nehmen. Kaum hatte sie die letzte Nummer eingetippt, da spürte sie Beringers Körper in ihrem Rücken und gleich darauf wieder die Mündung der Pistole. Lena versteifte sich. Nervosität kribbelte in ihrem Magen. Ihr Mund war trocken. Als eine Frauenstimme sich am anderen Ende der Leitung meldete, schrak sie zusammen.

»Ja?«

»Susanne?« Lenas Stimme klang ein wenig krächzend, und sie mußte schlucken.

»Lena? Bist du das?«

Beringer beugte sich dicht an ihr Ohr und griff nach ihrer Hand, die den Hörer hielt, so daß Lena ihn leicht ankippen mußte, bis die andere mithören konnte. Sie bekam kein Wort heraus, bis Beringer die Waffe erneut in ihr Kreuz bohrte. Hastig begann Lena zu sprechen. »Ja. Ich bin's. Ich bin auf dem Weg zu dir.«

Susanne klang erfreut. Lena hatte nichts anderes erwartet. »Wunderbar. Wann kommst du?«

Lena schielte kurz zu Beringer, die sie nur aus den Augenwinkeln sehen konnte. Ansonsten hätte sie den Kopf drehen müssen, was unmöglich war, so dicht, wie die andere bei ihr stand. »Ich - ich weiß nicht«, stotterte Lena hilflos. Das Denken fiel ihr schwer. »Ein paar Stunden Fahrt sind es noch. Es wird sicher spät.«

»Das macht nichts«, erklärte Susanne heiter, ohne zu ahnen, was Lena gerade durchmachte. Lena schloß die Augen und zwang sich zur Ruhe.

»Du brauchst nicht aufzubleiben. Ich komme schon zurecht. Nur, erschreck dich nicht, wenn wir kommen.«

»Werde ich nicht.« Ein kurzes Zögern am anderen Ende. »Wir? Kommst du nicht allein?«

Damit hatte Lena gerechnet. Sie öffnete die Augen und schielte wieder zu Beringer, die sich an ihren Rücken preßte und drohend die Waffe zwischen ihre Rippen drückte. »Nein, nicht allein.«

»Kommst du privat oder - ?« fragte Susanne.

»Oder«, sagte Lena zurückhaltend. Am liebsten hätte sie Beringer den Hörer weggerissen, aber sie wagte keine Bewegung. Ihre Angst hinderte sie daran.

»Hast du irgendwas?« *Oh, Susanne, wenn du wüßtest!* Als Lena nicht sofort antwortete, drückte Beringer warnend die Waffe zwischen ihre Rippen.

»Nein, nichts«, sagte sie leise, als ob Beringer nicht dennoch jedes Wort hörte.

»Dann bis später«, sagte Susanne heiter. »Ich freu mich!« Sie legte auf.

Lena bewegte sich nicht, bis Beringer ihr den Hörer aus der kalten Hand nahm und für sie einhängte. Dann verschwand auch der Druck der Pistole in ihrem Rücken, zusammen mit der Gegenwart der Frau, als sie zurücktrat. Lena wagte es nicht, sich umzudrehen, einmal, weil sie noch immer Angst hatte, wie Beringer reagieren würde, und zum anderen, weil sie die Hitze in ihrem Gesicht spürte und wußte, daß sie rot geworden war vor Scham und Erniedrigung. Es war ihr unmöglich, Beringer in die Augen zu blicken.

»Ich warte im Wagen«, sagte Beringer hinter ihr tonlos. Noch immer rührte sich Lena nicht, stand einfach nur da. Dann bückte sie sich nach ihrer Tasche und drehte sich langsam um. Beringer war fort.

Lena ging zu den Toiletten, suchte sich eine freie Kabine und zog sich rasch um. Vertauschte den Overall gegen Jeans und ein Sweatshirt. Gerade zog sie sich ihre Schuhe an, als sie anfing zu zittern. Jetzt, wo die Anspannung von ihr abfiel, brach sie zusammen. Schnell setzte sie sich auf den Toilettendeckel und kämpfte mit den plötzlich aufsteigenden Tränen. Das war ja albern. Ihr war doch gar nichts passiert. Dennoch - sie verspürte Übelkeit bei dem Gedanken, wieder zu Beringer ins Auto steigen, ihr unter die Augen treten zu müssen, nachdem sie so gedemütigt worden war.

Lena brauchte eine ganze Weile, ehe sie sich wieder unter Kontrolle bekam, aufhörte zu zittern und sicher sein konnte, daß ihre Beine sie wieder tragen würden. Aber noch immer waren ihre Hände eiskalt, und die Nervosität vor dem, was ihr noch bevorstand, bereitete ihr Übelkeit. *Dafür werde ich nicht bezahlt. Eigentlich verdiene ich in diesem Fall einen Bonus. Angstzulage oder so. Ich darf nicht vergessen, Wegner dafür zu danken, daß er Beringer die Waffe mitgegeben hatte. Das war eine großartige Idee von ihm,* dachte Lena bitter. Mit kaltem Wasser wusch sie sich das Gesicht. Noch fünf Stunden Fahrt in dem Wagen - mindestens. Lena stöhnte gequält. Aber sie riß sich zusammen. Immerhin hatte sie auch ein wenig Stolz. Irgendwo ... *Verdammt! Ich bin nicht durchgedreht, sondern Beringer. Beringer sollte sich schämen, nicht ich.*

Die Wut, die sich in ihr regte, half ihr. Mit heftigen Bewegungen sammelte sie ihre Kleidung zusammen und stopfte alles in die Tasche. Dann ging sie, um die Tankfüllung zu bezahlen, kaufte noch ein paar Sachen zu essen und zu trinken und verließ den Laden. Sehr aufrecht, beladen mit den Einkäufen und der Tasche, ging sie auf den Wagen zu. Ihre Hände zitterten schon wieder.

Sorgfältig verstaute Lena die Tasche mit ihrem Arbeitszeug im Kofferraum. Klar, sie versuchte, Zeit zu schinden, versuchte, den Augenblick hinauszuzögern, in dem sie schließlich in den Wagen steigen mußte. Sie spürte ihre Knie weich werden. *Was ist los mit dir! Du bist doch kein Feigling. Sie kann dich nicht umbringen, denn dann würde sie einiges zu erklären haben.* Hoffentlich wußte Beringer das auch. Lena schluckte hart und schlug die Kofferraumklappe ein wenig heftig zu.

Mit unbeweglichem Gesicht stieg Lena schließlich ein. Die Einkäufe legte sie auf den Rücksitz. Beringer sah sie nicht an, sondern starrte hinaus, und auch Lena vermied jeden Blick in ihre Richtung. Das Schweigen war eisig. Lena startete den Wagen und kehrte auf die Straße zurück. Fest umklammerte sie das Lenkrad, damit das Zittern ihrer Hände nicht zu sehen war. Aber ein kurzer Blick in den Rückspiegel zeigte Lena ihr eigenes blasses Gesicht. Ihre Angst war kaum zu übersehen. Dafür haßte sie sich selbst. Ganz fest biß sie die Zähne zusammen und gab ein wenig mehr Gas, ohne es wirklich zu merken. Der Motor heulte auf, und sie schaltete einen Gang höher. Ihre starren Blicke waren auf die Straße gerichtet.

»Wenn Sie weiter so rasen, dann bringen Sie uns beide um«, bemerkte Beringer neben ihr ruhig. Lena zuckte erschrocken zusammen und haßte sich auch dafür. Kurz schaute sie auf den Tacho, runzelte düster die Stirn bei der deutlich überhöhten Geschwindigkeit, die er ihr anzeigte, und zwang sich, den Fuß ein wenig vom Gas zu nehmen.

Für eine lange Zeit blieb das das letzte, was gesagt wurde. Die nächste Stunde war Lena angespannt, sich Beringers Gegenwart unangenehm bewußt. Jede winzige Regung der Frau ließ sie aufmerken, nervös wie ein Kaninchen. Aber selbst daran gewöhnte sie sich nach einer weiteren Stunde.

Es begann bereits, dunkel zu werden. Der Sommer neigte sich seinem Ende entgegen, und die Abende wurden merklich kürzer. Lena war seit morgens um fünf Uhr auf den Beinen und spürte, wie Müdigkeit sich bei ihr bemerkbar machte. Sie wollte schlafen, außerdem hatte sie Hunger, allerdings wenig Lust, in Beringers Anwesenheit etwas zu essen. Jeder Bissen würde ihr vermutlich im Hals stecken bleiben. Sie wollte nur so schnell wie möglich ihr Ziel erreichen, und wenn das bedeutete, daß sie nichts aß oder trank und weiterfuhr, obwohl ihre Augen vor Müdigkeit brannten, dann würde sie das tun. Sie hätte so ziemlich alles getan, um möglichst schnell aus Beringers Gegenwart zu verschwinden. Lena lächelte freudlos. Dabei hätte sie vor nicht einmal fünf Stunden einen begeisterten Luftsprung gemacht, hätte jemand ihr gesagt, sie würde Beringer treffen. Na ja, so konnte man auch von einer Leidenschaft geheilt werden!

Flüchtig registrierte sie, daß die Frau neben ihr etwas in ihrer Tasche zu ihren Füßen suchte. Anscheinend hatte sie in dem schwindenden Licht einige Probleme, aber sie sagte nichts. Für einen Augenblick kämpfte Lena mit sich, sah kurz zu Beringer und gab dann nach. Sie schaltete die kleine Innenbeleuchtung ein.

Kurz hielt Beringer inne, suchte dann aber rasch weiter, bis sie es gefunden hatte. *Vielleicht eine zweite Waffe*, spekulierte Lena bissig. Aber es war keine Waffe. Es war eine Tablettenschachtel, aus der Beringer sich zwei Pillen nahm.

Lena langte hinter sich auf den Rücksitz – nicht ohne sich vorher vergewissert zu haben, daß Beringer sie beobachtete und nicht zur Waffe griff –, zog eine Flasche Mineralwasser aus der Einkaufstasche und reichte sie Beringer. Mit einem merkwürdigen Blick, den Lena nicht deuten konnte, sah die Frau sie an, ohne die Flasche zu nehmen. *Vielleicht denkt sie, ich habe Gift in die Flasche getan? Bei ihrem Mißtrauen würde mich das nicht wundern.* Lena wollte die Flasche schon wieder zurückziehen, da nahm Beringer sie ihr ab. Lena machte das Innenlicht wieder aus und starrte hinaus in die Dämmerung.

Was immer Beringer auch für Tabletten geschluckt hatte, sie machten sie offenbar müde, denn sie schlief wieder ein. Lena war es recht. So konnte sie sich die letzte Stunde ihrer Fahrt etwas entspannen, mußte allerdings zunehmend mit ihrer Müdigkeit und ihren verkrampften Muskeln kämpfen, die gegen das Stillsitzen schmerzhaft protestierten.

Die Landschaft, durch die sie fuhren, wurde weitestgehend von der Dunkelheit verhüllt. Aber Lena wußte, wo sie sich befanden. Je näher sie ihrem Ziel kamen, desto leerer wurde die Straße. Die Scheinwerfer tasteten sich über dichten Wald rechts und links.

Die Straße führte einen Hang hinauf, und dahinter wich der Wald endgültig zurück und gab den Blick frei auf die weit entfernte Ansammlung kleiner Lichter eines Dorfes, eigentlich schon einer kleinen Stadt. Die einzige in einem weiten Umkreis. Ihr Weg führte jedoch nicht dorthin. Lena bog erneut von der Straße ab, auf einen Feldweg. Noch eine letzte Kurve, dann tauchte die Silhouette eines Hofes auf. Der Feldweg endete direkt vor dem Haus. Lena hielt und stellte den Motor ab. Sie wartete einen Augenblick in der dunklen Stille. Das warme Metall des Motors knackte leise. Langsam breitete sich ein Lächeln auf ihrem Gesicht aus, ohne daß sie es verhindern konnte. Sie war froh, hier zu sein. Endlich wieder hier.

Lena stieg aus. Beringer regte sich auf dem Beifahrersitz. Lena kümmerte sich gar nicht darum. Sie schaute am Haus hinauf. Im ersten Stock hinter einem der Fenster wurde Licht gemacht. Hinter ihr ging die Autotür, als Beringer ausstieg, aber da trat Lena schon auf den Hauseingang zu. Kaum hatte sie nach der Türklinke gegriffen, als die Tür ohne ihr Zutun aufgerissen wurde. Eine Sekunde später fiel ihr jemand um den Hals und drückte sie an sich. Lena lachte überrascht und umarmte Susanne ihrerseits.

»Ich habe doch gesagt, du sollst nicht aufbleiben.«

»War ich auch nicht«, verteidigte sich Susanne und ließ sie los. In dem schwachen Licht konnte Lena ihr Gesicht kaum erkennen. »Ich bin von deinem Auto aufgewacht. Es ist immer noch das selbe, oder?«

»Hm, ja. Immer noch. Ich spare aber für ein neues, ehrlich.«

Schritte erklangen hinter Lena, und sie sah sich um. Beringer trat zu ihnen, die Silhouette ihrer großen, schlanken Gestalt war unverkennbar. Lena registrierte, daß eine Hand der Frau in ihrem Rücken lag, und wußte, daß sie die Waffe umklammerte. Besorgt trat sie zwischen Susanne und Beringer und hoffte, daß die Frau nicht wieder durchdrehte. Überrascht spürte Lena leise Wut in sich und die Bereitschaft, Beringer aufzuhalten, was immer sie tun wollte. Es erschreckte Lena ein bißchen.

»Susanne, das ist - Karen«, stellte sie die Frau mit einem leichten Zögern vor. »Sie bleibt eine Weile hier.«

»Das dachte ich mir schon«, lächelte Susanne. »Kommt rein. Es ist spät, und sicher seid ihr müde. Ich werde Karen noch ihr Zimmer zeigen, dann könnt ihr gleich ins Bett gehen.«

»Ich komme mit«, sagte Lena schnell, noch lange nicht beruhigt. Gemeinsam gingen sie ins Haus, und Susanne ging voran die Treppe in den ersten Stock hinauf. Lena atmete tief den vertrauten Geruch des alten Hauses ein. Ein Geruch, der viele Erinnerungen in ihr weckte und das intensive Gefühl, zu Hause zu sein.

Susanne brachte sie zu einem der Gästezimmer am Ende eines Korridors, von dem sämtliche Zimmer abzweigten. Sie öffnete die Tür und wollte Beringer eintreten lassen, aber die Frau blieb abwartend stehen. Fragend sah Susanne zu Lena, aber weil sie nicht reagierte, trat sie schließlich als erste in das Zimmer und machte Licht. An der Tür blieb Lena stehen, während Beringer schließlich vorsichtig das Zimmer betrat. Jetzt konnte sie auch sehen, daß die Frau tatsächlich die Waffe in ihrem Rücken mit den Fingern umschlossen hatte. Ärgerlich runzelte Lena die Stirn, aber sie sagte nichts. Natürlich nicht. Wenigstens ließ Beringer Susanne nichts merken, so daß sie gar nichts von der Waffe mitbekam.

»Mach es dir einfach gemütlich«, sagte Susanne freundlich und lächelte offen. »Im Schrank findest du ein paar Sachen, Pyjama und so. Allerdings …«, sie betrachtete Beringer und lächelte verhalten, »… dürfte dir das meiste ein bißchen zu klein sein.« Womit sie sicher recht hatte. Beringer zeigte keine Regung, aber Susanne schien das nicht zu irritieren. Sie wandte sich zu Lena. »Du findest dein Zimmer ja sicher. Gute Nacht. Wir sehen uns dann morgen.«

Lena nickte und lächelte ihr dankbar zu. Susanne ging an ihr vorbei, küßte sie auf die Wange und verschwand wieder in ihrem Schlafzimmer. Lena blieb allein mit Beringer zurück. Die Frau senkte die Hand von der Waffe und schaute sich ruhig in dem Zimmer um. Es war gemütlich eingerichtet, Wände, Decke und Fußboden aus Holz. Der Boden mit warmen Teppichen bedeckt. Nicht modern, aber rustikal gemütlich. Im Stil des gesamten Hauses. Es war hell, warm und freundlich.

»Mein Zimmer ist nebenan.« Lena sprach leise, und es klang etwas steif. »Wir sind hier ziemlich abgelegen. Keine ungebetenen Besucher. Niemand wird hier wissen, wer Sie sind.« Kurz stockte sie. »Sie … brauchen sich keine Sorgen zu machen. Sie sind hier in Sicherheit.« Dabei sah Lena sie nicht an, sondern starrte zu einem der Bilder an der Wand hinter der Frau. Sie kam sich bescheuert vor. *Was tat sie hier? Sollte jemand Beringer bedrohen, dann wird sie ihn einfach abknallen. Es ist nicht nötig, sie beruhigen zu wollen. Du machst dich lächerlich.*

Lena stand noch immer in der Tür, war keinen Schritt näher gekommen, sondern achtete darauf, einen sicheren Abstand zu der Frau zu halten. »Das Bad ist gegenüber.« Kurz sah sie zu Beringer, begegnete ihrem undurchdringlichen Blick und sah rasch wieder fort. Es gab nichts mehr zu sagen. »Okay, dann – gute Nacht«, murmelte sie leise. Eine Antwort bekam sie nicht, aber damit hatte sie auch nicht gerechnet.

Leise schloß sie die Tür und atmete erleichtert auf. *Uff, das war geschafft!* Ab jetzt gab es genug Ausweichmöglichkeiten, um dieser Frau nicht mehr zu begegnen.

Und sie war todmüde. Lena betrat ihr Zimmer eine Tür weiter und sah sich in den vertrauten vier Wänden um. Alles war noch so, wie sie es verlassen hatte. Nun, nicht ganz. Lena mußte lächeln. Susanne hatte aufgeräumt. Das Bett war frisch bezogen und die Bettdecke einladend zurückgeschlagen. Sogar ein Pyjama lag für sie bereit. Rasch zog sie sich um und sank müde in die Kissen. Eine Minute später war sie tief und fest eingeschlafen.

3.

Das Licht der Morgensonne, die hereinschien und ihr Gesicht wärmte, weckte Lena. Sie brauchte einen Moment, um sich an alles zu erinnern, was passiert war und wo sie war. Blinzelnd schaute sie an die Holztäfelung der Decke, dann drehte sie den Kopf und schaute zum Fenster hinaus. Es war ein schöner Spätsommertag. Müde streckte sie sich unter der Decke und sank dann seufzend tiefer in die Kissen. Sie kuschelte sich in die warme Decke und schloß noch einmal die Augen. Leise Geräusche drangen herauf. Unten werkelte jemand in der Küche. Geschirr klapperte. Der Duft von frischem Kaffee und Brötchen kitzelte ihre Nase und erinnerte sie daran, daß sie gestern außer einem hastigen Frühstück nichts gegessen hatte. Fordernd zog sich ihr Magen zusammen und trieb sie aus dem Bett. Sie beeilte sich mit Duschen und ließ ihre kurzen Haare an der Luft trocknen. Sie zog ihre älteste Lieblingsjeans an, die sie im Schrank fand, und einen Pullover, der zufällig vorne im Schrank lag, und tappte auf dicken Socken hinunter. Sie spähte in die Küche, von wo der köstliche Duft kam, der ihr das Wasser im Mund zusammenlaufen ließ. Der Tisch war bereits gedeckt. Ein Mann stand mit dem Rücken zu ihr am Herd und schaute nach den Brötchen, die dort langsam knusprig braun wurden. Lena grinste bei seinem Anblick. Er hatte kurzes Haar, genauso kurz wie ihres, und durch das T-Shirt sah man seine Muskeln. Er war trainiert und sportlich. Darum wollte die Küchenschürze um seine Hüften auch nicht so recht passen.

Lautlos trat Lena hinter ihn, streckte sich auf die Zehenspitzen und pustete ihm leicht ins Ohr. Mit einem erschrockenen Laut fuhr er zu ihr herum, und Lena sprang lachend beiseite, als er sie dabei fast umstieß. Verblüfft starrte er sie an, mit großen Augen, was Lena grinsen ließ. Plötzlich lachte der Mann auf, umarmte sie mit aller Kraft, die ihr fast die Luft abdrückte, und hob sie ein Stück vom Boden.

»Läßt du immer noch niemanden in deine Küche«, spottete Lena sanft und befreite sich behutsam aus seiner Umarmung.

Grinsend gab er sie frei. »Du kennst mich«, sagte Rolf nur, als würde das alles erklären. »Ich dachte doch, daß ich nachts dein schreckliches Auto gehört habe.«

»Und du bist nicht aufgestanden, um mich willkommen zu heißen«, tadelte Lena, aber sie lächelte dabei.

»Ich brauche meinen Schlaf. Ich weiß doch, wie du aussiehst. Warum sollte ich also aufstehen?« neckte er.

Lena lachte nur. »Bekomme ich von dir ein Frühstück? Oder läßt du mich verhungern?«

»Du bekommst dein Frühstück«, versprach er und machte sich eifrig an die Arbeit, während Lena sich an ihren Platz an den großen Küchentisch setzte. Lächelnd schaute sie Rolf zu, wie er geschäftig in der Küche herumwuselte, noch ein zusätzliches

Besteck vor sie hinlegte und ihren Kaffeebecher holte. Dabei grinste er sie jedesmal an, als könne er nicht glauben, daß sie da war.

»Wir haben noch einen Gast«, sagte Lena, als ihr Beringer einfiel, und ihr Lächeln verschwand.

»Alles klar.« Es störte Rolf nicht. Er legte noch ein Besteck hinzu. Platz war am Tisch genug. Das ganze Haus war für zwei Personen eigentlich viel zu groß. Susanne und Rolf lebten hier schon seit Jahren. Sie waren Geschwister und hatten das Haus von ihren Großeltern geerbt. Sie hatten es nie verkaufen wollen, sondern einfach beschlossen, selber hier zu wohnen. Eine Zeitlang hatte Lena ebenfalls hier gelebt. Fast drei Jahre - zusammen mit Susanne. Irgendwie war es immer noch Lenas Zuhause.

Eine verschlafene Susanne tauchte in der Küche auf. Sie brauchte ein bißchen, um richtig munter zu werden. Das war schon immer so gewesen. Sie kam ewig nicht aus dem Bett. Für ihre Verhältnisse war sie daher schon erstaunlich wach. Sie ließ sich auf ihren Stuhl neben Lena plumpsen und stützte die Ellenbogen auf den Tisch. Mit einem trägen und unglaublich sanften Lächeln betrachtete sie Lena. »Sie ist wieder da, Rolf«, murmelte sie mit diesem Lächeln, sah aber nur Lena an.

»Ich kann sie sehen«, bemerkte der Mann amüsiert und stellte die Kaffeekanne auf den Tisch.

»Wir haben dich vermißt.« Susanne lehnte sich zurück und seufzte. »*Ich* habe dich vermißt.«

»He«, beschwerte sich Rolf. »Ich auch.« Lena verdrehte die Augen zur Decke, konnte aber ein Grinsen nicht unterdrücken. *Es ist schön, wieder da zu sein.* So schön, daß sich ihr die Kehle zuschnürte. Sie sah zu Susanne und Rolf und spürte so viel Wärme in sich wie schon sehr lange nicht mehr. Eigentlich, seit sie weggegangen war - vor fast einem Jahr.

»Wo ist denn unser Gast?« fragte Susanne und riß Lena auf den Boden der Realität zurück. »Soll ich sie nicht wecken?«

»Nein.« Lena stieß es hervor und biß sich sofort auf die Unterlippe. Verwundert sahen die beiden sie an. »Nein«, wiederholte sie ruhiger. »Sie - sie schien ziemlich müde gestern. Das beste wird sein, wenn sie sich ausschläft.« *Du bist ein elender Feigling*, schalt sie sich selbst. *Du willst dich nur nicht am frühen Morgen mit ihr auseinandersetzen. Aber irgendwann mußt du das tun.* Ja, sicher - irgendwann. Aber nicht gerade jetzt. Es war nicht abzusehen, wie Karen reagieren würde, wenn sie Rolf traf, von dem sie noch gar nichts wußte. Lena gestand sich ein, daß ihr unwohl war bei dem Gedanken an eine neuerliche Konfrontation.

»Ist irgendwas?« Rolf betrachtete sie verwundert.

Langsam schüttelte Lena den Kopf, und er fragte nicht weiter. Beim Frühstück erzählte Lena ein bißchen von ihrer Arbeit, was ihr so passiert war, Alltäglichkeiten. Uninteressant, aber die beiden wollten unbedingt alles hören. Also tat Lena ihnen den Gefallen. Danach wollte sie alles hören, was sich auf dem Hof zugetragen hatte. Auch nur Alltäglichkeiten. Sie waren mit dem Frühstück schon lange fertig, aber sie redeten und redeten, und Lena trank inzwischen schon ihre dritte Tasse Kaffee, den Rolf neu gebrüht hatte. Sie merkten überhaupt nicht, wie die Zeit verging. Mitten im Satz verstummte Rolf plötzlich. Im selben Moment spürte Lena im Rücken ein eisiges Kribbeln und fuhr herum, als Susanne gerade erst den Kopf hob.

Beringer stand in der Tür. Unruhig sah die Frau zu ihnen, wachsam, ihre Haltung aufs Äußerste angespannt. Lena konnte ihre Nervosität beinahe körperlich spüren.

Rolf suchte sich diesen Moment aus, um aufzustehen. Lena konnte ihn zwar nicht sehen, aber sie sah, wie der Blick der Frau gehetzt zu ihm zuckte und jeder ihrer Muskeln sich spannte. Sie machte einen Schritt auf Rolf zu.

Lena sprang so heftig auf, daß der Stuhl nach hinten umkippte, und trat Beringer in den Weg. Lena glaubte selber nicht, daß sie sie damit hätte an irgend etwas hindern können, es war einfach ein Reflex. Schnell griff Lena nach dem rechten Arm der Frau, der gerade hinter ihrem Rücken verschwand, und hielt ihn fest. »Nicht«, preßte Lena hervor und suchte Beringers Blick. Sie fand ihn nur kurz, gehetzt und voller - Angst? *Unmöglich!* Dann huschten ihre Augen wieder zu Rolf, der hinter ihr verwundert stehengeblieben war, als Lena so hastig aufsprang. Beringer wollte ihre Hand befreien, aber Lena hielt sie fest umklammert.

»Es ist in Ordnung«, flüsterte Lena eindringlich und versuchte, Beringers Aufmerksamkeit auf sich zu ziehen. »Es ist alles in Ordnung. Rolf ist Susannes Bruder. Er wohnt hier.« Und endlich sah die Frau sie an und *hörte* sie auch. »Es ist alles in Ordnung«, wiederholte Lena beschwichtigend. Lange sah die andere sie an, ohne daß sie etwas von dem preisgab, was sie dachte. Ihr Gesicht war verschlossen. Lena war sich auch gar nicht mehr sicher, ob sie wirklich Angst in ihren Augen gesehen hatte. Nach einem kurzen Zögern ließ sie Beringers Arm los und trat zurück.

»Was ist denn los?« fragte Rolf irritiert.

»Gar nichts«, erklärte Lena, ohne Beringer aus den Augen zu lassen. Ihr Tonfall verbot weitere Fragen, und niemand drängte sie. »Frühstück?« fragte sie Beringer so ruhig, wie sie es fertigbrachte. Einen Augenblick sah die Frau sie an, als verstünde sie die Frage nicht. Aber dann nickte sie und brachte sogar ein: »Ja, gerne« heraus, was sich aber reichlich distanziert anhörte. Dennoch setzte sie sich, und Rolf goß ihr Kaffee ein. Er starrte Beringer an, und sie ihrerseits beobachtete ihn wachsam und mißtrauisch. Lena griff nach ihrer eigenen Tasse und gestattete sich ein leises Aufatmen.

Sie konnte nicht glauben, daß sie sich dieser Frau in den Weg gestellt hatte. Plötzlich begann sie zu zittern, so daß sie den heißen Kaffee verschüttete und hastig die Tasse abstellte. Susanne sah sie fragend an, und Lena rang sich zu einem beruhigenden Lächeln durch, wenn es auch ein wenig gezwungen wirkte.

Während Beringer langsam aß und ab und zu einen Schluck Kaffee trank, versuchten sie, ihre Unterhaltung wieder aufzunehmen, aber es gelang nicht so ganz. Lena war abgelenkt und nervös in Anwesenheit der Frau. Immer wieder breitete sich Schweigen aus, bis es unangenehm zu werden begann. Es gelang Beringer wirklich hervorragend, die Leute abzuschrecken. Susanne war die erste, die sich entschuldigte, und kurz darauf ging auch Rolf. Allein blieb Lena mit Beringer zurück. Am liebsten hätte sie sich auch verabschiedet, aber das ging wohl nicht. Also blieb sie stumm sitzen und starrte in ihren kalten Kaffeerest, während sie wartete. Worauf, wußte sie nicht.

»Kann ich meine Tasche aus dem Auto haben?«

Lena sah Beringer schnell an. »Ja. Sicher. Jetzt gleich?«

Beringer zuckte die Schultern. »Muß nicht sein.« Sie trank ihren Kaffee aus und verließ die Küche.

Lena ließ sich ein wenig Zeit, um sich von der bedrohlichen Eisschrankatmosphäre zu erholen, die Beringer verbreitet hatte. Etwas später holte sie dann Beringers Tasche aus dem Auto und suchte zusätzlich ein paar Sachen aus Rolfs Schrank zusammen. In der kleinen Tasche, die Wegner Lena für Beringer mitgegeben hatte, war sicher nichts zum Wechseln, sondern höchstens ein paar Toiletteutensilien, und etwas von Susanne oder Lena würde Beringer sicher zu klein sein.

Lena ging mit den Sachen hinauf und klopfte an Beringers Zimmertür. Sie wartete auf Antwort, aber nichts rührte sich. Vorsichtig öffnete Lena die Tür und sah hinein. Beringer lag auf dem Bett, in ihren Kleidern. Sie schlief. Auf dem kleinen Tisch im Zimmer entdeckte Lena die Tablettenschachtel. Was immer das für Tabletten waren, sie machten anscheinend wirklich müde.

Leise trat Lena ein. Sie legte die Sachen über einen Stuhl und stellte die Tasche daneben. Jetzt hätte sie wieder gehen können, aber das tat sie nicht. Sie griff nach der Medikamentenschachtel und las rasch, was draufstand. Ein Schmerzmittel. Verwundert legte sie es wieder zurück und trat neben das Bett. So schlafend wirkte die Frau ganz friedlich, ihr Gesicht weich und wehrlos. Was war nur los mit ihr?

Warum fragst du dich das? Es ist doch völlig egal. War es das wirklich?

Nein. Nicht, wenn sie Angst vor ihr haben mußte. Und nicht, solange sie mit dieser Waffe durch die Gegend lief wie ein weiblicher Rambo und ihre Freunde bedrohte. Sie könnte ihr die Waffe einfach abnehmen. *Klar, und dann dreht sie dir den Hals um. Prima Idee.*

Behutsam beugte sich Lena über sie. Im Licht, das durch das Fenster fiel, sah sie an Beringers Hals einen roten Striemen, der größtenteils vom Stoff ihres Kragens verborgen wurde. Die Verletzung sah frisch aus. Lena richtete sich wieder auf.

Plötzlich bewegte Beringer sich. Ihre Hand schoß hoch und packte Lenas Pullover, zerrte sie herunter. Ehe Lena reagieren konnte, fand sie sich auf dem Rücken liegend auf dem Bett vor, Beringer auf sich, eine Hand an ihrer Kehle, die ihr die Luft abdrückte, die andere Hand zum Schlag erhoben. Lena erstarrte entsetzt, sah mit großen Augen zu ihr auf und wartete auf den Schmerz.

Beringer atmete heftig, und es fehlte nicht viel, dann hätte sie Lena geschlagen, mit der Faust, um sie unschädlich zu machen. Ihre Hand war noch immer geballt, aber sie zögerte.

»Tut mir leid«, keuchte Lena flach. »Ich wollte nicht - es tut mir leid!«

Beringer gab sie frei und wich auf dem Bett ans Fußende zurück. Ihr Atem ging noch immer schwer, und sie hatte sichtlich Mühe, ihre Beherrschung wiederzuerlangen. Behutsam richtete sich Lena auf und rutschte vom Bett, um ihren Fehler wiedergutzumachen und wenigstens jetzt zu verschwinden, wie sie es gleich hätte tun sollen. *Idiotin,* schalt sie sich selbst und versuchte, ihre weichen Knie zu ignorieren.

»Schleich dich nie wieder an«, hörte sie Beringer leise sagen. So leise, daß sie fast nicht zu verstehen war.

Unschlüssig blieb Lena stehen. »Es tut mir leid«, wiederholte sie. Sie wollte weg!

Beringer sah sie abschätzend an und nickte dann. »Was wolltest du?« Das klang mißtrauisch.

»Nichts«, stieß Lena hastig hervor, als müsse sie sich rechtfertigen. Na ja, vermutlich mußte sie das sogar. »Ich - ich habe nur die Sachen gebracht.« *Du stotterst schon wieder. Das wird noch zur Gewohnheit.* Sie atmete tief durch. »Ihre - deine Tasche und ein paar Sachen.« Wenn Beringer sie ständig duzte, konnte sie das wohl auch tun. »Du kannst sie ja anprobieren. Sobald sich die Gelegenheit ergibt, besorge ich passende Kleidung. Aber ich kann auch Susanne Bescheid sagen, dann bringt sie etwas mit.« Sie redete immer schneller und bremste sich schließlich selbst. Nach einer bewußten Pause setzte sie hinzu: »Ganz wie du willst.«

»Ich komme schon klar«, sagte Beringer abweisend. Lena entschied, daß sie verschwinden sollte. Also zog sie sich zurück und ging erst mal an die frische Luft.

4.

Als Beringer nicht zum Abendessen herunterkam, beschwerte sich niemand. Und niemand machte den Vorschlag, sie zu holen. »Verrätst du uns, was mit ihr ist?« fragte Susanne irgendwann während des Essens.

Unbehaglich schaute Lena auf, begegnete den abwartenden Blicken der beiden und sah wieder auf ihren Teller. Sie hatte das Essen kaum angerührt, obwohl es hervorragend schmeckte, wie alles, was Rolf kochte, aber ihr fehlte einfach der Appetit. Lustlos stocherte sie in dem Gemüse herum. »Das weiß ich nicht.«

»Weißt du es nicht, oder kannst du es uns nicht sagen?« Susanne wußte, daß auch das schon vorgekommen war bei Lenas Spezialjob, deshalb fragte sie nach.

Lena sah sie gerade an. »Ich weiß es nicht. Ich weiß gar nichts.«

»Sie scheint ein wenig - nervös zu sein«, meinte Rolf vorsichtig.

Sehr diplomatisch. Diese Frau ist ein Pulverfaß, das ständig kurz davor ist zu explodieren. »Ja, das ist sie. Sehr nervös.« Lena überlegte, ob es klug gewesen war, Beringer hierherzubringen.

»Wer ist sie?«

»Ich soll sie verstecken, weil sie in Gefahr ist. Viel mehr weiß ich auch nicht«, wich Lena aus und hörte sich so unglücklich an, wie sie sich fühlte.

Susanne lächelte, aber es sah unsicher aus. »Ich - habe ein bißchen Angst vor ihr«, gestand sie zögernd.

»Wenn wir gehen sollen, dann kann ich das verstehen«, sagte Lena aufrichtig. »Ihr braucht es nur zu sagen.«

»Ganz wohl ist mir bei der Sache nicht«, sagte Susanne. »Bislang waren die Leute, die du hergebracht hast, irgendwie - normaler.« Sie zögerte bei dem letzten Wort. »Meinst du, daß sie sich noch beruhigt?«

Lena hob hilflos die Hände. »Das kann ich nicht versprechen, ich kenne sie ja auch kaum. Eigentlich gar nicht. Wahrscheinlich ist es wirklich besser, ich rufe Wegner an und sage ihm, er soll ein anderes Versteck besorgen. Ich will nicht, daß euch was passiert.«

»Ach was!« Rolf widersprach mit Nachdruck. »Sie wird sich schon beruhigen. Wart noch ein bißchen ab. Ihr seid ja kaum angekommen. Und wenn du schon mal da bist, wollen wir doch auch was von dir haben.« Er grinste Lena an.

Susanne nickte. »Rolf hat recht. Es ist nur ungewohnt. Wir werden schon damit klarkommen. So schnell lassen wir dich nicht wieder laufen!« Sie grinste auch.

Es war spät, und weil Susanne als Krankenschwester früh raus mußte, beendeten sie den Abend, auch wenn Lena es bedauerte. Sie genoß das entspannte, vertraute Zusammensein sehr, das sie so vermißt hatte. Lenas letzte Beziehung - *richtige* Beziehung - war Susanne gewesen. In dem Jahr danach, bis zum heutigen Tag, hatte sie nicht mal eine flüchtige Affäre mit einer Frau gehabt. Und vielleicht war das auch genau das Problem: Sie wollte keine Affäre. Lena wollte jemand, die immer für sie da war. So jemand war nicht leicht zu finden. Dabei suchte sie schon ihr Leben lang, wie es ihr manchmal vorkam.

Allein in ihrem dunklen Zimmer trat Lena ans Fenster und schaute hinaus in die Nacht. Gedanken an ein Jahr Einsamkeit drängten sich ihr auf. Eine lange Zeit. Aber es hatte auch früher schon Zeiten gegeben, in denen sie alleine gewesen war. Vielleicht ein wenig zu oft. In den neunundzwanzig Jahren ihres Lebens hatte sie mit vier Frauen Beziehungen gehabt. Immer in weiten Abständen, in denen sie sich von der Trennung erholt und zu ihrem Singleleben zurückgefunden hatte. Irgendwie hatte sie kein Glück mit Frauen. Mit keiner außer Susanne hatte sie noch Kontakt, und Susanne... Susanne war anders. Sie war ihre beste und einzige Freundin. Das war sie schon vorher gewesen. Sie hatten sich schon jahrelang gekannt, und plötzlich war Susanne nicht mehr nur einfach die *beste Freundin*, bei der sie sich ausheulen konnte, wenn es ihr mies ging, sondern sie hatten sich, ohne daß sie beide recht gewußt hatten, wie, in einer leidenschaftlichen Umarmung wiedergefunden, der alles Freundschaftliche eindeutig abging. Immerhin für etwa drei Jahre. Sie war froh, daß ihre Freundschaft das ausgehalten hatte.

Und die anderen Frauen? Irgendwas war immer schiefgelaufen. Vielleicht lag es an ihr, daß keine ihrer Beziehungen lange gehalten hatte. Vielleicht erwartete sie zuviel, oder aber sie suchte sich die falschen Frauen - oder so etwas wie Liebe existierte eben einfach nicht, und wenn die erste Leidenschaft fort war, dann gab es da einfach nichts mehr.

Unwillig verdrängte sie diese Gedanken und wandte sich vom Fenster ab, um ihren Pyjama anzuziehen und ins Bad zu gehen. Auf dem Rückweg in ihr Zimmer verharrte sie kurz vor der Tür des Gästezimmers. Beringer hatte sich den ganzen Abend nicht gerührt. Eigentlich hatte sie sie seit diesem leidigen Vormittag heute nicht mehr gesehen, wo sie ihr das letzte Mal an den Hals gesprungen war. Sollte sie nicht wenigstens mal nachsehen? Fragen, ob sie was braucht? *Aber sie ist eine erwachsene Frau. Wenn sie etwas braucht, dann hätte sie sich gemeldet. Sie will bestimmt nur ihre Ruhe, das hat sie dir ja auch wiederholt klargemacht, oder? Also laß sie in Ruhe.* Nur zu bereitwillig gab Lena nach und ging zurück in ihr Zimmer.

5.

Als Lena am nächsten Morgen hinunterging, entdeckte sie Beringer auf der Wiese vor dem Haus. Sie saß einfach da und schaute zum entfernten Waldrand hinüber. Nach einem kurzen Zögern ging Lena zu ihr. Beringer beachtete sie nicht, selbst dann nicht, als Lena neben ihr stehenblieb. *Warum haßt sie mich so?* dachte Lena bekümmert. *Ich habe ihr doch gar nichts getan.* Und warum war ihr so wichtig, ob Beringer sie mochte oder nicht? Sie konnte es nicht sagen. Es war einfach so. Sie verehrte Karen Beringer, und na ja … vielleicht schwärmte sie ein wenig für sie. Zumindest hatte sie das getan, ehe diese sie mit ihrer ganzen Verachtung getroffen hatte - und fast mit ihrer Faust …

In höflicher Entfernung setzte sich Lena zu ihr. »Ist alles in Ordnung?« fragte sie vorsichtig. Beringer drehte ihr das Gesicht zu und musterte sie kurz, antwortete aber nicht. Lena zögerte ratlos und fragte dann erneut: »Kann ich etwas für - dich tun?«

Beringer blickte wieder zum Wald hinüber. »Nein, nichts.«

Und fast ohne es selber zu wollen, fragte Lena beklommen: »Du magst mich nicht besonders, oder?«

Ob ihre Frage die andere überraschte, war nicht zu erkennen, denn ihr Gesicht blieb unbeweglich. Sie sah Lena nicht einmal an, als sie ausweichend antwortete: »Ich kenne dich nicht.«

»Dann bist du zu allen Menschen so unfreundlich?« - und sofort biß Lena sich auf die Zunge.

Beringer warf ihr einen scharfen Blick zu. »Ja, vielleicht bin ich das! Was geht dich das an?« entgegnete sie kalt.

Lena fühlte, wie ihr Hitze ins Gesicht stieg. Sie schluckte eine Entschuldigung hinunter. Es gab nichts, wofür sie sich entschuldigen mußte. »Ich möchte jetzt etwas klarstellen«, *solange ich den Mut dazu habe.* »Wir werden eine Weile hier zusammen wohnen, bis diese Sache erledigt ist. Laß uns einfach versuchen, irgendwie miteinander auszukommen.« Lena fiel unangenehm etwas ein, und sie sagte unsicher: »Wenn das nicht geht ... dann werde ich dir einfach aus dem Weg gehen. Es wird sicher nicht ewig dauern, bis alles vorbei ist.«

»Nein, vermutlich nicht«, erwiderte die andere abwesend.

Lena unterdrückte ein resigniertes Seufzen. Was betrieb sie hier? Konversation mit einem Eisblock? »Tja ... Vermutlich willst du deine Ruhe«, murmelte Lena und wollte schon aufstehen.

»Warum läßt du dir das alles gefallen?« fragte Karen Beringer unvermittelt.

Überrascht hielt Lena inne und sank zurück. »Gefallen?«

Karen Beringer musterte sie nachdenklich von der Seite. »Ich habe einige Male etwas heftig reagiert«, ergänzte sie. Es war eine sachliche Feststellung, keine Spur von Reue.

Lena wand sich unbehaglich. »Nun ja …« *Das stimmt auffallend.* »Ich – ich weiß es nicht.« Das war die Wahrheit. Sie war nicht ein einziges Mal auf die Idee gekommen, sich zu wehren. Vielleicht hatte sie einfach zu viel Respekt vor Beringer, oder war es Angst? Oder war es noch etwas anderes?

»Du weißt es nicht?« Beringer schüttelte verständnislos den Kopf. »Du bist seltsam«, stellte sie dann nicht unfreundlich fest.

»Findest du?« *Und das sagt ausgerechnet sie?*

»Ja.« Dann schüttelte sie erneut den Kopf. »Nein, vielleicht auch nicht. Du bist nur so – anders.« Sie überlegte, und Lena wartete, ob sie es erklären würde. »Du weißt doch, wer ich bin, oder?«

Was wollte sie? »Na ja …«, meinte Lena vorsichtig. »Ich weiß natürlich, wer du bist.«

Beringer fixierte Lena wachsam. »Und? Auch eine *Bewundererin*?« Sie spuckte das Wort regelrecht heraus, mit einer Geringschätzung, die Lena erschreckte.

Aber sollte sie deshalb lügen? »Ja. So, wie du das sagst, fürchte ich fast, daß es so ist. Ist das schlimm?«

»Schlimm?« wiederholte die andere tonlos und drehte das Gesicht wieder fort. »Nein … natürlich ist es nicht schlimm. Aber ich habe es mir gedacht.« Sie seufzte überdrüssig. »Ich habe das alles so satt«, flüsterte sie müde. »Die Erwartungen und Ansprüche …«

Lena war nicht sicher, ob sie sich angesprochen fühlen sollte. »Es ist nicht einfach, die Erwartungen anderer zu erfüllen«, sagte sie behutsam. »Aber hier draußen … Außer mir weiß niemand, wer du bist. Niemand erwartet irgend etwas von dir.« Beringer drehte ihr das Gesicht zu und betrachtete sie merkwürdig. Lena begegnete ihrem Blick, so gut sie konnte. Es war wirklich schwierig mit Karen Beringer. Trotzdem wollte sie nicht aufgeben.

Was denn aufgeben? fragte eine kleine gehässige Stimme in ihrem Hinterkopf.

Ja, was eigentlich? Was konnte sie von Karen Beringer schon erwarten? Freundschaft? Selbst das schien ihr in Anbetracht der Umstände und ihres Verhaltens unmöglich.

»Doch«, sagte Beringer schließlich überzeugt. »Doch, du hast Erwartungen. Du sagst selbst, daß du mich kennst und – bewunderst. Warum?«

Unschlüssig suchte Lena nach einer Antwort. Einer *guten* Antwort. Aber ihr wollte nichts einfallen. »Irgendwie habe ich immer angenommen, daß dir das gefallen würde.« Sie hörte selbst, wie kläglich das klang.

»Warum? Du kennst mich doch gar nicht«, fragte Beringer wieder und durchbohrte sie mit ihren Blicken. »Warum glaubst du, mich bewundern zu müssen, obwohl du mich überhaupt nicht kennst? Du bewunderst mich immer noch, obwohl ich dich behandelt habe wie den letzten Dreck. Was erhoffst du dir davon?«

Ertappt zögerte Lena. Das war genau die Frage, die sie sich auch schon gestellt hatte. »Gar nichts erhoffe ich mir. Vermutlich nutze ich nur die Gelegenheit. Es gibt nicht viele Frauen wie dich. Ich bewundere dich für das, was du bist. Starke Frauen, wie du eine bist, sind sehr selten. Ich kann nichts dafür, aber für starke Frauen hatte ich schon immer was übrig, und darum –« Abrupt brach Lena ab. Was quasselte sie denn da! »Ich meine, ich ...« *Scheiße!* Das war schon fast eine Liebeserklärung gewesen. Dabei hatte es sich *so* nicht anhören sollen. Sie merkte, wie sie rot wurde vor Verlegenheit, und starrte betroffen auf ihre Hände hinunter. Gleich mußte Beringer sie verspotten. *Oder sie reißt dir gleich den Kopf ab. Wäre vielleicht nicht mal das schlechteste ...*

»Warum glaubst du, daß ich so stark bin?« kam die bedächtige Frage zurück. Karen schien nicht mal wütend.

»Warum?« Irritiert zögerte Lena. Was war denn das für eine Frage? »Du bist selbstbewußt und entschlossen ...« Lena wurde immer verlegener. »Eben all das«, kürzte sie ab. »Alle respektieren dich.«

Karen sah sie mitleidig an. Dann sagte sie: »Du weißt *nichts* von mir. Ich will nicht bewundert werden, das habe ich nicht verdient.« Es klang verächtlich. »Du verschwendest deine Energie. Du weißt gar nichts!«

»Du hast recht«, räumte Lena beklommen ein. »Ich kenne dich nicht.« Aber sie würde sie gerne kennenlernen. Immer noch, auch nach ihrem ganzen unfreundlichen Verhalten. Sie war eine so zornige Frau, mit Ecken und Kanten - *vielen* Ecken und Kanten. Gerne hätte Lena gewußt, warum das so war. Vielleicht war Lena einfach neugierig. *Die Neugier ist der Katze Tod*, dachte sie sarkastisch.

»Es gibt doch etwas, was du für mich tun kannst«, sagte Karen Beringer langsam. »Laß mich einfach in Ruhe, okay? Das ist für uns beide das beste. Ich weiß zu schätzen, was du für mich tust -«

Daran wagte Lena zu zweifeln.

»- aber ich bin ...« Beringer überlegte kurz und sagte dann zynisch: »Ich bin nicht in der Stimmung, *angebetet* zu werden. Alles was ich will, ist nachdenken und allein sein.«

Als Beringer sie so verhöhnte, kroch Ärger in Lena hoch. »Wenn es das ist, was du willst ...«

»Ja, genau das will ich«, bekräftigte Karen übertrieben deutlich.

»Na gut«, sagte Lena mit einer Spur Ungeduld in der Stimme, die sogar Beringer nicht entgehen konnte, »dann werde ich versuchen, nicht ständig den Boden zu küssen, auf dem du läufst, wenn dir das lieber ist.«

Karen lächelte matt und so flüchtig, daß es beinahe nicht zu sehen war.

6.

Den restlichen Tag schluckte Lena an ihrem Ärger. Ärger auf Karen Beringer und noch mehr auf sich selbst. Wie hatte sie so dämlich sein können? Warum ließ sie die andere nicht einfach in Ruhe, statt immer wieder gegen ihre Mauern anzurennen, die sie um sich errichtet hatte? Sie war sicher eine faszinierende Frau, aber ungefähr so charmant wie eine rostige Kettensäge. Warum dann ließ sie sich ständig von ihr erniedrigen? Warum bemühte sie sich so darum, daß Beringer sie mochte?

Vielleicht einfach, weil Karen Beringer wirklich sehr attraktiv war? Sie mochte nicht nur starke Frauen, bei weitem nicht. Sie hatte auch sehr viel für schöne Frauen übrig. Karen war beides. Also doch die Traumfrau? Oder war es, weil Lena plötzlich entdeckte, daß sie die Herausforderung liebte - das Unmögliche? Und was war das Unmögliche? Daß Karen Beringer sie jemals mögen könnte?

Oder wollte sie sogar mehr?

Wollte sie Karen als Frau? Darüber hatte sie sich noch keine Gedanken gemacht. Aber vielleicht war das nicht so abwegig. Diese Frage hatte sich nie gestellt, weil die Wahrscheinlichkeit, Karen Beringer einmal persönlich zu begegnen, gleich Null gewesen war. Aber jetzt? Seit sie das erste Mal von Karen Beringer gehört hatte, war sie fasziniert von ihr gewesen. Und sie hatte sich vorgestellt, wie Karen als Liebhaberin sein würde. Tagträume eben, nichts, was man ernst nehmen mußte.

Jetzt *war* sie Karen Beringer begegnet - und *wie*! Sobald Beringer in ihrer Nähe war, tauchte sie Lena in ein Wechselbad der Gefühle; alles: von Angst über Wut bis zu hoffnungsloser Unsicherheit. Trotzdem schreckte sie das nicht ab. War da vielleicht noch mehr?

Warum sonst wollte sie, daß Karen Beringer sie mochte? Warum verletzte es sie so, wenn sie ihr so offensichtlich gleichgültig war? Und warum rannte sie dann immer wieder zu ihr hin, so wie ein verdammter Lemming auf einen Abgrund zurannte, obwohl sie wußte, daß Beringer sie nur wieder zurückstoßen würde mit ihrer liebenswürdigen Art. *Warum?*

Sie wußte es nicht genau. Nur eins war ihr klar: Sie wollte Karen Beringer kennenlernen - sie für sich gewinnen.

Und dann?

Woher soll ich das wissen, verdammt noch mal! Aber irgendwie hatte Lena das Gefühl - oder die unsinnige Hoffnung - daß Beringer nicht immer so eklig war. Niemand konnte dauernd wütend sein. Oder?

Am nächsten Morgen machte Lena das Frühstück. Rolf und Susanne waren schon früh zur Arbeit gegangen. Die Stimme der Vernunft und des Selbsterhaltungstriebes ignorierend ging sie danach hinauf und klopfte an Beringers Zimmertür. *Du machst dich lächerlich.*

Ja, mochte sein, aber essen mußte Beringer schließlich. Großzügig legte Lena das müde Knurren, das daraufhin erklang, als eine Aufforderung zum Eintreten aus und öffnete die Tür. Sie steckte den Kopf ins Zimmer, ohne ganz einzutreten. Karen lag noch im Bett und blinzelte müde in ihre Richtung, noch nicht wach genug für ihr übliches Mißtrauen. *Sehr gut.* Lena lächelte. »Guten Morgen. Ich habe das Frühstück fertig. Wenn du willst, kannst du runterkommen und mit mir essen.«

»Was …? Frühstück?«

»Ja«, erklärte Lena grinsend. »Das ist die Mahlzeit am Morgen, kommt vor dem Mittagessen.« Und damit sie keine Einwände erheben konnte, setzte sie hinzu: »Ich warte dann unten auf dich.« Sie sah, wie Beringer den Mund zum Protest öffnete, und zog schnell die Tür zu. Auf dem Weg in die Küche fiel Lena noch etwas ein. Sie ging wieder zurück. Diesmal klopfte sie nicht, sondern trat einfach ein.

Karen Beringer war bereits aufgestanden und hatte gerade ihr Pyjamaoberteil ausgezogen. Sie stand mit dem Rücken halb zu Lena, die plötzlich Mühe hatte zu atmen, als sie ihren Körper sah. Es traf Lena wie ein Schock. Grüne und blaue Prellungen waren überall auf der Haut. Die Tatsache, daß sie bereits blasser wurden, änderte nichts. Verschorfte Striemen waren auf ihrem Rücken und eine Prellung, die verdammt nach dem Abdruck eines Stiefels aussah, kleine Brandwunden auf ihren Brüsten. »Großer Gott ... Karen!« hauchte Lena entsetzt.

»Hör auf, mich so anzustarren!« fauchte Karen. Sie hielt sich den Stoff des Pyjamaoberteils vor den Körper. »Mach, daß du rauskommst!« Und im selben Moment flog ein gut gezielter Schuh auf sie zu, dem Lena nur gerade eben so entging.

Lena kam wieder zu sich und beeilte sich, die Tür zwischen sich und Karen zu bringen. Erschüttert ging Lena hinunter in die Küche, fast wie in Trance. Bedächtig ließ sie sich auf einem Stuhl nieder und rang innerlich mit ihrer Betroffenheit. Alles fügte sich zu einem Bild zusammen: die Schmerztabletten, die Karen schluckte, das dauernde Schlafbedürfnis, ihre Zurückgezogenheit.

»Na, ist dir der Appetit vergangen?« fragte Karen in bissigem Zynismus.

Erschrocken zuckte Lena zusammen. Sie hatte Karen nicht kommen hören. Das Frühstück hatte Lena völlig vergessen. Sie sollte etwas sagen, aber – ihr fiel absolut gar nichts ein. Ihr Kopf war leer. Sie konnte Karen nur stumm ansehen, die sie mit einem vernichtenden Blick bedachte. Lena wandte sich ab und griff nach einem Brötchen, einfach nur, um etwas zu tun. Bei dem Gedanken, essen zu müssen, drehte sich ihr schier der Magen um. Aber irgendwie ging es. Sie kaute mechanisch, schluckte mühsam und vermied es, Karen anzusehen, die sich nach einer Weile an den Tisch setzte.

»Was wolltest du denn?« fragte Karen brüsk.

Lena sprach zu dem Brötchen auf ihrem Teller, als sie murmelte: »Ich wollte fragen, ob du Tee oder Kaffee willst.«

Dem folgte ein kurzes Schweigen. Dann: »Kaffee wäre genau richtig.«

Lena hob den Kopf und begegnete Karens Augen, die sie anscheinend keine Sekunde losgelassen hatten. Wortlos erhob sich Lena, holte die Kaffeekanne und goß Karen einen Becher ein. Als sich Lena wieder setzte, wollte sie weiteressen, aber es ging wirklich nicht. Unangetastet legte sie das Brötchen wieder auf den Teller und starrte darauf.

Karen seufzte leise, als Lena schwieg, und zuckte mit den Schultern. »Es ist nicht mehr schlimm«, sagte sie friedlicher, obwohl Lena sie niemals danach gefragt hätte. »Ich hatte - Pech. Weiter nichts. Ich bin selbst schuld. Ich habe einen dummen Fehler gemacht, und das hätte mir einfach nicht passieren dürfen in meinem Job.« Sie lächelte bitter, wurde aber gleich wieder ernst. »Wie auch immer, das ist mein Problem, nicht deins. Mach dir keine Gedanken. Ich komme schon zurecht.«

»Ja«, stimmte Lena dunkel zu, und das Bild von Karens mißhandeltem Körpers zuckte durch ihren Kopf. Zurechtkommen. Allein? Ja, so, wie schon die ganze Zeit. Wie konnte sie das ertragen? »Es ist ...« - *einfach schrecklich.* Hilflos schwieg Lena, weil sie das nicht sagen konnte, ohne Karen wütend zu machen, aber die andere verstand sie auch so.

Karen preßte die Lippen zu einem schmalen Strich zusammen und nickte kurz. »Schon gut. Ich weiß«, lenkte sie knapp ein. »Du hättest das nicht sehen sollen.«

Als ob das etwas ändern würde? dachte Lena benommen.

»Warum erzähle ich dir das überhaupt alles?« murmelte Karen leise und mehr zu sich selbst. Unwillig blickte sie zu Lena, als ob sie schuld wäre.

Und weil Karen sie anstarrte wie ein giftiges Insekt, erklärte Lena das Frühstück in Gedanken für beendet. Sie hatte kaum etwas gegessen. »Ich schätze, ich sollte gehen«, sagte sie müde, »dann kannst du in Ruhe frühstücken.«

Karen hielt sie nicht auf. Natürlich nicht.

7.

Lena fuhr in die Stadt, um einzukaufen, um sich unter normale Menschen zu gesellen, die sie nicht dauernd angriffen. Dennoch besorgte sie eine Salbe für Karens Prellungen, obwohl sie eigentlich nicht über Karen nachdenken wollte.

Wieder zuhause packte Lena die Sachen aus, die sie gekauft hatte, und verstaute alles in der Küche. Es war still im Haus. Lena ging hinauf zu Karen, bekam auf ihr Klopfen aber keine Antwort. Sie trat ein, wollte die Salbe nur einfach auf ihren Nachttisch legen und wieder gehen. Wider Erwarten war Karen in ihrem Zimmer. Sie schlief. Auf ihrer Brust lag ein Papierbogen. Auf dem Nachttisch, griffbereit, entdeckte Lena die Pistole.

Im Schlaf wirkte Karens Gesicht weich, der harte Zug um ihre Lippen war verschwunden. Sie schien Lena so wehrlos in diesem Augenblick, und heißes Mitgefühl flutete in ihr hoch. Etwas, wofür Karen sie umgebracht hätte, wenn sie es auch nur hätte ahnen können.

Lena betrachtete sie, bis sie merkte, was sie da tat. Leise ging sie näher und nahm den Zettel von Karens Brust, um ihn beiseite zu legen. Es war ein Brief, geschrieben in einer ordentlichen Handschrift. Die Absenderin war eine gewisse Marina. Viel schrieb sie nicht, aber das wenige genügte völlig. Es war ein Abschiedsbrief. Dem Datum nach mußte Karen ihn erhalten haben, als sie die Woche im Krankenhaus gelegen hatte. Diese Marina schrieb, daß sie Karen nicht mehr sehen wolle, drückte es natürlich schöner aus, nicht so direkt, aber der Inhalt blieb gleich. Sie schrieb, daß sie Karen nicht mehr liebte, schon lange nicht mehr.

Während Lena auf den Brief starrte, überschlugen sich ihre Gedanken. Eigentlich las sie keine fremde Post. Aber die Schrift war sehr groß, und er bestand nur aus ein paar Zeilen. Unmöglich eigentlich, ihn nicht zufällig zu lesen. Dennoch schämte sie sich wegen ihrer Taktlosigkeit. Sie faltete den Papierbogen zusammen.

Bei dem leisen Geräusch des raschelnden Papiers schreckte Karen hoch und griff in derselben Bewegung nach ihrer Waffe. Dann erkannte sie Lena und entspannte sich. Aber nur kurz. Denn keine Sekunde später bemerkte sie den Brief in Lenas Händen. Gefährlich mißtrauisch verengten sich Karens Augen, und sie sah hoch in Lenas Gesicht.

Unbehaglich biß Lena sich auf die Unterlippe und legte den Brief behutsam auf den Nachttisch. In beginnendem Verstehen änderte sich Karens Gesichtsausdruck, und plötzlich sah sie Lena derartig enttäuscht an, daß dieser heiß das Blut ins Gesicht schoß vor Scham.

»Ich - ich wollte das nicht«, begann Lena stammelnd. »Es war nur ein Versehen ...« Ihr Blick zuckte ungewollt zu der Waffe, die Karen noch immer in der Hand hielt. Karen bemerkte es, ihre Kiefer mahlten, so fest biß sie die Zähne zusammen, und ihr Gesicht verschloß sich schlagartig, wurde hart und kalt.

»Geh!« sagte Karen gepreßt. Nur dieses eine Wort. Unbeholfen wich Lena zurück, obwohl alles in ihr danach verlangte zu bleiben, es zu erklären - es wiedergutzumachen!

8.

Es begann zu regnen, aber Lena wollte raus, an die Luft, und wenn es Frösche regnete. Das war ihr egal. Erst als sich der Wald still um sie schloß, begann sie, sich zu entspannen, und der Schmerz in ihrem Magen ließ ein wenig nach, der dort saß, seit … seit sie Karen getroffen hatte. Warum tat es so weh, wenn Karen sie so schlecht behandelte? Warum hätte sie dann jedesmal heulen können? Bisher hatte sie noch nie eine Frau getroffen, die sie so sehr aufrieb, wie Karen das schaffte. Sie benahm sich wie eine liebeskranke Närrin!

Bei diesem unerwarteten Gedanken erstarrte Lena und stand sehr, sehr still da. Ganz langsam ließ sie den angehaltenen Atem los. Konnte das sein? War sie verliebt? *Unmöglich*, stöhnte Lena innerlich. Dennoch … Warum war es ihr dann nicht einfach egal, wie Karen von ihr dachte?

Lena seufzte unhörbar. *Verliebt oder nicht, ich muß mich bei ihr entschuldigen.* Sie wußte, daß sie sich damit selbst wieder einen Grund geliefert hatte, mit Karen reden zu dürfen. War das ein Zeichen für Liebe? Oder einfach nur für Dummheit oder Masochismus? Hatte Liebe nicht immer weh getan? Kannte sie es denn überhaupt anders? *Scheiße!* Sie wollte sich einfach nicht mehr damit beschäftigen.

Zuhause zog Lena die nassen Stiefel aus und hängte die Jacke zum Trocknen auf. Dann ging sie hoch in Karens Zimmer. Sie wartete auf das »Ja?«, nachdem sie geklopft hatte, um wenigstens diesmal alles richtigzumachen. Als sie das Zimmer betrat, saß Karen in einem der Sessel und reinigte ihre Waffe. Sämtliche Einzelteile lagen auf dem Tisch verstreut, und Lena erwischte sich bei dem unsinnigen Wunsch, sie möge die Pistole nie wieder zusammengebaut bekommen.

Karen hob den Kopf und begegnete Lenas Blick. Durch ihren Spaziergang fühlte Lena sich noch so ausgeglichen, daß sie ihr ruhig standhalten konnte.

»Ich wollte mich bei dir entschuldigen«, sagte Lena unbehaglich. »Entschuldige, daß ich den Brief gelesen habe. Ich wollte das nicht. Ich wollte ihn nur beiseite legen, damit er nicht herunterfällt. Ich weiß, das war dumm von mir. Ich hätte einfach nur die Salbe hinlegen und wieder gehen sollen.«

Karen sagte erst einmal nichts. Sie wandte ihre Aufmerksamkeit wieder der Pistole zu, die vor ihr lag. Langsam setzte sie sie wieder zusammen.

Sie wird nie mehr mit mir reden, schoß es Lena gequält durch den Kopf. Aber immerhin hatte sie ihre Entschuldigung abgeliefert. »Ja, dann ...«, verabschiedete sie sich und drehte sich um.

Als sie fast schon aus dem Zimmer war, räusperte Karen sich hinter ihr.

Lena blieb stehen, aber sie drehte sich nicht um. Sie hatte Angst vor dem, was kommen würde.

»Danke für die Salbe«, sagte Karen leise.

Lena schluckte. »Gern geschehen«, erwiderte sie. Ihr Mund fühlte sich an, als hätte sie staubtrockenen Sand gegessen. Sie wollte gehen, aber ihre Füße schienen wie angeschraubt.

Nach einer Weile fuhr Karen fort: »Bist du denn gar nicht neugierig?«

Verwirrt drehte Lena sich um. »Neugierig? Weshalb?«

»Du hast doch den Brief von Marina gelesen«, erklärte Karen sachlich.

Oh, darum ging es! Lena lächelte schuldbewußt. »Ich denke nicht, daß ich mir Neugier erlauben darf, nach meinem Fehltritt.«

Für die Dauer eines Herzschlages begegnete sie Karens amüsierten Blicken, und es traf Lena direkt in den Bauch. Liebe konnte weh tun - entsetzlich weh tun, wenn sie einen wie ein Vorschlaghammer erwischte.

Ich liebe sie tatsächlich, dachte Lena erstaunt. Und dabei war es ihr vollkommen rätselhaft, weshalb. Viel Liebenswertes hatte Karen nicht an sich, oder sie verbarg es *sehr* tief in sich.

»Und? Bist du nicht neugierig?« fragte Karen noch einmal nach. Sekundenlang starrte sie Lena in die Augen, suchte etwas in ihnen. Dann sank sie aufseufzend zurück. Jetzt, wo Lena sich gegen ihren kommenden Wutausbruch gewappnet hatte, wirkte Karen plötzlich nur noch müde und weit ab von jeder Herausforderung.

Nachdenklich betrachtete Lena die andere und sagte dann: »Es tut mir ehrlich leid, daß sie dich verlassen hat.« Karens Augen zuckten aufmerksam zu ihr hin. *Aha! Das war es also!* »Ich kenne das Gefühl sehr gut, und jetzt, wo ich weiß, daß du Frauen liebst –«

Karen unterbrach sie barsch. »Wer sagt, daß ich Frauen liebe?«

Will sie es abstreiten? Das ist doch Unsinn. Lenas Stimme war sanft und einfühlsam. »Tust du es denn nicht?«

»Ich war mit Marina zusammen«, erklärte Karen unwillig. »Das ist alles. Du weißt nichts von mir!«

Das wieder!

»Vielleicht war sie nur ein Versehen.« Karen lachte bitter, und ihr Gesicht verhärtete sich. »Sie war sogar ganz *sicher* ein Versehen!« All ihre Wut und Enttäuschung lag in diesen Worten, und es tat weh, es zu hören. Wie weh mußte es *ihr* erst tun? Lena war bewegt, wollte sie trösten, aber auf alles, was sie tun oder sagen konnte, würde die andere mit Abwehr reagieren. Also tat sie gar nichts.

Unvermittelt fixierte Karen sie mit verengten Augen, so daß Lena unbehaglich zurückgewichen wäre, wenn sie nicht schon die Tür im Rücken gehabt hätte. »Ich war dumm«, sagte Karen hart. »Aber damit ist es vorbei. So was passiert mir nie wieder.« Gerne hätte Lena gefragt, was ihr nie wieder passieren würde, aber sie wagte es nicht. Karen sah sie noch immer durchdringend an.

Dann stand sie auf und ging zum Fenster. Schweigend gingen die Minuten dahin. Endlich murmelte Karen: »Es hört nicht auf zu regnen.« Heimlich betrachtete Lena sie, wie sie gedankenverloren aus dem Fenster starrte, hinter dem das trübe Grau des Tages lag. Ihre sonst so scharfen Gesichtszüge wirkten sanfter, fast entspannt. Ihr dunkles Haar lockte sich im Nacken, und einzelne Haarsträhnen hingen ihr widerspenstig in die Stirn. Dann fiel ihr Blick auf Karens Lippen, sanft geschwungen, wenn sie nicht zu einem schmalen, wütenden Strich zusammengepreßt waren. Für eine Sekunde nur stellte Lena sich vor, wie es wäre, Karen zu küssen. Ganz zärtlich, um sie ihren Schmerz vergessen zu lassen, sie zu trösten und zu verwöhnen. Lena merkte, wie ihr heiß wurde, drängte diese Gedanken energisch zurück und sah auf den Boden.

»Warum siehst du mich so an?« fragte Karen ruhig.

Schnell blickte Lena zu ihr hoch, aber Karen sprach zum Fenster. Sie mußte einen sechsten Sinn haben oder so. Lena spürte, wie sie rot wurde vor Verlegenheit, und trat unruhig von einem Bein auf das andere. »Tut mir leid, ich – ich habe das gar nicht gemerkt«, log sie stotternd und sah Karen ganz bewußt nicht mehr an.

Karen drehte sich um und sah ihr gerade ins Gesicht. »Ich bin wirklich keine angenehme Gesellschaft für dich.«

Och, na ja. Ein bißchen wie das Spielen mit einer Tigerin vielleicht …

»Wegner mag dich nicht, oder? Sonst hätte er nicht dich ausgesucht, um auf mich aufzupassen.« Karen verzog die Lippen zu einem dünnen Lächeln. »Tut mir wirklich leid für dich.«

»Man kann nicht immer nur vor seinen Gefühlen davonlaufen«, sagte Lena einer Eingebung folgend.

»Wie war das?«

Lena war nicht sicher, ob da eine Drohung in ihrer Stimme lag. Nun, sie würde es gleich wissen, oder? »Es ist einfacher, wenn man einfach wegläuft«, sagte Lena. »Ich war drei Jahre mit Susanne zusammen. Wir waren fast verheiratet … na ja – du weißt, wie ich es meine. Aber irgendwann kamen wir nicht mehr miteinander aus. Wir stritten eigentlich ständig wegen Lappalien. Wir waren vielleicht beide enttäuscht, daß wir einander nicht halten konnten, nach all der Zeit. Und dann bin ich einfach gegangen. Wir haben wohl beide gewußt, daß es so weit kommen würde. Trotzdem ...« Lena sah sie gerade an, ohne zu zaudern. »Ich habe nicht mal *versucht*, irgendwas zu retten. Ich wollte gar nicht mit ihr reden. Ich war einfach nur wütend und enttäuscht und ertrank in Selbstmitleid. Ein Jahr habe ich verschwendet, ehe mir klar wurde, was Susanne mir bedeutet - immer noch bedeutet.«

»Wovon redest du eigentlich?« fragte Karen verwundert.

»Du kannst dich nicht vor allem verkriechen. Oh, ich weiß, du bist echt gut darin. Du schreckst alle ab, so, wie du dich benimmst. Niemand wagt es, dir Fragen zu stellen. Du brauchst nichts zu erklären oder dich auch nur zu bemühen, mit anderen auszukommen. Aber damit machst du es dir zu leicht, denn ich -« Lena schluckte schwer und stieß hervor: »Also ich finde deine Gesellschaft nicht unangenehm.« Skeptisch verzog Karen das Gesicht, und mit einem matten Lächeln ergänzte Lena: »Nicht *soo* sehr. Man - gewöhnt sich daran.« Das klang nicht sehr überzeugend.

»Du lügst nett, wenn auch nicht sehr glaubwürdig«, bemerkte Karen ergeben, und Lena entdeckte beinahe so etwas wie Dankbarkeit in den Augen der anderen.

9.

Lena fühlte sich trotz - oder vielleicht gerade wegen? - des Gesprächs mit Karen immer schlechter, je mehr sie grübelte, und am nächsten Tag raffte sie sich deshalb schließlich gleich am Morgen auf und trieb sich dazu, sich eine Beschäftigung zu suchen, um nicht nachzudenken. Arbeit hatte sie genug, und weil sie sich nicht allzu fit fühlte, beschloß sie, das zu machen, was sie am besten konnte. Rasch zog sie sich ihren Arbeitsoverall an, der noch ungewaschen im Kofferraum ihres Wagens lag, und ging hinaus.

Es war ein lauer Tag. Die Luft roch frisch nach den Gräsern der umliegenden Wiesen, und Grillen zirpten unermüdlich um die Wette. Die Sonne versteckte sich immer wieder hinter Wolken, die aber keinen Regen androhten. Einen Moment blieb Lena vor dem Haus stehen, schaute über die Wälder und die Wiesen und atmete tief die frische aromatische Luft ein. Kein Auto war zu hören, keine Stimmen oder der Lärm der Stadt.

Der Wagen von Susanne stand in der Garage beim Haus. Weil es Lena da aber zu eng und dunkel war, löste sie die Handbremse und schob das Auto langsam nach draußen ins Freie. Dann sammelte sie alles an Werkzeug zusammen, was sie so finden konnte in dem Durcheinander, das in der Garage herrschte, und machte sich an die Arbeit. Probehalber versuchte sie, den Motor zu starten, aber mehr als ein hustendes Stottern bekam sie nicht zustande. Eine Weile studierte sie den Motor, hing bäuchlings über dem offenen Wagen, rüttelte an einigen Kabeln und Schläuchen, konnte aber so auf Anhieb nichts finden. Mit einer Lampe ausgerüstet legte sie sich ins Gras und schob sich unter den Wagen, um ihn sich von unten zu besehen, aber auch hier hatte sie keinen Erfolg. Also kroch sie wieder unter dem Wagen hervor. Eigentlich hatte sie keine Lust auf Arbeit.

Sie schaute hinauf in den Himmel und blieb einen Moment liegen. Ja, das war es, was sie in der Stadt immer vermißte: die Weite des Himmels, in dem sie sich verlieren konnte. Wo ihre Blicke nicht ständig gegen die nächste Hauswand stießen oder gegen ein Reklameschild. Sie betrachtete die Wolken, blinzelte hinauf in die blauen Lücken dazwischen und genoß die kurzen

Abschnitte, wenn die Sonne durch die Wolken sickerte und ihr Gesicht wärmte. Entspannt blieb sie liegen, roch das Gras und hörte den summenden Insekten zu.

Seufzend tauchte Lena dann eine halbe Stunde später - nachdem sie sich selbst davon überzeugt hatte, daß die Reparatur doch dringender war als die Betrachtung des Himmels - erneut zum Motor von Susannes Wagen hinunter, um sich mit einer verdammten Schraube zu quälen, die so festgerostet war, daß sie ihren Lockerungsversuchen mit dem Schraubenschlüssel beharrlich Widerstand leistete. Sie bot all ihre Kraft auf und zerrte an dem Schraubenschlüssel. Plötzlich gab es einen Ruck, der Schlüssel gab nach, und Lenas Handrücken knallte gegen die Metallabdeckung des Wagens. Mit einem unterdrückten Schmerzensschrei riß sie ihre Hand mit dem Schlüssel zurück und drosch ihn fluchend gegen die Motorhaube. Dann feuerte sie den Schraubenschlüssel scheppernd in den Werkzeugkasten.

Ein leises Lachen neben ihr ließ sie aufschauen, während sie ihre pochende Hand umklammerte. Karen lehnte am Heck des Wagens, sah ihr interessiert zu und lächelte noch immer.

»Was ist daran witzig!« fauchte Lena ungehalten. Sie war wirklich stinksauer.

Karen lachte erneut leise, ein Laut, der wunderschön klang - und schrecklich ungewohnt. Ein Laut, den Lena gerne öfter hören würde. »Du mußt gegen den Wagen treten«, forderte Karen sie auf.

Lena funkelte sie an, drehte sich zum Auto und trat mit dem Stiefel gegen das Blech der Karosserie. Sie war noch immer ärgerlich, aber sie beruhigte sich im gleichen Maße, wie der Schmerz in ihrer Hand abklang. Mißmutig sah sie Karen an. »Es gefällt dir, wenn ich Schmerzen habe«, warf Lena ihr beleidigt vor.

»Nein. Es gefällt mir, dir zuzusehen, wenn du deine gute Erziehung vergißt«, berichtigte Karen spöttisch. »Willst du nicht noch mal gegen den Wagen treten?«

»Nein, danke«, sagte Lena gespielt hochmütig. Dann grinste sie. »Er fällt sonst auseinander.«

Sie wurde von Karens Lachen belohnt. Nach dem Gespräch gestern war sich Lena nicht sicher gewesen, wie die andere sich nun verhalten würde. Karen hatte ihr mehr erzählt, als sie vermutlich selber gewollt hatte, und Lena war ziemlich ehrlich zu ihr gewesen, obwohl sie nicht genau wissen konnte, wie die andere damit umging, wo sie doch auf Kleinigkeiten manchmal schon so heftig reagierte. Daß Karen jetzt zu ihr hinausgekommen war, war eine Überraschung. Eine angenehme Überraschung, wie Lena sich sagte. Und Karen schien nicht einmal wütend. »Kann ich etwas für dich tun?« fragte Lena zuvorkommend. Zum Plaudern war Karen sicher nicht hier.

Karen schaute sich in der Landschaft um, betrachtete das Haus, den Himmel, als würde sie das alles zum ersten Mal bewußt wahrnehmen. Dann lehnte sie sich gelassen an den Wagen und sagte einfach: »Mir war langweilig in meinem Zimmer. Zu viel Zeit zum Denken.« Lena mußte lächeln. »Ist das komisch?«

»Ja – Nein … Ja.« Sie seufzte unwillig über sich selbst. »Es ging mir genauso«, gestand sie schließlich erklärend. »Deshalb habe ich mir Susannes Wagen vorgenommen. Sie fährt schon seit einer Woche mit dem Fahrrad in die Stadt. Das ist ziemlich weit.«

»Die Stadt?« hakte Karen interessiert nach.

»Ja. Einige Kilometer von hier ist eine kleine Stadt.«

Karen schaute nachdenklich den Weg hinunter, der im Wald verschwand. Als die Sonne herauskam, verengte sie geblendet die Augen und drehte sich von dem grellen Licht weg. Sie sah blaß aus, und sicher hatte sie immer noch Schmerzen, auch wenn sie schon wieder herumlief und jede Schwäche ignorierte.

»Was fehlt ihm denn?«

»Wie?« Lena konnte ihr nicht folgen. Sie war von ihrer momentanen ruhigen Stimmung mehr verunsichert als von ihren Ausbrüchen. Eigentlich rechnete sie ständig mit der Explosion, die kommen mußte. Die Ruhe vor dem Sturm eben.

»Der Wagen«, erklärte Karen geduldig und klopfte auf das Blech des Daches.

»Oh –« *Der Wagen, klar, was auch sonst.* »Ich weiß noch nicht. Vermutlich die Kerzen.«

»Die Kerzen«, wiederholte Karen gedehnt, und Spott glitzerte in ihren Augen.

Lena wußte nicht, was das zu bedeuten hatte. Ihre Unsicherheit trieb sie dazu, sich wieder an die Arbeit zu machen, und sie steckte den Kopf erneut unter die Motorhaube. Während sie an den Zündkerzen herumfummelte und einige herausschraubte, bis sie glaubte, die defekte gefunden zu haben, hatte sie Karen fast vergessen, weil die so still am Auto stand und nichts sagte. Was mochte wohl in ihr vorgehen, fragte Lena sich, als sie an der Frau vorbei zum Kofferraum ging und in dem Ersatzteilkoffer, den sie Susanne mal geschenkt hatte, nach einer neuen Zündkerze suchte. Nachdem sie die eingebaut hatte, ging Lena zur Fahrerseite und blieb befangen vor Karen stehen. »Ich äh … müßte da mal ran«, murmelte sie, ohne die andere direkt anzusehen. Karen machte einen Schritt zur Seite, und Lena stieg ein und startete den Wagen. Der Motor sprang an und schnurrte gehorsam. Zufrieden lehnte sie sich im Sitz zurück. »Perfekt.« Kurz sah sie sich zu Karen um, ob sie noch am Wagen lehnte, aber sie war nicht mehr da.

Langsam fuhr sie den Wagen in die Garage zurück. Erst beim Aussteigen sah sie Karen auf der Wiese vor dem Haus sitzen und in Richtung Waldrand starren wie schon einmal. Lena räumte das Werkzeug weg und machte gleich noch ein bißchen Ordnung, wo sie schon mal dabei war. Als sie fertig war, saß Karen noch immer so da. Unschlüssig überlegte Lena, ob sie zu ihr gehen sollte, auch auf die Gefahr hin, ihr auf die Nerven zu gehen. Denn sie fand es überhaupt nicht vernünftig, wenn Karen dauernd grübelte. Würde

Karen nicht in dieser Situation stecken, dann hätte ein Psychiater sich mit ihr beschäftigt - *intensiv* beschäftigt.

Sich die Hände an einem Lappen abwischend, ging sie zu Karen hinüber. Etwas von ihr entfernt blieb Lena stehen, folgte ihren Blicken zum Wald. Es war nichts Besonderes zu sehen, und sie hatte auch die Vermutung, daß die Frau gar nicht den Wald sah, sondern nur die Bilder in ihren Gedanken.

»Es ist ein schöner Tag heute«, stellte Lena ruhig fest und kam sich ein bißchen dumm dabei vor, unterdrückte dieses Gefühl aber energisch. Karen sah kurz über die Schulter zu ihr und drehte sich dann wieder nach vorne. Sie sagte nichts, was Lenas Vermutung bestätigte, daß ihr dieser Tag und sein Wetter scheißegal waren. Für Small talk hatte sie anscheinend nicht viel übrig. Aber das war ja auch nicht wichtig. Lena wollte sich gar nicht unbedingt unterhalten, sondern einfach nur hier draußen sein, neben Karen. Deshalb setzte sie sich in einigem Abstand, um Karen nicht zu nahe zu kommen und sie zu stören, mit untergeschlagenen Beinen ins Gras. Sie drehte unruhig den Lappen zwischen den Händen, ohne es richtig zu merken, während sie zu der dunklen Linie des Waldrandes hinüberblickte.

»Ich bin gerne hier draußen«, begann Lena leise. Auch wenn Karen nicht zuhörte, dann sprach sie eben mit sich selber. Das fand sie nicht schlimm. »Es ist friedlicher als in der Stadt. Keine Hektik um einen herum. Kein Zwang, irgendwo pünktlich zu erscheinen. Dieses und Jenes schnell zu erledigen.« Von der Seite warf sie Karen einen kurzen Blick zu, sah aber nur ihr Profil. Die Frau starrte unverändert zum Wald. Ihr Gesicht wirkte abweisend - nein, nicht abweisend, einfach nur versunken in ihre Gedanken und verschlossen, wie immer.

Warum erzählst du ihr das? fragte Lena sich ernsthaft. *Es interessiert sie doch gar nicht.*

Vielleicht nicht, aber irgendwas mußte sie doch mit ihr reden. Sie von ihren Gedanken ablenken.

Mußt du das wirklich? Du bist schließlich kein Psychiater.

Nein, aber sie wollte ihr helfen – aus irgendeinem verrückten Grund.

Lena wandte sich wieder zum Wald um. »Eigentlich mag ich die Stadt nicht mal besonders. Es ist viel zu laut. Das klingt jetzt sicher dumm, aber manchmal kann ich mich selbst gar nicht mehr hören. Hier draußen ist das anders. Hier kann ich mich fühlen, und ich bin ich selber. In der Stadt ...« Sie lachte leise, selbst etwas ungläubig. »... da versuche ich eigentlich dauernd, so zu sein, wie die Leute es von mir erwarten.« Einen Moment dachte sie darüber nach und erkannte die Richtigkeit dessen, was sie gerade gesagt hatte. Warum war ihr das vorher nie aufgefallen? »Mike zum Beispiel, das ist der Mechaniker, der im Fuhrpark das Sagen hat. Ein großer Kerl, mit einer großen Klappe und einem großen Ego. Außerdem ist er ein Riesenarschloch«, stellte sie wieder einmal fest. Lena grinste flüchtig. Gut, daß er sie nicht hören konnte. »Er erwartet dauernd, daß ich doppelt so gut bin wie die Männer. Alles muß ich besser machen und schneller.« Ihr Lächeln wurde ein wenig bitter. »Und ich reiße mir fast ein Bein aus, um seine Erwartungen zu erfüllen. Keine Ahnung, warum ich das mache.«

»Wie du schon mal sagtest: Es ist nicht einfach, die Erwartungen anderer zu erfüllen.« Karen sprach sehr leise und sah immer noch geradeaus.

»Nein, das ist es nicht«, stimmte Lena zu und überspielte ihre leichte Überraschung darüber, daß Karen mit ihr sprach. Gleichzeitig fürchtete sie, daß dieses Thema nicht gerade positive Erinnerungen in Karen weckte. Das hatte es letztes Mal ja schon nicht getan. »Man vergißt dabei sich selbst«, beendete sie dennoch ihren Gedanken, weil es ihr wichtig war. Aus den Augenwinkeln sah sie, wie Karen ihr das Gesicht zudrehte und blickte sie ihrerseits an.

Karen betrachtete Lena sehr seltsam, fast nachdenklich. »Wie wäre es mit einem Spaziergang«, schlug sie dann unvermittelt vor und sprang auf. »Ich halte es nicht mehr aus, untätig herumzusitzen. Ich habe das Gefühl zu ersticken. Es ist - ich muß...« Sie unterbrach sich. Ihr Atem ging etwas schneller. »Ich muß raus!«

Das wird sicher lustig werden, überlegte Lena sarkastisch, aber sie folgte Karen brav, als die mit ihren langen Beinen losmarschierte und den nächstbesten Waldweg einschlug. Lena mußte ziemlich laufen, um wenigstens hinter ihr zu bleiben, und ihr fielen einige Begriffe ein, die besser paßten als Spaziergang für das, was sie hier taten. Gewaltmarsch war nur einer davon.

Irgendwann schien es, als hätte Karen sich abreagiert, zumindest aber wurde sie ein wenig langsamer, und Lena schloß zu ihr auf. Schweigend gingen sie weiter. Lena warf der anderen immer wieder einen Seitenblick zu und überlegte, warum Karen schon wieder so wütend war. Als das Schweigen aber andauerte, begann Lena sich etwas zu entspannen. Vielleicht wollte sie ja gar nicht reden. Allmählich bemerkte Lena den Wald um sich herum wieder und nicht nur Karen neben sich.

»Ich wollte mit dir reden«, sagte Karen plötzlich, ohne sie anzusehen.

»Worüber?« fragte Lena überrascht.

»Es ist wegen dieses Briefes und wegen meiner - wegen Marina«, begann sie bedächtig. »Ich will nicht, daß jemand erfährt, daß ich mit einer Frau zusammengelebt habe.«

Oh, tja... Das war ja wohl Karens Angelegenheit. »Warum erzählst du mir das?«

Ein argwöhnischer Seitenblick traf sie von Karen. »Nun, jetzt, wo du Bescheid weißt, könnte es doch sein, daß du einiges zu erzählen hast, wenn du erst wieder in deiner Werkstatt bist...«

Lena begann zu begreifen und blieb stolpernd stehen. Karen hielt ebenfalls inne. Fassungslos starrte Lena sie an. »Du denkst, ich rede über dich?« fragte sie mit plötzlicher Wut. »Was denkst du denn von mir? Nein - sag es nicht, ich kann es mir schon vorstellen. Aber das würde ich nie tun, begreifst du das? Verdammt noch mal, Karen. Ich bin doch kein Monster. Dein Leben geht mich doch überhaupt nichts an. Ich kenne dich ja gar nicht. Das hast du mir doch selbst gesagt. Warum sollte ich also darüber reden, mit wem du ins Bett gehst?« Aufgebracht wirbelte Lena herum und marschierte weiter, diesmal war sie es, die mit großen Schritten loseilte.

Karen hatte allerdings kaum Probleme, mit ihr mitzuhalten. »Ich kenne dich genausowenig wie du mich, Lena.«

Lena schwieg. Plötzlich hielt Karen ihren Arm fest und zwang sie, stehenzubleiben und ihr ins Gesicht zu sehen. »Ich kenne dich nicht«, wiederholte Karen sehr betont. »Aber du verlangst von mir, daß ich dir vertraue. Weißt du, wie schwierig das ist? Ich möchte nicht, daß Dinge über mich in die Öffentlichkeit geraten ...«

»Ja, schon gut«, murmelte Lena, fühlte aber immer noch kribbelnden Ärger in sich, als sie weitergingen.

»Du mußt mich verstehen.« Karen klang mürrisch. »Ich weiß, daß ich manchmal etwas zu mißtrauisch bin, aber glaub mir, das hat seine Gründe. Ich kann es mir nicht leisten, wenn über mich geredet wird. Mein Ruf ...«

»Ich sagte doch: schon gut«, erwiderte Lena übellaunig. Wenn es so war, dann war jedes weitere Wort zuviel.

»Wie lange wird das Schutzprogramm wohl noch dauern?« wechselte Karen abrupt das Thema.

»Das Schutzprogramm?« Lena war zunächst irritiert, dann zuckte sie mit den Schultern. »Keine Ahnung.« Wollte Karen denn weg? *Natürlich will sie weg. Das hier ist nicht ihr Zuhause. Und besonders wohl fühlt sie sich auch nicht.* Der Gedanke gefiel Lena überhaupt nicht. Aber es war unausweichlich, Karen würde gehen – früher oder später.

Lieber später.

Und warum? Was hatte sie davon?

Ich will nicht, daß sie geht! Das ist alles. Zu spät unterdrückte Lena den schweren Seufzer, der sich ihrer Kehle entrang.

Karen lachte leise, und es sah ehrlich aus, ohne Spott. »Kannst es kaum erwarten, bis ich weg bin, was?«

Das nun gerade nicht. Aber Lena lächelte nur ein wenig betrübt und enthielt sich weise einer Antwort.

Karen betrachtete sie forschend, bis Lena unbehaglich beiseite sah. »Was ist bloß los mit dir?« Und es war nicht nur die Frage selber, die Lena irritierte, weil es Karen noch nie interessiert hatte, was mit ihr los war, sondern auch der gereizte Tonfall, in dem sie die Frage stellte.

Lena hob den Kopf, um Karen neben sich verwundert anzusehen. »Was soll denn los sein?« Selbst in ihren eigenen Ohren klang sie nicht besonders glaubhaft unschuldig, wie sie es vorgehabt hatte.

»Du mußt froh sein, mich loszuwerden«, bekräftigte Karen überzeugt. Sie lächelte ein wenig, und es jagte Lena einen Stich durch die Brust. Aber sie versuchte, es zu überspielen.

»Muß ich?« fragte sie nach.

»Ja. Ich habe dich mit der Waffe bedroht und angeschrien.«

»Und fast erwürgt«, ergänzte Lena nickend.

»Ja, auch das.«

»Und fast geschlagen. Mit der Faust«, zählte Lena noch auf.

Zerknirscht verzog Karen das Gesicht. »Du hast ein gutes Gedächtnis«, murmelte sie.

»Ist ja auch noch nicht so lange her«, entgegnete Lena und mußte widerwillig lachen, als Karen schuldbewußt nach einer Entschuldigung suchte. »Aber ich habe es schon beinahe vergessen«, log sie grinsend, um es ihr zu ersparen. Karen mußte ebenfalls lächeln, ein wenig erstaunt, so als hätte sie mit Lenas Reaktion nie gerechnet. »Dann hab ich eben was bei dir gut. Wie wäre es mit einem Autogramm und einer persönlichen Widmung«, neckte Lena sie, weil es sie von den anderen Gedanken ablenkte. »Damit kann ich dann angeben, wenn ich wieder in der Werkstatt bin.«

Karen tat abfällig. »Das hättest du wohl gerne, was?«

»Ja, *sehr* gerne«, schmunzelte Lena. Karen mußte leise lachen, und Lena ertrank in ihrem Lachen. Es tat weh! Dieses Gefühl tat weh! *Oh, bitte… warum immer ich? Das ist wirklich nicht fair.*

»Woran hast du denn so gedacht?« erkundigte Karen sich amüsiert. »Welche Widmung?«

›In Liebe‹ wäre nett, aber es reicht auch einfach ein kleines ›Ich denke an dich‹. Lenas Lächeln wurde ein wenig gezwungen, und sie hatte plötzlich Mühe zu schlucken. »Denk dir eine aus«, stieß sie hastig hervor und starrte unbewegt nach vorne. Karen sah sie an, und von ihrem Lächeln war nichts mehr geblieben. Fast wünschte Lena sich, es auch niemals wieder zu sehen, dann würde es vielleicht leichter sein, ihre Gefühle zu ignorieren.

Mit einem Stirnrunzeln quittierte Karen Lenas Stimmungsumschwung, und sie wirkte nicht mal verwirrt davon. Allenfalls nachdenklich und ein wenig verstimmt, denn ihr Gesicht war schon wieder so verschlossen wie eine Auster.

Lena beschloß, daß es ihr egal war. »Vielleicht sollten wir zurückgehen«, redete sie drauflos und bog in den Weg ein, der zum Haus zurückführte, in dem Wissen, daß Karen ihr folgte.

Plötzlich spürte sie Karens Hand auf ihrer Schulter. Lena mußte stehenbleiben, und Karen drehte sie zu sich um, als wäre sie ein willenloses Spielzeug. Lena wehrte sich auch gar nicht. »Du läufst weg!« hielt ihr Karen vor.

Ja, vielleicht… »Nein. Wovor denn?« erwiderte sie lahm.

»Was ist nur los mit dir?« wollte Karen wieder wissen. Aber es klang, als wisse sie die Antwort längst, und als gefiele sie ihr nicht.

»Was soll denn sein?« wehrte Lena ab und mied Karens scharfe Blicke, die ihr Gesicht fixierten.

»Das weißt du selber.« Karen seufzte genervt und schalt sie wie ein Kind. »Stell dich doch nicht so dumm. Denn das bist du nicht.«

»Ich weiß nicht, wovon du redest.« Und eigentlich wußte Lena es wirklich nicht.

»Ich bin doch nicht blind«, entgegnete Karen, mit einem Mal wütend. Unsicher zuckte Lenas Blick zu ihr und begegnete Karens Augen, die sie durchbohrten und eine Antwort erzwingen wollten. Lena spürte Unbehagen.

»Ich weiß gar nicht, was du willst.« Sie wollte nicht reden. Nicht *darüber*. Sie wollte nicht! Schwach versuchte sie, sich aus Karens Griff zu befreien.

»Oh, nein«, knurrte Karen zornig. »So nicht.« Dann nahm sie ganz unvermittelt ihre Hand von Lenas Schulter, umfaßte statt dessen mit beiden Händen ihr Gesicht und preßte hart ihre Lippen auf Lenas Mund. Es war ein zorniger Kuß, dem alles Zärtliche oder auch nur Sanfte abging. So unerwartet, wie Karen sie küßte, oder bestrafte oder was auch immer, so plötzlich gab sie ihre Lippen auch wieder frei. Lena rang nach Luft und starrte Karen erschrocken an. Ihre Lippen brannten, und ihr Herz schlug hart gegen ihre Rippen. »Was …?« stotterte sie hilflos und völlig verwirrt, aber ihre Stimme versagte.

Ohne sie loszulassen und dicht vor ihrem Gesicht preßte Karen wütend hervor: »Das ist es doch, oder? Das willst du doch.« Ihre Stimme bekam etwas Beißendes. »Einmal mit der Beringer ins Bett.«

»Nein«, flüsterte Lena wie gelähmt. *Das ist nicht wahr*, schrie es in ihr. *Nein, nicht so!* Aber sie konnte kein Wort ihre trockene Kehle hinaufzwingen.

»Ich merke doch, wie du mich anstarrst«, stieß Karen halb erstickt hervor, und ihr Griff, mit dem sie Lena festhielt, wurde schmerzhaft. »Was erhoffst du dir? Ein kleines Abenteuer? Ist es das? Mal sehen, ob die Beringer auch im Bett so gut ist?«

»Nein«, wisperte Lena hilflos. »Nein, so ist es nicht.«

Karen verzog die Lippen zu einem dünnen Lächeln, das ihre harten Augen nicht erreichte. »Kein Abenteuer. Dann willst du also mehr. Du willst alles. Eine Beziehung. Ist es das?« Ihre Stimme senkte sich zu einem heiseren Flüstern. »Du hast keine Ahnung. Glaub mir, das würdest du nicht ertragen. Mich nicht und meinen Job nicht.« Es klang unabänderlich, eine Feststellung, die sie machte und die alles besagte, was es für sie zu sagen gab. Karens Gesicht war ganz nah vor ihrem, und doch hätte sie in diesem Moment nicht weiter entfernt sein können, wenn sie Meter zurückgetreten wäre. Alles in Karen war auf Abwehr geschaltet, sie war voller Zorn. Aber Lena merkte auch, daß die ganze brennende Wut in Karen nicht allein ihr galt. Das war gut, denn *das* hätte Lena nicht ausgehalten.

»Ich ertrage eine ganze Menge«, hörte Lena sich murmeln.

Karen preßte die Lippen zu einem Strich zusammen und schüttelte heftig den Kopf. »Nein, du irrst dich. Marina dachte das auch. Ich habe ihr das sogar geglaubt. Aber es ging nicht. Ich weiß es!«

»Aber du kennst mich doch gar nicht«, wandte Lena leise ein und suchte die Blicke der anderen. Bittend sah sie Karen an. »Ich ertrage eine Menge.« Sie griff nach Karens Händen, die sie noch immer festhielten, aber sie versuchte nicht, sich zu wehren. Konnte es gar nicht. Sie legte nur ihre Hände über Karens und umschloß sie behutsam. »Eine ganze Menge«, wiederholte sie.

Karen schüttelte wieder den Kopf, diesmal etwas resigniert. »Du weißt nicht, wovon du redest. Und ich *will* es auch nicht!« Noch während sie Lena ansah, schwand Karens Wut. Sie ließ sie los, als würde ihr alle Kraft entweichen, und entzog ihr ihre Hände.

»Gib mir doch eine Chance. Ich will mich ja gar nicht in dein Leben einmischen. Ich will eigentlich nur dich.«

»Aber warum?« rief Karen verständnislos.

»Das weiß ich nicht. Vielleicht war ich zu lange alleine. Du hast es mir ja nicht gerade leicht gemacht, dich zu mögen.« Lena lächelte schwach und ein wenig zittrig. »Da kannst du mal sehen, *wie* alleine ich bin.«

Karen reagierte darauf überhaupt nicht. »Du bist verrückt«, stellte sie fest. »Das kannst du nicht ernst meinen. Du weißt gar nicht, worauf du dich da einläßt.« Sie war beharrlich und schaltete auf stur. »Es wird nicht funktionieren. Denk noch mal darüber nach.«

»Da gibt es nichts nachzudenken«, entgegnete Lena jetzt leicht gereizt. Was glaubte sie denn? Daß sie es sich leicht gemacht hatte? Daß sie es mit Absicht getan hatte? »Ich kann nichts dagegen machen. Ich finde dich attraktiv, und auch wenn es dir nicht paßt, denke ich, daß ich dich mag – die andere Karen. Die, die nicht dauernd allen mit Mißtrauen begegnet und sie vor den Kopf stößt.«

Karen lachte freudlos. »Eine solche Karen gibt es nicht. Das bildest du dir nur ein.«

»Oh, doch. Ich glaube schon, daß es sie gibt.«

»Blödsinn!« begehrte Karen auf und starrte sie finster an. »Laß mich einfach in Ruhe. Ich kann mit so etwas nichts anfangen. Was du empfindest – oder *glaubst* zu empfinden – ist dein Problem. Wenn du dich alleine fühlst, dann such dir jemanden, der das ändert. Ich bin nicht die Richtige. Verstehst du? Laß mir meine Ruhe.« Jedes ihrer Worte tat weh und klang sehr entschieden.

»Sicher«, quetschte Lena mühsam hervor. Am liebsten hätte sie geheult, aber das brachte wohl in Karens Fall auch nicht viel. Sie hatte da so diese Ahnung, daß Tränen bei ihr lediglich noch mehr Abwehr erzeugten. Und außerdem verbot ein winziger Rest von Stolz es ihr, sich hier noch mehr zur Närrin zu machen, als sie es ohnehin schon getan hatte. Ihre liebeskranken Blicke mußten Karen wahnsinnig auf die Nerven gegangen sein, wenn sie so heftig mit ihrer Wut reagierte, statt es zu ignorieren. Karen wollte, daß sie sie in Ruhe ließ. Also, dann würde sie das tun. Sie hatte sich noch nie aufgedrängt. Es wäre sicher besser für ihr Selbstbewußtsein und ihr Wohlbefinden, wenn sie Abstand hielt. Diese Gefühle würden sicher mit der Zeit vergehen. Das hoffte Lena jedenfalls, damit sie sich nicht mehr so beschissen fühlte wie gerade im Moment. Zwar hatte Karen nicht gesagt, daß sie Lena nicht mochte oder daß sie sie gar abstoßend fand –

Bist du blind? Sie haßt dich! Allenfalls bist du ihr egal.

Aber sie hatte sie sogar geküßt, so irgendwie, wenn man es denn so nennen wollte.

Du spinnst ja, fluchte Lena innerlich. *Laß doch die Frau in Ruhe! Das ist das, was sie will, und das, was für dich gut ist. Idiotin!*

»Warum hast du mich geküßt?« wollte Lena unvermittelt wissen und sah, wie Karen zusammenzuckte bei ihrer Frage.

»Wir sollten zurückgehen«, sagte Karen abrupt und ließ Lena einfach stehen.

Lena wollte ihr noch etwas nachrufen, ihrem Ärger Luft machen, eine Antwort verlangen, aber sie tat es dann doch nicht. Es hatte ja alles keinen Sinn. Langsamer folgte sie Karen, und von dem Wald um sie herum bekam sie nicht allzuviel mit. *Wenn ich ihr so verdammt egal bin, dann hätte sie antworten können. Ist das ein Trost?* So was war Lena noch nie zuvor passiert. Normalerweise begannen die Probleme erst im Laufe einer Beziehung. Aber in diesem speziellen Fall hatte sie den Ärger schon, ehe irgend etwas angefangen hatte. Sie lächelte zynisch. Na, wenigstens waren es keine Probleme im Bett. Das konnte sie getrost ausschließen. Karen war wirklich kompliziert. Konnte sie denn nie das tun, was man von normalen Menschen erwartete?

10.

Kaum kamen sie wieder zurück, klingelte das Telefon. »Hier ist Wegner«, meldete sich eine männliche Stimme am anderen Ende.

»Oh ...« Lena war verblüfft. »Ähm. Hallo. Ist die –«

»Nein, noch keine Entwarnung«, kam es geschäftlich zurück. »Aber Sie müssen zurückkommen. Und zwar morgen schon. Es ist wichtig.«

Das war Lena klar. Es *mußte* wichtig sein. »Worum –«

Aber er ließ sie wieder nicht ausreden. »Keine Einzelheiten am Telefon. Kommen Sie sofort zurück. Allein. Beringer bleibt dort, wo sie ist. Lassen Sie sich auf keine Diskussionen ein.«

Als ob das so einfach wäre, dachte Lena. Besorgt legte sie auf, blieb, wo sie war, und starrte das Telefon an, als wüßte der Apparat etwas, das er ihr verschwieg. Aber das war eigentlich nicht ihr Hauptproblem. Sie drehte den Kopf zur Treppe und schaute hinauf. Mit einem tiefen Seufzer ging sie zu Karen und fand sie auf einem Stuhl sitzend in ihrem Zimmer. Die Beine hatte Karen auf das Fensterbrett hochgelegt und las in einem Buch, das sie sich von unten geholt haben mußte. Als sie Lena erkannte, verdunkelte sich ihr Gesicht augenblicklich. »Was willst du?«

Trotz oder gerade wegen dieser typischen Begrüßung mußte Lena verhalten lächeln. Karen war ganz die alte. Dieser Kuß hatte ihr nichts bedeutet. »Keine Sorge«, beruhigte sie spöttisch. »Ich beiße dich nicht.« *Ich würde lieber mit dir reden.*

Irritiert starrte Karen sie an, als hätte sie den Verstand verloren. Lena seufzte nur und setzte sich, ohne zu fragen, weil Karen bestimmt abgelehnt hätte, auf das Fußende des Bettes. »Ich habe eben einen Anruf von Wegner bekommen.«

»Die Aktion ist beendet«, mutmaßte Karen derartig schnell, daß es Lena wirklich hart traf.

»Nein«, knirschte sie düster und funkelte Karen an. »Aber ich habe dennoch eine gute Nachricht für dich.«

»So?«

»Ich muß ein paar Tage fort.« Fragend wartete Karen, und Lena setzte hinzu: »Er hat mir nicht gesagt, um was es geht. Aber die Aktion ist *nicht* beendet. Und du mußt hierbleiben.«

»Was soll denn dieser Blödsinn«, murmelte Karen verwundert und schaute auf ihr Buch hinunter, ohne es wirklich zu sehen.

»Keine Ahnung.« Lena sah sie abwartend an, ob noch etwas von ihrer Seite kam, gab ihr Gelegenheit, etwas zu sagen, wollte sie am liebsten anschreien, endlich mit ihr zu sprechen, aber Karen war in ihre Gedanken versunken und schien sie nicht mal zu bemerken. Lena biß die Zähne zusammen und wollte aufstehen. Aber dann fiel ihr noch etwas ein. »Soll ich dir was mitbringen?«

Karen sah auf, und in unüberhörbarem Sarkasmus fragte sie: »Ein Dutzend rote Rosen?«

So nicht! »Wenn du willst«, erklärte Lena mit eisiger Ruhe und ließ Karens Sarkasmus ins Leere gehen. »Aber eigentlich meinte ich Sachen aus deiner Wohnung. Kleidung oder was du so brauchst.«

Karen runzelte die Stirn. Daran hatte sie nicht gedacht. Sie senkte den Blick auf ihr Buch. Abwesend blätterte sie darin. »Nein, ich glaube besser nicht.«

»Jetzt bist du dumm«, sagte Lena sachlich. »Ich werde nicht herumschnüffeln. Ich dachte, das hätten wir geklärt. Und klauen werde ich auch nichts.«

»Nein, das habe ich auch nicht angenommen.«

»Na, dann kannst du mir doch sagen, was du brauchst«, stellte Lena praktisch fest. Mit einem unmerklichen Lächeln, das eigentlich nur in ihren Augen zu sehen war, deutete sie mit einer nachlässigen Handbewegung auf die Kleidung, die Karen trug: Rolfs Hemd und seine Jeans, die sie mit einem Gürtel um ihre schmale

Taille oben hielt. »Ich nehme an, du hast Sachen, die dir besser passen, hm?«

Karen seufzte tief auf, eigentlich unhörbar, aber Lena sah das Heben ihrer Brust. Was mußte es Karen doch für Überwindung kosten, jemanden um etwas zu bitten. »Also gut.«

11.

Lena mußte früh los, damit sie es bis zum Nachmittag schaffen konnte. Dennoch war Karen schon auf, als sie in ihr Zimmer trat. »Guten Morgen. Hast du alles?« fragte sie direkt.

Karen nickte und gab ihr ein Schlüsselbund und einen kleinen Zettel mit der Adresse ihrer Wohnung. Kurz schaute Lena auf die leere Rückseite des Papiers. »Willst du nichts Bestimmtes?«

»Nein, nein.« Es schien Karen unangenehm zu sein, daß sie überhaupt etwas für sie tat. Zumindest war sie kaum fähig, Lena in die Augen zu sehen. Sie hatte die Hände hinter dem Rücken gefaltet, sehr diszipliniert. Lena nahm an, daß sie einfach nur nervös war und nicht wußte, wohin mit ihren Händen.

»Gar nichts?«

»Himmel, nein!« fuhr Karen sie an, sah aber sofort wieder beiseite und sagte leiser: »Wirklich nicht. Mach dir keine Umstände. Ein bißchen Kleidung und so. Na ja, du weißt schon.«

»Ja, und ein Dutzend Rosen«, sagte Lena beiläufig und lächelte liebenswürdig, als Karen ihr einen scharfen Blick zuwarf. Aha, doch noch die Alte! Sie hatte schon Sorge gehabt, Karen könne über Nacht zu einer schüchternen Dame geworden sein. Von der Raubkatze zur Schmusekatze. Schrecklich!

Karen sah wunderschön in ihrem Ärger aus. Immerhin kannte Lena sie ja fast nur so. Ihre Augen leuchteten dabei wild.

»Okay.« Lena zögerte. Sie hätte sich lieber anders von Karen verabschiedet. Kurz sah sie zu Karens Lippen. Gerne hätte sie sie geküßt, ganz sanft. Es wäre ein anderer Kuß geworden als jener, den Karen ihr gegeben hatte. Ein ganz anderer. Resolut lenkte Lena ihre Gedanken auf den Boden der Realität zurück. Karen hätte sie umgebracht, wenn sie einen Annäherungsversuch unternommen hätte. Außerdem hatte sie nun wirklich nicht das Bedürfnis, erneut ihre Zurückweisung entgegengeschleudert zu bekommen. Einmal genügte völlig, denn zum Masochismus neigte sie eigentlich nicht.

Lena schwieg so lange, daß Karen schließlich den Blick hob. »Kannst du Wegner fragen, wie weit die mit den Ermittlungen sind?«

»Er wird es mir nicht sagen«, erinnerte Lena.

»Frag ihn trotzdem - bitte.« Es schien Karen sehr wichtig zu sein, also würde sie es tun.

Gegen Nachmittag kam Lena in der Stadt an, landete mitten im Berufsverkehr und stand prompt im Stau. Sie war müde nach der langen Fahrt, ein wenig angespannt, was sie beim Chef erwarten würde, und je langsamer die Blechlawine des Staus dahinkroch, um so gereizter wurde sie. Der Radiosprecher, der aus den Lautsprechern in ihrem Wagen plärrte, nervte sie, die monotone Waschmittelwerbung tat ihr übriges. Sie schaltete das Radio aus. Endlich angekommen hetzte sie von der Tiefgarage hinauf in die Chefetage, nahm sich nicht mal Zeit, sich frisch zu machen, sondern stürmte in das Büro des Chefs. Wegner war in Akten vertieft, und fast sah es so aus, als wäre er überrascht, sie schon zu sehen. Schlecht gelaunt folgte Lena seiner Aufforderung und nahm gegenüber von seinem Schreibtisch Platz.

»Wie läuft alles?« fragte der ältere Mann freundlich.

»Gut.«

»Und Beringer?«

Lena schwieg einen Moment zu lange, um noch glaubwürdig lügen zu können. Wegner sah sie forschend an. »Sie hätte das Krankenhaus noch nicht verlassen dürfen«, platzte Lena heraus und hörte, wie vorwurfsvoll ihre Stimme klang.

»Was ist passiert?«

»Es war unverantwortlich, sie schon aus dem Krankenhaus gehen zu lassen. Und ich meine nicht nur ihren gesundheitlichen Zustand.« Lena kam in Fahrt. Das wollte sie schon lange loswerden. »Ich kann nur ahnen, was ihr passiert ist und was sie durchmachen mußte, und ich finde es beschiss –« Sie biß sich auf die Zunge und verbesserte: » – bedauerlich, daß man jemanden wie sie einfach sich selbst überläßt. Sie hätte psychiatrische Überwachung benötigt. Aber sie wird einfach im Stich gelassen!«

Während Lena ihre Vorwürfe hervorsprudelte, wandelte sich Wegners Gesichtsausdruck von anfänglicher Verständnislosigkeit zu milder Überraschung. »Moment mal«, versuchte er eine Verteidigung. »Ganz so ist es auch wieder nicht. Beringer ließ sich partout nicht im Krankenhaus halten. Was glauben Sie, was ich alles versuchen mußte, damit sie wenigstens eine Woche bleibt? Es war nicht einfach. Wenn Sie sie in den letzten Tagen ein wenig kennengelernt haben, dann können Sie mich verstehen.«

Das war ein Argument, dem sich Lena nicht entziehen konnte. Sie wußte, wovon er sprach, und konnte nichts entgegnen. »Sehen Sie«, nickte Wegner. »Ich habe eine Psychiaterin zu ihr geschickt, sobald sie wieder bei Bewußtsein war –« Lenas Blick zuckte zu ihm. *Bei Bewußtsein? Oh, Karen …*

»Wissen Sie, was sie gemacht hat?«

»Nein. Was?« fragte Lena mit belegter Stimme.

»Sie konnte sich kaum rühren, aber sie hat die arme Frau, die nur ihren Job machen wollte, dermaßen zusammengestaucht, daß die bleich wie ein Gespenst gegangen ist und es nie wieder versucht hat. Mehr konnte ich nicht tun. Ich konnte nur versuchen, sie so lange wie möglich im Krankenhaus zu behalten.«

Lena hatte sich längst beruhigt. Was er da schilderte, *war* Karen, und dazu gab es nichts mehr zu sagen außer - »Tut mir leid.«

»Hat sie Ihnen irgendwas erzählt von dem, was vorgefallen ist?«

»Nein, fast nichts.«

»Bedauerlich«, murmelte Wegner.

»Haben Sie denn nicht alles in den Akten? Den Bericht und so weiter?«

Er schüttelte den Kopf und seufzte schwer. »Nein. Eben nicht. Wir haben den allgemeinen Tathergang, natürlich, aber Beringer ist die einzige, die weiß, was in der Zeit zwischen der Entdeckung ihrer wahren Identität und der Befreiung vorgefallen ist. Aber sie schweigt beharrlich. Ist vielleicht auch verständlich. Es muß ein Alptraum gewesen sein. Es ist schon erstaunlich, daß sie es überlebt hat. Sie wollte sofort ihren Job wieder aufnehmen. Davon konnte ich sie, dem Himmel sei Dank, abbringen, auch wenn ich die Vorschriften zitieren mußte.«

»Dann wissen Sie gar nichts?«

»Nein, nichts. Mal abgesehen von dem, was die Ärzte aus ihren Verletzungen schließen konnten. Sie gab uns Personenbeschreibungen, alles, was wir brauchen, um diese Bande zu schnappen. Aber sie beschränkte sich einzig darauf.«

Lena war tief betroffen von dem, was sie da hörte. Sie hatte gedacht, daß Karen ihr nicht traute, hatte es sogar verstanden. Warum sollte sie ihr Dinge erzählen, die so persönlich waren, wo sie sie doch kaum kannte? Aber jetzt, wo sie hörte, daß Karen sich *niemandem* anvertraut hatte, sondern alles in sich trug, ganz alleine mit ihrem Alptraum lebte, da schnürte es ihr die Kehle zu vor Mitgefühl. Sie sah Karen in ihrer Wut vor sich, in ihrem

Mißtrauen und der harten Abwehr gegen die ganze Welt - und sie begann zu verstehen, warum Karen so war. Mehr als eine Ahnung, wie bisher. Es zerriß ihr das Herz.

»Weshalb bin ich hier?« kam Lena zur eigentlichen Frage und verkrampfte sich, als Wegners Gesicht geradezu erschreckend ernst wurde.

»Es geht um Ihre Wohnung. Es wurde eingebrochen.«

Eingebrochen? Bei ihr! Sie hatte doch gar nichts. Lena konnte es nicht glauben.

Das änderte sich jedoch, als sie ihre Wohnung betrat. Wie vor den Kopf geschlagen stand sie in dem, was mal ihr Zuhause gewesen war. Es gab nichts, was nicht zerstört worden war. Das war kein einfacher Einbruch. Ihre Möbel waren teilweise zerschlagen. Ihr Bett war aufgeschlitzt, und die Füllung der Matratze quoll heraus wie die Eingeweide eines Tieres. Nichts war mehr ganz. Ihr gesamtes Leben, das sie hier aufgebaut hatte, lag in einem chaotischen Müllhaufen vor ihr. Sie starrte auf eines ihrer aufgeschlitzten Stofftiere, einen Bären, den Susanne ihr geschenkt hatte, und der jetzt ohne Kopf und mit aufgeplatztem Bauch zwischen den Resten ihrer einzigen Topfpflanze lag. Resigniert ließ sie sich auf den Boden fallen, ihre Blicke wanderten ziellos umher. Ein tiefer Seufzer entfuhr ihr.

»Ist alles in Ordnung?« fragte eine Stimme hinter ihr. Lena fuhr herum und erkannte den Beamten, der sie hergebracht hatte. Besorgt schaute der junge Mann sie an. Lena brachte nur ein Nicken zustande, und weil er noch immer zweifelnd zu ihr sah, sagte sie gepreßt: »Es geht schon. Aber - kann ich einen Moment allein sein, bitte?«

»Ja, klar. Ich werde unten im Wagen warten.« Er ging, und Lena wandte sich wieder dem Teddy zu. Mitleidig betrachtete sie ihn eine Weile, dann hob sie seinen abgerissenen Kopf auf, um ihn beinah tröstend zu streicheln. Eigentlich war es sie selbst, die des Trostes bedurfte, der kleine Bär diente nur als Ersatz.

Kaum, daß Lena den Kopf in den Händen hielt, fiel ihr auf, daß er ziemlich schwer war. Der gesamte Teddybär hatte nicht soviel gewogen wie der einzelne Kopf jetzt. Verwundert drehte sie ihn hin und her, da vernahm sie ein Klicken. Lena stutzte - Stofftiere klicken nicht, normalerweise. Da bemerkte sie einen Draht, der durch die Bewegung aus dem Schlitz geschoben wurde. Sie fuhr mit der Hand in das Innere des Plüschtieres und ertastete eine Art Knetmasse, aus der Drähte kamen. Sofort sah Lena Filmszenen vor ihrem geistigen Auge, Szenen, in denen in Großaufnahme eine Bombe gezeigt wurde, kurz, bevor sie explodierte. Und hatte das Ding nicht gerade eben *Klick* gemacht?

Lena sprang auf, fassungslos und entsetzt. *Das passiert nicht mir,* dachte sie. *Das ist unmöglich. Du guckst zuviel Fernsehen.* Sie hatte die Hand wieder aus dem Teddy gezogen. Wenn das wirklich Sprengstoff war, und wenn dieses Klicken wirklich bedeutete, daß ein Mechanismus die Bombe jetzt geschärft hatte, dann sollte sie sich schleunigst in Sicherheit bringen.

Panik ergriff Lena. Schon wollte sie hinausstürzen, da merkte sie, daß sie noch immer den Kopf des Bären in den Händen hielt. Erschrocken schleuderte sie ihn in die Ecke, sprang mit wenigen Sätzen zur Tür und schlug sie sofort hinter sich wieder zu. Die Tür krachte in das demolierte Schloß - ein Geräusch, das sich gleich darauf wiederholte. Nur hundertmal lauter. Die Wucht der Explosion riß sie von den Füßen, und die Gewalt des Aufpralls drückte ihr die Luft aus den Lungen. Im selben Augenblick fegte eine Welle unbeschreiblicher Hitze über sie hinweg …

12.

Ihre Hände, die eine Tasse mit heißem Tee umschlossen, die irgendwer ihr gegeben hatte, zitterten. Wie fest sie ihre Finger auch um die Tasse schloß, sie wollten einfach nicht aufhören zu zittern. Eine Decke lag um ihre Schultern, dennoch fror sie. Aber es ging ihr gut. Das hatte ein Notarzt gesagt, der sie noch am Ort der Explosion untersucht hatte. Sie hatte eine Schürfwunde im Gesicht und stand unter einem leichten Schock. Als er ihr das mitteilte, hätte sie fast hysterisch gelacht, aber das bestätigte wohl seine Aussage über ihren Zustand, darum hatte sie es mit aller Macht unterdrückt.

Der Beamte hatte sie zum Polizeirevier gefahren, und hier saß sie nun, mit dieser Tasse heißem Tee, der ihr bei jedem Schluck durch ihre verbrannte Kehle die Tränen in die Augen trieb vor Schmerz. Sie beließ es schließlich dabei, sich an der Tasse die eisigen Finger zu wärmen. Jemand berührte ihren Arm, und Lena zuckte so erschrocken zurück, daß sie die Hälfte von dem Tee auskippte. So wurde die Tasse natürlich auch leer.

Benommen sah sie auf und bemerkte, wie der Beamte - sie sah kurz auf das kleine Namensschild - Schulz, sie besorgt musterte. Er war nicht der einzige. Neben ihm saß eine Kollegin, die sie ebenso mitfühlend anblickte. *Sehe ich so schlimm aus?* Nun ja, wenn Lena nur halb so schrecklich aussah, wie sie sich im Moment fühlte, dann wollte sie ihrem Anblick lieber in keinem Spiegel begegnen.

Der Mann nahm ihr behutsam wie einem Kleinkind die Tasse aus den kalten Händen. Lena ließ es willenlos geschehen. Er sagte etwas zu ihr, seine Lippen bewegten sich. Lena hatte Mühe, sich zu konzentrieren. Er wiederholte eindringlicher und langsamer: »Wir können Schluß machen, wenn Sie mögen. Ich glaube, alles, was nötig ist, haben wir jetzt. Sie waren sehr kooperativ.«

»Ja, gut ...« Die Stimme, die sie da hörte, klang nicht wie ihre eigene. Sie war heiser und irgendwie hohl, aber erstaunlich ruhig.

»Es ist spät. Machen wir Schluß.«

Spät? *Wie* spät? Ihr Zeitgefühl war ihr abhanden gekommen. Lena sah zu einem der Fenster, hinter denen dunkle Nacht herrschte. Der Betrieb in der Zentrale war auch eher gemäßigt. Es mußte sehr spät sein oder sehr früh.

»Sollen wir Sie irgendwohin bringen?« bot Schulz ihr an. Es war nur eine einfache Frage. Lena starrte ihn an, machte den Mund auf und schloß ihn wieder. Wohin sollte sie? Ihre Wohnung schied endgültig aus. Ihr Geld und alles andere war ebenfalls in Rauch aufgegangen. Kein Hotelzimmer also. Sie hatte gar nichts mehr, außer dem, was sie auf dem Leib trug, und dem, was in ihrem Auto war. Ihr Auto? Wo war ihr Wagen? Fieberhaft überlegte sie, bis ihr einfiel, daß er noch in der Tiefgarage stehen mußte. Sie wußte nicht, wo sie hinsollte.

Die Verzweiflung kam so plötzlich, daß sie sich nicht dagegen wehren konnte. »Ich – ich weiß es nicht ...«, wisperte sie. Für eine Sekunde geriet sie in Panik. Ein winziger Rest Vernunft übernahm das Denken und drängte die Panik zurück – vorläufig. Lena konnte sie dicht am Rande ihres Bewußtseins noch immer fühlen. »Darf ich mal telefonieren?«

Bereitwillig schob der Mann ihr den Apparat hin, und Lena nahm den Hörer. Für einen schrecklichen Augenblick fiel ihr die Nummer nicht mehr ein. Lena schloß die Augen und atmete tief durch, rang um Fassung. Und dann erinnerte sie sich plötzlich wieder. Schnell wählte sie, ehe die Nummer wieder aus ihrem Kopf verschwinden konnte. Die beiden Beamten waren höflich genug, sie alleine zu lassen und sich einen Kaffee zu holen. Lena war ihnen dankbar, schaute den beiden nach, während es klingelte. Es ging niemand ran. Lena fühlte schon wieder die Verzweiflung, die in ihr hochkroch. Ganz fest biß sie die Zähne zusammen und lauschte auf das Tuten am anderen Enden. Sieben Mal… acht Mal… neun… *Bitte, geht doch ran. Bitte -*

»Ja?« meldete sich Rolf verschlafen.

Lena hätte fast aufgelacht, aber dann hätte sie vielleicht nicht mehr aufhören können. »Rolf!«

»Lena? Bist du das? Was ist denn los? Es ist halb zwei Uhr morgens.«

Schön, dann wußte sie jetzt auch gleich, wie spät es war. »Es ist wichtig. Bitte, weck –« Sie senkte die Stimme zu einem gepreßten Flüstern, »weck Karen. Frag jetzt nicht!« Weil sie sich vorstellen konnte, wie er gerade zu eben diesem Zweck Luft holte. »Geh einfach!«

»Wie du meinst. Warte einen Moment.«

»Ja.« Wo sollte sie auch hin? Reglos saß sie auf ihrem Stuhl, in die Decke gewickelt, umklammerte fest den Telefonhörer und starrte hinunter auf ihre Füße, die rußige Jeans, die ein paar angekohlte Flecken aufwies, während sie auf die Stille in dem Hörer lauschte und ihren eigenen Atem dafür fast überlaut wahrnahm.

»Hallo?« knurrte eine vertraute Stimme, und Lena fühlte einen Stich, der sie durchfuhr. Tränen schossen in ihre Augen.

Hysterisch, wie sie sich fühlte, dachte sie daran, daß sie von Glück sagen konnte, daß Karen Rolf nicht erschossen hatte, als er sie um diese nachtschlafende Zeit für sie völlig überraschend weckte. Aber dann kam ihr ihre eigene Situation wieder zu Bewußtsein. »Karen«, wisperte sie leise. »Ich bin's. Lena.«

»Oh… Verdammt, weißt du, wie spät es ist?«

Jetzt lachte Lena doch, abgehackt und flach. »Kurz nach halb zwei Uhr morgens.«

Schweigen am anderen Ende der Leitung. Dann ruhig: »Ist irgendwas?«

»Ja. Aber ich kann nicht am Telefon… ähm – bei mir ist eingebrochen worden. In meiner Wohnung. Jemand hat eine –« Sie schloß die Augen und rang um Fassung. »Meine Wohnung ist explodiert. Eine Bombe.«

Wieder kurzes Schweigen, ehe Karen fragte: »Eine Bombe? Bist du sicher?« Lena schluckte noch, um ein einfaches Ja hervorzubringen, aber da kam schon die nächste Frage. »Bist du in Ordnung?« Es klang fast besorgt.

»Ja, ich glaube schon.« Karen wartete, als Lena wieder nach Worten suchte. »Ich - weiß nicht wohin«, stieß Lena hervor. »Im Moment bin ich in der Polizeizentrale. Der Bericht und so weiter. Du weißt ja«, hetzte sie los, überschlug sich fast in Erklärungen, »und meine ganzen Papiere sind in der Wohnung gewesen. Ich komme nicht an mein Geld. Nicht mehr heute.« Es war ja schon der neue Tag. Lena konnte nicht mehr denken. »Nicht sofort«, berichtigte sie fahrig. »Ich weiß nicht ...«

»Ganz ruhig«, unterbrach Karen ihr Gestammel. »Beruhige dich erstmal.« Sie wartete einen Moment ab, bevor sie fortfuhr: »Hat Wegner dir gesagt, du sollst mich anrufen?«

Wegner? Wieso Wegner? Lena war völlig durcheinander. Wie kam Karen denn darauf?

»Nein«, antwortete Lena dann. »Wieso? Ich dachte nur - ich habe doch deinen Wohnungsschlüssel, und ich muß irgendwo schlafen.« Jetzt flüsterte Lena zitternd. Ihre Selbstbeherrschung begann, sich aufzulösen. Schweigen antwortete ihr am anderen Ende, und das war schlimmer als alles, was sie erwartet hatte. Empörung, Ärger - aber nicht dieses Schweigen. Etwas Warmes rann über ihre Wange. Lena wischte die Träne fort. Es half nichts. Neue Tränen kamen hinzu, auch wenn sie dagegen ankämpfte. »Bitte - Karen«, flehte sie erstickt, und man konnte die Tränen deutlich in ihrer Stimme hören. Sie wollte es nicht. Nicht vor Karen. Nicht jetzt! Aber ihr Körper gehorchte ihr nicht. »Es tut mir leid. Ich - bitte, laß mich eine Nacht in deiner Wohnung schlafen.« Lena schniefte, verfluchte sich selbst und wischte sich achtlos mit dem Ärmel über die Nase. »Ich weiß sonst nicht, wohin ...«

»Ist schon gut«, sagte Karen dann ganz beiläufig, so, als ob sie über etwas nachgedacht hätte, was nichts mit dem zu tun hatte, was Lena sie fragte. »Das ist nicht das Problem«, murmelte sie in den Hörer. Anscheinend sprach sie mehr mit sich selbst als mit Lena. »Bleib, solange du willst. Und sag Wegner - nein, sag ihm nichts. Schlaf dich erstmal aus.« Sie wartete einen Moment, und als Lena nicht antwortete, fragte sie noch einmal: »Ist alles okay?«

Lena schluckte und versuchte, ihre Beherrschung wiederzugewinnen. »Ja«, erwiderte sie dann heiser. »Ich glaube schon.«

Karens Stimme klang zwar besorgt, aber auf dieselbe Art, wie auch die anderen Polizeibeamtinnen und -beamten geklungen hatten: professionell. Und das war sie ja auch: Polizistin. Vermutlich hatten sie alle den gleichen Kurs zur Opferbetreuung absolviert, dachte Lena noch in einem Augenblick hysterischer Klarheit und hätte fast gekichert. Was erwartete sie denn von Karen? Persönliche Anteilnahme? Das war nicht ihr Ding. Karen holte einfach das aus der Verhaltensschublade, was sie gelernt hatte. Gefühle - wenn es sich denn nicht gerade um Wut oder Ärger handelte - waren nicht gerade ihr Metier.

Wie zur Bestätigung fragte Karen etwas ungeduldig: »Ist noch was?«

Lena räusperte sich. »Nein.« Mehr konnte sie nicht sagen.

»Dann Gute Nacht.« Karen legte auf.

Ein unbekanntes Geräusch weckte sie. Lena schreckte hoch. Atemlos sah sie sich um, gehetzt, bis sie eine Wanduhr entdeckte, die mit elf freundlichen Gongschlägen die Zeit angab. Verwirrt sah sie sich um, bis ihr wieder einfiel, daß sie in Karens Wohnung war.

Alles, was sie gestern nacht gesucht hatte, war das Badezimmer, wo sie geduscht hatte, und dann das Sofa im Wohnzimmer, auf dem sie eingeschlafen war, kaum daß sie gelegen hatte. Zerschlagen erhob sie sich und suchte die Küche. Sie war klein und funktionell. Alles war auf Anhieb zu finden. Sie machte sich Kaffee. Im Kühlschrank fand sie lediglich ein paar Joghurts und im Tiefkühlfach zwei Fertiggerichte für die Mikrowelle. Sie nahm sich eines der Joghurts, löffelte es langsam und trank ihren Kaffee, während sie überlegte, was sie machen sollte. Weit kam sie nicht damit. Ihre Gedanken stockten jedesmal, wenn sie sich deutlich machte, daß jemand versucht hatte, sie umzubringen, mit einer Bombe, als wäre die Tatsache des Anschlages nicht schon erschrekkend genug. Irgendwer hatte da sehr sichergehen wollen.

Sie schüttelte diese Gedanken ab, räumte die Küche auf und das Sofa, bis nichts mehr auf ihre Anwesenheit hier hindeutete. Dann fuhr sie zur Polizeizentrale. Der Chef erwartete sie im Büro. Er kam gleich zur Sache. »Es geht Ihnen gut?«

»Ich glaube, ja«, sagte Lena. »Können Sie mir sagen, wer das war und warum?«

»Nein. Aber wir vermuten, daß dieser Anschlag Ihnen galt.«

Die Idee war ihr auch schon gekommen. »Aber warum?«

Der Mann zuckte mit den Schultern. »Das wissen wir nicht. Es kann ein Verrückter gewesen sein. Wer weiß.« So, wie er das sagte, glaubte Lena ihm nicht.

»Oder?«

Wegner blickte sie ernst an, und die ganze Schwere seiner Worte traf sie. »Es kann auch sein, daß jemand Sie loswerden will. Wenn dem so ist, was wir noch nicht sicher wissen, dann könnte es durchaus mit dem Schutzprogramm in Zusammenhang stehen.«

»Aber niemand weiß davon«, rief Lena erschrocken. »Woher –?«

»Nur ruhig«, beschwichtigte der Mann. »Wir wissen es ja auch noch nicht genau. Wir müssen abwarten, bis unsere Experten mehr wissen.« Das sagte er so leicht. »Hören Sie«, riet ihr Wegner überraschend fürsorglich. »Fahren Sie zurück. Wir erledigen schon alles. Ihre Aussage haben wir ja. Im Zweifelsfall sind Sie da draußen besser aufgehoben als hier. Erholen Sie sich ein wenig. Sie sehen blaß aus. Ruhen Sie sich aus.«

Bestimmt hatte er recht. »Kann ich Ka - ich meine, Beringer«, verbesserte sie rasch, »irgendwelche Neuigkeiten ausrichten?« Lena sah ihn eindringlich bittend an. »Es wäre ihr sehr wichtig.« Und zum ersten Mal konnte sie Karen wirklich verstehen. Warten war nicht gerade befriedigend. Warten darauf, daß andere etwas unternahmen, während man selbst wie auf Kohlen saß.

Wegner zögerte. »Sagen Sie ihr, wir haben einen wichtigen Informanten. Es ist nur eine Frage der Zeit.«

13.

Die Fahrt zurück war anstrengend. Lena fuhr spät los und kam erst tief in der Nacht an. Als sie eintraf, war im Haus alles schon dunkel. Sie bemühte sich, leise zu sein. Ohne Licht zu machen, zog sie ihre Jacke aus und beschloß, sich noch einen Tee zu brühen. Zwar war sie todmüde, aber irgendwie fand sie dennoch keine Ruhe. Als sie dabei war, Teewasser heiß zu machen, erschien Susanne in der Küche, im Nachthemd.

»Hi, Streunerin«, begrüßte Susanne sie lächelnd.

»Hi, Schlafmütze«, erwiderte Lena sanft.

Besorgt blickte Susanne sie an. »Willst du reden?«

Lena schüttelte müde den Kopf. »Morgen vielleicht.«

»Soll ich dir den Tee machen?«

»Nein, nein. Es geht schon. Geh wieder ins Bett. Ich komme zurecht.«

»Wie du willst.« Mit einem Kuß auf die Wange schickte Lena Susanne wieder hinauf und blieb allein in der Küche zurück. Nur die kleine Lampe über dem Herd brannte und verteilte mehr Schatten als Licht, als sie sich mit ihrer Teetasse an den Tisch setzte und langsam Schluck für Schluck die heiße Flüssigkeit trank. Es war schön, wieder in dem vertrauten Haus zu sein und sich sicher zu fühlen. Die Stille, die sie hier umgab, hatte nichts Bedrohliches. Es war einfach nur ein schlafendes Haus, friedlich. Mehr nicht.

Aus dem dunklen Flur trat jemand in die Küchentür. »Ich habe doch gesagt, du kannst schlafen gehen«, murmelte Lena seufzend. »Ich gehe auch gleich ins Bett.« Sie bekam keine Antwort und schaute hoch. Ein Energieschub vertrieb ihre Müdigkeit, als sie Karen erkannte. Ihr Herz schlug schneller vor Freude, sie wiederzusehen. »Hallo.« Lena war stolz auf sich, daß ihre Stimme neutral klang.

Karen trat in den schwachen Lichtschein zu ihr an den Tisch. Lena schaute hinauf in ihr Gesicht, nahm es in sich auf und war beinahe ein wenig überrascht, daß Karen noch genauso aussah wie bei ihrer Abfahrt. Dabei war so viel passiert, und ihr kam es vor, als wäre sie länger als zwei Tage fort gewesen. Viel länger.

Karen musterte sie aufmerksam. »Wie geht es dir?«

Es hörte sich beinahe ein wenig besorgt an, jedoch war Lena sich nicht sicher. Sie war müde, da bildete sie es sich vielleicht nur ein, weil sie es gerne so hätte. »Es geht so.«

»Ist dir was passiert?« Das klang nun aber wirklich besorgt, und Lena konnte es auch in den grauen Augen der anderen lesen, die sie keine Sekunde losließen. Ein warmes Gefühl erfüllte Lena. Es war schön zu wissen, daß Karen vielleicht doch ein kleines bißchen an sie gedacht hatte.

Lena lächelte schwach. »Nein, nur mein Seelenleben hat einen kleinen Knacks. Ich bin es nicht gewöhnt, daß man versucht, mich umzubringen.«

Bedächtig nickte Karen und hob die Hand zu Lenas Gesicht. Ihre Brauen zogen sich düster zusammen, als sie mit der Fingerspitze sacht über die Schramme auf Lenas Wange strich. *Was tut sie da?* Lena saß ganz still und wagte kaum zu atmen. Ziemlich plötzlich zog Karen die Hand zurück, und es war, als käme sie aus tiefen Gedanken zurück, als sie Lena erfahren versicherte: »Daran gewöhnt man sich nie.« *Sie muß es ja wissen*, überlegte Lena und beobachtete verwundert, wie Karen sich ihr gegenüber an den Tisch setzte. Das wurde ja immer seltsamer.

»Ich habe dir ein paar Sachen aus deiner Wohnung mitgebracht«, überspielte Lena ihre Verwirrung. »Ansonsten ist alles, wie es war. Ich danke dir noch mal.« Ihre Stimme klang etwas gehetzt. Karens Gegenwart brachte sie immer mehr durcheinander. Vielleicht lag es aber auch nur an ihrer Müdigkeit, daß sie sich so wehrlos fühlte.

Karen beugte sich vor, um sie anzusehen, und Lena entdeckte in ihren Augen ein Lächeln, von dem auf ihrem unbewegten Gesicht nichts zu sehen war. »He, schon gut«, beschwichtigte sie erstaunlich sanft, ergriff beruhigend Lenas kalte Hand, die auf dem Tisch lag, und drückte sie leicht. Eine unerwartete Geste, zumal von Karen. Und schon die zweite Berührung von ihr innerhalb von fünf Minuten. Warum war sie auf einmal so - so zärtlich? Bei so viel Verständnis war Lena ein bißchen verunsichert. Jetzt hatte sie sich irgendwie auf die zornige und abweisende Karen eingestellt, und nun überraschte die andere sie mit dieser völlig neuen Seite an ihr. Lena hatte gewußt, daß sie da war, oder es zumindest gehofft. Es jetzt zu erleben, war im Moment mehr, als sie gelassen ertragen konnte.

»Ich - ich habe mir Sorgen gemacht, nach deinem Anruf«, meinte Karen und lächelte aufmunternd. Mit dem Daumen strich sie ganz leicht über Lenas Handrücken, ohne ihren Blick loszulassen.

Lena wurde warm bei dem zarten Streicheln von Karen, so, als wäre es nicht nur ihre Hand, die sie berührte, und als wäre es nicht nur eine ganz unverfängliche Geste des Trostes und Mitgefühls – *was es nämlich ganz bestimmt ist*, ermahnte sich Lena und rang um Beherrschung. Karens intensivem Blick konnte sie sich nicht entziehen, und Lena spürte ihre Knie weich werden, und ihr Mund war plötzlich trocken. Lena schluckte schwer. »Du – du solltest das nicht tun«, murmelte sie.

»Warum nicht?« fragte Karen.

»Weil ich – weil ...« Lena war aufgewühlt und abgelenkt. »Hör bitte auf«, stieß sie hervor, obwohl es das genaue Gegenteil von dem war, was sie eigentlich wollte.

»Ich mache doch gar nichts«, sagte Karen leise, mit einem seltsamen Ausdruck.

Lenas Stimme war nur noch ein Flüstern. »Du machst genug.« Genug, um ihre Gedanken durcheinanderzubringen. Lena versuchte, sachlich zu bleiben, was ihr nur gelingen konnte, wenn Karen sie nicht mehr berührte. Behutsam wollte sie sich befreien, aber Karen hielt sie fest, sanft, aber unnachgiebig.

»Das ist nicht sehr fair von dir«, warf Lena ihr schwach vor, während ihr Herz dabei war, ihren Hals hinaufzukriechen. Jede Faser ihres Körpers konzentrierte sich auf den behutsamen Reiz auf ihrer Hand. *Es ist doch nur meine Hand*, stöhnte Lena innerlich. In einem letzten Aufbegehren der Vernunft ergriff sie mit ihrer anderen Hand die von Karen und hielt sie auf ihrer fest. Einen Moment umschloß Lena sie und fühlte die Wärme ihrer kräftigen schlanken Finger, ehe sie losließ. Karen beobachtete sie jede Sekunde, wirkte interessiert und ein wenig amüsiert. Lachte sie sie aus?

»Ich glaube, wir sollten schlafen gehen«, murmelte Lena. Sie stürzte den Rest von ihrem Tee hinunter und erhob sich.

Karen folgte ihr mit Blicken. Sie hatte sich sonst nicht bewegt. Ihre Hand lag noch immer auf dem Tisch. »Gute Nacht«, wünschte sie Lena unbefangen.

Karen brachte sie noch um den Verstand!

Lena schlief schlecht, obwohl sie hundemüde war. Kaum wurde sie wach, wanderten ihre Gedanken zu Karen, und ihre Hand fing an zu brennen, wo Karen sie berührt hatte. Lena zog ihre Hand dicht an sich heran und drückte sie an sich, als wäre es etwas ganz Besonderes, das es zu bewahren galt. Nun, vielleicht war es das tatsächlich. Sie hatte nicht geahnt, was Karen mit einer Berührung bei ihr auslösen konnte. Einer zärtlichen Berührung. Bislang war es ja eher das Gegenteil gewesen. Unruhig wälzte Lena sich herum, bis es endlich so spät am Morgen war, daß sie aufstehen konnte. Unten begegnete sie Karen, und Lena spürte ein leises Zittern, das durch sie hindurchfuhr, als ihre Blicke sich kurz trafen.

Susanne saß schon am Tisch, trank ihre zweite Tasse Kaffee, ehe sie zur Arbeit mußte. Sie lenkte Lena von Karens Anwesenheit ab, als sie fragte, was passiert war. Das Berichten über die Ereignisse dämpfte alles andere in Lena und weckte die unterdrückte Angst in ihr. Susanne hörte fassungslos zu, bis Lena fertig war. Karen sagte kein Wort, ihrem Gesicht war nicht anzusehen, was sie empfand. »Großer Gott, Lena. Das ist ja schrecklich«, rief Susanne. »Wer tut so etwas und warum?«

»Ich weiß nicht. Die Polizei weiß auch noch nichts.« Aber dabei sah Lena flüchtig zu Karen.

»Und du bist wirklich in Ordnung?«

»Ja, es geht mir gut. Aber ich muß mir wohl eine neue Wohnung suchen«, sagte sie lächelnd, um Susanne zu beruhigen. »Die Renovierung der alten dürfte wohl etwas über Tapezieren hinausgehen. Ich glaube, es gibt gar keine Wände mehr.«

So ganz ließ Susanne sich von Lenas leichtem Tonfall nicht überzeugen, aber sie mußte zur Arbeit und konnte nicht länger bleiben. Nachdem Susanne und Rolf aus dem Haus waren, zog Lena sich ins Wohnzimmer zurück, weil sie Karens schweigende Blicke nicht ertrug.

Kaum hatte Lena es sich auf dem Sofa bequem gemacht, kam Karen zu ihr und setzte sich neben sie, als wäre es selbstverständlich. »Alles in Ordnung?«

Irgendwie schien das Karens Standardfrage zu werden. Lena nickte. »Nur müde. Ich habe nicht gut geschlafen.«

»Kann ich mir denken. Hat Wegner dir irgendwas gesagt?« fragte Karen ein wenig unruhig.

Bedauernd schüttelte Lena den Kopf. »Nein. Und ich schwöre, ich habe es versucht, aber er wollte mir nichts weiter sagen, außer, daß sie einen Informanten hätten. Und dann noch - und ich zitiere wörtlich: Es ist alles nur eine Frage der Zeit.«

Karen knurrte ärgerlich. »Diese verdammten -« Sie verschluckte den Rest.

»Es tut mir sehr leid«, sagte Lena mitfühlend. Sie konnte sich vorstellen, wieviel es Karen bedeutet hätte. »Wegner vermutet, daß der Anschlag auf mich mit dir zusammenhängt.«

Ein schneller Blick von Karen. »Ja, als ich es hörte, war das auch meine erste Vermutung. Und?«

»Nichts - und. Ich sage es dir nur.« Sie würde Karen nicht für etwas verurteilen, für das sie nichts konnte.

Skeptisch betrachtete Karen sie, als glaube sie ihr nicht so recht. Aber als Lena weiter nichts sagte, seufzte Karen tief auf und sank gegen die Sofalehne. Jetzt saß sie so dicht bei ihr, daß Lena die Wärme ihres Körpers spüren konnte. Unbehaglich biß Lena sich auf ihrer Unterlippe herum und starrte hinunter auf ihre Hände. *Es ist ganz normal. Sie denkt sich nichts dabei.*

»Es wäre möglich, daß er recht hat. Wegner meine ich.« Lena hatte ein bißchen Mühe, sich auf den Inhalt von Karens Worten zu konzentrieren. »Wenn es so ist, dann tut es mir leid.«

»Warum?«

»Weil es dann meine Schuld ist«, erklärte Karen. »Du hättest tot sein können.«

»Du kannst doch nichts dafür«, erwiderte Lena.

»Bist du da so sicher?«

»Ja!« rief Lena, ohne nachzudenken und sehr gefühlvoll.

Karen lächelte schief, und ihr Gesicht wurde weich. »Danke.«

»Nun ja - bitte«, sagte Lena zögernd, mit einer verlegenen Handbewegung. Karen sah sie an, so lange, bis Lena wieder befangen beiseite schaute. Lena rutschte auf die Sofakante vor und murmelte undeutlich: »Ich glaube ich gehe mal.« *Nur weg!*

»Du weichst mir aus, oder?« fragte Karen plötzlich sehr direkt. Kurz überlegte Lena und nickte dann mit einem schnellen Seitenblick zurück zu Karen. Keine Ausflüchte mehr.

»Warum?«

Erstaunt lächelte Lena. »Ich sollte dich in Ruhe lassen. Erinnerst du dich?«

Karen blieb unbeeindruckt. »Ist das der einzige Grund?«

»Du willst es wirklich wissen, oder?« fragte Lena ein wenig fassungslos.

»Ja.«

Ganz einfach, ohne Umschweife. *Meine Güte! Aber so einfach ist das doch nicht!* »So leicht ist es wirklich nicht«, wehrte Lena sich hilflos. Karen wartete.

Was wollte Karen denn hören? Daß ihre Gegenwart sie erregte? Daß jede seltene Berührung, und sei sie noch so zufällig, ihren Herzschlag beschleunigte? Daß sie ihr wunderschönes Gesicht streicheln wollte, wann immer es traurig war oder so hart, daß es weh tat, es zu sehen? Daß sie ihren Körper küssen wollte, jeden Zentimeter ihrer warmen Haut? Heiß schoß Lena das Blut ins Gesicht. Das konnte Karen nicht von ihr verlangen. Sie wollte Karen all das nicht sagen, damit die sie dann verspotten konnte.

In plötzlichem Ärger hob Lena den Kopf. »Warum interessiert dich das? Es ist dir doch egal.« Kaum hatte Lena ihr die Worte hingeschleudert, sprang sie vom Sofa auf, um die Flucht zu ergreifen. Blitzschnell ergriff Karen ihre Hand. Damit hatte Lena nicht gerechnet und ließ sich fast widerstandslos zurück aufs Sofa ziehen.

Karen blieb bewundernswert gelassen. »Du läufst schon wieder weg.« Lena saß so nah bei ihr, daß ihre Schenkel sich berührten und ihre Arme. Es war verwirrend. Und unfair, weil sie sich nicht richtig konzentrieren konnte, um Karens Vorwürfen zu begegnen.

Aufgewühlt fauchte Lena sie an. »Du läßt mir ja auch keine andere Wahl.«

»Das stimmt wahrscheinlich«, räumte die andere ein und lächelte flüchtig. Ehe Lena triumphierend über dieses Eingeständnis etwas entgegnen konnte, verschloß Karen ihr sacht den Mund mit den Lippen. Das kam so unerwartet, daß Lena gar nicht reagieren konnte, sondern einfach nur dasaß, bis Karen sich entfernte, um sie anzusehen. *Sie hat mich geküßt*, dachte Lena benommen. Und diesmal nicht voller Wut. Warum auf einmal? Alles war so anders seit gestern abend. Die ganze Zeit war Karen so abweisend gewesen, und jetzt …

»Und? Willst du das denn nicht?« fragte Karen leise und ganz nah.

Ein angenehmer Schauer durchrieselte Lena. »Doch«, hauchte sie schwach und wußte, daß es stimmte, egal aus welchem Grund … »Doch, ich will es.«

Karen näherte sich ihr erneut. Erwartungsvoll hielt Lena den Atem an, und sehr langsam legten sich ihre Lippen aufeinander für einen behutsamen Kuß. Dann küßte Karen Lenas Wange, glitt tiefer über ihre weiche Haut zu ihrem Hals und fand mit den Lippen zart ihre Kehle. Es war unglaublich. Karen war so sanft, wie Lena es sich nie auch nur vorgestellt hatte. Die Wärme, die sie in ihrer Gegenwart erfüllt hatte, verwandelte sich bei ihren Berührungen in brennendes Feuer, das durch sie hindurchjagte. Mit einem kaum hörbaren Aufseufzen nahm sie den Kopf zurück, damit Karen ihren Hals besser erreichen konnte. Sie fühlte Karens weiche Lippen, und dann unerwartet ihre Zunge, heiß und feucht, die von ihr kostete. Es durchzuckte Lena wie ein Schock, raste durch ihren Körper und explodierte direkt in ihrem Unterleib. Sie stöhnte leise.

Karen rückte ein Stück ab und forschte aufmerksam in ihrem Gesicht. Lena schluckte mühsam, versuchte, ihren Atem zu beruhigen und gleichzeitig ihre Erregung niederzukämpfen. Ihr war schrecklich heiß, und dennoch spürte sie noch immer ein leises Gefühl von Unsicherheit. Karen wirkte so distanziert, als ginge sie das alles kaum etwas an. Oder täuschte sie sich? Sie kam nicht dazu, weiter darüber nachzudenken, denn Karen fand wieder ihre Lippen mit den ihren. Ganz sacht und ausprobierend ... und nichts sonst existierte mehr.

Lena öffnete den Mund, suchte mit der Zunge nach Karen und glitt zart über deren geschlossene Lippen, bis Karen ihr endlich entgegenkam. Ihre Zungen berührten sich, und Lena vergaß fast das Atmen. Als sie es dann tat, keuchte sie unterdrückt. Karen glitt warm und weich mit ihrer Zunge in ihren Mund, ohne Zögern eroberte sie ihn, so, wie es zu ihr paßte. Bei dem flüchtigen Gedanken, wie es wohl wäre, wenn Karen sie so zielsicher auch an einer anderen Stelle küssen würde, ein ganzes Stück weiter unten, erzitterte Lena vor Erregung.

Sie lösten sich voneinander. Karen strich sich mit der Zunge über die Lippen, fast ein wenig erstaunt. Ihre Blicke tasteten Lenas Gesicht ab. Dann hob sie ihre Hände auf Lenas Schultern, strich nach vorne, über den Stoff des Hemdes und über die sanfte Wölbung ihrer Brüste, die sich darunter abzeichneten. Lena rang hörbar nach Luft. *Oh, Gott, das halte ich nicht aus ...*

Karen schob sie zurück, bis Lena auf das Sofa zurücksank. Behutsam küßte Karen ihren Hals. Gleichzeitig begann sie, die obersten Knöpfe an Lenas Hemd zu öffnen. Mit den Lippen folgte sie dem Weg hinunter, küßte jede freie Stelle Haut, Knopf für Knopf, weiter hinunter, zwischen ihren Brüsten entlang bis zu ihrem Bauch. Lena biß die Zähne zusammen, um nicht laut aufzustöhnen. Karen schob den Stoff auseinander und strich mit den Händen über ihre Rippen hinauf, bis das Hemd aus dem Weg war. Darunter war Lena nackt. Karen hob die Hand und glitt mit den Fingerspitzen zart über Lenas Haut zwischen den Brüsten. Lena hielt die Luft an und schloß kurz die Augen, als ein Schauder durch sie hindurchlief.

Mit jeder Faser ihres Körpers konzentrierte sie sich auf Karens Fingerspitzen, die sie behutsam liebkosten. Ihr Herz raste. Das Streicheln umkreiste ihre rechte Brust, und ihre Haut zog sich erwartungsvoll zusammen. Immer engere Kreise. Es kribbelte überall, als würden Ameisen über ihre Haut kriechen. Dann erreichte Karen auf ihrem Weg Lenas Brustwarze und fuhr sanft darüber. Der Reiz war so unerwartet heftig, daß Lena laut keuchte und sich in einer einzigen sinnlichen Bewegung Karens Hand entgegenbog. In milder Überraschung zögerte Karen. »Es ist … lange her«, wisperte Lena atemlos eine schwache Erklärung. Irgendwie schien es ihr besser, wenn Karen nicht glaubte, daß diese Reaktionen auf sie einzig von ihrer - Karins - Gegenwart abhingen. Und es war ja auch nicht gelogen. Es *war* lange her. Und die eigenen Finger waren kein Ersatz für *das* hier!

Mit einem stillen Lächeln widmete Karen sich wieder ihren Brüsten. Warmer Atem kitzelte Lena, dann umschloß Karens Mund unglaublich heiß ihre Brustwarze, die sich ihr hart entgegenreckte. Es spannte mörderisch. Karens Hand legte sich auf Lenas Bauch, während sie die andere Warze mit ihrem Mund umschloß und anfing, abwechselnd an ihnen zu saugen. Lenas Atem ging schwerer. Die Hitze zwischen ihren Beinen wurde unerträglich. Sie war nicht sicher, ob sie Karens Zärtlichkeit noch lange ertrug. Es verlangte sie nach mehr …

Plötzlich biß Karen leicht in ihre Brustwarze. Lena schrie unterdrückt. Ihr Unterleib zog sich schmerzhaft zusammen, und zwischen ihren Schenkeln begann es, fordernd zu ziehen. Sie konnte nicht mehr. Sie *wollte* Karen. Keine einzige Sekunde wollte sie mehr warten. *Konnte* es gar nicht. Es brauchte wirklich nicht mehr viel, bis sie kommen würde.

Karen gab ihre Brust frei und kam zu ihr hinauf, um sie zu küssen, strich mit der Hand zu Lenas Hosenbund und öffnete die Knöpfe der Jeans. Gebannt hielt Lena inne. Sie ließ sich von Karen küssen, war jedoch von ihrer Hand abgelenkt, die die Grenze ihres Schamhaares fand und sanft streichelte. Karen schob ihre Hand in Lenas Hose, ebenso zielstrebig, wie ihre Zunge vorhin ihren Mund erobert hatte. Ihre forschenden Finger tauchten in warme Nässe. Lena stöhnte nur noch mühsam und drängte sich leidenschaftlich ihrer Hand entgegen. Die Enge durch den Stoff der Hose erhöhte den Reiz ins Unerträgliche, und sie fühlte, wie es von hinten herankroch und sie mit sich riß. In einer lustvollen Bewegung bog Lena ihr Kreuz durch, als sie zum Höhepunkt kam, und stöhnte unterdrückt auf. Ihr ganzer Körper pochte und pulsierte, als sie schwer atmend zurücksank.

Schwach und entspannt genoß Lena das Gefühl der Erschöpfung. Karen zog ihre Hand fort, und Lena wurde kalt zwischen den Beinen.

»War es das, was du wolltest?« fragte Karen, als Lena nach einer kleinen Weile zu ihr sah, noch ganz gefangen von der abklingenden Erregung.

Langsam hob Lena die Hand und strich Karen das Haar aus der Stirn. Sie streichelte ihre Wange und fuhr sanft an der Linie ihres Unterkiefers entlang. Karen war so wunderschön …

Lena richtete sich auf und neigte sich zu Karen, um sie zu küssen. Die andere hielt still und ließ es geschehen. Behutsam knabberte Lena an Karens Lippen und fühlte das Verlangen, Karen zu umarmen und zu streicheln. Sie die gleiche Lust erfahren zu lassen, die sie ihr eben bereitet hatte. Dieser Gedanke vertrieb Lenas entspannte Trägheit augenblicklich. Außerdem wollte Lena ihren nackten Körper spüren. Dieser Wunsch war fast noch stärker.

»Du bist wunderbar«, wisperte Lena verliebt - und zwar so verliebt, wie sie schon sehr lange nicht mehr gewesen war. Auch wenn sie nach dem Orgasmus besonders empfänglich für solche zärtlichen Gefühle war, änderte es nichts an ihren Empfindungen für Karen. Sie tastete sich zu Karens Hemdknöpfen vor und öffnete geschickt den ersten und den zweiten, ehe Karen es richtig merkte.

»Nicht!« Karen rückte von Lena fort und setzte sich mit dem Rücken zu ihr auf die Sofakante.

»Was hast du?« fragte Lena verwundert.

Karen rang nach Worten und wandte sich dann abrupt ab. »Ich kann nicht.«

Lena rückte zu ihr, bis sie dicht neben ihr saß. Vergeblich suchte sie den Blick der anderen. »Hast du Schmerzen?« Etwas anderes konnte Lena sich nicht als Ursache ihres Verhaltens vorstellen.

»Nein.«

»Was dann? Ich werde dir nicht weh tun. Wir Mechanikerinnen haben sehr geschickte Hände«, neckte sie sanft. »Bisher hat sich noch keiner meiner Wagen über eine zu grobe Behandlung beschwert.«

Karen starrte unbewegt auf etwas direkt vor ihr. »Das ist es nicht.«

Lena seufzte. »Es sollte auch nur ein Scherz sein.« Sie rutschte näher zu ihr, bis sie die Wärme von Karens Körper durch den Stoff der Kleidung auf ihrer bloßen Haut fühlte. Dicht bei ihrem Ohr raunte Lena: »Ich will dich spüren.« Karen erzitterte, und Lena nahm es als ein gutes Zeichen. Sanft küßte sie Karen auf das Ohrläppchen und nahm es zwischen die Lippen. Dann hauchte sie einen Kuß auf die weiche Stelle hinter Karens Ohr, dann auf ihren Hals. Ganz vorsichtig hob Lena die Hand, umschloß Karens Kinn und drehte ihr Gesicht zu sich, um sie auf den Mund zu küssen. Dabei begegnete sie Karens Blick - und hielt unvermittelt inne. So einen Ausdruck hatte sie noch nie bei Karen gesehen. Ihre Augen waren dunkel vor Furcht und abgrundtiefer Verzweiflung.

Lena erschrak und ließ sie los. »Was ist denn? Habe ich etwas falsch gemacht?«

»Nein. Du hast nichts falsch gemacht. Ich bin es.« So kannte Lena Karen gar nicht. Aller Kampfgeist war aus ihrer Stimme gewichen. »Ich will es ja. Aber ich - ich habe Angst«, stieß Karen hervor.

»Aber wovor denn?«

Karen lachte, es klang nicht besonders fröhlich. »Davor, daß ich mich *erinnere*, daß ich nicht fähig bin, wieder ein normales Leben zu führen. Davor, zu versagen und deinen Erwartungen nicht gerecht werden zu können. Nie mehr etwas zu empfinden, außer Angst. Ich - *kann* einfach nicht!« Karen erzitterte und schloß die Augen.

Betroffen saß Lena neben ihr und konnte nichts für sie tun. Sie war völlig hilflos und verwirrt. »Aber warum hast du dann ... Ich meine, wieso sind wir dann hier? Warum hast du diesen Schritt getan? Wenn es dir solche Angst macht, dann hättest du das nicht tun dürfen.«

Karen öffnete die Augen wieder und sah Lena neben sich an. »Weil ich nicht ewig weglaufen kann.« Ihre eigenen Worte aus Karens Mund zu hören, in einem so bitteren Tonfall, war nicht eben angenehm. »Ich muß mich meiner Angst stellen, sonst gehe ich irgendwann kaputt.«

Lena strich mit der Hand über Karens Gesicht. »Dann laß es doch zu. Ich bin auch ganz sanft. Ich tue nichts, was du nicht möchtest.«

Karen gewann einiges von ihrer Selbstbeherrschung wieder. Sie drehte sich zu Lena um. »Du hast viel für mich getan, obwohl ich vermutlich ziemlich eklig war. Dafür wollte ich mich erkenntlich zeigen. Das war alles. Es geht nicht um mich. Mach dir keine

Gedanken. Ich habe dich lange genug beobachtet, um zu wissen, was du wolltest. Und das habe ich getan.« Ihr Gesicht war jetzt wieder so verschlossen wie fast immer.

Lena wurde blaß. Hätte Karen ihr mit aller Kraft ins Gesicht geschlagen, hätte sie sich genauso gefühlt wie nach ihren gelassen ausgesprochenen Worten. *Das* war es! Karen arbeitete hier ihre Schulden bei ihr ab. Ein bißchen Sex für die ganze Mühe. Plötzlich kam Lena sich sehr dumm vor und schrecklich benutzt. Sie blickte beiseite und zog schweigend ihr Hemd über den Brüsten zusammen. Mit klammen Fingern knöpfte sie es zu. Ihre Augen schwammen in zornigen, enttäuschten Tränen, die sie mit aller Macht unterdrückte. Diesen Gefallen wollte sie Karen nicht tun.

»Lena ...« Beim Klang ihres Namens hatte Karen kurz Lenas Aufmerksamkeit. »So war es nicht gemeint.«

»Ich denke, ich habe dich schon verstanden«, sagte Lena tonlos und erhob sich vom Sofa. Sie machte ihre Hose zu, ein wenig ungeschickt kämpfte sie mit den Knöpfen, weil ihre Hände zitterten. Dann hatte sie es endlich geschafft, strich sich mit beiden Händen das Haar zurück und straffte sich. »Du brauchst nicht zu bleiben. Du warst gut, wenn dir das etwas bedeutet. Du hast mich befriedigt.« Ihre Stimme war voller Sarkasmus. »So richtig«, setzte sie ätzend hinzu. »Damit sind wir dann, glaube ich, quitt, nicht wahr?«

Hilflos stand auch Karen auf und ging zu ihr, berührte sie aber nicht. Bis auf die obersten beiden Knöpfe war sie immer noch angezogen, so als wäre nie etwas gewesen. »Ich dachte, ich wäre die Zynische von uns beiden«, bemerkte sie.

»Ich passe mich eben an!« Lena funkelte sie an und begrüßte die Wut, die es ihr leichter machte, die Enttäuschung zu verdrängen.

»Ich wollte dir – einen Gefallen tun«, versuchte Karen zu erklären. »Aber verletzen wollte ich dich nicht. Es ist nur –«

»Na, was?« Lena hatte nicht besonders viel Geduld. *Du bist unfair.* Nein, nein. Sie war nicht unfair. Karen hatte sie beleidigt und verletzt. Durfte sie sich denn nicht wehren?

Kurz zögerte Karen, aber dann sagte sie leise: »Ich mag dich, Lena.«

Was? Vor Überraschung vergaß Lena sogar ihre Wut. »Wie war das?«

»Du hast schon verstanden. Das ist es doch, was du willst.«

Wie sie diesen Satz haßte! »Und wenn ich jetzt *ja* sage, was dann? Du mußt mir keinen Gefallen tun.«

»Ich weiß. Und ich wollte vorhin auch damit nicht sagen, daß es mir keinen Spaß gemacht hat, dich zu erregen - und zu befriedigen.« Sie lächelte unsicher, was Lena mit einem mürrischen Blick quittierte. »Ich dachte, es würde dir gefallen.«

Das hat es! »Dachtest du.«

»Ja. Ich habe es für dich getan.«

Sehr edel. »Aha.«

Karen seufzte und hob in einer hilflosen Geste die Hände. »Wären wir uns unter anderen Umständen begegnet, dann hätten wir beide eine angenehme Zeit miteinander verbracht.«

Daran zweifelte Lena. Vermutlich hätte Karen sie nicht mal bemerkt. Aber davon sagte sie nichts laut. Ein wenig verlegen fuhr Karen fort: »Ich wollte nur nicht, daß du darauf verzichten mußt, bloß weil ich … Ich dachte, ich könnte wenigstens das für dich tun. Ich weiß doch, daß du es willst. Ich sehe doch, daß du mich begehrst.« Und das Entsetzlichste war, daß Karen es ernst damit meinte.

Lena trat einen kleinen Schritt vor, bis sie ganz nah vor Karen stand, und sah in ihr Gesicht. »Es macht mir aber keinen Spaß, wenn ich nur nehme und nichts zurückgeben kann. Es ist nicht schön, wenn du mich streichelst und ich dich nicht mal berühren darf. Vielleicht sollte ich dir dankbar sein oder mich zumindest geehrt fühlen für das, was du getan hast. Wenn ich aber dafür weiß, daß du dich dazu überwindest«, Lena schüttelte den Kopf, »dann fühle ich mich ehrlich gesagt beschissen.«

»Dann tut es mir leid.« Karen wich ein Stück vor ihrer Nähe zurück. »Aber ich kann das nicht. Nach dem, was mir passiert ist …« Ihre Stimme brach, und sie preßte die Lippen zu einem schmalen Strich zusammen. »Ich will nicht darüber reden.«

Es versetzte Lena einen Stich. Plötzlich wollte sie Karen nur noch in die Arme nehmen, sie die Schmerzen und die Angst vergessen lassen – *alles* für sie tun! Sie wollte sie beschützen – so albern das vielleicht auch war. Jemanden wie Karen hatte sie noch nie getroffen. Sie war so wunderschön, und auch wenn sie in ihrer Gegenwart einem ständigen Wechselbad der Gefühle ausgeliefert war, das sie sicher um Jahre würde altern lassen, suchte sie dennoch ihre Nähe. Es war völlig absurd!

»Wie konntest du das tun, wenn du solche Angst davor hast?« wollte Lena wissen.

»Es war nicht so schlimm«, versuchte Karen vage auszuweichen.

»Ist das ein Kompliment für mich?«

Erstaunt blinzelte Karen, als sie Lena versteckt schmunzeln sah. Ein ganz kleines Lächeln hob Karens Mundwinkel. »Es war – es war schön, das für dich zu tun.«

Statt geschmeichelt fühlte Lena sich immer schlechter. »Aber du hattest nichts davon.«

»Das macht mir nichts.«

»Aber *mir!*« begehrte Lena auf und atmete tief durch. Sehr leise sagte sie dann: »Ich würde dich nie zu etwas zwingen, Karen.« *Als ob ich das könnte.*

»Ja, ich weiß.«

»Und ich würde dir *niemals* weh tun.«

Karen nickte stumm.

»Wir können uns Zeit lassen. Wir haben genug, wenn …« Lena schluckte mühsam, »… wenn du es möchtest, natürlich nur. Ich kann warten, bis du deine Angst überwunden hast, bis du bereit bist.« Lena grinste etwas schief. »Du weißt, ich bin ein Fan von dir.«

»Ah ja, das hatte ich fast vergessen.« Karen lächelte leicht und etwas schmerzlich.

»Und? Möchtest du es mit mir versuchen? Du hast gesagt, du magst mich …«

»Ja, das meinte ich auch so.« Karen zögerte und wich dann aus: »Wir werden sehen.« Es war kein Ja und kein Nein.

Verunsichert zögerte Lena. Dann beschloß sie, positiv zu denken: Es war *kein* Nein. Das genügte vorerst völlig.

14.

Die nächsten Tage tat Lena so, als wäre nie irgendwas passiert. Sie war ruhig und zumindest nach außen völlig gelassen. Ihr Verhalten irritierte Karen sichtlich, das entging Lena keinesfalls. Aber sie bemerkte auch immer wieder Karens abschätzende Blicke. Lena war nicht beleidigt, nur betroffen. Und um Karen das nicht merken zu lassen und in dem Versuch, ihr Vertrauen zu gewinnen, blieb Lena freundschaftlich neutral.

Es war einer dieser Vormittage, an denen sich Lena mit Arbeit eingedeckt hatte, um Karen nicht ständig auf die Nerven zu gehen. Sie brauchte selbst ein wenig Ruhe, weil es nämlich trotz aller Versprechen nicht leicht war, das Kribbeln in ihrem Bauch zu ignorieren, wenn Karen in ihrer Nähe war. Sie begehrte Karen schrecklich, besonders, seit sie wußte, wie zärtlich sie sein konnte. Tja, und außerdem wartete schon seit Tagen dieses halb verstopfte Rohr in der Küche auf sie.

Lena hatte gerade den Schrank unter der Spüle leergeräumt, um überhaupt erstmal an das Rohr ranzukommen, da schaute Karen in die Küche. »Was machst du?«

Lena sah sich in dem Chaos um. Spühlmittelflaschen, Putzmittel, Scheuerlappen, Eimer und ihr Werkzeug lagen um sie herum verstreut. Lena grinste mit einem Schulterzucken. »Ich arbeite schwer, das siehst du doch.«

»Aha! Arbeit«, murmelte Karen gedehnt und mit einem belustigten Schmunzeln. Sie kam ganz herein, trat vorsichtig zwischen das Chaos aus Flaschen und setzte sich auf einen Stuhl hinter Lena. Verwundert sah Lena sie an. Karen erwiderte ihren Blick mit einem zögernden Lächeln, das breiter wurde, als Lena es erwiderte. »Ich schaue gerne zu, wenn Leute arbeiten«, erklärte Karen gelassen.

Gespielt mürrisch nickte Lena. »Viel Spaß dann.« Sie widmete sich wieder ihrem Abflußrohr. Es ist ein globales Phänomen, daß Dinge, die perfekt zusammengepaßt haben, dies spätestens dann nicht mehr tun, wenn man sie mal auseinandergenommen hat. Lena quälte sich mit dem Rohr herum. Hatte sie das eine Ende festgesteckt und mühte sich, es auch an der anderen Seite zu befestigen, rutschte es an dem Ende der Wand wieder heraus. Sie hatte entschieden zwei Hände zu wenig. »Kannst du mir mal helfen?« fragte Lena an ihre Zuschauerin gewandt.

»Das hatte ich befürchtet«, ertönte es leise hinter ihr. Karen kniete sich neben sie auf den Boden. »Ich soll aber nicht mit dem ekligen Zeug da spielen, oder?« Mit einem Naserümpfen schaute sie in den Eimer, wo das Dreckwasser aus dem Rohr dümpelte.

Lena grinste. »Ich wußte nicht, daß du so pingelig bist.«

Die Frau brummte abfällig. »Also. Was soll ich nun machen?«

»Halt einfach das Rohrende fest, wenn ich versuche, es auf der anderen Seite festzuschrauben.«

Karen rückte auf den Knien näher zu ihr, um unter die Spüle greifen zu können, und nahm widerwillig das nasse Rohr. »Das ist widerlich«, maulte sie mißmutig.

Lena tätschelte ihre Hand mit einem frechen Grinsen. »Es ist nur Wasser. *Sauberes* Wasser! So und jetzt festhalten, okay?«

»Ja!« knurrte Karen. »Nun mach schon. Hier unten stinkt es!«

Lena lachte nur. Endlich bekam sie das Rohr fest. Triumphierend lehnte sie sich auf die Fersen zurück. »Fertig.«

Karen hielt noch immer das Rohr und wirkte alles andere als glücklich. »Kann ich jetzt loslassen?«

»Ja, du darfst«, lachte Lena, und sie standen beide auf.

Finster begutachtete Karen ihre nassen Finger. »Wo du dich rumtreibst, gibt es scheinbar immer Dreck oder Öl oder weiß der Henker was für Zeug.«

Lena heuchelte ein bißchen Mitleid und meinte dann mit einem versöhnlichen Lachen: »Gib schon her.« Sie nahm Karens Hand und trocknete sie sorgfältig mit einem Küchenhandtuch ab. Karens Hand war warm und fühlte sich gut an. Hatte sich auch an anderen Stellen sehr gut angefühlt, wie sie sich lebhaft erinnerte. Gerne hätte sie Karen wieder so gespürt. Alles in ihr sehnte sich danach. Lena legte das Handtuch beiseite. Sie sah nicht auf, als sie mit den Fingerspitzen sanft über Karens Handfläche strich. Eigentlich rechnete Lena damit, daß Karen spätestens jetzt die Hand fortziehen würde, aber das tat sie nicht. Lena blickte hoch. Karen sah weder ängstlich aus noch abgeneigt, sondern beobachtete sie nur still.

Lena hob Karens Hand und berührte den Handrücken mit ihren Lippen. Dabei ließ sie Karen nicht aus den Augen. Sehr vorsichtig küßte Lena ihre Fingerknöchel und strich ganz sacht mit der Zunge darüber. Unverwandt blickte Karen sie an, und ihr Gesicht war ruhig dabei. Sehr ruhig. Wohingegen Lenas Herzschlag sich beschleunigte und die Spannung sich warm in ihr aufbaute, ohne daß sie es verhindern konnte. Langsam drehte sie

Karens Hand um und drückte zart ihre Lippen auf deren Handfläche. Lena fühlte ein Flattern in ihrem Bauch und schloß die Augen. Mit der Zungenspitze glitt sie über Karens Haut, während sie mit dem Daumen deren Handgelenk auf der weichen Innenseite streichelte.

Es war schwer, aber Lena öffnete die Augen wieder, und weil Karen sich noch immer nicht bewegte, gab Lena ihre Hand frei. »Alles in Ordnung?« fragte Lena leise.

Karen nickte einmal, sonst nichts.

»War es sehr unangenehm?«

Ein unmerkliches Lächeln. »Nein, nicht sehr.« Ihre Worte trafen Lena direkt in den Bauch, und ihre Erregung wuchs, obwohl sie sich dagegen sträubte. Beschämt von ihren Gefühlen wich sie Karens forschendem Blick aus, denn dann hätte die andere sicher gemerkt, was mit ihr los war und schlimmer noch, Lena hätte sich ihr vielleicht einfach an den Hals geworfen. »Sagst du mir, was los ist?« Karens Stimme war sanft.

»Tut mir leid. Ich bin ein wenig ...« - *erregt.* Und nicht nur ein wenig. Aber das konnte sie nicht sagen. Oder?

»Was ist los, hm? Du kannst es mir ruhig sagen«, forderte Karen sie nachsichtig auf.

»Ich -« Lena starrte Löcher in den Boden vor ihren Füßen.

»Lena?«

Im selben Moment, als Lena den Kopf hob, küßte Karen sie. Sobald sie Karens Lippen spürte, hörte Lena sich aufstöhnen, als die Erregung in ihr hochschoß, als bräche ein Damm. Gierig griff Lena nach ihr, öffnete die Lippen und zog Karens Kopf näher zu sich, wühlte ihre Finger in das Haar der anderen und suchte sie mit ihrer Zunge. *Jetzt werfe ich mich ihr doch an den Hals!* dachte sie verschwommen. Vergeblich suchte Lena in sich nach ihrer vernünftigen kleinen Stimme, die sie auf den Boden der Tatsachen zurückholen konnte. Sie war nicht da. Mußte wohl irgendwo auf der Strecke geblieben sein.

Nach der ersten Überraschung über Lenas Leidenschaft legte Karen ihre Hände um Lenas Taille. Sie preßte ihren Unterleib gegen Lenas und drängte sie gleichzeitig gegen die Spüle zurück. Lena atmete laut. Sie war angefüllt mit Karen, ihrem Geruch, ihrem Geschmack, ihrer berauschenden Gegenwart. Karen löste sich von ihrem Mund, neigte sich hinunter zu ihrem Hals und küßte sie auf die Kehle. Zitternd schloß Lena die Augen. Sie hielt Karens Kopf fest und strich unablässig durch ihr Haar. Mit dem Mund wanderte Karen wieder an ihr hinauf, über ihr Kinn, und fand erneut ihre Lippen. Karen lehnte sich schwerer gegen sie, während ihr Mund Lena in den Wahnsinn trieb. Mit dem Knie zwängte sie Lenas Beine auseinander und preßte ihren Schenkel fordernd gegen Lenas Mitte.

Lena beendete den Kuß, weil sie nach Luft ringen mußte, und hielt sich an Karen fest, als ihre Knie weich wurden. Sie fühlte, wie sie zerfloß vor Sehnsucht. »Nicht im Stehen …«, stöhnte Lena gepreßt. Ihre Beine trugen sie jetzt schon kaum noch.

»Ich halte dich«, versprach Karen dicht an ihrem Ohr und schob ihren Schenkel eng gegen Lenas Scham. Hilflos stöhnte sie auf, als die Empfindungen sie überrollten und die Hitze zwischen ihren Beinen sie verbrannte. *Ob wir je dazu kommen, uns auch mal auszuziehen?*

Karen küßte sich über ihre Wange bis zu ihren Lippen. Karens Mund war so wundervoll. Lena genoß das leidenschaftliche Suchen ihrer Zunge und begann, sich zu bewegen. Langsam und intensiv rieb sie sich an Karens Schenkel. Die Spannung baute sich in Lena auf und sammelte sich in ihrem Unterleib. Sie keuchte nur noch mühsam im Rhythmus ihrer stoßenden Bewegung auf Karens Schenkel und vergaß, daß sie sich noch in der Küche befanden. Über ihrem dröhnenden Herzschlag hörte sie nicht, wie die Eingangstür aufgeschlossen wurde. Was Lena hörte, war das Zuschlagen der Tür.

Erschrocken erstarrte Lena. Ruckartig riß Karen sich von ihr los, und fast wäre Lena haltlos zusammengebrochen, als ihre wackeligen Beine sie so plötzlich alleine tragen sollten. Schnell fing Karen sie auf, bis Lena sich an der Spüle abstützte, ehe sie sie wieder losließ, gerade als Susanne mit einem fröhlichen »Hallo« hereinkam und ihre Handtasche auf den Küchentisch warf. Benommen versuchte Lena, zu Atem zu kommen, ohne daß es auffiel. Ihr Körper stand in Flammen. Zwischen ihren Beinen pochte es schmerzhaft vor Verlangen. Sie war erhitzt und naß.

Karen erwiderte Susannes Begrüßung gelassen. Verwirrt sah Lena zu ihr. Karen war ganz ruhig, unbeteiligt, so, als wäre nichts gewesen. Nicht mal ihr Atem ging schneller. Und als Lena begriff, was das bedeutete, war es, als zöge ihr jemand mit einem Ruck den Boden unter den Füßen weg. Ihr wurde beinahe schlecht.

»Ist irgendwas?« Susanne sah Lena an, fragend zuerst, konnte aber ihr gerötetes Gesicht unmöglich übersehen. Dann wanderte ihr Blick zu Karen und wieder zurück zu Lena, während es hinter ihrer Stirn arbeitete. In langsamem Verstehen hellte sich ihr Gesicht auf. Dann grinste sie plötzlich. Ein ausgesprochen schmutziges Grinsen. »Habe ich euch bei irgendwas gestört?« fragte sie gedehnt.

»Lena hat den Abfluß repariert«, hörte sie Karen sagen.

»Ach, den Abfluß, ja?« Susanne grinste wissend. Lena nahm es kaum wahr. Die Kehle schnürte sich ihr zu. Karen mußte sie hassen, oder sie würde Lena zumindest in Zukunft nicht mehr ernstnehmen, ihr nicht mehr glauben. Sie hatte ihr versprochen, sie nicht anzufassen, und bei der erstbesten Gelegenheit wurde sie zur geifernden Nymphomanin. Bei Lenas erstarrtem Gesichtsausdruck verschwand Susannes Grinsen langsam. »Was –?«

»Entschuldigt mich«, fiel Lena ihr ins Wort. Dann stürzte sie hinaus und rannte die Treppe hinauf. Kaum oben angekommen knallte sie die Badezimmertür hinter sich zu. Sie brauchte eine kalte Dusche. Eine *eiskalte* Dusche, die ihre verfluchten Hormone zum Schweigen brachte.

Etwas später kam Lena wieder hinunter, fühlte sich aber kaum besser als zuvor, auch wenn das eiskalte Wasser die Erregung in ihr ein wenig abgekühlt hatte.

Karen sah ihr entgegen. Sie hatte sich in einem Sessel im Wohnzimmer zusammengekauert, die Arme um die Knie geschlungen, und anscheinend auf sie gewartet. Sie war allein. Der Fernseher lief, aber Karen beachtete das Programm gar nicht. Lena trat zu ihr, und als Karen schwieg und sie nur fragend ansah, da hatte Lena plötzlich Mühe zu sprechen. Fast hätte sie angefangen zu heulen. Sie kniete sich neben den Sessel, in dem Karen saß, und schaute sie bittend an. »Es tut mir so leid«, flüsterte Lena beschämt.

Karen runzelte die Stirn. »Was tut dir leid? Ich weiß überhaupt nicht, was los ist«, entgegnete sie ungeduldig. »Du rennst einfach weg, mit einem Gesicht, als hättest du ein Monster gesehen.« Ihre Augen tasteten Lenas Gesicht ab. »Ist es - wegen mir?«

»Himmel, nein! *Ich* bin es! Ich wollte dich nicht ausnutzen. Ich wollte das nicht! Aber sobald du mich berührst, kann ich nicht mehr klar denken. Es tut mir so leid. Du - du hast nichts dabei empfunden. Du hast das alles in der Küche nur für mich gemacht. Und ich habe es nicht mal gemerkt. Ich bin eine solche Egoistin!«

»*Das* ist es!« meinte Karen verstehend und lachte dann unerwartet. »Und ich habe schon gedacht, ich hätte irgendwas verkehrt gemacht. Du hast mir wirklich Angst eingejagt. Bisher ist mir nämlich noch keine vor lauter Entsetzen davongelaufen.« Das glaubte sie Karen sofort.

Zerknirscht senkte Lena den Kopf. »Eigentlich habe ich nur kalt geduscht.«

Wieder lachte Karen. Plötzlich nahm sie die Beine vom Sessel und beugte sich vor. Sanft umschloß sie Lenas Gesicht mit den Händen und hob es zu sich. Lena mußte sie ansehen - und ertrank in ihren Augen. Karen lächelte noch immer. »Ich vergebe dir«, flüsterte sie und berührte Lenas Lippen für einen sanften Kuß mit den ihren. Mehr nicht. Lena unterdrückte mit aller Macht ein Seufzen.

Als Karen sich ein Stück entfernte und sie losließ, war ihr Gesicht weich, und in ihren Augen funkelte es amüsiert. »So schrecklich war es nicht. Es macht Spaß, dich zu erregen.«

Spaß? Im Augenblick fühlte Lena sich eher wie nach einem Trip durch die Hölle und wieder zurück. Die Zweifel mußten ihr im Gesicht stehen.

»Wenn du nicht so schnell weggelaufen wärst, dann hätten wir in deinem Zimmer weitermachen können. Das wäre besser gewesen als die kalte Dusche«, spottete Karen liebevoll. So kannte Lena die andere gar nicht. Scheinbar ging es Karen am besten, wenn es Lena mies ging. *Na, wundervoll.* Aber wirklich beleidigt konnte Lena gar nicht sein, denn wenn sie Karen dafür so sanft und ungezwungen erlebte, dann war es alles auf der Welt wert.

»Es würde auch mir Spaß machen, *dich* zu erregen«, sagte Lena leise.

Karens Unbefangenheit schwand ein wenig. Sie lehnte sich im Sessel zurück. »Ich kann nicht.«

Behutsam erinnerte Lena: »Bisher durfte ich es nicht ausprobieren.«

»Es wird nicht gehen«, sagte Karen endgültig und starrte in den Fernseher. Ganz offensichtlich wollte sie nicht mehr darüber sprechen. Lena gab sich geschlagen.

Sie erhob sich. »Es tut mir leid«, lenkte sie ein, und aus einem Impuls heraus beugte sie sich vor und küßte Karen auf den Nacken.

Überrascht tastete Karen nach der Stelle. »Wofür war das?«

Einfach dafür, daß du da bist, dachte Lena sehnsüchtig. Aber statt einer Antwort zuckte sie nur mit den Schultern und lächelte leise.

17.

Am nächsten Tag erwartete Lena und Karen eine Überraschung, als sie es sich vor einem Videofilm bequem gemacht hatten. Sie saßen beide auf dem Sofa im Wohnzimmer. Am Anfang hatte Lena sich an Karen gelehnt. Karen hatte auch gar nichts dagegen gehabt, ihr im Gegenteil locker den Arm um die Taille gelegt, als wäre ihre Nähe selbstverständlich. Lena war es gewesen, die schließlich doch wieder abgerückt war, als ihr Körper mit einem unruhigen Kribbeln auf Karens Gegenwart reagiert hatte. Auch das hatte Karen hingenommen und gehorsam den Arm wieder weggezogen.

Susanne kam nach Hause und betrat mit einer fremden Frau das Zimmer. Sie stellte die Frau als ihre Freundin Julia vor, womit sie auf einen Schlag Lenas ungeteilte Aufmerksamkeit genoß. Neugierig sah Lena die Frau an, eine kleine, zierliche Person, mit einem einnehmenden Lächeln und munteren Augen, die alles offen und interessiert aufnahmen. Sympathisch, beschloß Lena und lächelte. Karen sah Julia undurchdringlich an, und Lena konnte sich in etwa vorstellen, was in ihrem Kopf vorging. Bestimmt überlegte sie, ob Julia ihr gefährlich werden konnte.

Kaum, daß Rolf von dem Besuch erfuhr, erklärte er sich auch schon bereit, für alle ein Festmahl zu kochen. Selbstverständlich wurde es sehr aufwendig und mindestens ebenso köstlich.

Beim Essen beobachtete Lena Susannes Freundin. Julia hatte ein aufgeschlossenes Wesen, redete gerne, und es machte Spaß, ihr zuzuhören. Lena begann zu verstehen, was Susanne so anziehend an ihr fand. Denn daß sie Julia liebte, war kaum zu übersehen. Susanne lauschte gebannt jedem von Julias Worten, und wenn sie Julia ansah, dann bekamen Susannes Augen einen liebevollen Glanz. Ein schmerzhafter Stich durchfuhr Lena gänzlich unerwartet, als sie die Liebe in Susannes Augen sah.

Schnell wandte sie sich ab und begegnete Karens Blicken, die mißmutig auf ihr lagen, anscheinend hatte Karen sie beobachtet. Lena merkte, wie sie rot wurde, und konzentrierte sich rasch auf ihr Essen. Als sie vorsichtig wieder zu Karen hinüberschielte, war diese gerade dabei, Erbsen mit ihrer Gabel aufzuspießen. Sie schien ungeduldig und wütend, und Lena begann, sich unbehaglich zu fühlen.

Irgendwann beendeten sie das Essen, und es wunderte Lena nicht, daß Karen die erste war, die sich vom Tisch erhob und die Runde verließ. Der Höflichkeit halber blieb Lena noch ein wenig sitzen und trank auch noch eine Tasse Kaffee. Ob Karen sehr wütend war? *Bestimmt,* grübelte Lena. *Sie hat wenigstens so ausgesehen. Wenn ich zu ihr gehe, wird sie wieder alles auf mich abwälzen.* Und trotzdem wollte sie zu ihr. Sie beeilte sich, den Kaffee zu trinken, und stand mit einer gemurmelten Entschuldigung vom Tisch auf. Sie ignorierte Susannes nachdenkliche Blicke.

Sie fand Karen draußen bei der Garage. Sie saß auf der Kofferraumklappe von Lenas Wagen, ließ die Beine baumeln und den Kopf hängen. Mit finsterem Gesicht starrte sie vor sich auf das spärliche Gras des Weges. Als Lena sie erreichte, sah Karen auf und sagte in einem Tonfall, der zu ihrem Gesicht paßte: »Ich dachte schon, du kommst nicht.«

Lena verbarg ihre Überraschung. Daß Karen mit ihr gerechnet hatte sollte sie eigentlich glücklich machen, aber in Anbetracht der üblen Laune ihrer Gegenüber hielt ihre Begeisterung sich vorsichtig zurück. »Du bist wütend«, stellte Lena fest, gefaßt auf ihren Ausbruch.

»Ich habe es keine Sekunde mehr da drinnen ausgehalten. Susanne und diese Julia ...« Karens Gesicht verdunkelte sich, und sie starrte verloren zum Waldrand hinüber. »Sie scheinen sehr verliebt zu sein.«

Prüfend musterte Lena sie. War es das? Störte sie das Verhalten der beiden Frauen? Aber warum? Was ging es sie an? Als Lena nichts sagte, warf Karen ihr einen langen Blick zu. »Ich konnte es nicht mehr sehen. Ich wollte einfach nur raus.«

So richtig verstand Lena sie immer noch nicht. »Bist du eifersüchtig?«

»Worauf, zum Teufel?« begehrte Karen auf. »Es ging mir nur einfach auf die Nerven, dieses Geturtel mitanzusehen.« Eine heftige Reaktion, dafür, daß sie *nicht* eifersüchtig war.

»Was stört es dich, was die beiden machen?«

»Es stört mich ja nicht«, murrte Karen übellaunig.

»Aha.«

»Aber ich habe doch gesehen, wie du die beiden anschaust«, fuhr sie auf Lena los - womit die ja eigentlich gerechnet hatte.

Dennoch traf es sie. »Ich? Was habe ich jetzt wieder gemacht?«

»Gar nichts«, murmelte Karen plötzlich sehr leise. Fast verstand Lena ihre Worte nicht. »Aber - du willst eine Beziehung. So wie Julia und Susanne. Ich kann dir das nicht geben.«

Lena zögerte. Dann schüttelte sie den Kopf. Natürlich wollte sie eine Beziehung, mit gegenseitigem Geben und Nehmen. Hätte sie jetzt das Gegenteil behauptet, wäre es gelogen gewesen. »Hör schon auf, dich zu quälen«, sagte sie beschwichtigend. »Ich will nicht genau das, was Susanne und Julia da teilen. Ich will dich! Egal wie oder wie lange es dauern wird. Gib mir das, was du kannst. Mehr will ich nicht.«

»Du lügst immer noch sehr nett«, seufzte Karen.

Lena konnte nicht viel sagen, das Karen helfen würde. Sie beide wußten, daß sie sich herumquälten mit etwas, das nicht einmal den Namen *Beziehung* verdiente. Aber wenn sie Karen in ihrer Nähe haben konnte, mit ihr zusammen war, dann würde ihr das reichen. Wenn sie sich nach mehr sehnte, dann war das alleine ihr Problem und nicht Karens. »Du solltest nicht darüber nachdenken.«

Karen lachte trocken. »Ich denke an nichts anderes, Lena!«

Wirklich? Sie denkt über uns nach? Damit hatte Lena nicht gerechnet. Sie hatte angenommen, sie war die einzige von ihnen beiden, die sich so aufrieb.

»Ich weiß gar nicht, warum du hier bist«, fuhr Karen bedrückt fort. »Ich bin - ich kann dir überhaupt nichts geben. Gar nichts. Ich bin widerwärtig, dauernd hacke ich auf dir herum, beleidige dich, verletze dich.« Sie lachte bitter. »Warum bist du noch hier?«

Ja, warum eigentlich? Lena dachte kurz darüber nach. Alles, was Karen sagte, stimmte. Dennoch war sie hier, suchte beständig ihre Nähe - wie ein treuer Hund, der gar nicht anders konnte. War es einfach nur, weil sie Karen liebte? Mußte es wohl sein ...

»Du weißt es gar nicht«, interpretierte Karen ihr Schweigen.

»Doch«, widersprach Lena. »Ich will einfach bei dir sein.« Sie lächelte zaghaft. »Und offenbar kannst du nicht eklig genug sein, um mich davon abzubringen.«

Resigniert schüttelte Karen den Kopf. »Ich verstehe dich nicht.«

Ich mich ja auch nicht, dachte Lena hoffnungslos.

Ratlos hob Karen die Schultern. »Warum bist du so auf mich versessen? Es gibt sicher einfachere Frauen, die dir mehr Vergnügen bereiten könnten als ich.«

»Ich liebe eben die Herausforderung«, erklärte Lena sarkastisch. »Ich würde dich nicht gegen Julia eintauschen. Sie ist mir zu aufgekratzt. Bestimmt ist sie im Bett entsetzlich laut, so daß die Leute einen am nächsten Morgen ganz seltsam ansehen, weil alle es gehört haben.«

»Wäre dir das peinlich?« fragte Karen mit einem schwachen Lächeln.

»Vielleicht«, grinste Lena und zuckte mit den Schultern. »Du solltest froh sein. Du hättest es schlimmer treffen können als mit mir - glaube ich.«

Karen blickte sie traurig an. »Aber ich ... würde dir gerne mehr geben«, sagte sie leise und senkte den Kopf. »Du - du verdienst so viel mehr, als ich dir geben kann.« Und dann, so leise, daß Lena sie fast nicht mehr verstand, obwohl ihr die Worte die Brust zusammenschnürten wie mit einer Eisenklammer: »Warum quälst du uns beide so, Lena?«

»Was sagst du da?«

Karen hob mit brennenden Augen den Blick. »Warum läßt du mich nicht in Ruhe und kümmerst dich um *dein* Leben?«

Ich dachte eigentlich, das tue ich irgendwie. Lena suchte Karens Blick und fand in ihren Augen nur Verzweiflung. Stumm starrten sie sich an, und schließlich sanken Karens Schultern niedergeschlagen herab. Lena fühlte eine Welle heißer Zärtlichkeit für Karen in sich hochfluten. So heftig war dieses Gefühl, daß es ihr fast die Tränen in die Augen trieb. Behutsam hob sie die Hand zu Karens Wange und strich ganz sacht mit den Fingerspitzen darüber.

»Du bist völlig verrückt«, murmelte Karen. »Total verrückt.«

»Ja, ich weiß.« *Und außerdem bin ich noch verliebt.* Und was von beidem jetzt schrecklicher war, konnte Lena so auf Anhieb gar nicht sagen.

16.

Kurz nach ihrem Gespräch fuhr Lena in die Stadt. Rolf hatte ihr eine lange Liste mitgegeben, für »das Nötigste«, wie er es nannte. Im Laufe ihres Einkaufs kam sie sich vor wie ein Packesel. Ihre Füße taten weh, und sie hatte ehrlich gesagt die Nase voll vom Einkaufen. Ständig liefen ihr irgendwelche Leute im Weg herum, blieben völlig planlos mitten in einem Gang stehen und zwangen sie auszuweichen. Viel Geduld hatte sie fürs Einkaufen noch nie aufgebracht. Sie kaufte, was sie brauchte,

Schluß und fertig. Von ziellosem Bummeln hielt sie gar nichts. Aber auch wenn sie sich beeilt hatte, alles zu erledigen, hatte sie doch fast den halben Tag gebraucht. Sie wollte nur nach Hause, die Füße hochlegen, heiß duschen, eine Tasse Tee wäre auch nicht schlecht - das alles nicht unbedingt in dieser Reihenfolge.

Dabei war sie eigentlich nicht wegen des Einkaufs gefahren, sondern weil ihr ein netter Gedanke gekommen war, dem sie nachgehen wollte. Auf dem Weg hinaus aus der Stadt hielt Lena noch einmal bei einem Blumenladen. Danach hatte sie dann wirklich alles, was sie wollte. Zuhause schleppte sie alles in die Küche, nahm dann den Blumenstrauß und ging hinauf zu Karens Zimmer. Vor der Tür zögerte sie jedoch, weil sie plötzlich merkte, daß sie ein wenig nervös war. Es war schwer abzuschätzen, wie Karen reagieren würde. Das allerdings würde sie erst wissen, wenn sie sich hineintraute. Also klopfte sie und trat ein.

Karen stand vor ihrer Tasche, die auf dem Bett lag, und wühlte den Inhalt an Kleidungsstücken durch, die Lena ihr aus ihrer Wohnung mitgebracht hatte. Gerade hielt sie eine schwarze Lederhose hoch und schnalzte mißbilligend mit der Zunge. »Warum hast du denn die eingepackt? Möchte wissen, was du dir dabei gedacht hast.«

Lena grinste schief. Sie hatte sich nur überlegt, wie Karen darin aussehen würde, mit ihren langen Beinen, und daß es sicher nett wäre, sie darin mal zu sehen. Als Lena schwieg, drehte sich Karen zu ihr um, sah ihr Grinsen und verdrehte seufzend die Augen. »Vergiß es!« erklärte sie bestimmt und warf die Hose auf das Bett zurück. Dann bemerkte sie den Blumenstrauß. Lena fiel wieder ein, warum sie hier war, und sie hielt Karen die Blumen entgegen. Karen sah von den Blumen in Lenas Gesicht und wieder zurück zu den Blumen. Gerade begeistert schien sie nicht. Aber daß Karen nicht besonders sentimental war, hatte Lena ja auch schon gemerkt. *Okay, die Idee mit den Blumen war nicht so toll. Aber jetzt mußt du da durch.*

Gespannt wartete sie auf Karens Reaktion und stellte sich schon mal seelisch auf ein Gewitter ein. Sie senkte den Arm mit den Blumen wieder, als Karen keine Anstalten machte, den Strauß an sich zu nehmen. Kein Ausruf: »Oh, wie wunderschön«, mit dem sie ihr den Strauß abnahm, um daran zu riechen. Aber hatte sie damit wirklich gerechnet? Nein, eigentlich doch nicht. Sie hatte bei Karen mit gar nichts gerechnet, sondern lediglich *gehofft*, daß sie sich vielleicht freuen würde. Ein wenig ... Statt dessen sah sie die Blumen an, als überlege sie, was Lena damit bezweckte und wozu die gut sein sollten.

»Das sind Blumen«, stellte Karen leidenschaftslos fest.

Oh je, was hast du dir nur dabei gedacht? »Ja«, meinte Lena leise und ein wenig unsicher.

»Rote Rosen.«

»Mhm.«

»Ich nehme an, es sind zwölf.«

Lena nickte wortlos und kam sich jetzt doch ein wenig idiotisch vor. Da stand sie hier mit diesem ungeliebten Rosenstrauß, wie ein Rosenkavalier - der gleich eine schreckliche Abfuhr bekommen würde. Karen würde ihr die Blütenblätter einzeln ausreißen. In Erwartung des Schlimmsten hielt Lena den Atem an.

»Sind die für mich?«

Was für Fragen! Lena seufzte schicksalsergeben. »Na, für wen denn wohl sonst, hm?«

Karen nickte, während sie ernst die Rosen betrachtete. Dann stellte sie ganz ruhig fest: »Mir hat noch nie jemand Blumen geschenkt.« Zögernd sah Lena sie an, ein wenig ungläubig. Das war ja absurd. Karen hob den Blick von den Rosen. »Warum machst du das?«

Lena übte sich in Geduld und Nachsicht. »Schönen Frauen schenkt man schöne Rosen«, stellte sie ganz selbstverständlich fest. »Das ist eben so.«

»Du findest mich schön?«

»Ja«, lächelte Lena. »Ja, du *bist* schön. Wunderschön sogar.«

Karen schaute sie unbeweglich an. Dann trat sie zu ihr und nahm ihr endlich den Strauß ab. »Tja ... ähm, danke. Das ist sehr - lieb von dir.«

Wenn sie sich mal bloß nicht zu sehr begeistert, dachte Lena resigniert. Hilflos stand Karen mit den Blumen vor ihr und wirkte völlig verloren. Fast gegen ihren Willen lächelte Lena bei diesem Bild. Sie war einfach reizend, und gern hätte sie Karen an sich gezogen und geküßt.

»Du mußt sie ins Wasser stellen«, sagte sie belustigt.

»Oh - ja, klar.« Karen zögerte. »Hast du eine Vase oder so?«

Lenas Lächeln wurde breiter. Die Idee mit den Blumen war doch ganz gut gewesen. »Ja, unten. Ich werde sie holen.« Sie beeilte sich, holte die Vase, füllte Wasser hinein und ging zurück zu Karen. Sie stand am Fenster, als Lena den Raum leise wieder betrat, und im schwindenden Tageslicht betrachtete sie die Rosen. Ganz sacht, als könnten die Blüten unter ihrer Berührung zerfallen, strich sie mit den Fingerspitzen über eine der Rosenknospen. Es wirkte fast zärtlich. Sie hatte anscheinend wirklich noch nie Rosen geschenkt bekommen.

»Die Vase.« Karen zuckte zusammen und sah sie an. Als ihr bewußt wurde, daß Lena sie beobachtet hatte, lächelte sie ein wenig befangen, ehe sie die Blumen in die Vase stellte. Lena fühlte sich großartig, am liebsten hätte sie die ganze Welt umarmt - und noch viel lieber Karen. »Also, ich werde dann mal die Einkäufe auspacken gehen«, sagte Lena.

»Ja.« Es sah so aus, als wolle Karen eigentlich etwas anderes sagen, aber weil sie es nicht tat, wollte Lena gehen. Karen legte ihr die Hand auf die Schulter. Fragend sah Lena sie an und bemerkte Karens Zögern. Geduldig wartete sie, bis Karen sie losließ. »Schon gut.«

Lena drehte sich wieder zur Tür.

»Warte.«

Seufzend wandte sich Lena erneut zu ihr. »Was ist denn?«

»Ich -« Hilflos sah Karen sie an, ein Ausdruck, den man nicht oft bei ihr entdeckte. Unschlüssig stand Karen vor ihr, ihre Gedanken arbeiteten sichtlich. »Danke, Lena.« Dann neigte Karen sich zu ihr und küßte sie.

Jemand befreite ungefähr hundert Schmetterlinge in Lenas Magen, die dort aufgeregt herumflatterten. »Keine Ursache«, murmelte sie, als Karen ihre Lippen freigab, und wollte einen Schritt zurückweichen, um es ihrer Vernunft leichter zu machen, sich gegen ihr heftiges Herzklopfen zu behaupten, da küßte Karen sie erneut, länger diesmal, und als ihre Zunge über Lenas Lippen strich, da zog sich Lenas Unterleib heftig zusammen, und sie stöhnte leise. Dabei berührte Karen sie sonst nirgendwo. Die Wirkung, die sie auf Lena hatte, war geradezu umwerfend.

Lena beendete den Kuß, ehe Karen in ihren Mund eindringen konnte und ihr letzter Widerstand sich auflöste. »Tu das lieber nicht«, - und sie erschrak über das rauhe Flüstern, das von ihrer Stimme geblieben war.

Karen ignorierte ihren Einwand, griff nach ihr und zog Lena sanft aber unnachgiebig an sich, und viel Gegenwehr bekam Karen von ihr auch gar nicht zu spüren. Lena umfing ihren Hals und schmiegte sich an Karen. Sie hatte es sich so gewünscht, und jetzt war es fast mehr, als sie ertragen konnte. Sie wollte Karen in sich hineinziehen, sie ganz festhalten und nie mehr loslassen. Sie barg das Gesicht an Karens warmem weichen Hals und küßte sie dort. Mit einer Hand streichelte Lena über das Haar der anderen und atmete tief ihren Duft ein. Ein süßer Schmerz fuhr durch ihren Körper, und Lena schloß die Augen, während sich ihr Körper sehnsüchtig an Karen drängte. Karens Hände legten sich auf Lenas Rücken, und ihr heißer Atem kitzelte Lenas Hals.

Dann fühlte sie Karens weiche Lippen. Der Atem stockte Lena. »Du warst so lange weg«, hörte sie Karen leise flüstern. »Ich habe dich vermißt.«

Die Worte zerrissen Lena fast das Herz. Sie liebte Karen so sehr, und es tat so schrecklich weh. Sie umarmte Karen noch ein wenig fester. »Ich dich auch«, murmelte Lena, aber sie meinte nicht nur diesen Tag, den sie nicht dagewesen war, sondern die restliche Ewigkeit, in der sie Karen nicht mehr so gespürt hatte. »Ganz schrecklich vermißt.«

Karen löste sich aus der Umarmung, um sie wieder zu küssen. Ihre Zunge suchte sie, und Lena nahm sie zärtlich in sich auf. Mit den Händen glitt sie in Karens Nacken, fühlte ihre warme Haut und das weiche Haar.

Ein winziger Rest Vernunft war Lena noch geblieben, die sie jetzt dazu brachte, den Kuß zu beenden. »Du mußt das nicht tun«, sagte Lena so überzeugend, wie sie es schaffte.

In Karens Augen lag ein Lächeln. »Das weiß ich.«

Lena war noch immer nicht sicher. Sie suchte etwas im Gesicht der anderen. Karen war ganz nah, so nah, daß es sie schwindlig machte. Ihre Ausstrahlung und Nähe, ihr Geruch, ihr wundervoller Körper. Das alles jagte Feuerstöße durch Lena hindurch und machte sie schwach vor Verlangen und Sehnsucht.

Als Karen Lenas begehrlichen Blick sah, lächelte sie und wollte sie wieder küssen. Aber Lena hielt sie auf, indem sie die andere an den Schultern auf Abstand hielt, auch wenn es sie alle Kraft kostete, die sie noch hatte. »Moment.« Gehorsam hielt Karen inne und ertrug Lenas forschenden Blick, während sie ihrerseits Lena betrachtete, weniger forschend als vielmehr mit einer zärtlichen Wärme, die Lena zittrig machte. Zwar machte Karen nicht den Eindruck, als würde sie sich vor Begehren nach ihr verzehren, was umgekehrt zweifellos der Fall war, aber sie wirkte auch nicht gleichgültig.

»Weißt du, was du da tust?« fragte Lena etwas mühsam.

»Ich denke ja.« Karens Hände lagen noch immer auf Lenas Rücken und brannten sich durch den Stoff ihrer Kleidung. Lena sah sie nur an, und Karen gab nach. »Ich kann dich ja verstehen.

Aber ich wollte dich wirklich nur küssen. Ohne irgendwelche Hintergedanken. Nur, weil – weil du dich gut anfühlst. Ich wollte dich einfach spüren.«

Worte konnten wundervoll erregend sein, und diese ließen Lenas Herz schneller schlagen. Sie umschloß Karens Gesicht mit den Händen und zog sie zu einem langen Kuß an sich, den Karen sanft erwiderte. Ihre Hände strichen über Karens Rücken, wanderten tiefer, während sie zart in Karens Lippen biß und dann die Zunge in ihren Mund schob und sie mit geschlossenen Augen erforschte. Karen empfing sie überaus freundlich. Lena hörte sich leise seufzen. Ihre Hände erreichten Karens Taille, glitten noch tiefer, über die anliegende Jeans und streichelten ihren festen Po. Unvermittelt zuckte Karen. Lena erstarrte sofort und entfernte sich ein Stück. »Hab ich dich erschreckt? Es tut mir leid. Ich habe nicht nachgedacht.« Sie hatte überhaupt nicht gedacht. »Bitte … entschuldige.«

Karen schüttelte den Kopf. »Nein. Schon gut. Du hast mich nicht erschreckt.« Sie war nicht bei der Sache, ihr Atem ging ein wenig schwer. Und eine neue Idee kam Lena, die unter normalen Umständen gar nicht so abwegig gewesen wäre.

»Nein?«

»Nein«, gab Karen zu und sah sie seltsam an.

Lena lächelte schwach. »Vielleicht war es dann sogar angenehm?«

»Vielleicht«, schmunzelte Karen und gewann ihre Fassung wieder. Sie küßte Lena rasch auf die Wange. »Du wolltest in die Küche«, erinnerte Karen sie völlig zusammenhanglos.

Lena erkannte ihr Stichwort für den Abgang. Aber sie war nicht böse. Als sie hinausging, grinste sie vor sich hin, brauchte allerdings eine Weile, ehe ihre Hände aufhörten zu zittern und ihre Knie nicht mehr wie Gummi waren.

17.

»Wo ist Karen?«

Lena sah vom Fernseher fort zu Susanne, die es sich in einem der Sessel bequem gemacht hatte. Lena räkelte sich gemütlich auf dem Sofa, die Füße in dicken Socken hochgelegt und in ein dickes Kissen gekuschelt. »Oben, nehme ich an.« Karen hatte sich vorhin ein Buch geholt und war damit verschwunden.

»Ich habe die Rosen gesehen«, sagte Susanne neugierig. »Haben sie ihr gefallen?«

Ein kleines Lächeln zeigte sich auf Lenas Gesicht in Erinnerung an den Nachmittag. »Ich denke, ja.« Wenn Karens Kuß das nicht bewiesen hatte, dann wußte sie auch nicht. Und *wie* Karen küssen konnte! Wenn sie nur daran dachte, begannen ihre Lippen zu brennen. Ein tiefer Seufzer entrang sich Lena, den Susanne mit einem Lachen quittierte. »Wenn ich dein Gesicht so sehe, würde ich sagen, du bist total verknallt.«

Das konnte Lena nicht mal abstreiten. Sie war tatsächlich verliebt, und zwar bis über beide Ohren. »Kann schon sein.« Sie lächelte inniger.

»Ehrlich? Das sollte eigentlich nur ein Scherz sein«, meinte Susanne verblüfft.

»Störe ich?« Erstaunt sah sich Lena um. Karen stand in der Tür.

»Nein, du störst nicht«, übernahm Susanne die Anwort.

Lena rückte automatisch ein wenig beiseite, damit Karen sich zu ihr aufs Sofa setzen konnte. Wie selbstverständlich lehnte sie sich jetzt statt in das Kissen leicht an Karen, und diesmal blieb Lena entspannt, genoß einfach nur ihre Nähe, ganz vertraut, als wäre es alltäglich. Lena war stolz auf sich, daß ihr Körper nicht gleich wieder Kapriolen veranstaltete.

»Ist es unbequem?« fragte Lena dennoch.

Karen lächelte still. »Nein, ist es nicht.« Eine Sekunde hielt sie Lenas Blick fest, ihr Gesicht war ganz dicht, und fast hätte Lena sich wieder in ihren Augen verloren. Jetzt wurde ihr doch ein wenig warm. Lena lächelte und konzentrierte sich wieder auf den Film. Das war besser.

Karen umschlang sie mit dem Arm, legte ihr die Hand locker auf den Bauch, damit Lena bequemer sitzen konnte. Und es *war* bequemer. Lena spürte Karens Körper im Rücken und ihren Arm, der nur ganz leicht um sie geschlungen war, und mußte mühsam schlucken. Aus war es mit ihrer Entspannung!

Karen bewegte ihre Hand auf Lenas Bauch kaum. Sie drückte sie nur ein ganz kleines bißchen enger gegen Lena, wie, um sich etwas zurechtzusetzen. Sicher nicht mit Absicht, dennoch wurde Lena unruhig. Sie versuchte, tief durchzuatmen. Karen merkte es sicher. Sie war ihr so nah, daß sie jede Bewegung von Lena bemerken *mußte.* Zittrig atmete Lena wieder aus, und ihr verräterischer Körper sank schwerer gegen Karen und genoß es.

Wie zufällig strich Karen ein Stück tiefer, in die Gegend ihres Unterleibs. In Lena zog sich etwas heftig zusammen. Angestrengt starrte sie in den Fernseher. *Bleib ruhig. Ganz ruhig*, mahnte sie sich eindringlich. Karens Hand glitt noch ein wenig hinunter, und ein rascher Blick zeigte Lena die schlanken Finger ihrer Hand, die sich auf ihr bewegte. Der Anblick allein hätte schon genügt, um Lenas Erregung aufflammen zu lassen. Die tatsächliche Berührung jedoch ließ ihr Herz wie verrückt klopfen, und Hitze kroch prickelnd über ihre Haut. Dennoch blieb die Bewegung so zufällig und kaum merklich, daß sich Lena nicht sicher war, ob sie sich nicht nur alles einbildete.

Die vorwitzige Hand fuhr streichelnd über ihren Bauch und war schon lange über die Grenze des Hosenbundes hinweg. Was tat Karen ihr da an! Lenas Atem ging schwerer. Sie griff hinunter und hielt Karens Hand fest, um dem ein Ende zu machen. Das war kein Zufall. *Konnte* kein Zufall sein. Lenas gesamte Aufmerksamkeit war auf die Gegenwart der Frau hinter ihr gerichtet. Und hätte sie noch Zweifel gehabt an ihren Absichten, dann änderte sich das, als Karens andere Hand, versteckt zwischen ihren Körpern und der Sofalehne, Lenas Seite berührte, über ihre Rippen hochstrich und seitlich ihre Brust streifte. Lena biß sich fest auf die Unterlippe, um nicht laut aufzustöhnen. *Was tut sie nur? Was macht sie mit mir?* Darauf eine Antwort zu finden, war nicht schwer, denn die Erregung schoß durch ihren Körper und brannte direkt zwischen ihren Beinen. Der warme Hauch von Karens Atem streifte ihren Nacken. Dazu brauchte Karen sich kaum zu bewegen, immerhin lehnte Lena ja dicht an ihr. Sie mußte nur ganz leicht pusten, und der völlig unerwartete Kitzel ließ Lena heftig zusammenzucken.

Susanne sah verwundert zu ihnen. Sie bemerkte Lenas rotes Gesicht, dann Karens Hand auf deren Bauch. »Alles in Ordnung?« fragte Susanne, konnte sich aber ein Grinsen kaum verkneifen. Lena nickte nur, unfähig, ein einziges Wort hervorzubringen. Susanne zwinkerte ihr zu und widmete sich wieder dem Film.

Karen bewegte sich hinter Lena, die jede Regung spüren konnte. Dann hörte sie Karens leise Stimme an ihrem Ohr. Ihre Worte ein gerauntes Versprechen. »Ich will dich, Lena. Bitte … komm mit hinauf.« Und jede geflüsterte Silbe fuhr ihr direkt durch den Körper und explodierte zwischen ihren Schenkeln. Lena erschauerte und kämpfte sich vom Sofa hoch.

»Was ist?« fragte Susanne, die Unschuld vom Lande.

»Ich – wir sind … oben«, stammelte Lena aufgelöst.

»Dann gute Nacht ihr beiden.« Und Lena sah im Gehen noch Susannes breites Grinsen.

Karen folgte ihr hinauf, in Lenas Zimmer. Keinen Schritt mehr als nötig. Die Tür fiel hinter ihnen zu, und Karen schloß ab. Allein diese Maßnahme machte Lena schwach. Sie sah Karen entgegen, als diese sich zu ihr umwandte und langsam auf sie zukam.

Erwartungsvoll zitterte Lena. »Bist du dir sicher?« Lena mußte es fragen.

»Ich will es versuchen«, sagte Karen, während ihre Blicke über sie wanderten und dann ihre Augen fanden. »Ich *will* es, verstehst du? Der Gedanke daran, mit dir in diesem Bett zu liegen, ist nicht *so* schrecklich.«

»Ach nein?« ging Lena auf ihr Necken ein. »Sehr nett.« Aber sie wurde schnell wieder ernst. »Ich werde nichts tun, was du nicht willst. Sag mir, wenn es nicht geht. Ich kann das verstehen.«

Karen lächelte und zog sie langsam an sich, bis ihre Körper sich berührten. »Denkst du, das weiß ich nicht«, sagte sie leise und küßte Lena kurz. Mit den Lippen streifte Karen ihre Wange und dann wieder ihren Mund. »Du bist so geduldig …«, flüsterte Karen an ihren Lippen. »So unendlich geduldig.«

Karen öffnete die ersten Knöpfe von Lenas Hemd. Derweil küßte sie sich hingebungsvoll an Lenas Hals entlang, die mit einem Seufzen den Kopf zurücknahm, damit Karen besser herankam. Mit wenigen Handgriffen zog Karen ihr das Hemd aus der Hose und streifte es ihr von den Schultern. Das T-Shirt folgte und landete in irgendeiner Ecke des Zimmers. Dann neigte Karen sich zu ihr vor, und ihre Lippen legten sich auf Lenas. Ihre Hände streichelten Lenas Rücken. Es fühlte sich verdammt gut an. Karen glitt nach vorne über Lenas Schultern und hinunter zu ihren Brüsten. Lena stöhnte leise, als Karen sie berührte. Fast sofort, als hätten sie nur auf Karens Hände gewartet, versteiften sich ihre Brustwarzen und wurden hart, und als Karen mit den Daumen über die Warzen strich, konnte Lena kaum noch auf den Beinen stehen. Ihr altes Problem.

Karen fand Lenas Hosenbund und öffnete die Knöpfe. Sie streifte ihr die Hose über die Hüften hinunter. »Ich mach das schon«, sagte Lena leise und befreite sich schnell von dem Stoff, zog die Socken aus und ließ ihren Slip folgen. Als sie nackt war, küßte Karen sie wieder und suchte ihre Zunge. Mit sanften Händen streichelte sie Lenas Körper und zog sie näher an sich. Der Stoff ihrer Kleidung rieb sich auf Lenas Haut, nicht unangenehm, aber sie hätte Karen lieber nackt vor sich gehabt. Endlich nackt.

»Ich will dich ausziehen«, bat Lena murmelnd, und Karen nickte unmerklich. Ganz langsam öffnete Lena ihr Hemd. Karen rührte sich nicht, sondern schaute ihr nur still zu. Schließlich klaffte der Stoff vorne auf, und Lena zog ihr das Hemd ganz aus. Darunter war Karen nackt, und Lenas Atem stockte ergriffen. Karen war schlank, muskulös vom Training, das sie absolvieren mußte, um ihren Job zu schaffen. Ihre Brüste waren größer als Lenas, straff und voll - perfekt. Ihre Haut war von Natur aus dunkler. *Sahnekaffee*, wie sich Lena an ihren ersten Gedanken dazu erinnerte, und ihre Brustwarzen hoben sich noch ein wenig dunkler davon ab. Obwohl noch nicht völlig nackt, raubte ihre Schönheit Lena den letzten Rest Verstand. Gebannt sah Lena hinauf in ihr Gesicht und begegnete Karens amüsiertem Lächeln. Keine Spur von Verlegenheit oder falschem Schamgefühl. So selbstbewußt wie eh und je. Lena räusperte sich leise, um ihre Stimme wiederzufinden. »Du bist schön.«

Sie nahm es hin. »Danke.« Mehr nicht. Lena wollte Karen weiter ausziehen, sie endlich ganz sehen, aber Karen hielt ihre Hände unvermittelt am Hosenbund auf. »Nicht. Das genügt erst einmal.« Lena gab nach, als Karen sie mit einem ihrer wahnsinnigen Küsse fesselte, die sie ganz schwach machten. Ihre Zunge suchte Lenas, spielte mit ihr - erregte sie über alle Maßen.

Karen erlaubte ihr, sich aufs Bett zu legen, kam zu ihr und beugte sich zu ihren Brüsten hinunter. Lena schnappte nach Luft, als Karen sie mit ihrem heißen Mund berührte. Sie griff nach Karens Kopf, schob sie auffordernd näher zu sich, und gehorsam saugte Karen fester an ihr, verstärkte ihre Liebkosungen und biß dann mit scharfen Schneidezähnen in die harte Warze. Lena bog sich ihrem Mund entgegen und unterdrückte einen leisen Aufschrei.

Mit einer Hand strich Karen an Lenas nacktem Körper hinunter und legte sie dann warm auf ihren Oberschenkel. Mehr nicht. Aber Lena war so angespannt, daß sie zuckte, als hätte Karen sie mit glühenden Kohlen verbrannt. Die Hitze schoß zwischen Lenas Beine. Sie wurde feucht. Sie wußte es, fühlte den drängenden Schmerz, der um Berührung bettelte. Unruhig wand sie sich Karen entgegen, die ihren Schenkel hinaufstreichelte, während ihr heißer Mund tiefer wanderte und die Grenze ihres Schamhaares küßte. Lenas Atem setzte aus. Aber Karen küßte sich wieder an ihr hinauf. Dann schob sie sich behutsam über sie, stark und unendlich betörend, und ließ sich langsam auf sie sinken. Lena stöhnte bei der Wärme ihres Körpers und ihres wundervollen Gewichtes, dem Druck ihrer Brüste an den ihren. Da Karen ihre Hose noch trug, rieb der rauhe Stoff gegen Lenas Schenkel. Bei ihrem Stöhnen hob sich Karen sofort ein Stück von ihr hinunter. »Bin ich zu schwer?«

»Nein ...« Lena umarmte sie. »Du fühlst dich nur so gut an ...«, seufzte sie und begann, Karens Gesicht zu küssen, die Wangen, kurz die Nasenspitze, dann zärtlich die Mundwinkel, ehe sie ihre Lippen fand. Lena umschmeichelte sie mit ihrer Zunge, leckte sie, kostete von ihr, und Karen schmeckte wunderbar. Und wenn ihr Mund schon so aufregend war, wie mußte sie dann erst weiter unten schmecken ...

Der Gedanke erregte Lena, und ihr Kuß wurde drängender. Sie drehte sich mit Karen herum, bis sie oben lag, und bewegte langsam ihre Hüften auf ihr. Die Spannung baute sich in ihr auf, aber sie zögerte und sah zu Karen, die unter ihr lag, und sie beobachtete. Kurz küßte Lena sie. »Sag mir, was du möchtest«, bat sie sanft.

»Das merkst du schon«, sagte Karen leise. Es wäre Lena lieber gewesen, sie hätte ihr ihre Vorlieben gesagt, dann war es leichter. So mußte sie ausprobieren - nicht, daß sie das gestört hätte, sie wollte ohnehin jeden Zentimeter von Karen küssen – da würde sie schon feststellen, was sie mochte.

Lena hauchte zarte Küsse auf Karens Hals und wanderte von dort hinunter zu ihren Brüsten. Zart streichelte sie Karen mit den Händen, beinahe ehrfürchtig, dann vertauschte Lena ihre streichelnden Hände mit den Lippen, reizte mit der Zungenspitze abwechselnd die Warzen, die sich hart aufrichteten. Obschon ihr Körper reagierte, blieb Karen relativ ruhig. Ein bißchen fühlte Lena sich verunsichert. Sie wußte nicht, ob Karen mochte, was sie tat. Aber sie schien entspannt zu sein, darum machte Lena weiter.

Sanft erregte sie Karens weiche Brüste, streifte mit dem Mund die von ihrer Zunge noch feuchte Warze, die sich hart gegen ihre Lippen drückte. Sie war sehr heiß.

Lena fühlte Karens Hände, die ihr durch das Haar und über ihren Nacken und die Schultern streichelten. Ganz zärtlich. Es war schön. Lena nippte an Karens Brustwarze und hörte sie leise stöhnen. »Zieh mich aus«, wisperte Karen angestrengt.

Lenas Herz machte einen Sprung, und sie sah hinauf zu ihr – und hielt inne. Karen atmete schwer, aber ihre weit geöffneten Augen starrten blind an die Decke, unbeweglich, abwartend, bis es vorbei sein würde. Lena stieß den Atem aus und sank auf Karen hinunter. Sie schmiegte die Wange gegen Karens flachen Bauch und kämpfte gegen ihre Enttäuschung.

»Mach weiter«, sagte Karen über ihr, und es klang gepreßt.

Was verlangte sie da von ihr? »Ich kann nicht, Karen. Nicht, wenn du so bist. Du hast Angst. Das will ich nicht«, flüsterte Lena.

»Ich *will*, daß du weitermachst!«

Lena hob den Kopf. Karen wirkte sehr entschlossen, fast verbissen. »Warum?«

»Mach schon!«

So verängstigt kannte sie Karen nicht. Es beunruhigte sie ein wenig. »Nein. Das kann ich nicht.«

Karens Augen blitzten auf. »Irgendwann muß ich es tun. Es *muß* gehen! Ich muß diese verfluchte Angst besiegen. Jetzt mach endlich!«

»Es *muß* überhaupt nichts! Laß dir doch Zeit«, bat Lena beschwörend.

»Du willst es doch auch«, stieß Karen ungehalten hervor. »Du bist doch naß vor Erregung. Ist es nicht so?« Lena erschrak, als Karen sie blitzschnell packte und in derselben Sekunde auf das Bett zurückdrängte. Sie legte sich schwer auf Lena. Der Griff um ihre Handgelenke war schmerzhaft, aber Lena wehrte sich nicht. Dazu war sie viel zu erschrocken über Karens plötzliche Wut. Mit einer Hand hielt Karen ihre Arme über Lenas Kopf auf das Bett gepreßt, mit der anderen fuhr sie hinunter und umfaßte grob Lenas Scham. Der stechende Schmerz hätte sie beinahe aufstöhnen lassen. Sie biß sich auf die Unterlippe.

Mit hartem Gesichtsausdruck starrte Karen sie an. »Ja, du bist naß. Also stell dich nicht so an! Ich sage dir, du sollst es tun, dann haben wir es endlich hinter uns.«

Lena stöhnte vor Schmerz, als Karen hart mit den Fingern über ihre empfindliche Mitte fuhr. »Bitte - Karen«, flüsterte sie gepreßt und mit deutlicher Angst. »Du tust mir weh!«

»Magst du es nicht?« Kalt funkelte Karen sie an und bewegte ihre Hand. In angstvoller Erwartung versteifte sich Lena, als Karen den Griff um ihre Scham verstärkte. Es war auszuhalten - aber nur eben so. »Warum denn nicht? Es ist doch geil, oder nicht? Das hat *er* gesagt. *Er* hat es oft gesagt.« Sie verzog das Gesicht zu einem Lächeln, das einer Grimasse ähnelte. Ihre Stimme war voller Haß. »Ich wollte nicht schreien. Ich *wollte* es nicht - aber es tat so weh, und wenn ich schwieg, dann wurde er immer brutaler, und zum Schluß habe ich geschrien, nur damit er schneller fertig wurde. Ich kann das aushalten! Ich kann *alles* aushalten. Es macht mir nichts.« Sie starrte Lena unter sich an und knurrte dann: *»Also mach endlich weiter!«*

Lena lag ganz still, bewegen konnte sie sich ohnehin nicht, weil Karen sie mit ihrem Gewicht auf das Bett nagelte und ihre Arme festhielt. Keuchend lag Karen auf ihr. Dann küßte sie Lena plötzlich. Schmerzhaft knallten ihre Zähne gegen Lenas Lippen, und ihre Zunge stieß brutal in sie hinein, immer tiefer, bis Lena Brechreiz fühlte. Heftig riß Karen sich los. »Tu es endlich! Zum Teufel mit dir! Sei nicht so feige!«

Lena wünschte sich weit weg. »Bitte - Karen … nicht so!«

Wütend starrte Karen sie an, und in Erwartung von neuem Schmerz schloß Lena gequält die Augen, blieb aber stumm. Jedes Wort machte Karen nur noch wütender, also versuchte sie, ganz ruhig zu bleiben. Karens Hand drängte sich besitzergreifend zwischen ihre Schenkel, suchte ihren Eingang, drang in sie ein. Lena verkrampfte sich automatisch, und Karen drängte ihre Beine hart mit dem Knie auseinander. Ganz fest biß Lena die Kiefer aufeinander. *Bitte - laß sie schnell machen … Und bitte - laß es nicht so weh tun.* Mehr wollte sie ja gar nicht.

Aber der Stoß blieb aus. Ebenso der Schmerz. Lenas Nerven waren so angespannt, daß sie die kaum merkliche Berührung von etwas Warmem, Feuchtem sofort spürte, das auf ihre Schulter tropfte. Lena schlug die Augen wieder auf.

Die Wut in Karens Gesicht war fort. Sie war blaß, und ihre Augen schwammen in Tränen, die langsam über ihre Wangen liefen und auf Lena hinuntertropften. Aber sie schluchzte nicht und wirkte auch sonst nicht erregt. Nur die Tränen rannen über ihr Gesicht. In fassungslosem Entsetzen schaute Karen auf sie hinunter.

Lena zog an ihren Händen. Karen gab sie frei und wollte sofort vor ihr zurückweichen, aber Lena umarmte sie schnell und hielt sie auf sich fest. Sie gab Karen nicht frei, auch wenn diese schwachen Widerstand leistete. »Laß mich!« Karens Stimme war nur ein heiseres Flüstern.

Lena beachtete es nicht, sondern hielt sie weiter fest. Nach einem Moment lösten sich Karens verkrampfte Muskeln, und sie sank erschöpft an Lenas Schulter. Sie weinte lautlos. Und hätte Lena nicht die Tränen auf der Haut gefühlt, dann hätte nichts ihre Gefühle verraten. Tröstend strich sie über Karens Rücken. »Es tut mir leid«, flüsterte Karen an ihrem Hals. »Du mußt mich verabscheuen.«

»Ich verabscheue dich nicht«, sagte Lena, und es war die Wahrheit. Wie könnte sie das? »Es ist nicht deine Schuld.«

»Ich habe dir weh getan. Ich dachte, es könnte gehen - mit dir. Aber da war wieder die Angst und - und ich war so enttäuscht. Es tut mir leid ... Ich hasse mich selbst dafür. Für alles!« Ihr ganzer Körper erzitterte, und jetzt schluchzte Karen doch erstickt, kämpfte aber immer noch dagegen an.

Betroffen umarmte Lena sie fester. Sie wünschte sich, mehr tun zu können. Nur der winzige Ausschnitt ihrer Qualen, die Karen ihr in ihrer Wut verraten hatte, überwältigte sie vor Mitleid. Und sie konnte *gar nichts* tun. »Was hat er dir nur angetan?« flüsterte Lena hilflos.

Karen erzitterte und murmelte dumpf: »Das willst du nicht wissen.«

Lena preßte ihr Gesicht gegen Karens Hals. »Hat er ... Hat er dich - vergewaltigt, Karen?«

Lange schwieg Karen, und nur ihr mühsamer Atem war zu hören und hin und wieder ein leises Schluchzen, das sie nicht unterdrücken konnte. »Ja«, wisperte sie dann kaum verständlich. »Immer wieder. Jeden Tag. Er fesselte mich, und ich konnte mich nicht wehren. Aber das war - nicht das schlimmste. Ich konnte es aushalten. Ich dachte an etwas anderes und war einfach - nicht da. Doch eines Tages hat er - es versucht, aber nach einer Weile - war es aus. Er konnte nicht mehr.« Plötzlich lachte sie, aber es klang flach. »Er - er hat ihn einfach nicht mehr hochgekriegt. Er war wütend und frustriert. Zuerst versuchte er, mich zu zwingen, ›nett‹

zu ihm zu sein, wie er es nannte. Ich mußte mich vor ihn hinknien und -«

Lena spürte immer mehr kaltes Entsetzen in sich, je länger Karen sprach, fast tonlos und unbeteiligt. »- na ja, ich mußte mich übergeben, und da - fand er andere Wege, um sich abzureagieren. - Er hatte seine Fäuste, seinen Gürtel, seine spitzen Stiefel und seine - Zigaretten ...«

Zuerst verstand Lena sie nicht. Aber als sie begriff, wurde sie blaß. Die Brandmale auf Karens Brüsten! *Großer Gott ...*

Karen schwieg wieder lange. Lena fühlte, wie die andere sich fester an sie drängte. »Aber das war auch nicht das schlimmste an allem.« Lena unterdrückte ein Stöhnen. Noch schlimmer! Was konnte noch schlimmer sein? Was noch, wenn nicht die Vergewaltigung oder die Verletzungen, die er ihr beigebracht hatte?

Karens Stimme war kaum mehr ein heiseres Flüstern. »Am schrecklichsten war es zu warten. In der Dunkelheit auf ihn zu warten, darauf zu warten, daß er zurückkommt. Nicht zu wissen, wann das sein würde oder wieviel Zeit überhaupt verging. Nicht zu wissen, wie lange ich nicht bei Bewußtsein gewesen war, nachdem er mit mir fertig war, weil es immer dunkel gewesen ist ...« Ihre Stimme brach. Erst nach einem Augenblick wisperte Karen: »Nicht zu wissen, ob er nur wieder seine Spielchen mit mir treiben würde - oder ob er mich dieses Mal töten würde. Darauf zu warten, ob er mich mit seinen Zigaretten quälen oder ob er mir die Kehle durchschneiden würde. Das war tausendmal schlimmer als der Schmerz. Warten ...«

Das Entsetzen schnürte Lena die Kehle zu, und sie wußte nichts zu sagen. Aber das erwartete Karen auch gar nicht, als sie ihr Gesicht an Lenas Hals barg. Lange blieben sie so beieinander liegen, bis Karen irgendwann aufhörte zu weinen. Sie schniefte leise und rückte ein wenig von Lena fort, um sie anzusehen. Ihre Augen waren rot und ihr Gesicht ganz naß von Tränen. Sanft trocknete Lena ihre Wangen und strich Karen das wirre Haar aus der Stirn. »Du bist die erste, der ich das erzählt habe«, sagte Karen kaum hörbar. »Eigentlich hatte ich es nicht vor ... Ich - ich hätte es dir nicht erzählen sollen. Ich habe nicht nachgedacht -«

Betroffen sah Lena sie an. »Das macht doch nichts. Ich werde dein Vertrauen nicht mißbrauchen, das weißt du doch, oder?«

»Ja, aber - es ist mir ...« Eine Träne rollte über Karens Wange. »Verdammt«, fluchte sie gepreßt. »Sieh doch, was du aus mir gemacht hast! Eine jammernde Heulsuse. Es tut mir leid, daß ich mich so habe gehenlassen. Du mußt mich für schrecklich dumm halten. Ich -«

»Karen, Karen«, unterbrach Lena sie flehend. »Hör auf damit! Nichts muß dir leid tun. Und ich denke *nichts* von all dem. Ein bißchen Weinen hat noch nie geschadet, und ich sage es auch keinem. Bitte, quäl dich doch nicht selber so. Bitte ... Karen.« Lena wischte ihr vorsichtig eine einzelne Träne fort und schaute der anderen dann in die Augen. »Ich möchte für dich da sein. Du kannst mir alles erzählen. Jederzeit. Ich wünschte nur, ich könnte dir helfen.«

»Das tust du schon«, sagte Karen. »Mehr als du glaubst. Von Anfang an.«

Ihre Worte bewegten Lena zutiefst. »Ich bin immer für dich da.« Sie blickten sich an, bis Lena sich unter ihr aufrichtete und Karen sanft von sich herunterschob, bis sie neben ihr auf dem Rücken lag. Lena erhob sich und holte aus dem Kleiderschrank zwei T-Shirts. Das eine zog sie sich über, sammelte ihren Slip vom Boden auf und zog ihn an, dann legte sie Karen das andere T-Shirt aufs Bett. Fürsorglich schlug Lena die Bettdecke zur Seite. »Rutsch ein Stück.«

Gehorsam rückte Karen weiter zur Seite, und Lena legte sich zu ihr ins Bett. Noch immer lag Karen steif da und starrte zu ihr, abwartend und ein wenig nachdenklich, als versuche sie zu ergründen, was Lena bezweckte. »Zieh dir das Shirt an und schlaf ein wenig. Versuch es wenigstens. Wenn du lieber drüben bei dir schlafen willst, ist das in Ordnung. Aber du kannst auch gerne bleiben.« Bemüht ruhig zuckte Lena mit den Schultern. »Ganz wie du möchtest.« Ein wenig überrascht blinzelte Karen, aber sie rührte sich nicht. Sacht strich Lena ihr das Haar aus der Stirn. »Wir haben alle Zeit der Welt. Und noch etwas, Karen. *Ich* hasse dich nicht. Das solltest du auch nicht tun.« Und dann sagte sie noch einmal leise: »Schlaf ein bißchen.« Sie gab ihren Gefühlen für eine Sekunde nach, beugte sich hinüber und küßte Karen behutsam auf die Wange. Mehr allerdings würde sie nicht verkraften, darum drehte sie ihr kurzentschlossen den Rücken zu.

Danach passierte sehr lange gar nichts. So lange, daß Lena sich allmählich entspannte. Leise raschelte neben ihr der Stoff der Bettwäsche. Sofort konzentrierte Lena sich auf jedes Geräusch. Bestimmt würde sie jetzt gehen. Nach dem, was eben alles passiert war, konnte Karen vermutlich gar nicht anders. Einen Moment wühlte sie neben ihr herum, vermutlich zog sie sich das Shirt über, dennoch hätte Lena sich zu gerne umgeschaut, um ihrer Neugier nachzugeben. Aber sie beherrschte sich und lag weiterhin reglos da, so, als schliefe sie längst.

Schließlich kam Karen zur Ruhe. Es wurde wieder still, bis sich die Frau neben ihr unter die Decke schob und umdrehte. Plötzlich berührte sie Lenas Rücken. Karen war sehr vorsichtig, als sie sich leicht an Lena schmiegte, ein Arm legte sich um ihre Taille. Ihre Brüste rieben sacht über ihren Rücken, und irgendwo weiter unten streifte ihr Knie Lenas Schenkel. *Nun, ja. Sie ist nicht gegangen, was zumindest eines endgültig ausschließt*, grübelte Lena, *nämlich einen ruhigen Schlaf. Oder auch Schlaf im allgemeinen.*

18.

An ihren ruhigen Atemzügen hörte Lena, daß Karen recht schnell einschlief. Die Spannung, die sie die ganze Zeit mit sich herumgetragen hatte, und die erneut durchlebten Emotionen mußten sie erschöpft haben. Das war verständlich. Lena fragte sich, wie sie es überhaupt so lange ausgehalten hatte, nicht über ihre Erlebnisse zu sprechen. Das mußte sie von innen geradezu aufgefressen haben. Aggressivität und Angst waren die Folgen. Ihr Verhalten war Lena jetzt klarer. Sie dachte, sie würde die ganze Nacht grübeln und keinen Schlaf finden, aber auch ihr Körper forderte sein Recht, und wider Erwarten schlief auch Lena irgendwann ein.

Zuerst glaubte sie zu träumen. Ein angenehmer Traum, aus dem sie nur ungern aufwachte. Aber als sie langsam zu sich kam, stellte sie fest, daß die Hand, die über ihren Bauch streichelte, durchaus real war. Sanft fuhr sie, verborgen unter der Wärme der Bettdecke, über den Stoff ihres Shirts.

Lena lag ganz still, als ihr Karens Körper deutlicher bewußt wurde, der sich noch immer an ihren Rücken schmiegte. Und wessen Hand sollte sie auch sonst streicheln? Allerdings war die Berührung ein wenig zu zielstrebig, als daß es Karen unbewußt im Schlaf machen konnte. Immerhin so zielstrebig, daß Lena ziemlich schnell ganz wach wurde, als die Hand sich unter den Stoff schlich. Eine sehr warme Hand. Mit gespreizten Fingern glitt sie hinauf und legte sich, ebenfalls sehr zielstrebig, auf ihre rechte Brust. Lena schloß die Augen. Sie mußte sehr energisch ihren Atem unter Kontrolle halten und zwang sich, ganz ruhig zu bleiben, bis sie genau wußte, was Karen beabsichtigte. Okay, vielleicht war auch sie ein wenig mißtrauisch, aber sie wollte sich hier nicht in etwas hineinsteigern, das ähnlich katastrophal endete wie all die anderen Male. Denn das konnte sie keinesfalls wieder durchstehen. Lena war auch nur eine Frau – eine zunehmend erregte Frau.

Karen umschloß ihre Brust und massierte sie leicht. Dann konzentrierte sie sich auf Lenas Brustwarze, nahm sie zwischen Daumen und Zeigefinger und spielte ein wenig damit herum, bis sie hart wurde. Und wieder umschloß sie ihre Brust ganz und knetete sie stärker. Es war schön, und Lena genoß es mehr, als ihr lieb war.

Dann tat diese unglaublich erregende Hand dasselbe mit ihrer anderen Brust. Zart strich sie über die Rundung, rieb die Handfläche sacht über die harte Warze, bewegte sie hin und her … immer hin und her. Karens heißer Atem streifte Lenas Nacken, sie fühlte ihre weichen Lippen und ihre Zunge. Sie küßte sich hoch bis zu Lenas Ohr, fand ihr Ohrläppchen und knabberte daran. Fast hätte Lena gezuckt, als der Kitzel ihr direkt über den Magen bis in die Zehenspitzen und zurück in den Unterleib fuhr. Ihre einzige Reaktion, die sie nicht verhindern konnte, war die Welle von Feuchtigkeit, die sich zwischen ihren Schenkeln ausbreitete, und auch nicht das leise Stöhnen, das ihr unbedacht entfuhr.

Karen mußte es gehört haben, denn jetzt saugte sie zart an Lenas Ohrläppchen und streichelte es mit der Zunge. Als das Kribbeln in Lena immer stärker wurde, gab Karen sie frei – nur, um einen Kuß auf ihre Ohrmuschel zu hauchen. Mit der Zunge zeichnete Karen den Rand nach, sehr langsam, während ihr Atem heiß in ihr Ohr blies und Lena immer unruhiger machte. Lena glühte vor Erregung, feiner Schweiß brach ihr aus. Die Decke war ihr zu warm, selbst das Shirt war zuviel. Plötzlich steckte Karen ihr die Zunge ins Ohr, und Lena fuhr zusammen wie unter einem Stromschlag. Sie konnte nicht mehr. Langsam drehte sie sich unter Karen, bis diese halb auf ihr lag und sie sich ansehen konnten. Karen war nackt. Überrascht sah Lena in Karens Augen.

»Sag bitte nichts«, wisperte Karen mit samtweicher Stimme, die Lena schwach machte. »Ich möchte es für dich tun … bitte.

Erlaube es mir. Es bedeutet mir so viel.« Dem konnte Lena schlecht irgend etwas entgegensetzen, zumal ihr Körper bereits in Flammen stand. Wenn Karen mit ihrem Widerstand gerechnet hatte, so hatte sie dem geschickt vorgebeugt, indem sie Lena auf diese - zugegeben recht angenehme - Art geweckt und jeden Protest zunichte gemacht hatte.

»Dann küß mich endlich«, sagte Lena ergeben. Karen gehorchte, und die zarte Berührung ihrer Lippen und ihrer feuchten Zunge brachte Lena zum Stöhnen. Sie griff nach Karen und gab jede Zurückhaltung auf. Sie hatte versucht, sich zu beherrschen. Aber jetzt war es unmöglich.

Mit wenigen Handgriffen befreite Karen sie von der Decke und dann von dem Shirt und dem Slip. Endlich konnte sie Karen ganz an sich spüren. Lena wand sich ihr entgegen, nahm einen ihrer Schenkel zwischen ihre Beine und hob ihr in einem Reflex die Hüften entgegen. Der Druck gegen ihre Scham war wundervoll und jagte ein Ziehen durch ihren Unterleib. Mit einem tiefen Seufzer schloß Lena die Augen. Unentwegt hauchte Karen Küsse auf ihr Gesicht, ihren Hals und ihre Schultern, während sie ihr Bein enger zwischen Lenas Schenkel schob und behutsam gegen ihre Mitte drückte. Langsam begann sich Karen auf ihr zu bewegen, und in hilflosem Verlangen schob Lena sich ihr entgegen. Sie griff nach Karen und legte ihre Hände auf deren Rücken. Bedächtig glitt Lena hinunter zu ihrem Po und spreizte die Hände auf ihren Pobacken. Sie knetete das feste Fleisch und preßte das Becken der anderen noch enger gegen sich. Gleichzeitig hob Lena ihr Bein zwischen Karens Schenkeln, obwohl sie nicht sicher war, ob Karen es wollte. Aber sie war sehr vorsichtig und sanft, als sie ihren Schenkel behutsam enger gegen Karens Mitte schob. Sie spürte den Kitzel ihrer Schamhaare, die weichen Lippen - und heiße Feuchtigkeit, die ihre Haut brennend benetzte. Lena war so verblüfft, daß sie innehielt und Karen mit großen Augen anstarrte. Sie bemerkte Karens in sich gekehrtes Gesicht und den seltsamen Blick, mit dem sie sie musterte, und stöhnte erneut – diesmal allerdings etwas gequält. »Oh ... bitte, nicht schon wieder.« Sie umfaßte sanft Karens Gesicht mit den Händen und hob den Kopf, um sie zu küssen. »Tu mir das nicht noch mal an«, murmelte Lena an ihren Lippen und streichelte ihre Wange. »Noch eine Abfuhr ertrage ich nicht. Bitte, ich ... ich kann wirklich nicht mehr, Karen.«

Unerwartet huschte ein Lächeln über Karens Gesicht. »Ja, das merke ich auch«, stellte sie liebevoll fest und rieb wieder sacht ihren Schenkel gegen sie. Lena erschauerte wollüstig und sank kraftlos aufs Bett zurück. Karen küßte sie lange und erforschte ausgiebig ihren Mund mit der Zunge. Und alles, was Lena tun konnte, war, Karen zu umarmen und fest an sich zu ziehen – und außerdem drückte sie ihren Schenkel enger gegen Karen, deren nackter Körper sich in einem langsamen und gleichmäßigen Rhythmus wieder auf ihr bewegte. Lena wünschte sich, Karen wäre schwerer, obwohl sie sie schon aufs Bett preßte. Aber es genügte nicht, sie wollte sie noch näher bei sich haben und noch intensiver spüren.

Karen fühlte Lenas Ungeduld, ihre unruhigen Bewegungen unter sich und hörte ihr erregtes Keuchen. Sie stemmte sich mit den Armen rechts und links neben Lena auf dem Bett ab, wodurch ihr Unterleib sich fest auf sie drückte. Lena stöhnte laut auf vor Lust. Die Spannung sammelte sich in ihrem Unterleib. In einer einzigen Bewegung umschlang sie Karen und rollte sich mit ihr herum, bis Karen unten lag. Karen schob die Hand zwischen ihren Körpern hinunter und tauchte zwischen Lenas nasse Schamlippen. Lena keuchte, als Karen ihren Punkt umkreiste, und bewegte die Hüften ihren Fingern entgegen, fühlte es herankriechen und erstarrte, als der Orgasmus sie überrollte. Ihr ganzer Körper zog sich zusammen, und heiße Nässe floß gegen Karens Hand. Zitternde Wellen der Lust durchliefen Lena in Krämpfen.

Fasziniert schaute Karen in ihr Gesicht hinauf, während sie sonst ganz still lag, um sie nicht in ihrem Genuß zu stören.

Mühsam holte Lena Luft, als der Krampf sich löste, und sank auf Karen, die sie umarmte. Keuchend lag Lena auf ihr. Ihr Herz raste wie verrückt. Sie schmiegte das Gesicht gegen Karens Schulter, fühlte ihre weiche Wärme unter sich und die behutsamen Bewegungen ihres Körpers. Lena wollte ihr sagen, daß sie sie liebte, überlegte es sich aber im letzten Moment. Vielleicht hätte sie damit wieder irgend etwas kaputt gemacht. Das wollte sie nicht, dazu fühlte sie sich gerade jetzt viel zu wohl, endlich entspannt und glücklich damit, Karen überall an ihrer Haut zu spüren und ihr sachtes Streicheln zu genießen.

Mit einem Lächeln küßte sie Karens Hals und ließ sich neben sie gleiten. Den Kopf in die Hand gestützt betrachtete sie Karen. »Du bist wunderbar«, bekundete sie warm - das war immerhin nahe an einem *Ich liebe dich* dran.

»Findest du?« fragte Karen mit einem milden Lächeln.

Lena lachte und fiel aufseufzend auf den Rücken. »Ja, allerdings.« Eine Weile lag sie neben Karen, die Augen geschlossen - so lange, bis sie den erregenden Drang verspürte, Karen zu küssen. Lena rollte sich zu ihr herum und küßte ihre Wange, dann ihren Hals hinunter bis zu ihren Brüsten. Lena umschloß eine mit der Hand und hob sie ein wenig an, um ihre Brustwarze zu küssen. Mit Lippen und Zunge liebkoste Lena sie, bis sie hart hervorstand. Ähnliches tat sie bei der anderen Brust. Hingebungsvoll genoß sie die warme Haut und die weiche Fülle.

»Was tust du da?« fragte Karen erstaunlich naiv.

»Gar nichts«, murmelte Lena abwesend, nahe an Karens steifer Brustwarze, und leckte mit der Zunge der Länge nach darüber. Karen atmete tief ein, was Lena zu einem prüfenden Blick in ihr Gesicht veranlaßte. »Wenn es dir unangenehm ist, dann mußt du es mir sagen«, bat Lena betont unschuldig. »Ja?«

»Ja, ich weiß«, war alles, was Karen sagte, was keine Antwort war. Aber es genügte ein Blick in Karens glänzende Augen, die ihre Erregung sehr deutlich verrieten. Mit einem Stirnrunzeln widmete Lena sich wieder ihren Brüsten. Sie schob sie mit den Händen ein wenig zusammen, ganz behutsam und gefühlvoll massierte sie das empfindliche Fleisch und schwelgte in ihrem Anblick. Versonnen küßte sie abwechselnd die dunklen Warzen. Die Spuren ihrer Verletzungen waren immer noch erkennbar. Eine Flut heißer Zärtlichkeit machte Lena die Kehle eng. Sanft küßte sie die blassen Male, die schwach rosa auf Karens Brüsten zu sehen waren. Mit den Daumen fuhr sie über die Brustwarzen und streichelte dann mit den Fingerspitzen um die Rundung.

Karen hielt einfach nur still. Aber das kannte Lena ja schon. Und sie wollte sie auch nur verwöhnen. Es war nicht ihr Ziel, Karen unbedingt bis zu einem Orgasmus hochzubringen. Da machte sie sich eigentlich keine Illusionen - nur ein wenig Hoffnung. Wenn sie ganz langsam vorging, mit viel Geduld, dann vielleicht ... Sie erinnerte sich lebhaft an die Feuchtigkeit auf ihrem Schenkel, als sie Karens Mitte berührt hatte. Karen hatte zweifellos reagiert.

Mit der Hand streichelte sie über Karens Bauch, folgte ihrer Hand mit dem Mund und küßte ihren Bauchnabel, umkreiste ihn mit der Zunge und glitt frech hinein. Karens Muskeln zogen sich zusammen. »Hör auf damit - bitte«, sagte Karen, aber nicht sehr überzeugend, so daß Lena beschloß, es zu ignorieren.

»Ich mache doch gar nichts«, murmelte Lena undeutlich. Ihre Lippen strichen über die weiche Haut an der Grenze von Karens lockigem Dreieck entlang. Karen griff hinunter, um Lenas Kopf wegzuschieben, aber dann ließ sie nur ihre Hände durch Lenas kurzes Haar gleiten, mehr nicht. Nicht besonders abweisend jedenfalls.

Lena streckte den Arm aus, bis sie ihre Hand auf Karens Knie legen konnte. Unendlich langsam und zärtlich streichelte sie die

Außenseite ihres Schenkels, bis hinauf zu ihrer Hüfte und wieder hinunter, während sie ihre Leistengegend mit kleinen Küssen bedeckte und hin und wieder mit der Zungenspitze über die weiche, schrecklich heiße Haut schnellte. Karen rang merklich nach Luft, als Lenas Mund immer tiefer wanderte. »Soll ich immer noch aufhören?« erkundigte Lena sich schelmisch.

Mühsam schluckte Karen und schüttelte stumm den Kopf. Ihr Gesicht war verdächtig rot. Lenas Herz begann, schneller zu schlagen. Sie rückte näher und setzte sich rittlings auf Karen, die sie reichlich verdutzt ansah und plötzlich echte Schwierigkeiten hatte, Luft zu bekommen. Den Großteil ihres Gewichts trug Lena allerdings mit ihren Schenkeln, also konnte es das nicht sein. Außerdem saß sie eigentlich mehr auf Karens Oberschenkeln. Kein Grund für Atemprobleme.

Mit den Händen wanderte Lena über Karens Oberkörper, wechselte Streicheln mit sanftem Massieren ab. Sehr langsam und intensiv glitt sie über Karens Seiten und die Rippen, und Karen zuckte unter ihr, als sie ihre Brüste seitlich streifte. Lena lächelte, beugte sich zu ihr hinunter und küßte sie. »Entspann dich einfach. Laß dich fallen«, raunte sie an ihrem Mund und bewegte gleichzeitig in sinnlich kreisenden Bewegungen ihre Hüften. Unvermittelt stöhnte Karen auf und zog Lena zu sich, um sie heftig zu küssen. Ihre Zunge stieß in Lenas Mund und suchte hungrig nach ihr. Lena fühlte eine inzwischen vertraute Schwäche bei ihrem Kuß und stützte sich rechts und links neben Karen auf dem Bett ab. Keuchend gab Karen sie frei und betrachtete sie mit einem derartig eindringlichen Blick, daß Lena gebannt die Luft anhielt und vor Aufregung leicht erzitterte. Karen brannte. Ihr Körper glühte vor Verlangen. Nur ein winziger Teil hielt sich anscheinend noch zweifelnd zurück. Dieser Teil veranlaßte Karen dazu, sacht über Lenas Wange zu streichen und zu flüstern: »Bitte, Lena … mach ganz langsam, ja?«

Lena nickte nur und konnte den Blick nicht von Karen abwenden, ehe diese Lena mit einem verlegenen Lächeln erneut küßte. »Aber bewegen darfst du dich schon«, neckte Karen leise.

Sehr langsam stieß Lena den angehaltenen Atem aus und richtete sich wieder auf. Karens Worte, ihre leise Bitte hatten ihre Erregung erneut hochgebracht. Ihre Hände nahmen die Reise über Karens Oberkörper wieder auf und fanden wie von selbst ihre harten, überaus empfindlichen Brustwarzen. Karen spannte sich unter ihr und preßte den Kopf nach hinten in das Kissen. Die sachte Bewegung ihres Körpers zwischen Lenas gespreizten Schenkeln ließ sie die Augen schließen, als die Hitze durch sie hindurchschoß. Sehr gerade richtete Lena sich auf und fühlte Karens Bewegungen, die sie dazu veranlaßten, leise zu stöhnen. Sie kreiste mit ihrem Becken auf Karen, machte sich schwerer, um sie noch enger an sich zu pressen. Karen hob sich ihr entgegen, und Lena blieb die Luft weg. Atemlos bog sie ihr Kreuz durch. Karen griff zu ihr hinauf, und ihre Hände legten sich heiß auf ihre Brüste und massierten sie. Ein lautes Stöhnen entfuhr Lena bei diesem zusätzlichen Reiz, und das brachte sie wieder zu sich. Es war fast zuviel.

»Warte«, stieß sie gepreßt hervor. Sie griff nach Karens Händen auf ihren Brüsten und hielt sie gegen sich gedrückt. Reglos saß sie auf ihr und rang nach Luft. Sie war kurz davor, es fehlte nicht viel, bis sie kam, dabei wollte sie doch Karen lieben und nicht umgekehrt.

Lena behielt die Augen geschlossen, konzentrierte sich darauf, ihre Erregung zurückzudrängen. Karen bewegte sich leicht zwischen ihren Beinen. Lena stöhnte und schlug die Augen auf. »Nicht doch«, wehrte sie sich schwach, als der Druck in ihr sofort wieder anstieg. Zärtlich lächelte Karen sie an, sie wußte genau, was in Lena vorging. Es war sicher auch nicht schwer zu erraten.

»Komm doch«, murmelte Karen verständnisvoll. Sie legte ihre Hände auf Lenas Oberschenkel, streichelte an ihnen hinauf bis zu ihren Hüften, umfaßte ihre Taille und hielt sie auf sich fest. »Komm«, drängte sie leise und hob ihre Hüften zwischen Lenas Beinen in einer klaren Aufforderung.

»Oh, nein …«, widersprach Lena, aber es wurde eher ein mühsamen Keuchen. Schnell stieg sie von Karen hinunter und legte sich neben sie auf den Bauch. Sekundenlang genoß sie die Kühle des Lakens an ihrer erhitzten Haut und versuchte, ihren Atem zu beruhigen. Sie hatte den Kopf von Karen fortgedreht, weil sie nicht wußte, ob sie bei ihrem Anblick noch stark bleiben konnte. Feiner Schweiß bildete sich auf ihrer Haut. Ihr ganzer Körper pochte und pulsierte, besonders zwischen ihren Beinen, wo ein süßer Schmerz nach Erlösung verlangte.

Karen drehte sich zu ihr und küßte sie zwischen die Schulterblätter. Mit den Fingerspitzen zeichnete sie ihre Wirbelsäule nach bis zu ihrem Po und fuhr dann zärtlich über ihre Pobacken. Von hinten folgte sie der nassen Spur ihrer Erregung und berührte sie zwischen den Schenkeln. Lena zuckte und stöhnte laut in das Kissen. Karen küßte sie aufs Ohr, ohne ihre Hand wegzuziehen. »Quäl dich doch nicht so«, bat sie leise.

»Nein«, murmelte Lena undeutlich wegen des Kissens, in das sie sprach. Ihre Hände krallten sich in das Laken.

»Doch«, widersprach Karen überzeugt und wußte auch, daß Lena ihr ausgeliefert war. Sie glitt mit ihren Fingern zwischen Lenas Schamlippen, und Lenas ganzer Körper erbebte vor Lust. Karen streichelte ihre Mitte und drang in sie ein, nicht tief, nur gerade eben dicht am Eingang. Lena bewegte sich Karens Fingern entgegen - ihren langen Fingern, die sie unglaublich geschickt stimulierten, bis Lena nur noch mühsam bei jedem Atemzug stöhnte. »Bitte …«, wisperte sie. »Ich - kann nicht mehr …«

Karen glitt von hinten tiefer zwischen ihre Schenkel und strich kurz nach vorn über ihre Klit. Lena zuckte heftig und biß in das Kissen, um einen Aufschrei zu ersticken. Zitternd sank sie zurück. Karen wußte sehr genau, was sie tat und wo, und reizte Lena geschickt bis zum Äußersten mit ihren Liebkosungen. »Karen ...«, stieß Lena heiser hervor. »Willst du mich umbringen?!«

Karen küßte Lenas Nacken und drang ein wenig weiter in sie ein, ertastete ihre heiße Öffnung, die weichen Wände, die ihren Finger besitzergreifend umfingen, und Lena hörte sie leise flüstern: »Du fühlst dich so gut an ... so unglaublich gut.«

»Karen - bitte!« quetschte Lena durch ihre zusammengebissenen Zähne hervor. Endlich rieb Karen über Lenas wartende Klit, ganz zart nur, berührte sie kaum. Wieder fuhr Karen über sie, härter diesmal und dann wieder. Lenas Beine zitterten, und sie atmete angestrengt in das Kissen, auch wenn sie fast dabei erstickte. Sie spannte sich in einer letzten Anstrengung - dann stürzte sie über den Rand. Sie schrie auf, gedämpft nur durch das Kissen, als Welle um Welle über sie schwappte.

Mit einem völlig erschöpften Stöhnen fiel Lena in sich zusammen, aber ihr Körper fühlte sich sehr leicht an, so, als würde sie schweben. Vorsichtig zog Karen ihre Hand zurück und setzte sich auf. Lena drehte den Kopf zu ihr und öffnete kraftlos ein Auge. Blinzelnd sah sie zu Karen, die Lenas erhitztes Gesicht betrachtete und dabei sanft lächelte. Karen hob ihre Hand, die noch ganz feucht glänzte, und roch mit geschlossenen Augen an ihren Fingern, und so schwärmerisch wie in diesem Moment hatte Karen bei dem Duft des Rosenstraußes nicht ausgesehen, bemerkte Lena angenehm überrascht.

Langsam nahm Karen einen ihrer nassen Finger in den Mund und kostete das Salz von Lenas Erregung. Lena wurde warm, während sie Karen zusah, die ihre Finger ableckte. Lena stemmte sich hoch auf Hände und Knie und küßte Karen zart auf die Wange. Als Karen dann von ihren Fingern abließ, bekam sie auch noch einen Kuß auf die Lippen geschenkt. »Es tut mir leid«, murmelte Lena halb in ihren Mund und küßte sie weiter. Dann löste sie sich ein Stück. »Ich habe so lange auf dich gewartet, daß ich mich hinreißen ließ. Es war rücksichtslos.«

Entgeistert sah Karen sie an. Plötzlich lachte sie leise. »Dafür mußt du dich doch nicht entschuldigen. Wenn es nur schön war, ist es doch in Ordnung.«

»Du hast mich fast umgebracht«, schmollte Lena scherzhaft. Dann grinste sie schief. »Aber so zu sterben ist vermutlich nicht mal das schlechteste.«

Karen lachte, und Lena küßte sie auf ihr schönes Lachen. Kurz zuerst. Karen seufzte leise, und Lena wiederholte den Kuß langsamer. Mit der Zunge glitt sie streichelnd über Karens Lippen und fuhr sanft an ihrer Oberlippe entlang. Karen schloß die Augen, und Lena spürte ihre Hände, die sich um ihr Gesicht legten, um sie näher zu sich zu ziehen. Lena drehte den Kopf und drang in Karens Mund ein. Ohne den Kuß zu unterbrechen, kroch Lena dichter zu ihr und drückte Karen zurück aufs Bett, bis diese auf dem Rücken lag. Dann erst löste sie sich sanft, und Karen holte tief Luft. »Deine Energie ist bewundernswert«, staunte sie ehrlich. »Du bist unersättlich.«

»Ich will dich schmecken«, hauchte Lena begehrlich. »Du hast mir Appetit gemacht.«

Verwirrt zog Karen die Stirn zusammen. »Wie, Appetit?« Schlagartig wurde sie mißtrauisch. *Niedlich,* fand Lena. »Was hast du vor?«

Lena verschloß ihr den Mund mit einem hingebungsvollen Kuß. Und dann glitt sie mit den Lippen tiefer. Sie küßte Karens Brüste und rutschte noch weiter an ihr hinunter. Lena preßte ihre Lippen auf den Hügel ihrer Scham, und ihre Hände glitten an Karen hinab und legten sich auf deren Oberschenkel. Kurz verkrampfte Karen sich, aber Lena drängte sie nicht. Ausgiebig küßte sie wieder ihre weiche Leistengegend, während sie mit den Händen zart ihre Schenkel streichelte. Lena tastete sich an ihren Seiten entlang über die Hüften hinauf, glitt mit den Fingernägeln sanft über ihre Rippen und wieder zurück, bis ihre Handflächen wieder ihre Schenkel liebkosten. Karen erzitterte spürbar.

Behutsam schob Lena die Hände zwischen Karens Beine. »Nimm sie auseinander, Karen. Bitte. Ich tu dir nicht weh.« Sie sprach leise und beruhigend, und Karen gehorchte ihr. Lena kniete sich zwischen ihre langen, muskulösen Schenkel, bewunderte ihre Scham mit dem schwarzen Dreieck und ihre aufregende Mitte. Ihre Schamlippen waren nicht ganz geschlossen und boten einen aufregenden Einblick. *Oh ja, hier bleibe ich,* schwärmte Lena. *Bis an mein Lebensende - in tausend Jahren oder so ...* Sie seufzte tief auf und küßte abwechselnd die weichen Innenseiten von Karens Schenkeln, streichelte an ihr hinauf, bis zu ihrer Mitte. Ihre tastenden Finger streiften die Spitzen des Schamhaares, und Karen zuckte unvermittelt.

»Nein, Lena«, sagte sie über ihr plötzlich. »Ich glaube, es ist besser, du tust das nicht.« Sie hatte Angst, Lena wußte es. Sehr geschickt hatte Karen es verstanden, diesen Moment hinauszuzögern. Und jetzt versuchte sie, sich erneut zurückzuziehen. Lena verstand sie, und sie würde sehr, sehr sanft zu ihr sein ...

Aber aufhören würde sie nicht. Nicht dieses Mal. »*Ich* glaube aber, daß ich es tun werde«, erklärte Lena ruhig, und dann küßte sie ihre weichen Schamlippen. Karen stöhnte gepreßt, und Lena sank zwischen Karens Beine. Sie küßte noch einmal ihre äußeren Lippen und tauchte dann mit ihrer Zunge zwischen die Falten. Karen war naß - und erregter, als Lena erwartet hatte. Sie bog sich ihr bei dieser ersten zarten Berührung entgegen, und jeder Widerstand ging in ihrem Stöhnen unter. Lena kostete das Salz ihrer Erregung, und es schmeckte wundervoll. Der Länge nach strich sie mit der Zunge über sie. Karen zitterte vor Spannung. Lena umschmeichelte ihren Eingang mit der Zunge, bis die andere ihre Hände in das Laken krallte und Lena ihren schweren Atem laut über sich hörte. Sie glitt höher und fand Karens empfindliche Klit. Karens Beine zuckten, und plötzlich spürte Lena die Hände ihrer Geliebten, die sich in ihr Haar schoben und sie gegen sich drängten. Anscheinend hatte Karen sich nun doch entschieden.

Lena umklammerte ihre Schenkel und suchte wieder ihren Eingang. Langsam drang sie mit der Zunge in Karen ein, tauchte in die feuchte Hitze. Karen gab einen tiefen stöhnenden Laut von sich. Lena tastete mit den Fingern nach Karens äußeren Schamlippen, und behutsam zog sie sie auseinander. Wieder fand sie mit der Zunge ihre Klit, ließ sie auf ihrer Zungenspitze tanzen. Karen bewegte ihre Hüften und nahm in atemloser Bereitschaft ihre Schenkel auseinander. Lena hörte, wie Karen den Atem anhielt, und stieß ihre Zunge fest gegen ihre Klit. Karen wölbte den Rücken und erstarrte ohne einen einzigen Laut, als sie kam.

Aber Lena wollte sie noch nicht freigeben. Mit der Zunge reizte sie Karen weiter, leckte über sie, bis die andere sich auf dem Bett herumwarf und Lena alle Mühe hatte, sie zu halten. Sie legte ihren Mund über Karens Mitte zu einem begehrlichen Kuß. Karen schrie auf. Lena fühlte, wie ihr bebender Körper sich zusammenkrampfte bei diesem zweiten Orgasmus. Sie leckte über Karens Mitte und trank ihre Erregung, bis ihre Geliebte ruhig wurde und aufhörte zu pulsieren. Mit einem letzten Kuß auf ihren Schamhügel kam Lena langsam zu ihr hinauf.

Karen hatte die Augen geschlossen, und ihr Atem ging noch immer schwer. Lena legte sich an ihre Seite und nahm ihren Anblick in sich auf. Gerne hätte sie Karen nach der Heftigkeit dieses Orgasmus' getröstet und festgehalten, aber sie konnte nicht einschätzen, was Karen wollte, oder wie sie sich fühlte. Darum wartete sie nur geduldig, bis die andere soweit war.

»Du hättest das nicht tun müssen«, meinte Karen schließlich leise, ohne die Augen zu öffnen.

»Was?«

»Mich … küssen.« Sie drehte den Kopf und sah Lena neben sich an. »Du weißt schon - unten.«

»Ich wollte es aber«, sagte Lena einfach.

»Es ist sehr - persönlich. Bisher habe ich es noch nie gleich beim ersten Mal gemacht«, versuchte Karen zu erklären.

Sollte das eine Entschuldigung werden? Wofür? »Na ja. *Mein* erstes Mal mit dir war es ja auch nicht«, stellte Lena lächelnd fest. »Erinnerst du dich?«

Widerwillig grinste Karen. »Ja, sehr schwach.« Aber sie schien immer noch etwas beunruhigt. »Ich will nur nicht, daß du etwas meinetwegen tust, was du nicht möchtest. Das ist alles.«

Lena küßte sie. »Ich wollte es so. Mach dir keine Gedanken. Und ich fand es sehr schön.«

»So?«

»Mhm. Du schmeckst unglaublich gut«, raunte Lena sinnlich. Bei Karens unsicherem Blick lachte sie und küßte sie gefühlvoll. »Du bist einzigartig.«

»Du übertreibst mal wieder«, wehrte Karen ab.

Nein, das nicht. Ich würde dir noch viel mehr sagen, wenn ich nicht wüßte, daß du dich dann von mir zurückziehst, dachte Lena sehnsüchtig.

19.

Ein leichter Luftzug kitzelte Lena im Gesicht. Unwillig kuschelte sie sich tiefer in ihr Kissen, aber der Luftzug fand sie erneut und ärgerte sie. Schlaftrunken drehte sie sich um. Sie war hundemüde. Die Nacht war ja nicht sehr lang gewesen, ehe sie zum Schlafen gekommen waren. Und sie weigerte sich, die träge Müdigkeit aufzugeben.

Durch das Umdrehen blieb der Luftzug weg. Aber nur eine Weile. Dann war er wieder da, wieder in ihrem Gesicht. Allmählich wurde Lena wach – nicht unbedingt munter, aber so wach, daß sie noch ganz benommen an ihrer Seite in dem Bett herumtastete, aber da war kein warmer Körper, an den sie sich gerne gekuschelt hätte. Nur leere Laken. Sie seufzte in leiser Enttäuschung.

»Wenn du einfach nur ein Auge öffnen würdest, dann könntest du feststellen, daß ich gar nicht so weit weg bin«, sagte eine geduldige und leicht amüsierte Karen irgendwo über ihr. Lena öffnete sogar beide Augen und befreite sich so weit von der Decke, daß sie Karen tatsächlich erblickte. Sie saß auf der Bettkante und lächelte sie an. Und sie war *weit* weg. Lena schloß wieder die Augen, bis der feine Luftzug sie streifte, als Karen ihr erneut ins Gesicht pustete. Sie grinste, und ehe Karen sie durchschaute, hatte Lena die Augen offen und drückte ihr einen Kuß auf die Lippen. Mit einem überraschten Laut zog sich Karen zurück. »Ich merke, du bist wach.«

»Ein wenig«, murmelte Lena und streckte sich gähnend. Sie kümmerte sich nicht um die Bettdecke, die dabei verrutschte und ihre Brüste entblößte. Viel interessanter fand sie Karens kurzen Blick, den diese ihr gönnte, ehe sie fast hastig beiseite schaute.

»Ähm ... ich habe dir einen Becher Kaffee mitgebracht«, sagte Karen eilig und deutete auf einen von zwei Bechern, die sie auf dem Nachttisch abgestellt hatte. Lena merkte jetzt erst so richtig, daß Karen bereits angezogen war und anscheinend auch schon geduscht hatte, denn ihr Haar war feucht. Karen beantwortete Lenas prüfenden Blick. »Ich konnte nicht mehr schlafen. Also dachte ich mir, ich fange mit meinem Training an und habe einen kleinen Waldlauf gemacht.«

Waldlauf? Training? Stand Olympia vor der Tür? »Machst du das regelmäßig?« Aber eigentlich brauchte Lena diese Frage nicht zu stellen, wenn sie daran dachte, wie gut Karen aussah. Sie trieb sicher eine Menge Sport – etwas, was Lena immer zu vermeiden gewußt hatte. Sie stemmte Reifen und kroch unter Autos herum, das genügte ihr als Ausgleich.

Karen bestätigte ihre Vermutung. »Ja. Normalerweise schon. Ich fürchte, ich bin ein wenig aus der Form. Ich muß langsam wieder anfangen.«

Lena lächelte versonnen. »So aus der Form finde ich dich eigentlich nicht«, sagte sie mehrdeutig. Verwundert sah Karen sie an, dann schüttelte sie über Lena den Kopf. Karen ließ sich nicht ärgern, kam auch kein Stück näher, sondern hockte weiterhin auf der Bettkante. Schade eigentlich. Lena betrachtete sie zärtlich und genoß die Wärme, die sich in ihr ausbreitete, wenn sie an die vergangene Nacht dachte. Ziemlich unvermittelt erhob sich Karen, nahm einen Becher Kaffee und trat ans Fenster, um hinauszusehen. Ihr Rücken wirkte unnahbar, und sie war schweigsam. Nach dieser Nacht hatte Lena eine andere Begrüßung erwartet. Aber bei Karen konnte sie wohl kaum irgend etwas voraussetzen. Nachdenklich runzelte Lena die Stirn. Hatte sie was verkehrt gemacht? Unmöglich, wenn man bedachte, daß sie gerade mal fünf Minuten wach war. Bedauerte Karen vielleicht, was gewesen war? Der Gedanke machte Lena ein bißchen Angst. Und sie fand es sehr schwierig zu erraten, was in der anderen vorging.

Lena verließ die Wärme des Bettes und ging zu ihr. Ein wenig hinter Karen blieb sie stehen und sah sie von der Seite an, dann hinaus, wohin Karen ihren starren Blick gerichtet hatte. Natürlich war nichts Besonderes zu sehen. Vorsichtig ging Lena ein wenig näher zu ihr und legte ihr behutsam den Arm um die Taille. »Bist du sehr müde nach deinem Waldlauf?«

Karen rührte sich nicht. »Ein bißchen.«

Das war nicht ganz die erhoffte Reaktion. Lena ließ ihre Hand von Karens Taille zu ihrem Po wandern und streichelte ihn sanft. »*Sehr* müde?«

»Ja, sehr«, sagte Karen scharf und wich ein Stück aus ihrer Reichweite. Aber so schnell wollte Lena nicht aufgeben. Gerade wollte sie zu ihr rücken, da hielt Karen ihr plötzlich den Kaffeebecher vor die Nase wie einen Schutzschild und hinderte Lena damit am Näherkommen. Bei dieser hastigen Bewegung war es ein Wunder an Geschicklichkeit, daß sie nichts verschüttete. »Hier, dein Kaffee.«

Verwirrt sah Lena sie an, aber Karen starrte krampfhaft dicht an ihr vorbei aus dem Fenster. »Danke«, sagte Lena trocken und nahm endlich den verdammten Kaffee. Langsam trank sie einen Schluck, schaute in den Becher und grübelte beunruhigt, was verkehrt war. Sie kam nicht drauf. Das war so kurz nach dem Aufstehen wohl auch ein wenig viel verlangt. Es war ja schon ein Ding der Unmöglichkeit, Karens Gefühlen und Gedanken folgen zu wollen, wenn sie hellwach war, und jetzt – na ja … Lena stellte den Becher aufs Fensterbrett und drehte sich zögernd zu Karen. »Hast du irgendwas?« fragte sie sehr leise.

»Nein, nichts.« Kein einziger Blick.

»Liegt es an mir? Habe ich etwas falsch gemacht?«

»Nein.«

Lena schluckte hart. Die Verzweiflung trieb ihr fast die Tränen in die Augen, und ihre Stimme wurde immer leiser. »Würdest du mir bitte sagen, was los ist?«

Karen seufzte und sah sie widerwillig an. »Es ist nichts.« Das war gelogen. Lena wußte nicht, was sie tun sollte. Zögernd hob sie den Arm, um Karens Hand zu nehmen, aber die andere wich ihr erneut aus. »Nicht!«

Die Zurückweisung tat weh. »Warum nicht? Was habe ich getan?«

»Getan? Gar nichts.« Karen klang extrem mürrisch und wich ihren Blicken schon wieder aus. »Aber ich begehre dich, und wenn du mich berührst, dann verliere ich die Beherrschung.«

Lena starrte Karen reglos an – und langsam breitete sich ein Lächeln auf ihrem Gesicht aus. Die Erleichterung machte sie ganz schwach. *Das* war es! Karen sah sie noch immer nicht an, hielt sich sehr gerade und war auf Abstand bedacht. Es mußte schlimm sein, wenn sie so heftig reagierte. Es gefiel Lena, wenn Karen sie begehrte. »Und was ist so furchtbar daran?«

»Es - verwirrt mich«, gestand Karen stockend. »Ich meine ... verdammt!« Sie sah Lena gerade in die Augen, voller Trotz. »Ich hatte schon Beziehungen. Du bist nicht die erste.«

Schön, daß sie das sagte. Sicher hatte auch Lena schon *Beziehungen* gehabt, wie Karen es so nett bezeichnete, aber deswegen brauchte sie ihr diese Tatsache nicht derartig um die Ohren zu klatschen. »Und?« fragte Lena säuerlich.

»Am Anfang - na ja, es ist eben so, daß Sex da wohl am wichtigsten ist.«

Wollte sie jetzt eine Bestätigung? Himmel, was wollte sie überhaupt? Lena schwieg abwartend.

»Aber bei dir -«

Aha, jetzt kommt der Haken.

Karen suchte nach Worten. »Ich konnte nicht schlafen«, begann sie ein wenig ruhiger, »und da habe ich dich beim Schlafen beobachtet.«

»Hm ... wie aufregend«, kommentierte Lena sarkastisch.

Karen lächelte kurz. »Das war es«, entgegnete sie langsam. »Es hätte nicht viel gefehlt, und ich hätte dich wieder aufgeweckt.«

Interessiert merkte Lena auf. »Tatsächlich?« Diese Vorstellung war doch mal nett.

»So etwas ist mir noch nie passiert. Mit keiner. Ich finde es beunruhigend, wenn ich mich nicht mehr unter Kontrolle habe.«

»Es gefällt dir nicht?«

»Das habe ich nicht gesagt. Ich sagte nur, daß es mich verwirrt und ein bißchen beunruhigt.«

»Dann darf ich dich deswegen nicht berühren, weil du, äh - *hart* bleiben willst?« fragte Lena mit sanftem Spott.

»Ich wollte ein wenig nachdenken«, verteidigte Karen sich, »über das, was heute nacht passiert ist. Es geht alles so schnell. Ich -«

»Ja?«

»Ach, schon gut«, wich Karen unbehaglich aus.

»Nein. *Rede* mit mir«, bat Lena eindringlich. »Bitte, Karen.«

»Ich –« Karen suchte nach Worten. Es fiel ihr nicht leicht. »Ich hätte nicht gedacht, daß es jemals wieder geht, daß ich mich soweit entspannen und meine – Angst vergessen kann, um –«, sie stockte beklommen, »um Befriedigung zu finden ... Na ja, du weißt schon. Nicht nach dem, was alles passiert ist. Ich möchte mich noch einmal bei dir entschuldigen, für die – die Schmerzen, die ich dir zugefügt habe.« Bittend sah Karen sie an. »Du ahnst gar nicht, wie leid mir das tut. Ich weiß selber nicht, was mit mir los war. Aber ich –«

»Schon gut. Ich bin dir nicht böse. Und ich bin ja noch am Leben«, beschwichtigte Lena sie.

»Ja. Und ich auch«, murmelte Karen gedankenverloren, und ihr Blick schweifte hinaus zum Fenster. »Endlich wieder lebendig.« Es klang wie eine Erkenntnis. Karen wirkte verloren und tief versunken, und die Zuneigung und Zärtlichkeit, die Lena für sie empfand, überwältigten sie fast.

Karen gab sich einen Ruck und sah wieder zu Lena. »Ich brauche ein bißchen Zeit zum Nachdenken«, erklärte sie schroff und wurde wieder zu der störrischen Frau, die nur außerordentlich ungern über ihre Gefühle sprach. »Aber wenn du mich berührst, dann kann ich nicht mehr denken.«

Lena fügte sich Karens Stimmungswandel. »Schrecklich«, stimmte sie zu und betrachtete Karen amüsiert. Dieses Problem kannte Lena. Anscheinend hatten sie gerade eine Gemeinsamkeit entdeckt. Die unerwartete Wendung ihrer Unterhaltung hatte Lena abgelenkt. Aber jetzt erinnerte sie sich wieder, womit dieses Gespräch seinen Anfang genommen hatte, und ihre Gedanken schweiften in eine gänzlich andere Richtung.

Bei ihrem Tonfall erntete Lena auch prompt einen skeptischen Blick von der anderen. »Außerdem hat Susanne das Frühstück fast fertig«, rettete sich Karen mühsam entschlossen.

»Wäre unverzeihlich, wenn wir das ausfallen lassen müßten.«

Karen seufzte ungeduldig. »Jetzt sei doch mal ernst.« Aber ihr verstecktes Lächeln nahm den Worten die Schärfe. »Es würde auch helfen, wenn du dir etwas anziehen könntest«, ergänzte Karen. Sie sah Lena immer noch nicht richtig an. Jetzt allerdings kannte Lena den Grund, und er gefiel ihr von Sekunde zu Sekunde besser. Rasch schaute Lena an sich herab und begann anzüglich zu grinsen. Karen verdrehte die Augen und wandte sich energisch zum Fenster um.

Ohne sie zu berühren, trat Lena hinter sie. »Mir würde es nichts ausmachen, wenn du die Beherrschung verlierst«, versicherte Lena mit weicher Stimme. »Ich muß eine Menge nachholen, und wenn du es genau wissen willst, habe ich ein ähnliches Problem wie du. Ich kann von dir auch nicht genug bekommen – nicht annähernd.«

»Hm«, brummte Karen nicht besonders gesprächig. Lena hob die Arme und legte die Hände auf die Schultern der anderen. Karen wollte ausweichen, aber Lena hielt sie entschlossen fest, und Karen blieb steif stehen. Sie war willensstark und von ihrer gewohnt eisernen Hartnäckigkeit, sich nicht von Lena beeindrucken zu lassen.

»Es gibt eine ganz einfache Lösung«, meinte Lena hintergründig. Sie strich mit den Händen über Karens Rücken und sagte: »Geh mit mir ins Bett.«

Karen antwortete nicht. Lenas Hände erreichten ihre Taille und glitten nach vorn um sie herum, bis sie auf ihrem Bauch zu liegen kamen. Lena überwand den winzigen Abstand zwischen ihnen und schmiegte sich von hinten gegen Karens Rücken, schloß die Augen und umarmte die andere fester, bis sie die Wärme von Karens Körper durch deren Kleidung auf ihrer Haut spürte. Da seufzte sie lautlos. »Es ist ganz leicht«, murmelte Lena abgelenkt. Sie küßte Karen sanft auf den Nacken und fühlte, wie diese kaum merklich erschauerte.

Lenas rechte Hand fand einen von Karens Hemdknöpfen und öffnete ihn, um sich dann suchend unter den Stoff zu tasten und Karens nackte Haut zu genießen, die sie dort völlig unverändert vorfand, wie sie es still und heimlich erhofft hatte. Sie öffnete noch einen Knopf, während sie erneut Karens Nacken küßte und dann die zarte Stelle hinter ihrem Ohr, wo sie ihr Gesicht im Haar ihrer Geliebten vergrub und tief ihren Geruch einatmete. Erneut glitten ihre Finger unter den Stoff und höher hinauf, bis sie Karens Brust fand und sie in die Hand nahm. Sanft hob sie die weiche Fülle an, drückte sie liebevoll und suchte dann ihre Warze, um sie zu streicheln. Ihre andere Hand folgte, öffnete geschickt noch einen Knopf, bis das Hemd vorne aufklaffte, und umschloß auch Karens andere Brust. Lena drückte sich eng an ihren Rücken, hielt mit beiden Händen ihre Brüste und massierte sie, bis Karen leise stöhnte und sich leicht gegen sie lehnte. Dennoch hörte Lena sie leise »Ich will das nicht« flüstern, auch wenn es in einem Seufzen endete, das das Gegenteil besagte. »Bitte, laß mich doch, Lena.«

»Zum Frühstück schaffen wir es allemal«, raunte Lena erregt in ihr Ohr und fühlte, wie Karen erneut erzitterte. »Es wird nicht lange dauern. Bitte ... Ich bin jetzt schon fast soweit.« Sie gab Karens Brüste frei und griff hinunter zu deren Hose, öffnete sie und glitt zielstrebig hinein, unter den Slip und zwischen ihre Beine.

»Lena ...«, hauchte Karen kaum hörbar. »Bitte ...«

Lenas Finger trafen in der Enge der Hose auf heiße Feuchtigkeit, als sie Karen die Hand zwischen die Beine legte. Sanft drückte sie mit der ganzen Hand gegen ihre weichen Schamlippen und streichelte sie zart. »Bitte ja oder bitte nein?« fragte Lena mit verführerisch samtiger Stimme an ihrem Ohr.

Karen atmete schwer, und ihre Antwort war nur ein leises Stöhnen. »Ja - bitte ...« Lena gab sie frei, und Karen drehte sich zu ihr um, nahm sie in derselben Bewegung in die Arme und küßte sie heftig, so daß Lena beinahe das Atmen vergaß bei Karens wilder Leidenschaft. Irgendwie erreichten sie das Bett, ohne sich einmal dabei völlig loszulassen, und schafften es außerdem gemeinsam, daß Karen nackt war, als sie in einer engen Umarmung auf das Bett fielen. Karen landete schwer auf Lena, die leise ächzte.

Sofort hielt Karen inne. »Tut mir –«, begann sie eine Entschuldigung, aber Lena küßte sie rasch, und noch in derselben Sekunde umschlang sie Karen mit den Beinen und zog sie fester auf sich hinunter. Karen seufzte lustvoll, erregt von dieser Stellung, von Lenas Schenkeln, die ihre Taille umklammerten. Gierig küßten sie sich gegenseitig und suchten sich hungrig mit ihren Zungen.

Karen löste sich und stützte sich auf dem Bett ab. Sie preßte ihren Unterleib gegen Lenas Mitte und bewegte sich gleichmäßig gegen sie. Augenblicklich brandete das Verlangen durch Lenas Körper wie glühende Lava. »Hör nicht auf«, stöhnte Lena. Sie hatte nicht übertrieben, sie war wirklich fast soweit. Karen schaute auf sie hinab, während sie sich in ihrem Rhythmus gegen sie bewegte, und trank ihren Anblick.

Lena schloß die Augen und fühlte nur noch Karens kräftige Bewegungen. Sie hielt sich an Karen fest und überließ das meiste ihr - und sie machte es wundervoll. Lena erstarrte unter ihr, ihre Schenkel zitterten. Karen ließ sich gegen sie fallen, und Lena bog ihr die Hüften entgegen und warf den Kopf zurück, als sie kam. Atemlos sank sie zurück, löste ihre Beine und entließ Karen aus ihrem klammernden Griff.

Sie war noch nicht ganz zu Atem gekommen, da änderte Karen ihre Position ein wenig, nahm Lenas Schenkel zwischen die Beine und begann, sich vorsichtig an ihr zu reiben. Lena öffnete die Augen. Karen küßte sie. Fragend und ein wenig angespannt sah sie auf Lena hinunter.

Lena lächelte und strich ihr über die Wange und durch das feuchte Haar. Sie kam ihr entgegen, und Karens Bewegungen wurden fordernder. Lena griff zwischen ihnen hinunter und berührte Karen. Sie tauchte ihre Finger zwischen ihre Beine und reizte sie mit sanftem Streicheln. Karen stöhnte laut auf und schloß die Augen. Lena brauchte auch jetzt fast nichts zu tun, als Karen sich sehr gezielt gegen ihre Hand bewegte, bis es ihr in wenigen heftigen Zuckungen kam. Sie rollte sich auf die Seite, um nicht auf Lena zu fallen, als sie zusammenbrach.

Lena neigte sich über sie, küßte ihre Schulter und dann ihre Schläfe, hinter der sie an ihren Lippen Karens schnellen Pulsschlag fühlen konnte. Karen so erschöpft und entspannt zu sehen und den Grund zu wissen, machte Lena glücklich. Sie küßte Karen mit all ihrer Liebe, die sie für sie empfand und die sie sich nicht getraute, ihr zu gestehen. Es wurde ein sehr langer und sehr sanfter Kuß, nach dem Karen sie ganz seltsam anschaute. Lena lächelte verhalten und küßte dann unvermittelt Karens rechte Brustwarze. Ein Schauer rann durch Karen hindurch, und ein Relief kleiner Punkte bildete sich auf ihrem Körper, als sie eine Gänsehaut bekam. In ihre Augen trat ein begehrliches Funkeln.

»Das Frühstück«, erinnerte Lena neckend. »Ich dachte, du warst es, die solchen Wert darauf legt.«

»Hunger hätte ich schon«, bemerkte Karen gedehnt und musterte Lenas Nacktheit lüstern.

Lena lächelte ironisch. »Ah, laß mich raten. Aber nicht auf Brötchen und Marmelade.«

Geschmeidig setzte Karen sich auf und kniete sich vor sie. Der Blick, mit dem Karen sie bedachte, brachte Lenas Magen zum Kribbeln, und sie verspürte den Drang, albern zu kichern. »Doch. Auf etwas Süßes hätte ich schon Appetit.« Karen zeigte ein Raubtierlächeln, ihre Zähne blitzten. Auf allen Vieren kam sie auf Lena zu. Ein interessanter Anblick: ihre schaukelnden Brüste und ihr rundes Hinterteil.

Lena grinste herausfordernd. »Wo siehst du hier was Süßes?«

»Ich sehe dich«, raunte Karen verführerisch. »Und du bist das Süßeste, was mir je begegnet ist.« Bei diesem seltsamen Kompliment lachte Lena leise. Es gefiel ihr.

Karen kam noch etwas näher, und Lena wollte zurückweichen, aber dann wäre sie vom Bett gefallen - außerdem ... wenn sie es genau nahm, dann blieb sie doch lieber, wo sie war und wartete darauf, was Karen tun würde.

Direkt vor ihr hielt Karen inne. Atemlos vor Spannung sah Lena sie an, wußte, daß Karen etwas vorhatte - nur nicht was. Trotzdem schrie sie überrascht auf, als die andere sie blitzschnell ansprang und rückwärts mit sich aufs Bett warf. Sie nagelte sie mit ihrem nackten Körper fest und biß rauh in ihren Hals. Lena schrie wieder leise bei diesem unglaublichen Reiz, gemischt aus Lust und Schmerz, der in ihrem Bauch explodierte. Halbherzig wehrte sie sich, als Karen sie mit sanften Bissen traktierte, tiefer hinunter wanderte, ohne sie loszulassen. Es kitzelte Lena überall, der leichte Schmerz ihrer scharfen Zähne, ihr heißer Atem - allein schon die Erwartung des nächsten Bisses zog alles in ihr zusammen vor Verlangen und gleichzeitiger Abwehr.

Karen lachte bei ihren schwachen Versuchen, sie von sich zu schieben, biß in ihre Schulter und behutsam, aber doch spürbar, in ihre Brustwarze. Es tat nicht weh, aber dennoch zuckte Lena, bog sich ihr einerseits entgegen, während sie gleichzeitig eigentlich lieber entkommen wollte, um ihrer Folter zu entgehen. Karen lachte wieder nur, und schließlich entwand Lena sich ihr energischer. Karen versuchte, sie festzuhalten, und sie rangen ausgelassen miteinander und bewarfen sich mit Kissen. So entspannt und unbekümmert hatte sie Karen noch nie erlebt. Es war neu und unerwartet. Einfach wundervoll.

Karen erwischte ihr Bein am Knöchel, als Lena nicht aufpaßte, und ohne ihre Proteste zu beachten, zog sie sie zu sich hin. Daß sie stark war, hatte Lena gewußt, aber es jetzt zu spüren, hatte etwas, das ihr den Atem verschlug. Sie strampelte halbherzig, schon damit Karen mit ihrem selbstgefälligen Lachen aufhörte, und befreite sich tatsächlich aus ihrem Griff. Weil Lena aber eigentlich gar nicht frei sein wollte, rollte sie sich herum und zog Karen aufs Bett hinunter.

In einer fließenden Bewegung schob Lena sich auf sie. Außer Atem küßten sie sich. Karen mußte lachen und unterbrach den Kuß, als sie keine Luft mehr bekam. Lena konnte sich nicht satt sehen an ihr. Karens Augen leuchteten, und ihr schönes Gesicht strahlte. Sie war völlig gelöst. Lena lächelte, weil sie gar nicht anders konnte, wenn sie in Karens Gesicht blickte und sie so sah, aber es war nur ganz leise lächeln, fast andächtig. Karen erwiderte ihren Blick, während sie wieder zu Atem kam. Das Lachen verschwand langsam von ihrem Gesicht, nicht aber aus ihren Augen. Lena näherte sich mit ihren Lippen Karens, um sie behutsam zu küssen. Nach ihren Lippen küßte sie ganz weich Karens Stirn, dann ihre Wangen und zum Schluß noch einmal unendlich zart ihre Lippen. Karen hielt ganz still und schloß sekundenlang die Augen, bis Lena sich wieder entfernte.

Plötzlich umarmte Karen sie und zog sie ganz fest auf sich hinunter, als wolle sie Lena in sich hineinziehen. »Du warst so geduldig mit mir«, wisperte Karen leise. »So unendlich geduldig, trotz allem und ... ich kann das nie wiedergutmachen, was du für mich getan hast.« Ihre heißen Lippen strichen über Lenas Hals. Dann entfernte Karen sich ein wenig und sah in ihr Gesicht. Mit unglaublicher Sanftheit hob sie die Hand und strich Lena eine Haarsträhne aus der Stirn, fuhr behutsam hinab, zeichnete mit den Fingerspitzen über ihre Augenbraue, hinunter über ihre Wange und sah sie dabei ganz versunken an. »Du hast mir mein Leben zurückgegeben. Ich möchte dir danken, Lena. Für alles ...« Ihre Fingerspitzen erreichten Lenas Lippen, und sehr sanft strich sie darüber.

Lena hätte noch viel, viel mehr für sie getan, wenn es nur möglich gewesen wäre, aber sie sagte nur sanft: »Gern geschehen«, und küßte Karens Fingerspitzen auf ihren Lippen. Noch nie war sie Karen so nahe gewesen wie in diesem Moment, und sie hätte ihn gerne festgehalten und sich gewünscht, daß er ewig dauern möge.

Ein leises Klopfen an der Tür ließ sie erschrocken hochfahren. »Bist du wach?« klang Susannes Stimme dumpf durch die geschlossene Tür.

Lena seufzte enttäuscht über diese Störung, aber dann mußte sie plötzlich unterdrückt kichern und rollte sich von Karen herunter. »Jetzt haben wir doch das Frühstück vergessen.«

Karen stöhnte ungeduldig. »Es ist deine Schuld«, murrte sie finster.

Ja, das war wieder ihre Karen. Lena lächelte und zog dann züchtig die Decke um sie beide. »Komm rein, Susanne.«

Die Tür ging langsam auf, beinahe ängstlich. Susanne steckte den Kopf herein. »Guten Morgen«, begrüßte sie Lena. »Sag mal, hast du Karen gesehen? Sie wollte dir Kaffee bringen und ist seither nicht mehr –« Susanne entdeckte Karen im Bett. »Oh …«, war alles, was sie zu sagen wußte, nachdem sie eins und eins zusammengezählt hatte und sich sicherlich lebhaft vorstellen konnte, weshalb Karen nicht mehr heruntergekommen war. Bei Susannes wissendem Gesichtsausdruck runzelte Karen unwillig die Stirn und richtete ihren Blick an die Decke. Anscheinend gefiel es ihr nicht unbedingt, daß Susanne Bescheid wußte. Oder es störte sie Susannes Grinsen, das sich wie von selbst auf ihr Gesicht zauberte. Ohne das geringste Zeichen von Verlegenheit trat sie ins Zimmer. So war Susanne eben. Und warum auch nicht. Lena störte es nicht, immerhin wußte ihre Freundin, wie sie nackt aussah. Und was sie sonst noch getan hatten, war so neu auch nicht.

»Ich störe doch nicht?« erkundigte sie sich scheinheilig, und sah auch nicht so aus, als würde sie gehen, wenn es so sein sollte.

Lena verzog die Lippen zu einem dünnen Lächeln. »Kann ich irgend etwas für dich tun?« fragte sie übertrieben zuvorkommend.

»Ich wollte euch sagen, daß das Frühstück fertig ist.«

Was *nicht* der Grund für ihr Hiersein war. »Und?«

Susanne lächelte ergeben, weil Lena sie viel zu gut kannte, um ihre Spielchen nicht zu durchschauen. »Da ist ein Päckchen gekommen. Für Karen. Sieht wichtig aus.« Verwundert überlegte Lena noch, was das bedeuten sollte, als sich Karen neben ihr aus dem Bett erhob und ihre Sachen zusammensuchte. Irritiert sah Lena ihr zu und wurde ein wenig von Karens Anblick abgelenkt, als diese nackt vor dem Fenster stand und ihr Körper sich gegen das Licht abhob. Bewundernd betrachtete Lena ihre wohlgeformten Brüste, die leicht vorstehenden Brustwarzen, ihren flachen, festen Bauch, der in das lockige schwarze Dreieck ihrer Scham überging, und nicht zuletzt ihre entnervend langen Beine und ihren kleinen, festen Po. Wenn sie sich bewegte, zeichneten sich ihre Muskeln unter der Haut ab. Nirgendwo gab es überflüssiges Fett. Sie war atemberaubend, und Lena liebte und begehrte sie wie wahnsinnig.

Entschlossen wandte Lena sich ab, um sich wieder Susanne zu widmen. Aber es erwies sich als unnötig, da Susanne alles vergessen hatte. Ihre Freundin stand einfach nur da und war in Karens Anblick vertieft. Karen hatte es bemerkt, was kein Wunder war, denn wäre sie nicht schon nackt gewesen, dann hätte Susanne sie mit ihren unverhohlenen Blicken ausgezogen. Mit erstaunlicher Gelassenheit nahm Karen es hin. Bestimmt war sie es gewöhnt, daß andere sie so ansahen. Es mußte so sein, denn sie reagierte kaum.

Eigentlich gab es für Susanne keinen Grund mehr zu bleiben, dennoch rührte sie sich nicht. Karen hatte inzwischen ihre Hose angezogen und sammelte ihr Hemd vom Boden auf. Sie ließ Susanne nicht aus den Augen. Susanne räusperte sich, sah fast erstaunt zu Lena und dann wieder zu Karen. Ihre Freundin wirkte immer noch ganz gefangen von Karens Anblick. »Ich hoffe, es stört dich nicht, wenn ich das sage«, meinte sie an Karen gewandt und lächelte offen, »aber du bist wirklich sehr attraktiv.«

»Findest du«, murmelte Karen und zog sich ihr Hemd über.

»Allerdings.«

»Danke.«

»Bitte.« Susanne lächelte ihr charmantestes Lächeln, und Lena fand, daß es ihr sehr gut stand. *Zu* gut. Ein wenig mißtrauisch schaute sie zwischen den beiden Frauen hin und her. »Wenn du genug haben solltest von Lenas unsensiblen Mechanikerinnenhänden, dann bin ich jederzeit bereit, ihren Platz einzunehmen«, erklärte Susanne heiter, mit einem verlockenden Unterton, der Lena nicht gefiel. Leise Eifersucht regte sich in ihr.

»He«, maulte Lena verdrossen. »Ich denke doch, du hast mit Julia alle Hände voll zu tun, oder?«

Bei Lenas Reaktion warf Karen ihr einen schnellen Blick zu, ehe sie zu Susanne sagte: »Bisher ist mir nicht aufgefallen, daß ihre Hände unsensibel sind. Ich fand sie sogar ziemlich ... hm, geschickt.«

Susanne grinste. »Aber nur, weil du noch keinen Vergleich zu den Händen einer Krankenschwester hast. Ich kenne mich in der menschlichen Anatomie sehr gut aus. Ehrlich.«

Das wurde ja immer besser! »Treib es nicht zu weit, Susanne«, knurrte Lena.

Susanne lachte gutmütig und zwinkerte ihr heiter zu. »Schon gut, mein Schatz. Schon gut.«

Karen schüttelte über die beiden den Kopf. »Ich gehe dann schon mal runter«, verkündete sie resolut – und dann ging sie tatsächlich, und Lena und Susanne sahen ihr verdutzt hinterher.

»Sie ist einmalig«, stellte Susanne bewundernd fest. Lena seufzte tief auf und konnte ihr nur zustimmen.

20.

Willst du noch Kaffee?« fragte Lena an Karen gewandt, die leicht abwesend wirkte. Karen hatte sich zu dem Päckchen nicht geäußert, das im Wohnzimmer auf sie wartete, sondern sich gegenüber von Lena zu ihnen an den Frühstückstisch gesetzt.

Jetzt schaute sie kurz auf und nickte. Lena goß sie ihr noch Kaffee ein und gab ihr die Milch, so, als würden sie schon Jahre zusammen leben. »Auch ein wenig Marmelade?« erkundigte sich Lena freundlich, und unter dem Tisch strich sie mit ihrem Fuß an Karens Wade hinauf zu ihrem Knie.

Karen sah sie amüsiert an. »Etwas Süßes wäre nett«, stimmte sie zu.

So, etwas Süßes wäre also nett, ja? Etwas Nettes würde Lena ihr zeigen. Sie grinste, rutschte auf ihrem Stuhl ein wenig hinunter und schob ihren Fuß provozierend zwischen Karens Beine. Karen verschluckte sich, und das halbe Brötchen, das sie gerade in der Hand hielt, klatschte mit der beschmierten Seite auf den Teller. Lena lachte auf, während Karen mühsam nach Luft schnappte.

Plötzlich wurden sie sich der Stille um sie bewußt. Susanne und Rolf sahen ihnen sehr interessiert zu, und Lena merkte, wie sie rot wurde. Rasch setzte sie sich wieder ordentlich hin und trank verlegen einen Schluck Kaffee. Susanne schaute sie nur an, aber man konnte an ihrem Gesicht ablesen, was gleich kommen mußte. Karen hielt sie auf, wofür Lena dankbar war. »Sag nichts«, mahnte sie nicht unfreundlich, aber bestimmt. »Erspare es uns.«

Susanne grinste. »Wie ihr wollt.« Sie war ausgesprochen gut gelaunt. Aber das war Lena auch. Sie fühlte sich so gut wie lange nicht mehr. Und sie wußte, wem sie das zu verdanken hatte. Über die Tasse hinweg betrachtete sie Karen, die ihr Frühstück beendete. Als sie Lenas Blick bemerkte, trat ein fragender Ausdruck auf ihr Gesicht. Lena lächelte ihr zu, und ein wenig verwundert erwiderte Karen es. Mit einem Seufzen schaute Lena in ihren Kaffee, damit Karen nicht merkte, daß sie alleine schon bei ihrem Anblick vor Sehnsucht nach ihr alles andere vergaß. Was tat diese Frau mit ihr? Sex war ja gut und schön, aber es gab doch auch noch andere Dinge, die man zusammen machen konnte. *Reden zum Beispiel. Wir könnten uns endlich mal unterhalten. Ich weiß immer noch nicht viel mehr über sie als am ersten Tag.* Dabei wollte sie gerne alles über Karen wissen. Wie es hinter ihren Abwehrmauern aussah, die sie um sich gezogen hatte. Wie ihr Leben war, was sie so tat, wenn sie nicht arbeitete und Matratzenakrobatik mit ihr betrieb. Aber an sich genügte das auch nicht. Sie wollte mehr.

Lena runzelte die Stirn. Ja, sie wollte viel mehr. Sie wollte Karens Leben nicht nur kennenlernen, sie wollte es *teilen*. Sie wollte zu Karens Leben gehören und nicht nur ein – ein flüchtiger Schatten sein, der verblaßte, sobald sie wieder in ihren Alltag zurückkehrte. Allerdings bezweifelte Lena, daß Karen begeistert sein würde, wenn sie diesen Wunsch laut aussprach. Sie hatte da so die Ahnung, daß Karen alles, was sie irgendwie binden könnte oder tiefer ging als eine flüchtige Affäre, abwehren würde. War sie das für Karen? Eine flüchtige Affäre …

»Von wem ist denn nun dieses Päckchen?« erkundigte Rolf sich neugierig.

Karen zögerte mit einem Blick auf Lena, die aufmerkte. Karen zuckte mit den Schultern. »Arbeit, weiter nichts.«

Arbeit? Der Schreck fuhr Lena in alle Glieder. Es gab nur eine Person, die wußte, wo Karen sich aufhielt: Wegner. Kein Wunder, daß Karen ihr nichts gesagt hatte. Denn wenn Wegner Karen etwas zukommen ließ, dann – dann mußte die Aktion hier beendet sein! Wie vor den Kopf geschlagen starrte sie Karen an, und nur ein einziger Gedanke brannte in Lena: *Ich ertrage es nicht, wenn sie mich verläßt. Ich ertrage es nicht!*

Lena gab sich einen innerlichen Ruck und zwang sich, tief durchzuatmen, damit niemand ihr ihre Angst anmerkte. »Will Wegner, daß du zurückkommst?« fragte sie und hörte selbst, wie ängstlich sie klang.

Auch Karen entging das nicht. Aufmerksam musterte sie Lena, ehe sie den Kopf schüttelte. »Nein. Er will endlich den vollständigen Bericht von mir.« Sie machte eine nachlässige Handbewegung, als wäre es ihr zuviel, jetzt die Einzelheiten erklären zu müssen. »Ich soll ihm sagen, wenn mir noch etwas einfällt. Das Übliche.« Dann hatte Wegner Karen ihre eigene Akte zugesandt. Ganz ruhig atmete Lena weiter und versuchte, sich ihre Erleichterung nicht anmerken zu lassen, als sie nickte und eine belanglose Antwort gab. *Sie bleibt!*

Karen erbat sich von Rolf die Erlaubnis, den Computer in seinem Arbeitszimmer benutzen zu dürfen, und machte sich sofort nach dem Frühstück daran, diesen Bericht zu schreiben, den sie schon so lange vor sich hergeschoben hatte. Sie vertiefte sich völlig in ihre Arbeit.

Gelegentlich schaute Lena nach ihr, so alle paar Stunden. Karen merkte es nicht einmal. Das war die Ermittlerin und nicht mehr Karen. Sie machte ihren Job in ihrer unsentimentalen, pragmatischen Art. Sie verbiß sich in den Fall - in diesen ganz besonders - und ließ nicht mehr los. Lena hatte Karen nie bei der Arbeit gesehen, hatte nur von ihren Einsätzen gehört und ihrem Erfolg. Aber diese in sich gekehrte Frau, die aufmerksam am Computerschirm arbeitete und mit starrem Gesicht ihren ganz persönlichen Alptraum niederschrieb, paßte zu dem Bild der ehrgeizigen Ermittlerin. Und wie sie da so saß, ganz allein für sich, jedes Gefühl tief in sich eingeschlossen, da erschien sie Lena als der einsamste Mensch, den sie je gesehen hatte - und sie liebte sie mehr denn je.

Irgendwann am späten Nachmittag brachte Lena ihr einen Becher Kaffee vorbei. Sie stellte ihn neben den Computer, begutachtete kurz das Chaos aus Papier, mit dem Karen sich umgab, Ausdrucke und Teile der Akte, dazwischen die Fotos von Männern. Es war einer dieser Männer gewesen, der Karen das angetan hatte. Lena wandte sich ab, als heiße Wut in ihr hochkochte, zusammen mit der befriedigenden Vorstellung, diesem Mann dasselbe anzutun, was er Karen angetan hatte.

Ohne Karen zu berühren oder sie sonstwie zu bedrängen, blieb Lena neben ihr stehen, sah sie einfach nur mit all ihrem Verständnis an, das sie aufbringen konnte. »Ist alles in Ordnung?«

Fast widerwillig nahm Karen den Blick vom Bildschirm. Lena deutete auf den Kaffeebecher, und Karen nahm ihn mit einem dankbaren Nicken, umschloß ihn, als wolle sie sich daran wärmen, und trank langsam die heiße Flüssigkeit. Ganz automatisch wanderten ihre Augen wieder auf den Computerschirm. »Ich komme zurecht«, murmelte sie in Gedanken. Das war keine Antwort auf Lenas Frage, aber weil Karen anscheinend nichts weiter sagen wollte, ging sie wieder.

Den ganzen Tag bis zum Abend ließ Karen sich nicht blicken, und als es immer später wurde, ging Lena alleine ins Bett. Sie machte sich Sorgen und war ein wenig enttäuscht, aber sie übte sich in Geduld. Was sonst auch konnte sie schon tun.

Am nächsten Morgen wachte sie alleine auf, und die unbenutzte Bettseite verriet ihr, daß Karen nicht zu ihr gekommen war. Hatte sie überhaupt geschlafen? Barfuß und im Pyjama tappte sie über den Flur und schaute leise nebenan ins Gästezimmer. Das Bett war benutzt, aber leer. Ein tiefer Seufzer entrang sich ihr, und sie ging zu Rolfs Arbeitszimmer. Sollte es sie überraschen, daß Karen vor dem Computer saß? Nein, wohl kaum.

Lena trat zu ihr und ging neben ihrem Stuhl in die Hocke. Sie hielt sich an der Armlehne fest und schaute ihr besorgt von unten ins Gesicht. Karen war blaß und total verkrampft. »Hast du überhaupt geschlafen?« erkundigte Lena sich behutsam.

Karen lehnte sich zurück, und wider Erwarten bekam Lena ihre Aufmerksamkeit geschenkt. »Ein wenig. Ich wollte dich nicht wecken, darum war ich im Gästezimmer.«

»Mhm.« Lena forschte in ihrem abgespannten Gesicht und versuchte ein ermutigendes Lächeln. »Ich will dich auch gar nicht weiter stören.« Lena erhob sich. Nur ganz kurz legte sie Karen die Hand auf die Schulter und drückte sie aufmunternd. Es war nicht einfach. Lena wollte nur für sie da sein. Aber selbst das ging nicht, weil Karen in Ruhe arbeiten wollte. Und dazu brauchte sie Lena nun wirklich nicht.

Lena zog sich ihren Arbeitsoverall an, ging hinunter in die Garage und widmete sich ihrem Auto. Ihr Wagen brauchte sie wenigstens. Alte Wagen, wie der ihre, benötigten viel Fürsorge, jedenfalls dann, wenn sie noch so lange halten sollten, bis sie endlich das Geld für ein neues Auto zusammenhatte. Außerdem wußte sie sonst nichts mit sich anzufangen und wollte sich ablenken.

Es funktionierte nicht so, wie sie sich das vorgestellt hatte. Ständig dachte sie an Karen, da konnte sie noch so hart arbeiten. Wenn sie nur einmal innehielt, um sich einen Schraubenschlüssel zu suchen, waren ihre Gedanken sofort bei ihr, und es machte sie fast verrückt vor Sehnsucht. Ihre Nähe meiden zu müssen erwies sich als die schlimmste Qual, die sie je erleiden mußte. Wie sollte das erst werden, wenn die Geschichte vorbei war und Karen wieder arbeitete?

Lena seufzte leise und kaute auf ihrer Unterlippe herum, während sie abwesend den Ölfilter ausbaute. Wenn die Tage dann auch so aussahen wie diese letzten zwei, dann würde das ihr Tod sein. Und dieser Zeitpunkt, an dem ihre Welt sich in Scherben auflösen würde, rückte immer näher, und sie konnte nichts dagegen tun. Ein Zustand, der ihr nicht behagte.

Schon verrückt! Bei allem, was Karen betraf, fühlte sie sich hilflos. Sie hatte überhaupt keinen Einfluß auf das, was passierte. Und es war erschreckend. Aber es war besser, sich an den Gedanken zu gewöhnen. Denn sie konnte sich nicht vorstellen, daß Karen eine weitere Beziehung mit ihr wünschte, wenn sie erst einmal wieder in ihr Leben zurückkehrte. Diese Marina hatte mit ihr Schluß gemacht, aber vielleicht würde Karen nach ihrem kleinen … Abenteuer hier ja noch einmal mit ihr reden, und dann versuchten sie es noch einmal miteinander. Das war nicht unmöglich.

Diese Vorstellung machte Lena krank, und Eifersucht regte sich in ihr. Dennoch verfolgte sie diese Gedanken weiter, um sich zu quälen, weil sie es nur so kapierte und vielleicht endlich zur Vernunft kam. Karen hatte ihr ja auch deutlich gesagt, daß sie eine Beziehung eigentlich nicht wünschte … damals im Wald, als sie sie so unsanft geküßt hatte. War das immer noch so? Sie befürchtete es fast. Und konnte sie sich überhaupt ein Leben mit Karen vorstellen?

Ja, vielleicht, wenn ich mit dem Herzen denke, dann ja. Aber wenn sie wenigstens einmal ernsthaft versuchte, vernünftig zu überlegen, mit ihrem Rest Verstand, der noch irgendwo steckte, dann war diese Frage nicht leicht zu beantworten.

Karens Arbeit nahm sie sehr in Anspruch - eigentlich total, wie Lena im Augenblick gerade feststellen mußte. Viel Zeit für ein Privatleben blieb da wohl nicht. Konnte Lena damit leben, ihre Geliebte nur hin und wieder zu sehen, für ein paar Stunden, ehe sie wieder fortging? Und das war sicher noch nicht alles. Karens Job war nicht ungefährlich. Sie arbeitete bei Sondereinsätzen. Es konnte wieder so etwas passieren wie das, weswegen sie sich jetzt hier verstecken mußte, weil es immer irgend jemanden da draußen gab, der Karen haßte für das, was sie war, und alles versuchen würde, sie umzubringen. Hatte Marina deswegen mit ihr Schluß gemacht? Vielleicht gar nicht mal so unverständlich.

Das ist Unsinn! Hätte sie Karen geliebt, wäre sie geblieben. Gerade wenn sie so dringend jemanden gebraucht hätte, der für sie da ist. Da geht man nicht einfach! Aber das alles half ihr auch nicht, und wenn sie sich noch so sehr das Hirn zermarterte. Es bedrückte sie nur, frustrierte sie und sorgte dafür, daß sie die Schraubenschlüssel lauter als nötig in die Werkzeugkiste schmiß.

Lena blieb vor ihrem Auto stehen, die Hände in den tiefen Taschen ihres Overalls vergraben, und starrte es finster an. Sie war müde, verschwitzt und ziemlich schlechtgelaunt. Und sie wollte, verdammt noch mal, gar nicht darüber nachdenken, warum das so war ... Daß es vielleicht daran liegen könnte, daß Karen sich ihr entzog und Lena so scheißverdammt edel war und voller Rücksichtnahme, daß ihr ganz schlecht wurde, und es Karen erlaubte, mit ihr herumzuspielen und sie links liegen zu lassen, wenn es ihr gerade recht war. Und dann fühlte Lena sich gleich noch schlechter, weil es unfair von ihr war, so egoistisch zu denken. Immerhin wollte sie nur das Beste für Karen. Sie wollte ihr alles geben, was sie verlangte - selbst wenn es Einsamkeit war. Selbstgewählte, zermürbende Einsamkeit.

»Ich dachte doch, daß ich dich hier finde«, sagte Karen, und Lena schaute überrascht auf, als die andere die Garage betrat. Sofort beschleunigte sich Lenas Herzschlag.

»Du? Ist der Computer abgestürzt?« Diese Frage konnte Lena sich einfach nicht verkneifen.

Karen blieb vor ihr stehen. »Nein. Ich bin fertig. Ich habe dich mit deinem Werkzeug randalieren gehört. Ist alles in Ordnung?«

»Sicher«, fuhr Lena hoch. »Es ist alles bestens. Mach dir um mich keine Gedanken.« Und ihre Worte klangen so bissig, daß sie es sofort bedauerte. Es war nicht ihre Absicht gewesen, Karen anzufahren. Es war nicht ihre Absicht gewesen, sie *irgend* etwas von ihrem chaotischen Gefühlsleben merken zu lassen. Die vage Hoffnung, daß Karen es ignorieren würde oder vielleicht nicht mal bemerkt hatte, schwand, als ihr Gegenüber sie befremdet ansah und sich eine ihrer Brauen hob.

»Du bist wütend«, stellte Karen fest, und es klang sehr reserviert, als wenn sie etwas in Lenas zugegeben kindischer Reaktion bestätigt fand, das sie immer gewußt hatte. Sie machte sich nicht die Mühe, eine Rechtfertigung zu suchen. »Meinetwegen? Ich hatte zu arbeiten.«

Schluß aus! Lena wand sich innerlich. »Ja, ich weiß«, murmelte sie und verachtete sich selber. »Es tut mir leid.«

»War es sehr schlimm?«

»Was?« Lena war perplex. Eigentlich wären jetzt scharfe Worte und Vorwürfe dran gewesen.

Karen lächelte kaum merklich. »*Mir* tut es leid. Ich hätte dich so nicht behandeln dürfen.«

»Nein?« Lena war immer noch verwirrt, was Karen anscheinend amüsierte.

»Nein. Das war nicht sehr nett. Ich entschuldige mich in aller Form bei dir.«

»Oh … na ja. Schon gut.« Sie stürzte Lena in Verlegenheit.

Aber Karen war noch nicht fertig. »Wenn ich arbeite, dann vergesse ich manchmal alles andere. Sogar mich selbst. Besonders bei dieser Sache. Es hat mich etwas mitgenommen. Aber das ist keine Entschuldigung. Ich habe dich schlecht behandelt. Und ich habe es nicht mal gemerkt. Es tut mir ehrlich leid.«

Betreten schaute Lena beiseite, weil Karen so unangenehm präzise ins Schwarze traf, was ihre beleidigte Stimmung anging. »Du mußt dich doch nicht entschuldigen. Das ist nicht nötig. Du hast andere Probleme. Dafür habe ich Verständnis. Wirklich.« Das hatte sie auch – nur ein kleiner Teil von ihr fühlte sich mißachtet und hatte geschmollt.

Karen lächelte ein wenig, es sah aus, als errate sie jeden von Lenas Gedanken, aber falls das so war, äußerte sie sich nicht dazu. »Willst du deinen Wagen noch fertigmachen?«

»Warum?«

»Nur so.«

»Hm ... ich glaube nicht, daß ich noch Lust dazu habe.« Lena zuckte mit den Schultern. »Wollen wir irgendwas machen? Wir könnten spazierengehen.«

»Und Blumen pflücken?« fragte Karen mit sanftem Spott.

Abschätzend sah Lena ihr ins Gesicht. Nicht, daß ihr nach Spazierengehen gewesen wäre, aber sie dachte daran, daß sie sich ja mal mit Karen unterhalten und sie kennenlernen wollte. *Sie* und nicht nur ihren Körper. »Wir könnten reden«, schlug Lena vor, aber sie war schon nicht mehr allzu überzeugt davon.

»Reden«, wiederholte Karen langsam und ein wenig enttäuscht. »Sicher, wenn du möchtest, dann können wir reden.«

Lena unterdrückte ein Lachen. »Oh ... tja, an was hattest du denn gedacht?« fragte sie unschuldig. Karen zu ärgern, gefiel ihr. Und diesmal fiel sie sogar darauf herein. Karen mußte echt müde sein.

»Na, jedenfalls nicht an eine tiefschürfende Unterhaltung«, brummte Karen.

»Sondern?« Lenas Augen funkelten vor Vergnügen.

Ein scharfer Blick traf Lena, und dann merkte Karen endlich, daß Lena sie aufzog. »Du bist hinterhältig.«

Lena lachte. »Nein, ich -« Mit einer schnellen Bewegung zog Karen sie in ihre Arme und unterbrach ihren Protest mit einem ziemlich stürmischen Kuß. Keuchend löste Lena sich von ihr, ein wenig überrascht - angenehm überrascht. »Okay. Das mit der Unterhaltung können wie auch verschieben«, gab sie nach.

»Gute Idee«, murmelte Karen abgelenkt und tastete Lenas Gesicht mit den Augen ab. Es war wie eine Berührung.

»Wenn du mich für den Moment losläßt, dann könnte ich duschen gehen.« Aber Karen gab sie nicht frei, sondern zog sie enger an sich. Ihre Hände strichen an Lenas Rücken hinunter und legten sich fordernd auf ihren Po. Sie streichelte sie dort unruhig, und ihr Atem ging schon jetzt ein wenig schwer, wie Lena feststellte. Karen küßte sie erneut. Ihre Zunge drang in Lenas Mund ein, erforschte sie sanft und erregend, mit einer unglaublichen Intensität. An ihren Lippen wisperte Lena mit schwacher Stimme: »Laß mich duschen. Ich bin dreckig.«

»Das kenne ich ja schon bei dir«, flüsterte Karen zurück, mit den Gedanken eindeutig woanders, und knabberte zart an ihrer Unterlippe. In einer deutlichen Aufforderung schob sie ihre Hüften gegen Lenas Unterleib und spreizte die Hände auf ihren Pobacken. Sie zog Lena eng an sich, küßte sich an ihrem Hals herunter, und sorgte damit dafür, daß diese erhebliche Mühe hatte, einen klaren Gedanken zu fassen. »Bitte ... Karen. Ich bin verschwitzt.«

Ein undeutliches Brummen kam von Karen, und dann spürte sie ihre Zunge an ihrem Hals, die ihre Haut kostete. »Ja, bist du«, stimmte Karen danach zu. Lena wollte sie streicheln, ihren Kopf an sich ziehen, aber dann hätte sie Karen mit ihren öligen Fingern dreckig gemacht.

»Und ich stinke«, sagte Lena mühsam.

Karen lachte leise und richtete sich wieder auf, um ihre Lippen zu küssen. »Du stinkst nicht.« Sie legte ihre Wange gegen ihre und raunte in ihr Ohr: »Glaub mir. Du riechst sehr ... verführerisch.« Lena war sich nicht sicher, ob sie ihr das glauben sollte. Aber Karen wartete gar nicht auf eine Zustimmung. Sie nahm eine Hand von Lenas Po, schob sie zwischen ihren Körpern hinauf und fand den Reißverschluß von Lenas Overall. Der Länge nach zog Karen ihn auf, bis der üppige Stoff vorne auseinanderfiel. Karen zog hörbar die Luft ein und hielt sie kurz an, während sie Lena anstarrte. Dann lachte sie verblüfft. »Du trägst nichts drunter?«

»Einen Slip«, murrte Lena ein wenig schnippisch. Mußte sie sich jetzt rechtfertigen. Wofür?

»Vielleicht ist dieser Overall doch nicht so übel«, sinnierte Karen und betrachtete Lena sehr eingehend. Zu eingehend. Die Frau schaffte sie! Es war ihr unangenehm. Für schön hatte Lena sich nie gehalten, aber wenn sie daran dachte, wie gut Karen aussah, dann war es ihr noch weniger recht, von ihr angestarrt zu werden.

Zwar machte Lena keine Anstalten, den Overall vorne zuzuhalten, aber sie wollte, daß Karen sie nicht so intensiv betrachtete. Ihre flüchtigen Blicke waren ihr lieber. »Sieh mich nicht so an«, bat Lena. Die kalte Herbstluft, die durch das offene Garagentor hereinkam, ließ sie schaudern. Oder waren es Karens Blicke?

Karen hob kurz die Augen zu ihrem Gesicht. Möglich, daß sie ahnte, was Lena empfand, jedenfalls entfernte sie sich ein wenig, hob ihre Hände und legte sie behutsam auf Lenas Brüste. Liebevoll streichelte sie darüber und umschloß sie wärmend. »Ich mag sie«, sagte Karen leise. »Sie passen zu dir.«

Na, das war ja toll. »Danke«, meinte Lena trocken.

Karens Gesicht wurde weich. »Ich finde sie sehr schön.«

»Ah ja? Findest du.« Lena blieb skeptisch.

»Nicht doch, Lena. Hör auf damit«, flüsterte Karen zärtlich – so zärtlich, wie Lena es noch nie bei ihr gehört hatte. Karen küßte erst sie und beugte sich dann hinunter und küßte abwechselnd ihre Brüste. »Ja, das finde ich.« Hingebungsvoll wanderte Karen mit dem Mund an ihr hinunter zu ihrem Bauch, bis Lena vor Verlangen erzitterte. Langsam sank Karen vor ihr auf die Knie und umarmte sie. Ihre Lippen preßten sich auf ihren Bauchnabel. Es war atemberaubend. Karen rieb ihre Wange an ihrer Haut und schmiegte sich dann eng gegen sie. Es war ungewöhnlich für Karen. So viel Sanftheit und Hingabe hatte Lena noch nie bei ihr erlebt. Und es ließ Lenas Herz schneller schlagen, als sie ganz still vor der knienden Frau stand und auf ihren Haarschopf hinunterblickte. Jedoch rührte sie sich nicht, obwohl ein unstillbares Begehren sie verbrannte, und Lena brauchte alle Kraft, um ihm nicht nachzugeben. »Karen ...«, flüsterte sie rauh, und in ihrer Stimme lag ihre ganze Anspannung.

Ihre Liebhaberin löste sich von ihr und hob ihr das Gesicht entgegen. Sie wirkte irritiert. »Was hast du?«

»Ich möchte dich anfassen.«

Ein stilles Lächeln huschte über Karens Gesicht. »Warum tust du es dann nicht?«

Lena stöhnte laut auf, es klang verzweifelt und ungeduldig. Sie hielt ihr ihre öligen, verschmierten Hände vor die Nase. »Deswegen! Ich bin *dreckig*!«

»Das stört mich nicht. Du könntest deinen Mund benutzen«, murmelte Karen verlockend und wollte wieder ihren Bauchnabel küssen. Unter Aufbietung all ihrer Willenskraft trat Lena einen Schritt zurück, bis Karens Hände von ihr herunterfielen. Noch immer auf dem Garagenboden kniend sah Karen sie verwundert an. »Was ist?«

Sie begriff es einfach nicht! Oder wollte es nicht begreifen. Lena seufzte. »Ich gehe jetzt unter die Dusche. Auch wenn der Dreck *dich* nicht stört, mich sehr wohl, denn ich will deinen Körper streicheln.«

»Überall?« fragte Karen berechnend.

Lena mußte lachen. »Ja, überall. Wo immer du es möchtest.«

»Ich warte auf dich«, versprach Karen und erhob sich. Sie trat zu ihr.

Lena schwankte und wollte zurückweichen, aber sie konnte sich nicht rühren. »Nicht ...«, bat Lena schwach, in der Annahme, Karen wolle sie berühren. Das hätte sie nicht verkraftet.

Mißbilligend schnalzte Karen mit der Zunge, konnte aber ein Lächeln nicht unterdrücken, als sie sagte: »Ich tu dir schon nichts.« Dennoch hob sie die Hände. Lena fühlte ein Flattern im Magen. Karen grinste, griff nach Lenas Reißverschluß und schloß züchtig ihren Overall bis zum Hals. Mehr nicht. Leise atmete

Lena auf. An sich hatte sie nicht angenommen, daß Karen sich wirklich zurückhielt. »Schade eigentlich«, murmelte Lena sehnsüchtig.

Karen holte tief Luft. »Geh jetzt duschen!« befahl sie schroff. »Sonst kann ich mich nicht mehr beherrschen und werde dich gleich hier nehmen, ob du nun dreckig bist oder nicht.«

So? Abwägend sah Lena zu dem Fußboden hinter Karen. Okay, er war hart aber - warum eigentlich nicht? Sie könnten sich abwechseln, jede konnte mal unten liegen. Hitze wallte in ihr auf. Karen schloß bei den hungrigen Blicken, mit denen Lena sie bedachte, die Augen. »Lena ... bitte. Geh endlich.« - und es klang ziemlich verzweifelt.

Lena drückte rasch einen Kuß auf ihre Lippen. »Willst du mit unter die Dusche?«

»Das stehe ich nicht durch«, behauptete Karen kläglich.

So schlimm wäre das ja nun wirklich nicht. In Anbetracht der Tatsache, was man unter einer Dusche alles machen konnte ... Aber sie drängte Karen nicht. »Ich beeile mich«, hauchte Lena. Und dann packte sie der Übermut, oder etwas in der Art. »Und wenn ich fertig bin«, sagte sie sehr bestimmt, »dann will ich dich in meinem Bett. Nackt!«

In mildem Erstaunen hob Karen eine Braue. Wie sie diese Geste liebte! Lena küßte sie wieder, kein richtiger Kuß, nur ein zartes Streicheln ihrer Lippen, und erstickte jeden Widerspruch. Sie hatte Probleme, nicht sofort nach Karen zu greifen und sie an sich zu ziehen, aber Karen traf es noch härter, denn sie erzitterte spürbar und stöhnte leise. Willenlos gab Karen nach. »Ja. Gut. Alles, was du willst.«

21.

Lena beeilte sich, wie sie es versprochen hatte. Sie machte sich auch nicht den Umstand, sich noch groß anzuziehen. Nur in ein Handtuch gewickelt tappte sie über den Flur und schlüpfte in ihr Zimmer. Langsam drückte sie die Tür ins Schloß und sank mit dem Rücken dagegen. Karen wartete tatsächlich auf sie, daran hatte sie fast nicht so recht geglaubt. Karen schien niemand zu sein, die Befehle entgegennahm, egal in welcher Lebenslage. Aber sie lag im Bett, so wie Lena es verlangt hatte, und - *der Himmel möge mir beistehen!* dachte Lena - sie war nackt. Bewußt lasziv räkelte sie sich mit ihren langen Beinen und ihrem schlanken Körper auf der Matratze. Sie hatte sich nicht zugedeckt, wie in einem nicht ganz jugendfreien Film. Auf einen Ellenbogen gestützt schaute Karen ihr gerade entgegen, herausfordernd. Aber es war kein Film, erinnerte Lena sich. Dieses wundervolle Wesen wartete nicht auf irgendeinen Filmhelden oder auf die Superfrau, sondern einzig und allein nur auf sie.

»Willst du da stehen bleiben?« fragte Karen mit samtweicher Stimme, und Lenas Herz begann, schneller zu schlagen vor Aufregung. Langsam, wie in Trance, ging sie zum Bett. Keinen Moment konnte sie die Augen von Karen nehmen. *Ich verdiene sie gar nicht*, schoß es ihr durch den Kopf. *Ich kann ihr nichts geben. Nichts von dem, was eine Frau wie sie haben könnte. Und sie könnte alles bekommen. Alles!*

Lena ließ das Handtuch an sich herabfallen, blieb aber vor dem Bett stehen und trank Karens Anblick. Jede Einzelheit nahm sie in sich auf, um sich daran zu erinnern, wenn dies alles vorbei sein würde. »Du bist so wunderschön«, wisperte Lena mit ehrfürchtiger Stimme.

»Du wolltest mich doch so, oder? Nackt«, erkundigte Karen sich gedehnt und mit kaum merklicher Belustigung über Lenas

Reaktion. Karen nahm Lenas bewundernde Blicke hin, aber Lena bemerkte, wie Karen leicht erschauerte. »Komm her zu mir«, forderte Karen sie leise auf. Langsam kniete Lena sich aufs Bett und kroch zu ihr hinüber. Neben ihr hielt sie inne und schaute sie an, angefangen bei ihrem ebenmäßigem Gesicht bis hinunter zu ihren Zehenspitzen - und wieder zurück. »Lena ...«, sagte Karen nach einer Weile etwas angespannt. »Du darfst mich auch anfassen - mit deinen Händen. Bitte ...«

Ein Lächeln huschte über Lenas Gesicht, und der nachdenkliche und etwas entrückte Ausdruck verschwand. »Darf ich das?« Sie lachte leise, näherte sich ihr, bis sie über ihr kniete. Karen sank auf den Rücken, und sehr vorsichtig legte Lena sich auf sie und fand sie zu einem sanften Kuß. Ihre Zunge streichelte Karen, drang aber nicht in ihren Mund ein. Ausprobierend schob Lena ihren Schenkel zwischen Karens Beine. Ihre Geliebte war sehr warm und feucht. »Hm ... du bist naß«, raunte Lena an ihren Lippen.

»Ich weiß.« Karen streichelte ihren Rücken, und Lena spürte ihre Erregung wachsen.

»Das habe ich gar nicht von dir verlangt«, neckte sie und rieb behutsam mit ihren Brüsten über Karens unter ihr, nur ganz leicht bewegte sie sich auf ihr. Karen stöhnte leise, ihre Hände fanden Lenas Po und spreizten sich auf ihm, drückten und massierten ihre Hinterbacken. Es fühlte sich sehr gut an, so gut, daß Lena leise erzitterte. Karen mußte ihre Reaktion spüren.

»Ich mußte lange auf dich warten«, flüsterte Karen. »Sehr lange. Da habe ich mir überlegt, was du mit mir tun wirst, wenn du endlich kommst. Es war sehr ... erregend.«

Und diese Gedanken hatten genügt, daß sie naß wurde vor Begehren. Lena fand diese Vorstellung berauschend. Dabei war sie *so* lange nicht weg gewesen. Im Gegenteil, sie hatte in Rekordzeit geduscht. Lena streichelte Karens Wange mit den Lippen und murmelte: »Dafür rieche ich jetzt aber besser.« Karen legte die

Hände auf Lenas Schultern und schob sie ein kleines Stück zurück. Dann ging sie an ihr hinunter, während Lena verwundert stillhielt, bis Karen mit ihrem Gesicht, fast ohne sie zu berühren, über sie wanderte und an ihr roch und dann ihre Nase unter Lenas Arm schob. Ihr Atem kitzelte, und Lenas Unterleib zog sich zusammen. »Nicht doch«, wehrte Lena etwas verlegen ab, aber Karen ignorierte das. Schließlich kam sie wieder zu ihr hinauf.

»Anders«, stellte Karen fest und streichelte zärtlich mit den Fingerspitzen über Lenas Schultern. »Du riechst anders. Aber nicht besser. Ich fand es erotisch, deinen Schweiß zu schmecken. Hart arbeitende Frauen machen mich an.« Bei ihren Worten bedauerte Lena fast, überhaupt geduscht zu haben. Unter Karens sanften Berührungen und ihren geflüsterten Worten wurde ihr warm. Nicht mehr lange und sie stand wieder in Schweiß – aus anderen Gründen als ihrem Auto. Angenehmen Gründen.

Karen zog sie erneut an sich und fesselte sie mit einem ihrer wahnsinnigen Küsse. Lena gab sich ihr hin, genoß ihren entnervend warmen und weichen Mund, der die Hitze direkt zwischen ihre Beine jagte, und seufzte leise in ihren Mund. Dieses leise Geräusch des Vergnügens ließ Karens Liebkosungen noch intensiver werden, bis Lena nicht mehr denken konnte. Karen gab sie schließlich frei, und Lena hielt mit geschlossenen Augen auf ihr inne und strich sich langsam mit der Zunge über die Lippen, die von dem Kuß wie Feuer brannten. »Du küßt unglaublich gut …«, hauchte sie und sah ihre Geliebte an. »Atemberaubend gut«, bekräftigte sie enthusiastisch. »Für deine Küsse könnte ich sterben, weißt du das?«

»Nein, das war mir neu«, erklärte Karen belustigt, aber auch ihr Atem ging ein wenig schwer.

»Oh … Karen.« Lena preßte leidenschaftlich ihre Lippen auf den Hals der anderen, und Karen bog den Kopf für sie zurück. Karens Hände strichen über ihren Rücken, bis eine in Lenas Haar griff und sie enger gegen sich preßte. Lena öffnete den Mund und biß rauh in ihren Hals. Karen keuchte, und das stachelte Lena noch mehr an. Sie saugte und biß die andere, wanderte tiefer und erreichte Karens Brüste. Gierig küßte sie die Brustwarzen, und Karen bog sich ihr entgegen. Lena biß in ihre Brustwarze und wurde mit einem unterdrückten Aufschrei belohnt. Sie saugte stärker an Karens Brust und knetete die andere mit der Hand.

»Was tust du?« rief Karen gepreßt. »Was tust du nur?«

Ich werde dich lieben. Nur lieben. Sie würde Karen zeigen, was Worte nicht ausdrücken konnten. Lenas fordernder Mund folterte weiter ihre Brüste, während ihre Hand suchend nach unten glitt. Karen nahm die Beine für sie auseinander. Lena berührte ihre Scham und tauchte mit den Fingern zwischen ihre geschwollenen, nassen Lippen. Karen hob ihr die Hüften entgegen. Lena biß stärker in ihre Brustwarze, die sich ihr hart entgegenreckte, außerordentlich empfindlich. Zischend sog Karen die Luft durch die zusammengebissenen Zähne. Sie stöhnte kaum hörbar, »Ja, Lena ...«

Lena umschmeichelte ihre Mitte und drang langsam mit dem Finger in sie ein, bewegte ihn ganz sanft und ohne Rhythmus, während sie Karens andere Brust mit dem Mund umschloß. So viel, wie sie konnte, nahm sie davon in die heiße Wärme ihres Mundes, und Karen wand sich hilflos unter ihr, wußte nicht, welchem Reiz sie sich zuerst entgegendrängen sollte, der Hand zwischen ihren Beinen oder dem Mund auf ihren Brüsten.

Lena bewegte weiter den Finger in ihr, ganz gleichmäßig vor und zurück. Sie glitt hinein, so tief, wie es möglich war, drückte sanft nach oben gegen die weichen, feuchten Wände, die ihren Finger umschlossen und tief in Karen aufnahmen, als wollten sie ihn nie wieder hergeben, und zog die Hand dann wieder zurück. Sie streichelte den Eingang, bis Karen ihr atemlos die Hüften entgegenhob und sie so bat, erneut in sie einzudringen. Lena tat es, nahm diesmal zwei Finger, füllte sie enger aus. Lena zog ihre

Finger wieder zurück und fuhr dann wieder in Karen hinein, ein wenig härter als zuvor. Karen gab einen tiefen kehligen Laut von sich und umklammerte Lenas Schultern, als alles in ihr sich erwartungsvoll zusammenzog.

»Lena ... bitte«, keuchte Karen. Lena zog ihre Hand zurück, berührte Karens Klit und biß gleichzeitig in ihre Brustwarze, daß der süße Schmerz Karens ganzen Körper zucken ließ. Ihre Schenkel zitterten begierig und arbeiteten, um sich fester und schneller gegen Lenas Hand zu bewegen. Karens Atem ging in kurzen lustvollen Stößen. »Schneller ...«, wisperte sie erstickt, und Lena gehorchte ihrer gestammelten Bitte und paßte sich ihrem Rhythmus an. Immer wieder strich sie mit dem Daumen schnell über ihre Klit. Plötzlich schnappte Karen nach Luft. Sie bäumte sich unter ihr auf. Ihr Unterleib zog sich in einem Krampf zusammen und umfing Lenas Finger, als sie kam. Gleichzeitig fühlte Lena heißen Schmerz, als Karen die Fingernägel in ihren Rücken krallte.

Keuchend fiel Karen zurück aufs Bett. Lena war noch immer in ihr und fühlte, wie Karen in Reflexen pulsierte. Langsam zog Lena sich aus ihr zurück, beugte sich hinunter zwischen Karens müde Beine und leckte mit der Zunge über ihre Mitte, so lange, bis Karen sich aufsetzte, ihren Kopf sanft umschloß und sie zu sich hinauf hob. Langsam, ohne sie loszulassen, sank Karen wieder mit ihr zurück. Lena legte sich auf sie und ließ sich von Karen küssen.

»Da soll noch mal einer sagen, ihr Mechanikerinnen hättet unsensible Hände«, murmelte Karen mit halbgeschlossenen Augen. Sie lächelte weich, und Lena spürte, wie ihr bei diesem Lächeln ein Kribbeln über den Körper rieselte und in ihrem Magen hängenblieb. Zärtlich schaute sie Karen in ihr erschöpftes Gesicht und streichelte mit den Fingerspitzen darüber. Dann legte sie ihren Kopf an Karens Schulter und schmiegte sich an sie. Sie konnte Karens Atem spüren und sogar ihren Herzschlag, wenn sie ganz still hielt. Lena tastete mit der Hand zu Karens Brust und konnte ihr Herz fühlen. Sie lächelte.

Finger berührten ihre Hand, als Karen sie mit der ihren umschloß und an die Lippen hob. Sie küßte ihre Handfläche. Lena hob den Kopf. »Du mußt nicht, wenn du müde bist.«

»Ich bin nicht müde«, meinte Karen und sah sie an. Die erotische Intensität ihres Blickes hätte Lena fast aufstöhnen lassen. So etwas hatte sie noch nie erlebt. Allein das Versprechen in Karens Augen ließ das Feuer in ihr auflodern. »Ich will endlich wissen, wie du schmeckst«, wisperte Karen heiser. Und jetzt stöhnte Lena doch auf. Sie küßte Karen heftig. Die andere schob Lena zurück, bis sie auf dem Rücken lag, und legte sich auf sie. Mit hungrigem Begehren küßte sie Lena. Karen spielte nicht erst lange herum, sondern rutschte an ihr hinunter und griff sofort zu Lenas Knien. Energisch, fast schon hart drückte sie ihre Beine auseinander, kein vorsichtiges Probieren. Sie wollte es, und sie nahm es sich. Und Lena war die Letzte, die etwas dagegen einzuwenden hatte. Es erregte sie, daß Karen sie wollte, und sie gab sich ihr hin, vertraute ihr und würde tun, was immer sie verlangte.

Karen schob ihre Beine auseinander, und Lena ließ es geschehen, bis sie weit gespreizt vor ihr lag, ihren Blicken preisgegeben, die sehr viel sanfter als ihre Hände eben über sie streichelten. Lena sah sie zwischen ihren geöffneten Knien hocken, und es trieb ihr die Hitze ins Gesicht und durch den Körper. So offen, wie sie vor ihr lag, fühlte sie das erwartungsvolle Ziehen zwischen den Beinen. Ihr Atem ging jetzt schon schwer, dabei hatte Karen sie noch nicht mal berührt. Kurz hob Karen den Blick zu ihrem Gesicht und mußte einfach Lenas Erregung sehen, die gespannte Erwartung. Lena biß die Zähne zusammen und zwang sich zur Ruhe. Es war fast unmöglich.

»Wunderschön«, flüsterte Karen versonnen und lächelte ein wenig verlegen, als hätte sie nicht vorgehabt, es laut zu sagen. Lena schluckte schwer, ihr Mund war plötzlich trocken. Endlich bewegte Karen sich und beugte sich zu ihr hinunter. Lena fühlte heißen Atem, dann weiche Lippen. Karens Zunge strich der Länge nach zärtlich über sie. Lena erbebte und stöhnte laut auf. Karen umschloß ihre Schenkel, schob sie höher und noch weiter auseinander, bis es Lena fast zerriß, und drang mit der Zunge in sie ein. Sie war unglaublich lang und kam atemberaubend tief. Es traf Lena wie ein Blitz. Sie warf den Kopf zurück und keuchte angestrengt. Karen glitt zurück, streichelte ihre weiche Öffnung. Lena hätte sich gegen sie bewegt, wenn Karen sie nicht so unnachgiebig festgehalten hätte. Aber das tat sie. Sie umklammerte ihre Schenkel und drückte sie erbarmungslos auseinander, während ihre Zunge sie bis zum Wahnsinn reizte. Sie kannte und fand jede empfindliche Stelle. Jede! Lena hörte ihren eigenen lauten Atem wie aus weiter Ferne, während sich alles in ihr sammelte und Karens Mund entgegenfieberte.

Karen leckte sie und ließ die Zunge über ihre Klit tanzen. Dann legte sich ihr Mund zu einem leidenschaftlichen Kuß auf sie, bedeckte sie ganz. »Karen … ja!« Und Lena erkannte ihre rauhe Stimme fast selber nicht wieder. »Bitte …« Karens Kuß wurde heftiger, und ihre Zunge tanzte um ihren empfindlichsten Punkt. Für den Moment eines rasenden Herzschlags hing Lena im Nichts …

Dann überrollte sie etwas Gewaltiges, erfaßte ihren gesamten Körper und ließ ihn explodieren. Sie schrie heiser unter der überwältigenden Macht dieses Höhepunktes ihrer Lust, und selbst wenn sie es versucht hätte, sie hätte diesen Schrei nicht unterdrücken können, sonst wäre sie geplatzt. Karen ließ sie nicht herunterkommen, peitschte sie mit ihrer Zunge immer wieder hoch. Welle um Welle brandete durch Lena hindurch. Erst als Karen endlich von ihr abließ, sank Lena matt zurück, schweißnaß und nach Luft ringend. Karen küßte die Innenseiten ihrer Schenkel und noch einmal ihre Klit. Lenas Beine zuckten nur noch schwach, und sie wimmerte leise. Sie fühlte sich wie tot und im Himmel.

Langsam gab Karen sie aus ihrem Griff frei, und Lena senkte ihre Beine. Karen kam neben sie und streichelte ihren erschlafften Körper. Mit sanften Lippen kostete sie von dem feinen Schweiß zwischen ihren Brüsten. Dabei war sie sehr behutsam, im Gegensatz zu eben noch. »Bist du in Ordnung?«

Lena behielt die Augen geschlossen und murmelte: »Ich weiß noch nicht.«

»Ich wollte dich so sehr … Habe ich dir weh getan, Lena?« Karen klang wirklich besorgt. Lena drehte den Kopf und sah sie an. Karen lächelte ein wenig verunsichert.

»Nein. Nein, du hast mir nicht weh getan. Es war überwältigend. So was habe ich noch nie erlebt.«

Karen lächelte befreit. »Gut. Ich - war nicht sicher.« Zärtlich strich sie Lena das feuchte Haar aus der Stirn und streichelte ihre Wange mit dem Rücken ihres Zeigefingers. Und plötzlich, obwohl sie eigentlich dachte, sich nie mehr bewegen zu können, umarmte Lena Karen - *meine zärtliche, einzigartige, wundervolle Liebhaberin.* Hingebungsvoll küßte Lena ihre Lippen, die noch nach ihr schmeckten, und roch ihren eigenen Duft. Die Liebe zu ihr drohte sie zu überwältigen. Sie stöhnte leise und umschlang Karen ganz fest - wollte sie nie wieder loslassen. »Oh, Karen … Karen …«, stammelte Lena erstickt.

Karen hatte keine Ahnung, was in sie gefahren war, als Lena sich wie eine Ertrinkende an sie klammerte. »Was ist denn los?« fragte sie besorgt.

Lena schloß die Augen und kämpfte mit sich. Hilflos barg sie ihr Gesicht an Karens Hals und küßte sie dort mit heißen, trockenen Lippen. »Karen …«, wisperte Lena stockend. »Ich - ich … liebe dich.« Und ein ganzer Berg aus Felsgestein fiel ihr polternd von der Seele. Endlich hatte sie es gesagt. Endlich!

Karen versteifte sich merklich. »Was?«

»Ich liebe dich.« Es ging leichter.

Zuerst dachte sie, Karen würde sie von sich stoßen, aber stattdessen umarmte die andere sie plötzlich und drückte sie an sich. »Nein, Lena. Nein … Das geht nicht.«

Geht nicht? So einfach ist das doch nicht. Ich bin doch keine Maschine. »Ich kann nichts dafür.« Lena befreite sich sanft aus der Umarmung. Sie mußte Karen in die Augen sehen. Abweisend begegnete Karen ihr, resigniert und unendlich enttäuscht. Ängstlich sah Lena sie an und wußte nicht, was passieren würde.

Karen schüttelte den Kopf. »Es geht nicht.« Ihre Stimme klang tonlos. »Glaub mir. Es geht nicht. Ich - ich will das nicht.«

Nachsichtig meinte Lena: »Du kannst es nicht ändern.« Sie sah ihr tief in die Augen und wiederholte eindringlich: »Ich liebe dich.«

»Sei doch nicht dumm«, entgegnete Karen heftig. Sie setzte sich auf und rückte ein Stück von ihr fort. »Das würde nicht gutgehen. Du hältst das nicht aus.«

Ah, das wieder! So etwas ähnliches hatte sie ihr schon einmal gesagt. »Warum nicht?«

»Wir sind zu verschieden. Ich habe meine Arbeit. Da ist für nicht mehr viel anderes Platz, schon gar nicht für eine Beziehung. Ich will mein Leben nicht ändern für etwas, das kaum von Dauer sein kann. Es geht einfach nicht. Ich habe es versucht, aber es hat nicht funktioniert.« Lena ahnte, daß sie von Marina sprach. »Mit so was kann ich nichts anfangen«, endete Karen entschieden.

Mit so was! Sie redete, als ob es eine Krankheit wäre, deren Namen auszusprechen alleine schon den Tod brachte. »Du meinst *Liebe*«, hakte Lena trocken nach. »Warum regst du dich so auf? Ich habe doch nur gesagt, was ich empfinde. Du mußt wirklich nicht gleich in Panik geraten.«

»Panik? Ich gerate doch nicht in Panik. Ich will es nur nicht. Das habe ich dir auch schon gesagt.« Karen zögerte und sah Lena durchdringend an, wie bei einem Verhör. »Warum das auf einmal?«

»So plötzlich passiert das nicht«, gestand Lena und versuchte ein Lächeln, das bei Karens unnachgiebigem Blick ein wenig starr ausfiel. Karen machte es ihr nicht unbedingt leicht. Eigentlich wie immer. »Ich empfinde das schon eine ganze Weile für dich.«

»Ist es, weil ich mit dir ins Bett gehe? Glaubst du deshalb, daß du mich - liebst?« Es machte ihr echte Schwierigkeiten, es auszusprechen.

»Es ist doch nicht wegen Sex«, rief Lena ärgerlich. »Was denkst du denn von mir? Ich kann das durchaus unterscheiden.«

»Warum dann? Ich war doch nicht besonders umgänglich. Warum also?«

Vielleicht hatte Karen sich darum bemüht, eklig zu sein, um jeder Art von Zuneigung, die tiefer ging, vorzubeugen. Skeptisch sah sie zu Karen. Nein, das ging wohl zu weit. Karen *war* einfach schroff und voller Ecken. Es mußte sie erschrecken, wenn jemand dennoch behauptete, sie zu lieben. *Und genaugenommen weiß ich ja auch nicht, warum ich sie liebe.*

Tja, aber mußte es denn auch immer einen Grund geben, verdammt! Außerdem wollte sie hier an sich auch kein Statement über ihr Gefühlsleben abgeben. »Frag doch nicht so viel«, murrte Lena.

»Ich frage aber!« begehrte Karen herausfordernd auf. »Wie glaubst du, soll es weitergehen? Was *erwartest* du jetzt?« Und die Betonung dieses Wortes klang ätzend.

»Ich *erwarte* gar nichts«, machte Lena ihren Tonfall nach. *Ich werde mich hüten.* »Aber ich weiß, wie es weitergehen wird.«

»So?« Karen starrte sie mißtrauisch an. Lena nickte, streckte dann schnell den Arm aus, umschloß Karens Nacken mit der Hand und zog die überraschte Frau zu einem Kuß an sich. Karen wehrte sich schwach. »Hör sofort damit auf«, murmelte sie an Lenas Lippen.

»Ich denke nicht daran.« Lena küßte sie noch einmal, und ihre andere Hand fand Karens Brust. Karen stöhnte gequält, hin und her gerissen zwischen Widerstand und Hingabe. Aber als Lena anfing, statt ihrer Brüste die Innenseite ihres Schenkels zu streicheln, da gab sie auf und wurde weich in ihren Armen. Lena strich zart über ihre Leistengegend und sank mit ihr hinunter aufs Bett.

»Du bist verrückt«, erklärte Karen irgendwann atemlos zwischen Lenas Küssen. Aber das sagte sie ihr ja auch nicht zum ersten Mal.

»Ja, *völlig* verrückt. Sonst würde ich dich nicht so schrecklich lieben.«

»Du sollst das nicht sagen –«, fuhr Karen hoch, aber Lena verschloß ihr den Mund mit den Lippen.

»Sei still!« befahl Lena sanft, aber unnachgiebig. »Du kannst es nicht ändern.« Karen seufzte tief auf, aber sie versuchte nicht mehr zu widersprechen, weil sich Lenas Hand liebevoll zwischen ihren Beinen hochschob, und da fehlte Karen ohnehin der Atem.

22.

Lena hatte gar nicht erwartet, daß Karen begeistert sein würde, wenn sie ihr ihre Liebe gestand. Allerdings war sie doch erschüttert, daß Karen so abwehrend reagiert hatte. Vielleicht hatte sie es geahnt. Sonst hätte sie es Karen längst gesagt. Und jetzt … Perfekt war es nie gewesen in diesen letzten zwei Wochen. Ständig lagen Spannungen zwischen ihnen. Entweder sie stritten wegen Lappalien, oder sie hatten berauschenden Sex.

Letzteres war Lena zweifellos lieber. Trotzdem, nie hatten sie einen ruhigen Augenblick, nie kam zwischen ihnen so etwas wie Harmonie auf oder einfach nur Frieden. Das hatte sich auch dadurch nicht geändert, daß Lena offen zu ihren Gefühlen für Karen stand. Sie nahm es hin, daß Lena sie liebte, und das auch nur, weil sie es Karen nicht noch einmal sagte. Lena war nicht so blind, daß sie sich nicht denken konnte, daß Karen Angst um ihre Freiheit hatte. Aber sie sprachen nicht darüber. Karen hatte andere Dinge im Kopf als eine liebeskranke Mechanikerin. Je mehr Zeit verging, desto mehr glich Karen einer Raubkatze, die man in einen Käfig gesperrt hatte, der viel zu klein war und an dessen Gittern sie nun beständig hin und her lief. Sie ertrug einfach ihre Untätigkeit nicht länger. Immer öfter kamen sie auf Karens Arbeit zu sprechen. Karen wollte endlich diesen Fall abschließen, das sagte sie mehr als einmal. Die Gerichtsverhandlung lag noch vor ihr, vorausgesetzt sie schnappten die Kerle und ließen die Organisation auffliegen.

Wenn sie Karens Entschlossenheit sah, in diesen Krieg zu ziehen, denn genau das war es, ihr Krieg, gegen die Verbrecher und gegen ihren Alptraum, beides untrennbar miteinander verbunden, dann bekam sie Angst. Sie konnte Karen nicht beeinflussen und versuchte es gar nicht erst, weil Karen dann auf sie wütend geworden wäre, ohne daß es sie von ihrem Vorhaben abgebracht hätte. Und während Lena sich an jeden einzelnen Tag klammerte, den sie Karen noch hatte, fieberte die andere dem letzten dieser Tage entgegen und dachte kaum mehr an etwas anderes.

Manchmal fragte Lena sich, ob sie Karen überhaupt irgend etwas bedeutete. Klar, der Sex mit ihr war großartig. Sie war eine gute Liebhaberin und gab ihr das Gefühl, daß sie der wichtigste – nein, der *einzige* Mensch war, der ihr etwas bedeutete. Für ein paar Stunden zumindest. Aber das konnte doch nicht alles sein!

Nicht ein einziges Mal redeten sie über die Zukunft. Als sie Karen gesagt hatte, daß sie sie liebte, und Karen sie gefragt hatte, wie sie glaubte, daß es nun weitergehen solle, waren sie am dichtesten an dieses Thema herangekommen, und Lena hatte damals nicht antworten können, weil sie es nicht gewußt hatte, und konnte sich selbst jetzt diese Frage nicht beantworten, weil sie es immer noch nicht wußte. Es schien eigentlich gar keine gemeinsame Zukunft für sie beide zu geben.

Und als der Tag dann kam, an dem das Telefon klingelte, da fühlte Lena eine eisige Faust, die ihren Magen umklammerte. Es war Wegner. Lena gab Karen den Hörer und ging zurück ins Wohnzimmer, wo sie sich alle zusammen, Susanne, Rolf, Lena und Karen, einen Film im Fernsehen angesehen hatten. Susanne sah sie fragend an, aber Lena sagte nichts. Sie setzte sich still wieder aufs Sofa und wartete. Karen sprach nur kurz mit Wegner und kam dann wieder zu ihnen. Lena sah zu ihr auf, die kalten Finger ineinander verkrampft.

»Ich kann morgen zurück«, sagte Karen. »Sie haben die Kerle geschnappt, zumindest die Drahtzieher. Einige sind zur Fahndung ausgeschrieben, aber Wegner meint, es wäre kein Risiko mehr zu erwarten.«

»Morgen schon!« rief Susanne überrascht.

Lena sah Karen reglos an. »Gut. Das - freut mich für dich. Ich werde dich fahren.«

In Karens Gesicht zuckte es unmerklich. »Das brauchst du nicht -«

»Doch. Ich muß ja dann auch wieder zur Arbeit. Es ist ein Weg. Es macht mir nichts aus.« Lena hörte sich die Worte sagen, und sie war erleichtert, daß sie gar nichts dabei empfand. Es tat nicht weh, da waren keine Tränen oder Enttäuschung, eben all das, womit sie gerechnet und was sie gefürchtet hatte - und wohl auch Karen, die sich anscheinend gegen einen solchen Ausbruch gewappnet hatte. Als nichts von dem kam, schien sie ein wenig erstaunt, aber das war bei ihrem unbewegten Gesichtsausdruck schwer zu sagen. Jedenfalls nahm sie das Angebot von Lena an und ging gleich hinauf, um ihre Sachen zusammenzupacken.

Eine halbe Stunde hockte Lena noch vor dem Fernseher, ohne irgend etwas von dem zu sehen, was dort lief. Erst als ihr Susannes besorgter Blick auffiel, die von dem Fernsehprogramm auch nicht viel mitbekam, sondern nur immer wieder zu ihr sah, straffte Lena sich. Sie entschuldigte sich und folgte Karen hinauf ins Gästezimmer. Sie fand die andere beim Packen vor, sie stopfte gerade ein T-Shirt in ihre Sporttasche. Als Karen sie in der Tür stehen sah, hielt sie mitten in der Bewegung inne und richtete sich langsam auf.

Lena tastete mit den Augen Karens Gesicht ab, und die Faust um ihren Magen zog sich enger zusammen. »Du bist sicher froh, endlich wieder zurückzukommen«, versuchte Lena einen Anfang zu finden, für das, was sie eigentlich fragen wollte.

»Ja, ich glaube schon«, antwortete Karen ohne besondere Betonung, gleichgültig vielleicht sogar?

»Es hat ja auch eine ganze Weile gedauert, ehe die Kerle gefaßt werden konnten.« Und doch nicht lange genug ...

In unbewußter Abwehr verschränkte Karen die Arme vor der Brust. »Aber deswegen bist du nicht hier, hab ich recht?«

»Nein, deswegen nicht.« Lena senkte den Blick und suchte nach Worten. *Sie wird wütend werden*, dachte Lena unsicher. *Dann werden wir wieder streiten, und dabei muß sie doch morgen fahren, und wir werden nicht mehr miteinander reden, weil wir nie richtig reden, und dann trennen wir uns im Streit und –*

»Und weswegen bist du dann hier?« hakte Karen nach, als Lena so lange schwieg.

Lena blickte sie an, und an Karens unbehaglichem Gesichtsausdruck konnte sie erkennen, daß Karen sehr genau wußte, warum sie hier war. »Weil ich – ich will wissen, ob wir uns wiedersehen, wenn wir wieder zurück sind.«

»Warum sollten wir uns nicht mal sehen –«, begann Karen vage.

»Nein«, unterbrach Lena heftiger, als sie es beabsichtigt hatte. Sie rang um Fassung und wiederholte ruhiger: »Nein, Karen. Du weißt, was ich meine.«

Karen wurde ernst, und Lena hatte plötzlich den heftigen Wunsch, ihr den Mund zu verschließen, mit ihren Händen, ihren Lippen, ihrer Zunge - egal! Aber sie rührte sich nicht und hörte, wie Karen mit ruhiger, sachlicher Stimme sagte: »Du weißt doch aber, daß ich mich nicht binden will, Lena. Das habe ich dir gesagt.« Karen schwieg, aber Lena konnte nichts sagen. Es ging einfach nicht. Aufmerksam forschte Karen in ihrem Gesicht. »Ich dachte, das wäre dir klar gewesen. Ich kann mich nicht binden - und ich will es auch nicht. Es tut mir leid, daß du so für mich empfindest, aber das ist nicht meine Schuld. Ich wollte das nicht - nicht so. Ich mag dich. Und ich bin dir dankbar, für alles, was du getan hast.«

Dankbarkeit war nicht das, was Lena von ihr wollte. Und wenn Karen sagte, daß sie sie mochte, dann klang das, als redete sie von dem Hund ihres Nachbarn. Aber was konnte Lena sagen? Sie konnte Karen schließlich nicht zwingen. Es war eben einfach so, daß Karen nichts für sie empfand. Und es stimmte ja. Dafür konnte Karen nichts, sie hatte zu keiner Zeit ein Geheimnis daraus gemacht, daß sie *keine* Beziehung wollte. Lena war selbst schuld, mit ihrer sentimentalen Ader, die beständig nach der wahren Liebe suchte, und zwar immer dort, wo es nur Affären gab, und sie so blöd war und das nicht erkannte, bis es zu spät war und weh tat. So sehr weh tat, daß sie sich zusammenkrümmen wollte vor Schmerz, der genau dort brannte, wo ihr Herz war.

Statt dessen blieb Lena reglos stehen und schluckte mühsam. Es war schließlich nicht das erste Mal, daß sie verlassen worden war. Und sie wollte verdammt sein, wenn sie das nicht überstand! Sie hatte ein Leben gehabt, bevor Karen alles durcheinandergeworfen hatte. Dieses Leben würde sie dann eben wieder aufnehmen. Es würde gehen.

Es *mußte* gehen!

23.

Lena ging hinüber in ihr Zimmer. Ohne Licht zu machen, zog sie sich aus, schlüpfte in ihren Pyjama und kroch dann ins Bett. Sie war fast eingeschlafen, als Karen leise eintrat. Lena hörte Stoff rascheln, als die andere sich auszog, dann kam Karen lautlos um das Bett herum und legte sich neben sie auf ihre Seite. *Ihre Seite!* Lena schloß die Augen. In den Tagen, die sie hier zusammen gewohnt hatten, hatten sie sich Kleinigkeiten angewöhnt, so, wie die linke Seite des Bettes irgendwie zu *Karens Seite* geworden war, wie bei einem alten Ehepaar. Liebenswerte Kleinigkeit. Lena verdrängte diese Gedanken.

Karen rückte leise zu ihr heran. Lena hatte ihr den Rücken zugedreht. Sanft streichelte Karen über Lenas Haar. »Schläfst du?«

»Noch nicht«, murmelte Lena.

Karen zögerte einen Moment und fragte dann: »Bist du wütend auf mich?«

»Nein, bin ich nicht«, und es war die Wahrheit. Von Wut war sie weit entfernt.

Karen küßte ihren Nacken bei dieser Antwort. »Und? Bist du sehr müde?«

»Ja, sehr.« Lena wollte nicht. Sie konnte einfach nicht.

»Oh …« Karen hielt in ihrem sanften Streicheln inne. Einen Moment schwieg sie. »Es ist unsere letzte Nacht hier. Ich – ähm …« Karen zögerte unentschlossen und seufzte leise. »Willst du nicht mit mir schlafen?«

Lena lag ganz still. Sie hatte Karen noch nie abgewiesen. Es war verdammt schwer, und sie fühlte sich reichlich unwohl dabei. »Ich kann nicht«, flüsterte sie beklommen.

»Hm, wie du willst«, meinte Karen und sank auf ihre Seite zurück. Lena drehte sich um. Sie konnte nur Karens Umrisse erkennen und das Glitzern ihrer Augen, die an die Decke starrten.

»Sei mir nicht böse«, bat Lena.

»Ich bin nicht böse.«

»Ich bin einfach nicht in Stimmung, Karen. Du fährst morgen, und wenn ich daran denke, wird mir eiskalt«, - *und schlecht, und ich könnte sofort anfangen zu heulen,* fügte sie in Gedanken hinzu.

Karen drehte ihr das Gesicht zu. »Du brauchst dich nicht zu entschuldigen«, sagte sie, aber es klang ein wenig sanfter als noch kurz zuvor.

Erleichtert atmete Lena auf. Dann stammelte sie ein wenig verlegen: »Aber auch wenn ich keinen Sex will - na ja, können wir ein wenig kuscheln? Ich würde dich gerne … spüren.« Als Antwort hob Karen den Arm, und Lena rutschte an sie heran und schmiegte sich an sie. Karen legte den Arm um sie, und Lena bettete den Kopf an ihre Schulter. Obwohl Lena wach bleiben wollte, um Karens Gegenwart zu genießen, wurde sie von ihrem Körper verraten, der sich vom Schlaf überwältigen ließ.

Am nächsten Morgen waren sie schnell bereit zur Abfahrt. Viel hatte Lena nicht zu packen, und Karen war ja schon am Vortag mit allem fertig gewesen. Lena verstaute die Sachen im Wagen, während Karen ihr noch ein Freßpacket von Rolf reichte. »Offenbar hat er Angst, daß wir unterwegs verhungern und nicht heil ankommen«, mutmaßte Karen ironisch.

»He! Ich schwöre dir, ich habe dich hierher gebracht ans Ende der Welt, und ich bringe dich auch wieder in die Zivilisation zurück.« Lena wunderte sich selbst, woher sie ihre Gelassenheit nahm, hinter der sie alles andere verbarg, was ihr Bauchschmerzen bereitete. Ihre Fassade war jedenfalls perfekt, denn selbst Karen konnte ihr Erstaunen kaum verbergen.

Zögernd lächelte Karen. »Das hoffe ich.«

»Versprochen«, bekräftigte Lena noch einmal und legte das Essen hinten auf den Rücksitz. Als sie wieder aus dem Wagen auftauchte, stellte sie fest: »Fertig. Ich schätze, wir haben alles. Wenn du willst, können wir los.«

»Ja, sicher.« Karen sah sie noch immer ganz merkwürdig an. Dann rang sie sich endlich zu einer Frage durch. »Geht es dir gut?«

»Ja, es geht mir gut.«

»Bist du dir sicher?«

Nein, zum Teufel, Karen! Ich könnte heulen, ich konnte mich dir zu Füßen werfen und betteln, daß nicht alles vorbei ist, wenn du hier weggehst. Nur würde das uns beiden nichts helfen, weil es nichts ändern kann. Lena lächelte ein wenig, aber es mißlang kläglich. »Ziemlich sicher jedenfalls. Hör auf zu fragen. Wenn du keine Szene willst, dann solltest du mich einfach in Ruhe lassen, okay? Es ist nicht leicht. Aber ich beherrsche mich nach besten Kräften. Verstehst du das?«

Betroffen sah Karen sie an, hob kurz die Hand und strich über ihre Wange. Lena schloß die Augen, weil sie schon wieder diese verfluchten Tränen aufsteigen fühlte. »Ja, ich verstehe. Danke, Lena.«

Die Fahrt dauerte ewig, und sie redeten beide nicht sehr viel. Auf groteske Weise ähnelte damit die Rückfahrt der Herfahrt. Als sie über die Stadtgrenze fuhren, fragte Lena: »Wohin soll ich dich bringen?«

»In meine Wohnung«, sagte Karen sofort, als hätte sie selber gerade darüber nachgedacht. Lena bog in die Straße, in der Karens Wohnung lag. Sie wurde langsamer und fuhr dann rechts ran. »Da wären wir«, stellte Lena überflüssigerweise fest. »Ich gebe dir noch deine Sachen raus.«

»Das mußt du nicht.«

»Doch, doch.« Wenigstens das wollte Lena noch tun - und wußte dabei ganz genau, daß sie das Unvermeidliche nur hinauszögern wollte. Sie holte Karens Tasche aus dem Kofferraum und ging zu ihr nach vorne. Karen stand neben dem Wagen. Mit einem etwas gezwungenen Lächeln reichte sie ihr die Tasche. Dann standen sie hilflos voreinander. Es gab nichts mehr zu sagen. Sie waren an dem Punkt angelangt, vor dem Lena sich schon die ganze Zeit gefürchtet hatte. Unbehaglich schob Lena ihre Hände in die Hosentaschen und starrte hinunter auf ihre Füße, weil sie es nicht fertigbrachte, Karen ins Gesicht zu sehen. Dann hätte sie bestimmt geheult.

»Tja, dann ...«

Lena sah kurz auf. Karen wirkte ungeduldig. Hatte sie es so eilig? Rasch blickte Lena wieder beiseite. »Ja. Ich ...« *Das stehe ich nicht durch. Sag etwas! Es ist die letzte Gelegenheit, sie zu sehen, ihr zu sagen, was du willst.* Sie konnte es nicht. Es ging einfach nicht. Aber rumstehen konnte sie auch nicht ewig. Also gab sie sich einen innerlichen Ruck. Sie neigte sich zu Karen, um ihr einen leichten Kuß auf die Wange zu geben, ehe sie sich wieder zurückzog. Lena wollte ihr sagen, daß sie sie liebte, machte auch schon den Mund auf, aber als sie Karens abweisenden Blick sah, darauf wartend, daß Lena ihr nun doch eine Szene machen würde, da sagte sie nur leise: »Paß auf dich auf, Karen.«

Karens Stirn runzelte sich, aber sie nickte. »Werde ich.« Und damit drehte Karen sich recht abrupt um und ging mit großen Schritten über die Straße zu ihrem Haus. Lena konnte nur dastehen und ihr nachsehen, während Karen aus ihrem Leben ging.

Lena stieg wieder in ihren Wagen und zwang alle Gedanken beiseite, konzentrierte sich aufs Fahren, obwohl ihr der Wagen plötzlich leer erschien und alles ein wenig trüber und kälter. *Das ist albern. Es ist alles wie immer. Jetzt stell dich nicht an!*

Außerdem gab es wirklich andere Probleme, über die sie nachdenken mußte. Existentielle Probleme. Nämlich die unbedeutende Kleinigkeit, daß sie irgendwie obdachlos war, weil ein paar Idioten ihre Wohnung in die Luft gejagt hatten. Klar, sie würde in einem Hotel bleiben, eine Weile zumindest. Aber auf Dauer konnte sie sich das nicht leisten. Es mußte etwas passieren. Hätte sie sich eher darum gekümmert, dann wüßte sie, wo sie heute nacht schlafen sollte.

24.

Sie bekam Hilfe von einer Seite, von der sie es eigentlich nicht erwartet hatte. Wegner eröffnete ihr am nächsten Tag, daß er eine Wohnung für sie besorgt hatte, in die sie sofort einziehen konnte. Die Lage war nicht mal übel, interessanterweise nur einige Straßen von Karens Wohnung entfernt. Lena war noch nicht sicher, ob das gut oder schlecht war.

Mit ihren paar Habseligkeiten betrat sie gespannt die Wohnung und war angenehm überrascht. Die Zimmer waren nett und sahen neu renoviert aus. Allerdings gab es keine Möbel, und sie hatte nicht soviel Geld, um sich komplett einzurichten. Das mußte sie nach und nach machen. In der Zwischenzeit würde sie wohl auf dem Fußboden schlafen müssen. Kurz entschlossen fuhr sie noch einmal los und kaufte sich in einem Campingladen einen Schlafsack, fuhr danach in einen Supermarkt und besorgte eine Flasche Wein. Immerhin war es eine Einweihung, nicht wahr?

Es wurde eher ein Ein-Frau-Besäufnis, obwohl sie das nicht beabsichtigt hatte. Aber je später der Abend wurde, desto deprimierter wurde sie. Die leeren, fremden Zimmer machten es auch nicht erträglicher. In den Schlafsack gekuschelt trank sie systematisch den Wein in kleinen Schlucken, bis ihr Kopf sich leicht anfühlte. Aber ihre Stimmung hob sich dadurch nicht. Im Gegenteil. Es wurde immer trostloser. Als es draußen dunkel wurde, machte sie kein Licht. Allein hockte sie in ihrer Ecke, umklammerte die Weinflasche, die erst halbleer war - aber Alkohol hatte sie noch nie vertragen - und starrte in das leere Zimmer, während die Stille sich um sie schloß, bis sie fast erstickte und nach Luft ringen mußte. Dabei merkte sie, daß es nicht die Stille war, die sie erstickte, sondern heiße Tränen, die über ihr Gesicht liefen. Und als sie erstmal angefangen hatte, konnte sie nicht mehr aufhören. Es war ja auch egal. Niemand konnte sie sehen. Karen war nicht da, die sie mit ihren mißbilligenden Blicken traktieren konnte. Jetzt konnte sie weinen, so viel sie wollte. Es kümmerte sich niemand darum.

Lena schluchzte laut auf und ergab sich ihrem Elend. Es war zuviel. Das alles war einfach zuviel für sie. Alles in ihr sehnte sich schmerzhaft nach Karen. Es tat so entsetzlich weh, wie sie es nie auch nur vermutet hätte. Wie sollte sie das ertragen?

Lange weinte sie laut und hemmungslos, bis sie ganz erschöpft davon war und ihr Kopf sich so aufgequollen anfühlte wie eine Melone. Sie putzte sich die Nase und sank kraftlos zurück, barg sich tiefer in dem Schlafsack und ließ die Tränen einfach nur noch weiterlaufen. Sie wußte, daß sie einschlafen würde. Dennoch wartete sie sehr lange darauf. Und es war kein angenehmer Schlaf. Unruhig wälzte sie sich hin und her, schreckte einige Male mitten in der Dunkelheit hoch, und wenn sie sich erinnerte, wo sie war, dann fühlte sie sich so einsam und verlassen wie nie in ihrem Leben.

Trübes Morgenlicht, das durchs Fenster hereinsickerte, weckte Lena. Stöhnend setzte sie sich auf und stellte mit mäßigem Erstaunen fest, daß es ihr doch tatsächlich noch mieser ging als noch am Tag zuvor. Sie warf der halb geleerten Weinflasche, die noch neben ihr stand, einen bösen Blick zu und rieb sich dann übers Gesicht. Ihr Kopf tat weh, und jeder Knochen im Körper schloß sich solidarisch ihrem Kopf an und quälte sie, um ihr zu zeigen, daß ein weiches Bett dem unbequemen Fußboden vorzuziehen war.

Sie beschloß, daß es nicht half, sich zu betrinken und würde es künftig bleiben lassen. Was helfen konnte, war Arbeit. Viel Arbeit. Also legte sie in den nächsten Tagen einige Überstunden ein, ging danach durch die Möbelgeschäfte und kaufte nach und nach ihre Einrichtung zusammen. Wenigstens grübelte sie dann nicht ständig und würde vielleicht irgendwann aufhören, dauernd an Karen zu denken. Manchmal gelang ihr das auch. Zumindest fast …

Aber kaum versuchte sie abends einzuschlafen oder gönnte sich einen Moment Ruhe, dann spürte sie die tiefe Sehnsucht nach Karen. Das wollte einfach nicht vergehen. Sie hatte ihre Wohnung so gut wie komplett, hatte bei Mike einen Stein im Brett, weil sie wie ein Tier schuftete und sogar die dreckigsten Arbeiten erledigte, und doch fühlte sich kaum besser als am ersten Tag, seit sie Karen nicht mehr gesehen hatte. Noch immer erinnerte sie sich, immer wenn sie nicht aufpaßte und ihre Gedanken sich selbständig machten. Dann fühlte sie, wie sehr sie Karen vermißte. Jede Faser in ihr wollte Karen! Sie wollte sich an sie lehnen, von ihr umarmt werden und das Gefühl ihrer Nähe genießen.

Verdammt ja, sie wollte mit ihr schlafen! Stundenlang. Wollte sie die ganze Nacht bei sich haben und am Tage wissen, daß sie sich nach der Arbeit sehen würden, daß sie *aufeinander* warten würden. Wissen, daß Karen für sie da war. Sie liebte sie so schrecklich heftig: Karens nachdenkliche Augen, die oft so furchtbar mißtrauisch waren, aber sie hatte auch gesehen, wie warm sie sein konnten. Und ihr Lachen ... Oh, Gott! Es tat weh. Schrecklich, entsetzlich weh. Es stach wie ein Messer in ihre Brust, raubte ihr den Atem und trieb ihr die Tränen in die Augen.

Immer, wenn es ihr so dreckig ging, dann telefonierte sie mit Susanne. Sie telefonierten oft. Und immer wieder wollte Susanne, daß Lena mit Karen redete, sie anrief - etwas tat!

Und jedesmal sagte Lena dumpf: »Ich komme schon zurecht. Es gibt nichts zu reden.«

»Bist du dir da sicher? Wenn du noch mal mit ihr redest, dann -«

»Ich kann sie doch nicht zwingen!« rief Lena dann einmal aufgebracht, das war vor einer Woche gewesen, bei dem abendlichen Telefonat. Aber Lena hatte sich sofort wieder beruhigt. »Sie liebt mich nicht. Vermutlich habe ich ihr nie viel bedeutet. So was passiert eben.«

Susanne hatte lange geschwiegen und dann mitfühlend gesagt: »Sie hat dir dein Herz gebrochen, Lena.«

»Gebrochen?« hatte Lena bitter gefragt. Es fühlte sich eher an, als wäre es zerfetzt worden.

25.

In dieser Zeit entdeckte Lena etwas, was fast ebensogut half wie Arbeit, um zu vergessen. Das war Routine. Sie lebte sich in ihrer Wohnung ein, ging morgens zur Arbeit, kam abends zurück, ging einkaufen, machte ihr bißchen Haushalt und fiel dann irgendwann ins Bett. Nach drei Wochen wurde es ein wenig besser. Nicht viel, aber ein wenig. Immerhin kam sie schon wieder auf solch dumme Ideen wie die, daß sie eine Einweihungsparty feiern sollte, als sie endlich ihr letztes Regal im Wohnzimmer montiert hatte und die Wohnung somit komplett war. Na ja ... *Party* war nicht das richtige Wort. Sie würde mit sich selber feiern. Aber das fand sie nicht schlimm. Das Alleinsein war sie inzwischen gewöhnt. Seit sie in die Stadt gezogen war, war sie recht oft allein. Aber Alleinsein war nicht dasselbe wie Einsamkeit.

Gedanken an Einsamkeit konnte sie leicht verdrängen. Das war ihr immer gut gelungen. Bis Karen alles verändert hatte. Mit einem Mal fühlte Lena sich ständig einsam und verlassen, und sie haßte es. Sie wollte ihre Ruhe zurück, ihre Zufriedenheit mit dem, was sie gehabt hatte.

Schluß jetzt! schalt sie sich ärgerlich. Sie würde nicht darüber nachdenken. Karen lebte ihr Leben. Bestimmt verschwendete sie nicht einen Gedanken an sie. Also konnte sie - Lena - das auch.

Sie ging in den nächsten Supermarkt, um ein paar Kleinigkeiten zu besorgen. Wenn sie zurückkam, würde sie ausgiebig duschen, vielleicht gönnte sie sich auch ein Schaumbad. Ja, diese Idee war nett. Sie beeilte sich beim Einkaufen, schlängelte sich zwischen den Einkaufswagen der anderen Kunden hindurch, griff im Vorbeigehen eine Packung mit Kerzen und schlug sich dann in Richtung des Weinregals durch. Sie umging den Gemüsestand, an dem sich die Leute um die einzig funktionierende Waage drängten und einen echten Menschenauflauf bildeten, und nahm den Umweg an der Tiefkühlkost vorbei, und weil sie nicht damit gerechnet hatte, hätte sie die große dunkelhaarige Frau fast zu spät gesehen, die sich gerade über die Kühltruhe beugte.

Karen! Lena stolperte und stieß ungeschickt gegen einen Ständer mit Zahnbürsten. Die Hälfte davon segelte geräuschvoll zu Boden, was ihr mißbilligende und einige schadenfrohe Blicke der Kundschaft einhandelte. Lena zog den Kopf zwischen die Schultern und sah rasch wieder zu Karen hinüber. Sie stand noch immer bei der Kühltruhe, eine Schachtel in der Hand, und starrte sie nicht weniger überrascht als Lena über die Kartons mit Klopapierrollen und Waschmittel hinweg an. Ein leichtes Beben fuhr bei ihrem Anblick durch Lena hindurch. Gleichzeitig bekam sie es mit der Angst. Was sollte sie Karen sagen? Einfach hingehen: Hallo! Wie geht's? Und Tschüs. Das konnte sie nicht! Sie spürte jetzt schon, wie sie in Panik geriet. Sie wußte nicht, ob sie es durchstand, Karen so gelassen zu begegnen, ohne sich ihr an den Hals zu werfen, zu heulen und ... *Himmel, ich muß weg hier!*

»He, Sie müssen das aber wieder aufheben«, schnauzte sie ein älterer Herr an, der sich anscheinend sehr wichtig vorkam. Lena fand in die Wirklichkeit zurück. Sie zitterte am ganzen Körper, und ihr war siedend heiß. Widerspruchslos bückte sie sich, sammelte die Bürsten vom Boden auf und hängte sie wieder an die kleinen Haken. Es interessierte sie herzlich wenig, daß jetzt die Zahnbürsten mit dem Schwingkopf bei denen mit den abgerundeten Borsten auf einer Stange hingen. Nur schnell den Wein und dann weg! Sie hatte wirklich Angst, Karen zu begegnen. Sie wollte nicht wieder neuen Schmerz, wo sie doch den alten kaum verkraften konnte. Dem fühlte Lena sich nicht gewachsen.

Lena erreichte das Weinregal, hielt sich nicht lange auf, sondern griff wahllos eine Flasche Weißwein und strebte hastig zur Kasse. Es sah nicht nur aus wie eine Flucht, es war eine, überstürzt und reichlich kopflos, denn hätte sie nachgedacht, hätte sie sich ausrechnen können, daß Karen sie spätestens an der elend langen Warteschlange der Kasse einholte. Sie sah Karen mit langen Schritten auf sich zukommen. Etwas, was sich wie Panik anfühlte, ergriff von Lena Besitz. Fest umklammerte sie ihre Weinflasche und die Kerzen, die sicher bald zerbröselten, wenn sie noch weiter zudrückte.

»Was machst du denn hier?« fragte Karen, kaum daß sie sie erreichte. Ihr Ton war scharf, und einige Leute neben ihnen in der Schlange sahen sich neugierig um. Aber das war nicht wichtig. Was wichtig war, waren Karens Augen. Sie waren dunkel und voller Abwehr, Mißtrauen und Ärger. *Oh je!* Und sie saß fest und hatte keinen Fluchtweg offen, ohne sich komplett lächerlich zu machen. Lena schluckte schwer und sah kurz auf ihre Einkäufe im Arm. Die Weinflasche und die Kerzen gaben ihr ein Recht, hier zu sein. Und Karen hatte *kein* Recht, sie so anzufahren! *Ja, gut. Das war gut. Werd ein bißchen wütend, und laß dich nicht fertigmachen.*

Da Karen nicht einmal ein Hallo oder ähnliches zur Begrüßung für nötig gehalten hatte, verzichtete auch Lena darauf, als sie erwiderte: »Ich kaufe ein. Und du?« Sie war stolz auf sich, daß sie ruhig blieb. Ruhiger als Karen.

»Hier? Warum?«

Also irgendwie habe ich mir ein Treffen anders vorgestellt. Ganz anders, dachte Lena dumpf. Ihre Angst vor dieser plötzlichen Konfrontation verging allmählich und machte einer tiefen Traurigkeit Platz. Das Gefühl des Verlustes war jetzt, wo sie Karen gegenüberstand, größer und realer als in all den Wochen der tatsächlichen Trennung von ihr. Und kaum sahen sie sich wieder, mußten sie schon wieder miteinander kämpfen. *Verdammt, warum läuft zwischen uns nur alles so entsetzlich falsch? Von Anfang an. Warum verliebe ich mich immer in die falschen Frauen? Warum begehre ich immer das Unmögliche?*

Lena bemerkte, wie müde Karen aussah. Die Linien von ihrer Nase zu den Mundwinkeln waren tief. Sicher arbeitete sie viel zu viel und achtete nicht auf sich. Gerne hätte Lena dafür gesorgt, daß sie Ruhe bekam, hätte sie ein wenig umsorgt und verwöhnt. Aber das war unmöglich.

»Ja. Ich brauchte ein paar Sachen«, antwortete Lena knapp.

Karen genügte das nicht. Es war, als hätte sie ihr überhaupt nicht zugehört. »Schnüffelst du mir nach?«

Wie bitte? Was ist denn nun los? Lena sah sie ganz entgeistert an. *Das* darf doch nicht wahr sein! »Nachschnüffeln! Das ist doch nicht dein Ernst!« Es klang lediglich überrascht. Sie konnte nicht einmal wütend werden bei dieser Unterstellung.

Karen musterte sie eindringlich. »Sag du es mir.«

»Warum sollte ich so etwas tun?«

»Manche - Frauen tun viel.« Ihre Stimme war kalt. Ihr Gesicht hart. Aber ihre Augen loderten gefährlich und straften ihre äußerliche Beherrschtheit Lügen. Sie stand vor Lena wie eine Kriegsgöttin, leidenschaftlich, zornig - begehrenswert.

Lena senkte ihre Stimme, damit sie nicht noch mehr Aufmerksamkeit erregten. »Dazu gehöre ich nicht.« Für wen hielt Karen sie denn? Lena verzehrte sich nach ihr, liebte sie wie wahnsinnig - wollte sie. Aber nie hätte sie sich derartig aufgedrängt. Niemals! Es verletzte Lena, daß Karen ihr solche Niedertracht und Voyourismus zutraute. Das gehörte nun entschieden nicht zu ihrem Repertoire, eine Geliebte zu gewinnen. Sicher nicht!

Zweifelnd hoben sich Karens Brauen. »Nein?«

»Ich kaufe hier nur ein«, sagte Lena noch einmal. »Meine Wohnung ist gleich um die Ecke. Wegner hat sie mir besorgt.« Das wollte sie noch erwähnen, damit Karen nicht erneut falsche Schlüsse zog. Darin war sie ja so gut.

Die Warteschlange bewegte sich langsam weiter, und Lena rückte automatisch nach. Karen bewegte sich nicht, sondern folgte ihr nur mit den Augen. Lena hielt ihr nicht stand. Sie konnte nicht. Ihr Anblick tat zu sehr weh. Die Heftigkeit ihrer Gefühle für diese Frau verwirrten Lena. Es war nicht besonders angenehm, weil der Schmerz ebenso heftig war wie die Liebe, weil es sie innerlich zerriß. Sie wollte Karen spüren, sie umarmen, für sie da sein. Aber wenn Lena ihr abweisendes Gesicht sah und wußte, daß sie ihrerseits Karen nichts bedeutete - *außer vielleicht ein beständiges Ärgernis*, fuhr es Lena mißgestimmt durch den Kopf - und sie die Hoffnungslosigkeit ihrer Liebe erkannte, dann wollte sie einfach weit weg von ihr sein. Sich irgendwo verkriechen und klein zusammenrollen, ihre Wunden lecken und sich erholen, bis sie Karen vergessen konnte, falls sie das je konnte, um wieder zu *leben*. Lena wollte nicht kämpfen - schon gar nicht gegen Karen. Und das schien bei ihnen ein unvermeidlicher Zustand zu sein. Es zermürbte sie.

Als Lena endlich an der Kasse war, zahlte sie und verließ den Laden, ohne sich einmal umzusehen. Karen hielt sie nicht auf, aber Lena konnte ihre Blicke im Rücken spüren wie Feuer. Demnächst würde sie woanders einkaufen. Das nahm sie sich fest vor. Auch wenn sie dann den Wagen nehmen mußte. Was machte das schon aus.

Auf der Straße hielt sie nicht an, sondern wandte sich in Richtung ihrer Wohnung. Es begann zu nieseln, und die Luft war kalt. Lena bemerkte es nicht. Mit schnellen Schritten lief sie über die Straße. Das Geräusch von Schritten hinter ihr ließ sie nicht langsamer werden. Karen mußte rennen, um sie an der nächsten Ecke endlich einzuholen. Und erst, als sie ihr den Weg vertrat, blieb Lena stehen.

Karen stand auf der abendlichen Straße vor ihr und schaute sie an. »Tut mir leid«, sagte sie. »Ich hätte das nicht sagen sollen. So gut müßte ich dich wohl kennen.« Sie schien es ehrlich zu meinen. Aber hatte Karen denn je gelogen oder etwas gesagt, was sie nicht auch gemeint hatte? *Nein, wohl nicht,* gestand Lena ihr zu. Karen schaute sie offen an, und der harte Zug um ihren Mund war verschwunden.

»Das solltest du eigentlich«, stimmte Lena ihr zu.

»Bist du zufrieden mit deiner Wohnung?«

Small talk. Eine neue Seite an Karen, die Lena noch nicht kannte. Sie wußte nicht, ob ihr diese Oberflächlichkeit zusagte. So hätte sie mit jeder X-Beliebigen reden können. »Ja. Sie ist jetzt fast perfekt.«

Karen sah zu der Weinflasche und den Kerzen, und ein schwaches Lächeln hob ihre Mundwinkel. Ihre Augen blieben jedoch ernst. »Dann feierst du dieses Ereignis, ja? Oder hast du ein Rendezvous?«

Rasch suchte Lena nach Spott, aber Karen wirkte nur freundlich interessiert. Dennoch verspürte Lena das Bedürfnis zur Rechtfertigung. »Kein Rendezvous. Und Feier würde ich es nicht unbedingt nennen. Nicht so richtig ...« *Himmel, nun binde ihr doch nicht gleich auf die Nase, daß du alleine feierst. Sonst denkt sie noch, daß du unglücklich bist.*

Das bin ich doch auch, verdammt noch mal!

Das braucht sie aber nicht zu wissen, oder?

»Tja ... ich –« Lena verstummte zögernd. Aber sie mußte fragen. Sie *wollte* es! Und immerhin konnte Karen nur dann ja sagen. Oder nein. Sie straffte sich und schob das Kinn ein wenig vor. »Hast du vielleicht Lust vorbeizukommen und es dir anzusehen?« Keinesfalls wollte sie zaghaft oder hoffnungsvoll oder gar verzweifelt klingen, darum bemühte sie sich um einen gleichgültig gelassenen Tonfall, und unterstützte diesen mit einem schwachen Schulterzucken. »Nur, wenn du nichts vorhast. Lange dauert es sicher nicht. Es sind nur zwei Zimmer.« Kaum hatte sie gefragt, bereute Lena auch schon, den Mund aufgemacht zu haben. War sie denn verrückt? Was wollte sie tun, wenn Karen ja sagte? Sie quälte sich doch nur! *Du dumme Närrin!* Aber ehe Lena Luft holen konnte, um diese idiotische Einladung sofort wieder zurückzunehmen, antwortete Karen. Es war ihr sichtlich unangenehm. Mindestens so sehr wie Lena.

»Also, ich weiß nicht. Eigentlich habe ich keine Zeit.« Keine Zeit. Natürlich nicht. Eine Frau wie sie. Lena hätte enttäuscht sein müssen. Statt dessen war sie nur erleichtert. Karen beobachtete sie sehr genau. »Hältst du die Idee denn für gut?«

Spontan schüttelte Lena den Kopf. Dann lächelte sie matt. »Nein, ich ...« Ein ergebenes Seufzen. *Sag einfach die Wahrheit.* »Nein, wohl nicht«, bekräftigte sie.

Karen nickte nachsichtig, als würde sie genau wissen, was in Lena vorging. Auch sie lächelte flüchtig, beinahe ungewollt. Dennoch war es schön, es bei ihr zu sehen. So schön, wie Lena es in Erinnerung hatte. Ein Stich fuhr durch ihre Brust, dort, wo früher mal ihr Herz gewesen war - dieser schmerzende, verräterische Fleischklumpen, der ihr das Leben derzeit so schwer machte.

Vielleicht war es etwas in Lenas Gesicht oder einfach Mitleid mit dem Häuflein Elend, als das Lena sich betrachtete, daß Karen dazu veranlaßte, es sich plötzlich anders zu überlegen. »Wenn es nicht lange dauert, dann könnte ich ja doch schnell mitkommen. Aber ich habe gar kein Einweihungsgeschenk.«

Überrascht erstarrte Lena. »Du kommst mit?«

»Du hast mich doch gerade eingeladen«, erinnerte Karen sie geduldig.

»Ja ...« *Das hast du tatsächlich getan.* Nur, daß Karen ja sagen würde, damit hatte Lena nicht gerechnet. Sie fing sich wieder und überspielte ihre Überraschung - und plötzliche Nervosität - mit einem Schulterzucken. »Sicher, komm mit. Es ist nicht weit.«

Als sie ankamen, schloß Lena die Wohnung auf und bat Karen herein. »Möchtest du etwas trinken?« bot Lena höflich an.

»Nein, danke. Ich bleibe nicht lange«, erwiderte Karen abwesend, während sie sich umschaute. Dadurch entging ihr das betroffene Zucken in Lenas Gesicht. *Aber was hast du auch erwartet?*

Karen schaute sich wirklich die Wohnung an, auch etwas, was Lena nicht wirklich geglaubt hatte, als sie ihr durch die Zimmer folgte. »Es ist hübsch hier«, stellte Karen abschließend fest. »Sehr gemütlich.«

»Mhm ...« Lena wußte dazu nicht viel zu sagen. Sie wollte, daß Karen blieb. Sie wollte mit ihr reden, und zwar *nicht* über ihre Wohnung und die Einrichtung - aber Karen hatte ja nicht mal ihre Jacke ausgezogen. »Willst du wirklich nichts trinken?«

»Nein. Es ist schon spät, und ich bin müde«, lehnte Karen ab.

»Ja, du siehst auch müde aus«, meinte Lena behutsam. »Du arbeitest zu viel, Karen.«

»Ich komme schon zurecht.«

»Ja. Daran zweifle ich nicht. Es ist mir schon aufgefallen. Ein oder zwei Mal.« Für eine Sekunde trafen sich ihre Blicke, und Lena fühlte ein leises Beben, als sie in dem Grau von Karens Augen versank.

Abrupt wandte Karen sich von ihr ab und ging zur Wohnungstür. Es sah verdächtig nach einer Flucht aus. »Ich werde jetzt gehen.«

Schon wieder, dachte Lena müde, folgte Karen aber und ließ sie an sich vorbei ins Treppenhaus treten. Lenas Hände waren ganz kalt. Sie wußte genau, wenn sie Karen gehenließ, dann würde sie sie nie wiedersehen. Nicht so, wie sie es sich wünschte. Aber sie stand sich selbst im Weg. Die Furcht vor einer Zurückweisung lähmte sie beinahe. *Das ist ja lächerlich. Was tun wir hier? Wir sind doch erwachsene Frauen. Gibt es denn keinen einfacheren Weg?*

Karen wandte sich schon halb zum Gehen, und Lena tat nichts, um sie aufzuhalten. »Es – es ist schön, daß du vorbeigekommen bist«, war alles, was Lena sagte. Ohne ein Wort musterte Karen ihr Gesicht, und für einen winzigen Augenblick hoffte Lena, sie würde etwas sagen. *Irgend etwas!* Es sah beinahe so aus. Gespannt wartete sie.

Plötzlich drehte Karen sich um und ging zur Treppe. *NEIN!* Panik überwältigte Lena. Sie machte einen Schritt, um Karen nachzugehen, als diese bereits die erste Stufe erreichte. »Ich vermisse dich, Karen.« Sie wollte es hinausschreien, aber es wurde nur ein kaum vernehmbares Flüstern. Dennoch hörte Karen es. Zumindest aber blieb sie stehen und griff haltsuchend nach dem Geländer. Unbewußt biß Lena sich auf der Unterlippe herum und legte vor Nervosität zitternd die Arme um ihren Oberkörper. Sehr zögernd machte sie einen weiteren Schritt näher zu Karen, ohne sie zu berühren. Karen rührte sich nicht und schaute nicht zurück.

»Ich verstehe es selbst nicht«, fing Lena sehr leise an. »Ich habe versucht zu vergessen. Das mußt du mir glauben. Ich habe es versucht - weil du es wolltest. Ich würde alles für dich tun.« Karens Hand auf dem Geländer verkrampfte sich. Die Knöchel traten weiß hervor. Lena sah es beunruhigt, weil sie nicht einschätzen konnte, was Karen empfand. Sie drehte sich ja nicht um. Fester umschlang Lena sich mit den Armen, als könne das ihr Zittern unterdrücken. Ihre Stimme wurde immer leiser. »Aber es geht einfach nicht. Ich - ich sehne mich nach dir. Du fehlst mir so ...«

»Ich hätte nicht kommen sollen«, seufzte Karen leise. Ungeduldig? Überdrüssig? Lena konnte es nicht entscheiden - und als Karen völlig unerwartet die Treppe hinunterlief, war Lena nicht schnell genug, um sie festzuhalten.

»Nein, warte!« Lena lief ihr zwei Stufen nach, ehe ihr klar wurde, daß sie Karen auf ihrem überstürzten Weg hinunter ohnehin nicht einholen konnte. Sie lehnte sich über das Geländer. »Karen ... Bitte!« Karen erreichte die letzte Treppe. In hilfloser Verzweiflung stöhnte Lena auf. »Lauf nicht weg!« Sie schrie es ihr nach.

Karen riß die Eingangstür unten auf.

»Bitte bleib - KAREN!«

Die Tür schlug zu. Ein entsetzliches Geräusch, das in ihren Ohren dröhnte und in ihrem Kopf widerhallte. Kraftlos sank sie gegen das Geländer und setzte sich ganz langsam auf die oberste Treppenstufe. Sie fühlte sich innerlich abgestorben und leer. Und verwirrt. Sie verstand Karen nicht. Hätte sie sie wütend angefahren, wäre es etwas gewesen, womit Lena halbwegs gerechnet hätte. Aber weglaufen? Das paßte nicht zu ihr. Nicht zu Karen, obwohl Lena inzwischen wußte, daß sie nicht immer die starke Kämpferin war. Sie wußte nicht, was sie davon halten sollte. Sie wußte gar nichts - außer, daß Karen davongelaufen war und Lena sie nie wiedersehen würde.

26.

Einige Tage später kam Lena erst spät von der Arbeit nach Hause, wieder mal. Müde ging sie die letzte Treppe hinauf zu ihrer Wohnung und bemerkte Karen erst, als sie schon fast vor ihr stand. Wartend saß die Frau auf der obersten Stufe des Treppenabsatzes. Überrascht zögerte Lena, wußte nicht, ob sie sich freute oder ob sie sich vor der neuerlichen Konfrontation und dem Schmerz fürchten sollte. Warum war Karen hier? Lena spürte Mißtrauen, und das war ein völlig neues Gefühl, zumindest wenn es von ihr ausging statt von Karen. Es gefiel ihr nicht, aber sie konnte es nicht ändern.

Karen stand auf, während Lena sie noch wachsam ansah und versuchte, ihre verworrenen Gedanken und Gefühle unter einen Hut zu bekommen. Nur sehr langsam kam Lena die letzten Stufen hoch und blieb vor ihr stehen. Schweigend musterte sie Karens Gesicht, aber sie konnte nicht erkennen, was in der anderen vorging.

Dann betrachtete Lena ihre Gestalt und war schon wieder ein wenig überrascht. Karen trug ein dunkles, schlicht elegantes Kostüm aus einem anliegenden kurzen Rock, der ihre langen Beine betonte, nicht zuletzt wegen der hochhackigen Schuhe, die sie um einiges größer machten, und einem taillierten Jackett, darunter eine helle Bluse, deren großzügiger Ausschnitt ihren schönen schlanken Hals hervorhob und einen interessanten Einblick bot. Karen war atemberaubend attraktiv, und selbst wenn es vielleicht nicht beabsichtigt war, besaß sie eine elektrisierend charmante Ausstrahlung.

Lena rief sich energisch zur Ordnung. *Das* war jetzt nebensächlich. »Warum bist du hier?« fragte sie mit deutlich erzwungener Ruhe. Sie wollte weglaufen – diesmal sie, ehe Karen etwas sagen konnte.

»Ich hatte eine Sitzung, die früher endete, und noch ein wenig Zeit«, begann Karen gelassen, als würde das alles erklären, was es *nicht* tat.

»Und?« hakte Lena vorsichtig nach.

Ungeduldig seufzte Karen. »Muß ich denn einen Grund gehabt haben? Vielleicht wollte ich einfach nur sehen, wie es dir so geht.«

Zunehmend schlechter, dachte Lena trocken – und glaubte Karen im übrigen kein Wort. Ihr Schweigen war wohl Antwort genug, denn Karen fragte sacht: »Soll ich wieder gehen?«

Erschrocken sah Lena sie an. Karen meinte es ernst. Es war keine Drohung. Die Miene der anderen war unsicher und ein wenig unglücklich, auch wenn sie versuchte, es hinter ihrer Maske aus Gleichgültigkeit zu verbergen. Dieses Mal gelang es ihr nicht besonders gut. Aber daß Karen ging, das wollte Lena auch nicht.

Mit einem lautlosen Seufzen gab Lena nach. »Ich hätte dich fast nicht erkannt«, meinte sie ausweichend. »Ich habe dich noch nie in so einem Kostüm gesehen.«

»Soll das ein Kompliment werden?« fragte Karen amüsiert.

Trotzig erwiderte Lena ihren Blick. »Ja. Du siehst sehr gut darin aus.« Sollte sie sich doch über sie lustig machen.

Plötzlich lächelte Karen. »Danke. Ich habe so was nicht oft an. Ich komme mir darin immer ein wenig … fremd vor.« Sie war tatsächlich ein bißchen verlegen. Wieder hatte sie ihre Gefühle bis eben perfekt verborgen. Es war nicht einfach, aus ihr schlau zu werden.

»Du bist wunderschön. Egal was du anhast«, versicherte Lena. Unbeabsichtigt fiel ihr Blick tiefer und blieb auf Karens Beinen liegen. Der Rock war wirklich ziemlich kurz und entblößte die Knie und einen Teil der Oberschenkel. Wärme stieg in ihr hoch, während sie auf Karens wohlgeformte Knie schaute, ihre Haut und die Bewegung ihrer Muskeln. Lenas Fingerspitzen kribbelten erwartungsvoll bei dem Gedanken, sie zu berühren, ihre Hand auf ihr Knie zu legen und es sanft zu umschließen. Von dort konnte sie ganz langsam hinaufstreicheln über die weiche Innenseite ihres Schenkels ihrer Wärme entgegen. Lena wurde heiß, und sie mußte mühsam schlucken. Karen war so schön – und sie war so weit weg, auch wenn sie direkt vor ihr stand. Eine seltsame Mischung aus Zuneigung und Verzweiflung überkam Lena.

»Warum bist du hier, Karen?« Beim letzten Mal war die andere so schnell weggelaufen, daß Lena angenommen hatte, sie würde sie nie wiedersehen und nun ...

»Ich wollte mich für meinen plötzlichen – Abgang neulich entschuldigen«, sagte Karen, und ihr Gesicht war undurchdringlich. »Ich nehme an, du wolltest, daß ich über Nacht bleibe, sonst hättest du mich nicht eingeladen. Ich habe darüber nachgedacht, und es ist in Ordnung.«

»Wie?« Lena verstand kein Wort – hatte nur eine dunkle Ahnung, worauf Karen da hinaus wollte.

»Du verstehst mich schon«, entgegnete Karen leicht gereizt. »Wir sind doch beide erwachsen. Wir wissen, was wir wollen. Und ich kann doch sehen, daß du mich begehrst. So wie du mich ansiehst ... Wie ich schon sagte, es ist okay. Wenn du willst, dann können wir uns hin und wieder treffen.«

Fassungslos stand Lena da und konnte nicht glauben, was Karen ihr da vorschlug. »Du redest von Sex? Ist es das?«

»Natürlich, wovon sonst?« fragte Karen unwillig.

Sie begreift es einfach nicht! »Darum habe ich dich nicht eingeladen!«

»Nein?« Karen versteifte sich und fragte reserviert: »Warum dann?«

»Ich hatte gedacht … Ich wollte –« Lena unterbrach ihr Gestammel, als Karen vielsagend die Braue hob und ihre Augen spöttisch funkelten. Wütend knirschte Lena: »Ich wollte *nicht* mit dir ins Bett! Darum geht es gar nicht.«

Karen machte eine ärgerliche und ratlose Handbewegung. »Worum geht es dann?«

»Es geht um uns!« platzte Lena wütend heraus. »Um dich und um mich, Karen. Die ganze Zeit geht es nur darum. Du wolltest, daß ich dich in Ruhe lasse. Und ich war bereit, es zu tun. Für dich. Aber ich kann nicht mehr. Du kannst meine Gefühle für dich nicht auf den Sex mit dir reduzieren.«

»Aber du begehrst mich. Und –«

Sie konnte einen wirklich zur Weißglut treiben. Lena holte tief Luft und rang um Beherrschung. »Ich vermisse dich, Karen. Ja – Ich weiß, daß du das nicht hören willst!« sagte sie rasch, ehe Karen etwas erwidern konnte, was sie unverkennbar vorgehabt hatte. »Dennoch – *Ich vermisse dich!* Und ich weiß nicht einmal, warum.«

»Weil du mich so *wunderschön* findest«, half Karen ihr mit düsterem Gesicht.

Sie konnte es nicht lassen! Sofort war Lena wieder oben. »Nein!« begehrte sie auf. »Ich vermisse nicht nur deinen Körper. Ich vermisse dich! *Dich!* Verstehst du?«

»Nein.« Karen sah an ihr vorbei, betont gelassen. Aber sie konnte Lena ja nicht einmal ansehen. Glaubte sie denn wirklich, daß es so unmöglich war, sie zu lieben?

»Noch nie habe ich so etwas empfunden wie für dich, Karen. Ich weiß nicht, wovor du solche Angst hast. Und du mußt es mir auch nicht sagen. Das erwarte ich gar nicht. Aber wenn es wegen mir ist… Ich würde dir nie weh tun. Ich liebe dich. Bitte – ignoriere nicht meine Gefühle für dich. Lauf nicht vor mir davon.«

Karen gab ihre gleichgültige Haltung auf und sah sie unglücklich an. »Ich kann nicht…«

»Warum nicht?«

Hilflos suchte Karen nach Worten. »Mit – mit solchen Gefühlen kann ich nichts anfangen. Es…« Sie zögerte wieder, dann stieß sie ungeduldig hervor: »Ja! Verflucht noch mal, es *macht* mir angst! Bist du jetzt zufrieden? Ich will das alles nicht. Ich wollte das nie. Ich kann deine Erwartungen doch gar nicht erfüllen, und diese Gefühle – sind mir zu… beengend. Ich werde dich *nie* lieben können.«

Lena zuckte zusammen, und der Schmerz raubte ihr die Luft zum Atmen. Karen sah es, aber sie sagte nichts, um ihren Worten die Schärfe zu nehmen. »Machst du das mit Absicht?« fragte Lena dunkel. »Tust du mir mit Absicht weh?«

»Wenn du es nur so begreifst, dann –«

»Ich muß hier weg«, flüsterte Lena heiser und fühlte, wie ihre Augen überliefen.

Karen holte scharf Luft. »Lena. Nicht! Warte! Ich wollte dir nicht –«

Lena hörte nicht die Betroffenheit in Karens Stimme. »Keine Panik«, preßte sie hervor. »Ich werde dir hier nichts vorheulen. Ich bin schon weg.« Blind trat sie an Karen vorbei zur Wohnungstür und fummelte nach dem Schlüssel.

»Warte doch!« bat Karen. »Es tut mir leid.«

Sie bekam diesen verfluchten Schlüssel nicht ins Schloß, ihre Hände zitterten, und ihre Augen schwammen in Tränen. Sie löste sich auf. »Scheiße!« fluchte Lena erstickt und war kurz davor, das Schlüsselbund in die Ecke zu feuern.

»Lena, bitte…« Karen berührte ihre Hand mit dem Schlüssel und nahm ihn ihr behutsam aus den zitternden Fingern. Kraftlos ließ Lena es geschehen. Karen griff an ihr vorbei und schloß die

Wohnung auf, aber sie traten nicht ein. An den Schultern drehte Karen sie zu sich herum. Eine Träne rollte über Lenas Wange. Mit einer unwilligen Geste wischte Lena sie fort und begegnete Karens Blick mit einer Mischung aus Wut und Verzweiflung. Was wollte Karen ihr noch an den Kopf werfen? Womit konnte sie ihr noch weh tun?

Gibt es denn noch mehr? fragte sich Lena düster. Innerlich wappnete sie sich gegen alles, was noch kommen konnte. Plötzlich überwand Karen den kurzen Abstand zwischen ihnen. Lena, die mit Wut oder ähnlichem rechnete, dachte schon, Karen wolle sie schlagen und zuckte in einem Reflex zurück, als Karen Lenas Gesicht in die Hände nahm und sich in derselben Bewegung zu ihr beugte und sie küßte.

Fassungslos erstarrte Lena – eine Sekunde später machte ihr Herz einen wilden Sprung. Sie löste sich vorsichtig. »Karen ... nicht.« Lena suchte in sich nach Abwehr. Karen blickte sie an, hielt noch immer behutsam ihr Gesicht umfangen, und ihre Augen waren so sanft ...

»Es tut mir leid, Lena.« Karen redete leise, und ihre Stimme war so zärtlich wie ihre Augen. Lena rührte sich nicht. Sie ließ zu, daß Karen sie wieder küßte, sehr zart und hingebungsvoll. Ihre Lippen umschmeichelten ihren Mund, wie nur sie es fertigbrachte. Es blieb nicht ohne Wirkung auf Lena.

»Karen ...«, seufzte Lena gefangen von ihren Lippen, dem liebevollen Streicheln ihrer Zunge. Eigentlich wollte sie ihr sagen, daß sie aufhören sollte, aber sie konnte nicht.

»Es tut mir unendlich leid«, wiederholte Karen leise, aber daran dachte Lena jetzt eigentlich weniger. Überhaupt hatte sie einige Mühe zu denken, wenn Karen so nah war. Karen streifte mit den Lippen über ihre Wange und wieder ihren Mund, berührte ihn ganz sacht. Dann sah sie ihr tief in die Augen und sagte: »Ich will dich.«

Lenas Augen weiteten sich überrascht. »Aber –« Karen verschloß ihr den Mund mit den Lippen. Ihre Zunge streichelte Lena, forderte jedoch zu keiner Zeit, von ihr eingelassen zu werden. Sie war zärtlich und auf seltsame Art zurückhaltend – nichtsdestotrotz geriet in Lena einiges in Wallung bei Karens Küssen, obwohl sie eigentlich standhaft bleiben wollte. Aber das konnte sie vergessen. Jede Faser in ihr fieberte Karen entgegen. *Verräter!* grollte Lena, als ihr Körper sich von selbst Karen entgegenbog.

Der Stoff von Karens Kostüm raschelte zwischen ihnen. Karen drängte sich enger an sie, als habe sie nur darauf gewartet, daß Lena ihr entgegenkam. Karen war warm und voller Begehren. Der enge Rock störte Karen, und sie griff hinunter und schob ihn hoch, bis sie ein Bein zwischen Lenas drängen konnte und ihrerseits Lenas Schenkel fühlte. Der Stoff des Kostüms war nicht dick. Lena konnte Karens Hitze fühlen und schmolz dahin.

Sie legte die Hände auf Karens Hüften und fuhr über ihre schmale Taille in dem aufregenden Kostüm, während Karens Lippen sich leidenschaftlicher auf ihren Mund preßten. Lena öffnete die Lippen und suchte Karens Zunge. Sie stöhnten beide auf, als sie sich berührten. Lenas Hände wanderten auf Karens Rücken, streichelten tiefer hinunter und legten sich auf ihren Po. Es war aufregend. Sie strich über den anliegenden Rock und fand ziemlich hoch oben bereits das Ende des Stoffes. Sie konnte Karens Oberschenkel streicheln, und nichts als die Nylonstrümpfe trennten sie von Karens heißer Haut … *Das muß aufhören!* Lena stöhnte leise, wußte aber selber nicht, ob es Resignation oder Hingabe war. Vielleicht von beidem ein wenig.

Karen löste sich von ihr, lehnte sich aber unverwandt gegen Lena. »Ich will dich«, wisperte sie gepreßt. »Oh Gott! Wie sehr ich dich will.« Ihre Augen brannten vor Intensität. Lena fühlte ein Flattern im Magen und eine nicht unbekannte Schwäche in den Knien, als bestünden sie nur aus Gelee. Sie war unfähig, etwas zu sagen. Ganz sacht strich Karen durch ihr Haar. »Ich wollte dir nicht weh tun«, sagte sie leise.

»Und ich wollte dich nicht bedrängen. Es war dumm von mir. Bitte entschuldige.«

Karens Augen glänzten seltsam. Hätte Lena es nicht besser gewußt, dann hätten es Tränen sein können. Sie kam nicht dazu, es herauszufinden, denn Karen begann, ihr Gesicht mit Küssen zu bedecken. Lauter hauchzarte Küsse. Dazwischen murmelte sie leise: »Das tust du nicht. Wirklich nicht.« Karen streichelte mit ihren Lippen Lenas Wangen, ihre Stirn, die Nasenspitze und viel zu flüchtig ihre Lippen. Lena wollte ihre Küsse erwidern, aber Karen war zu schnell wieder fort. Darum gab sie auf und ließ sich einfach von ihr liebkosen. Sie verstand nicht, was in Karen gefahren war, oder woher all diese plötzliche Zärtlichkeit kam. Aber sie gab sich ihr hin, wenngleich ein kleiner skeptischer Teil in ihr noch immer auf die Zurückweisung wartete, auf den Moment, wenn Karen sich wieder vor ihr zurückzog und sie stehenließ.

Karen spürte ihre Zurückhaltung. Sie suchte ihren Blick. »Hab keine Angst.«

Das sagt sie? Ausgerechnet!

Karen lächelte schwach und fuhr mit den Fingerspitzen über Lenas gerunzelte Stirn. »Ich weiß. Aber glaub mir, ich wollte dich nicht verletzen.«

Sie wollte ihr ja glauben! Wirklich, sie versuchte es …

Sichtlich betroffen wiederholte Karen: »Bitte – hab doch keine Angst.« Wieder küßte sie Lena. Karen wußte sehr gut, wie sie sie herumkriegen konnte. Langsam entspannte sie sich in Karens Armen, es geschah ganz von selbst. Lena begann, ihre Zweifel zu vergessen.

»Lena«, murmelte Karen kaum hörbar an ihrem Mund, »ich muß gehen.«

Lena stöhnte auf und riß sich überstürzt von ihr los, als hätte sie sich verbrannt. Karens Hände fielen von ihr herab, und verwirrt und erschrocken sah Karen sie an. »Dann geh!« Lenas Stimme zitterte. Es war ihr egal. »Warum bist du überhaupt gekommen?«

»Wegen dir.« Karen trat zu ihr, blieb aber stehen, als Lena abwehrend die Hände hob, um sie von sich fernzuhalten. Sie würde es nicht ertragen, wenn Karen sie berührte. »Ich wollte dich sehen«, sagte Karen so liebevoll, daß Lena es ihr fast glauben konnte.

Gequält schloß sie die Augen. »Tu mir das nicht an«, bat Lena und sah dann wieder hilflos zu ihr. »Bitte. Ich ertrage das wirklich nicht mehr.«

»Ich auch nicht.« Karen lächelte kaum merklich, und in ihre Augen trat ein warmer Glanz. Lena gelangte zu der Überzeugung, daß Karen etwas entschieden *anderes* mit ihren Worten meinte als sie selbst. Karens Blicke streichelten sie, und es war fast so intensiv, als wären es ihre Hände – und mindestens so erregend.

»Ich habe eine Stunde hier auf dich gewartet.« Karen senkte den Blick auf den Boden. »Ich dachte, du hast früher Feierabend.« Sie seufzte. Es klang mutlos. Nur zögernd sah sie Lena an, und ihre Augen brannten. »Dann hätten wir ... einander schon mal kosten können.« Ihre Stimme war seltsam dunkel. Lena hielt den Atem an. »Aber ich muß wieder weg. Ich – habe noch etwas vor.«

»Mhm.« *Sind wir also wieder an diesem Punkt angelangt.* Lena war nicht sonderlich überrascht. Geduldig wartete sie darauf, daß Karen endlich zum Ende kam. Wie auch immer das aussehen mochte. Sie war auf alles vorbereitet.

Karen machte eine unsichere Handbewegung und zögerte. Aber dann straffte sie sich, als wolle sie Mut sammeln für einen Sprung in eiskaltes Wasser. »Ich würde dich gerne einladen.«

Nun ja, auf alles war sie vielleicht doch nicht vorbereitet. Interessiert betrachtete Lena sie, verbot sich aber energisch jede Anwandlung von Hoffnung. »Einladen?«

Unbehaglich wand sich Karen. Offensichtlich lag ihr so etwas nicht. Vermutlich war es in ihrem Leben noch nicht oft vorgekommen, daß *sie* eine ihrer Frauen einladen mußte. Lena konnte sich lebhaft vorstellen, daß es sonst umgekehrt war und Karen wahrscheinlich dauernd Einladungen bekam und lediglich ihre Terminierung kontrollieren mußte. Lena hatte kein Mitleid.

»Nur wenn du willst. Du mußt natürlich nicht - nach allem, was geschehen ist.« Rasch warf sie einen Blick auf ihre Uhr und verzog unwillig das Gesicht. Mit einem Seufzen hob Lena die Brauen. Sie begann Uhren, zu hassen. Und zwar aus tiefstem Herzen. Karen bemerkte ihre Reaktion, und es war sicher auch nicht schwer, ihre Gedanken dahinter zu erraten. »Tut mir leid. Ich muß los.« Dennoch blieb sie stehen und sah sie fragend an. »Du kannst es dir überlegen. Wenn du willst, kannst du zu mir kommen. Ich bin ab sechs zu Hause. Es liegt ganz bei dir«, räumte Karen noch einmal ein. »Denk darüber nach, ja?« Kurz zögerte sie, dann küßte sie Lena rasch auf die Wange, ehe diese zurückweichen konnte. Eine Sekunde danach war Karen schon auf dem Weg hinunter, strich im Laufen ihren Rock wieder ordentlich und war fort.

27.

Nie hätte Lena angenommen, daß sie ein solches Angebot von Karen jemals ablehnen könnte. Aber es war inzwischen so viel passiert, und eigentlich war sie sich in nichts mehr wirklich sicher, was Karen anging. Auch jetzt nicht. Still saß sie in der Wohnung, nachdem Karen gegangen war, und starrte gedankenverloren vor sich hin. Ihre Emotionslosigkeit war beinahe schon erschreckend. Völlig ruhig und überlegt wog sie das Für und Wider dieser Einladung ab. Vielleicht war sie innerlich zu erschöpft, um sich noch länger aufzureiben. Das konnte es sein.

Es gab sicherlich einen ganz entscheidenden Punkt, der dafür sprach, diese Einladung anzunehmen. Sie brauchte nur auf ihren Körper zu hören. Die Einladung war ein Versprechen gewesen. Karen hatte es selbst ganz offen gesagt: Sie wollte sie. Und Lena brauchte nicht lange zu überlegen, um zu wissen, daß auch sie Karen wollte. Sie begehrte sie wie nie zuvor. Die lange Trennung hatte es nur schlimmer gemacht. Aber das durfte doch nicht alles sein. Wenn Karen sie nur wollte, um mit ihr ins Bett zu gehen, so war das sicherlich nicht unangenehm, aber es hatte einen bitteren Beigeschmack.

Außerdem hatte Lena doch noch ein bißchen Stolz, der ihr verbot, schon wieder nachzugeben. Sie durfte wirklich nicht alles mit sich machen lassen. Dennoch tat sie es, weil sie Karen liebte. Das war eben das Problem. Egal was passiert war, sie liebte diese unmögliche Frau von ganzem Herzen. Und sie wußte, daß das auch der Grund war, warum sie duschte, als es auf sechs Uhr zuging, und dann damit begann, sich fertig zu machen, um zu ihr zu gehen.

Aber Lena blieb vorsichtig. Sie wollte sich nicht wieder überrumpeln lassen. Zumindest nahm sie sich vor, locker zu bleiben. Auch wenn ihr Herz vor Aufregung schon schneller schlug, als sie das Haus verließ. Immerhin ließ sie sich Zeit, sie zwang sich dazu. Sie wollte wirklich nicht wieder überpünktlich auf der Matte stehen.

Unterwegs kaufte sie noch Blumen. Das gehörte sich schließlich so. Ihre guten Manieren hatte sie zumindest noch nicht verloren. Kurz nach halb sieben stand sie dann vor ihrer Tür und wollte gerade klingeln, als Karen öffnete. Erstaunt sah Lena sie an, die Hand kurz vor der Klingel. Ganz langsam breitete sich ein Lächeln auf ihrem Gesicht aus. Sie *hatte* gewartet! Karen bemerkte ihr Lächeln und wand sich ein wenig verlegen, verbarg es aber schnell hinter einem mürrischen Gesichtsausdruck. Sie war einfach bezaubernd. Und überhaupt. Lena betrachtete sie. Sie kannte ja Karens Gewohnheiten nicht, aber es sah doch so aus, als hatte sie sich nicht wahllos etwas angezogen. Ihre schwarze Jeans und die helle Bluse standen ihr hervorragend.

»Komm doch rein«, bat Karen und trat zur Seite.

Lena reichte ihr den Blumenstrauß. »Die sind für dich.« Karen sah von ihr zu den Blumen, als koste es sie Überwindung, Lena aus den Augen zu lassen.

Karen lächelte etwas überrascht. »Rote Rosen«, stellte sie fest.

»Mhm.« Sie erinnerten sich wohl beide an das letzte Mal, als sie Karen Rosen geschenkt hatte. »Es sind zwölf«, ergänzte Lena.

»Ja, das dachte ich mir.« Karens Augen funkelten belustigt. Sie nahm ihr den Strauß ab und roch an einer der Blumen. Ihr Gesicht wurde weich, und Lena floß das Herz über vor zärtlicher Zuneigung. Karen schien gerührt. »Danke«, murmelte sie. Lena nickte nur und trat endlich ein. Lena bemerkte sofort den köstlichen Duft, der durch die Wohnung zog und seinen Ursprung in der Küche hatte. Verwundert drehte sie sich zu Karen um, die mit einer Vase in der Hand gerade ins Wohnzimmer wollte. »Sag mal, hast du gekocht?«

»Hm«, machte Karen wortkarg, ohne sich zu ihr umzusehen.

Was war denn nun wieder? Lena folgte ihr ins Wohnzimmer, und ihre Augen weiteten sich. Bis auf eine kleine Tischlampe im Hintergrund hatte Karen das Licht ausgeschaltet. Der Wohnzimmertisch war gedeckt. Besteck für zwei auf einer weißen Tischdecke. Zwei Kerzen standen auf dem Tisch und spendeten warmes Licht. Karen stellte die Blumen auf den Tisch, dorthin, wo der Strauß nicht störte. Mit undurchdringlichem Gesicht wandte sie sich dann zu ihr um und beobachtete Lena.

Als Lena nichts sagte, seufzte Karen ungeduldig. »Was ist? Was denkst du jetzt?« Es klang unüberhörbar herausfordernd. Langsam fing sich Lena wieder und kämpfte den Kloß in ihrem Hals herunter. Schon wieder war ihr zum Heulen, aber aus einem gänzlich anderen Grund als die Male zuvor. Sie war gerührt und beschämt, weil sie erkannte, daß sie Karen so eine Geste nie zugetraut hätte.

Unter Karens forschenden Blicken zwang sich Lena zu einem schwachen Lächeln. »Ich - habe nicht mit so was gerechnet«, gestand sie beklommen.

Karen schaute beiseite auf den Tisch. »Es ist zuviel«, murmelte sie düster. »Ich hätte das nicht tun sollen.« Sie redete mehr zu sich als zu Lena. Karen deutete ihre Worte absolut falsch.

»Das habe ich nicht gesagt«, erwiderte Lena schnell. »Ich -«

»Es war eine blöde Idee.« Karen drehte ihr den Rücken zu. Selbst aus einigen Metern Abstand sah er abweisend und steif aus. Ihre Idee war rührend, und Lena liebte sie dafür, weil Karen ihr Mißtrauen weggewischt hatte.

Lena ging zu ihr und blieb hinter ihr stehen. Behutsam legte Lena ihr die Hand auf den Rücken, zwischen ihre Schulterblätter. Er war so steif, wie er aussah. »Nein, das war es nicht. Ich wünschte nur, ich wäre eher gekommen. Ich habe mir Zeit gelassen. Ich wollte nicht, daß du denkst, ich ...« *... kann kaum erwarten, dich zu sehen. Daß du merkst, wie sehr ich dich brauche, daß ich dich ebensosehr will wie du mich.* Nichts davon konnte sie ihr laut sagen. Nicht jetzt. Lenas Schultern sanken herab. »Tut mir leid, daß ich dich warten ließ.«

»Hör doch auf, dich dauernd zu entschuldigen«, begehrte Karen unerwartet heftig auf, beruhigte sich aber sofort wieder. »Das mußt du nicht.« Es klang zerknirscht. Lena lächelte liebevoll. Die andere konnte es ja nicht sehen.

Sie legte ihre Wange gegen Karens Rücken und die Hände auf deren Hüften und murmelte leise: »Ich möchte aber.«

»Eben. Du machst mir damit aber ein schlechtes Gewissen.«

»Vielleicht ist das ja meine Absicht«, erklärte Lena berechnend und schmunzelte leise.

Daran hatte Karen anscheinend nicht gedacht. Sie versteifte sich kurz, dann drehte sie sich um. Lena gab sie frei. Sie hatte Mühe, ein Grinsen zu unterdrücken bei Karens mißtrauischem Gesichtsausdruck. Aber statt beleidigt zu sein oder wütend zu werden erklärte Karen nur: »Das gelingt dir ziemlich gut.«

»Ach was.« Lena lachte nachsichtig. »Und du hast noch nicht auf meine Frage geantwortet. Hast du gekocht?«

Karen nickte undurchdringlich. »Ja.«

Lena war sich nicht sicher, in welcher Stimmung Karen jetzt war. War sie doch ärgerlich? »Ist es schon fertig?« erkundigte sie sich vorsichtig.

»Seit einer halben Stunde bereits.«

Oh! Da ist eine kleine Spitze, oder? Lena fühlte erneut Schuldgefühle. Betreten wich sie Karens Blicken aus. »Äh ... ja. Ich –« Ein merkwürdiges Geräusch unterbrach sie, und als sie irritiert aufsah, entdeckte sie ein belustigtes Funkeln in Karens Augen. Karen lachte leise. Lachte sie sie aus? Jedenfalls amüsierte sie sich prächtig. Trotzig richtete sich Lena zu ihrer vollen Größe auf. »Wollen wir dann essen? Oder läßt du mich verhungern?« brummelte sie unwirsch.

Karens Lachen verschwand langsam von ihrem Gesicht, nicht aber aus ihren Augen. »Du bist unwiderstehlich, Lena.« Sie sagte es einfach so, eine Feststellung, aber ihr Blick war wie Feuer. Lena stutzte. Das war ja ganz neu. Dennoch stieg fast augenblicklich das Verlangen in ihr hoch.

»Tja ...« Lenas Stimme klang etwas heiser. Sie räusperte sich. Was sollte sie dazu sagen? »Wir ... ähm – sollten essen«, druckste sie. Unverwandt sah Karen sie an, viel zu eingehend. Oh Himmel, war Karen die ganze Zeit schon so nah bei ihr? Lena konnte einen Hauch ihres Parfüms riechen, verführerisch süß, gemischt mit ihrem eigenen Duft. Etwas hastig trat Lena einen Schritt zurück. Karen nahm es mit einem wissenden Lächeln hin, sagte aber nichts. Das war auch unnötig. Karens Blicke waren ein warmes Versprechen, und die Erotik, die von ihr ausging, machte Lena unruhig. *Reiß dich zusammen,* ermahnte sie sich. *So leicht solltest du es ihr nicht machen. Genieß erst einmal ihre Kochkunst, danach kostest du dann ein wenig von ihren anderen Talenten. Außerdem, wer sagt dir, daß sie dich deswegen eingeladen hat? Vielleicht will sie dich nur wieder testen, herausfinden, wie schnell sie dich herumkriegt.*

Keine Kunst. Sie hatte sie jetzt schon.

Lena rang um Beherrschung. »Ich habe riesigen Hunger. Wenn du magst, können wir ja dann essen.« Zum wievielten Mal sagte sie das jetzt schon? Sie mußte ruhiger werden. Karen blinzelte verwundert, und ein wenig von ihrer Selbstsicherheit schwand. »Ich setze mich schon mal.« Lena grinste verhalten und setzte sich an den Tisch. Karen schien irritiert und ein wenig enttäuscht, aber sie ging, ehe sich Lena sicher war.

Mit einem köstlich duftenden Auflauf kam sie zurück, und es schmeckte so gut, wie es roch. Lena war angenehm überrascht. »Es ist köstlich. Ich wußte nicht, daß du so gut kochen kannst.«

Ein unmerkliches Lächeln huschte über Karens Gesicht. »Nein, viele wissen das auch nicht.«

Das hatte Lena sich schon beinahe gedacht. »Hätte ich das geahnt, dann hätte ich dir das Kochen überlassen.«

»Oh, nein. Das ist die Ausnahme. Genieß es. So oft kommt das nicht wieder vor. Ich hasse kochen.«

»Tatsächlich? Nun, dafür schmeckt es aber wirklich sehr gut.«

Karen schaute sie an und senkte die Stimme. »Es kommt auch immer darauf an, für wen ich koche. Dann gebe ich mir manchmal ganz besondere Mühe.«

Hoppla, jetzt mußte sie aufpassen. In Karens Augen trat wieder dieser warme Glanz, der Lena ganz kribbelig machte. Das steuerte in die völlig falsche Richtung. Sie schluckte den letzten

Bissen hinunter und hielt Karen ihren Teller entgegen. »Bekomme ich noch einen Nachschlag?«

Karen sah von ihr zu dem Teller und seufzte unhörbar. »Sicher.« Sie gab Lena noch etwas und beschränkte danach ihre Blicke mißmutig auf ihr Essen. So hatte Lena Gelegenheit, sie immer wieder unauffällig zu betrachten. Sie sehnte sich so danach, Karen zu berühren. Aber vorher hätte sie gerne noch etwas gewußt.

»Karen?«

»Hm.« Sie sah nicht auf, sondern aß langsam weiter.

»Was empfindest du für mich?«

Die Gabel auf halbem Weg zum Mund erstarrte Karen. Sehr langsam senkte sie ihren Arm und hob den Kopf. Abwehrend und unbehaglich sah sie zu Lena, antwortete aber nicht.

Sanft sagte Lena: »Sag mir nicht, was *ich* hören will. Darum geht es mir nicht. Das brauchst du nicht zu tun. Ich möchte nur wissen, warum ich hier bin.«

Belustigt blitzte es in Karens Augen auf, und sie hob mit einer vielsagenden Geste eine Augenbraue.

Rasch schüttelte Lena den Kopf. »Nein. Das nicht«, sagte sie energisch, mußte dann aber widerwillig lächeln. Sie neigte sich ein wenig vor, stützte die Ellenbogen neben ihrem Teller auf den Tisch und sah Karen sehr aufmerksam ins Gesicht. Lernte es beinahe auswendig. »Ich begehre dich, Karen«, gestand Lena ihr leise. Karen zuckte sichtlich zusammen und starrte sie gebannt an. »Du weißt das doch. Tu nicht so überrascht. Mein Körper fiebert deinen Berührungen entgegen.«

»Lena …«, hauchte Karen, und ihre äußerliche Ruhe war dahin.

»Still«, befahl Lena weich. »Ich weiß, daß du mich deswegen eingeladen hast. Aber ich möchte …« Ihre Stimme erstarb. Sie schluckte und senkte den Kopf. *Was, wenn es nur das ist?* »Ich möchte, daß du mir sagst, daß das nicht alles ist«, murmelte sie kaum hörbar.

»Sonst?«

Woher soll ich das wissen? dachte Lena müde. Sie hoffte nur, daß es nicht alles war. »Sag es mir«, bat sie und hob den Blick.

Karen sah sie nachsichtig und voller Geduld an. »Du weißt, daß es nicht alles ist. Sonst wärst du niemals gekommen.« Fragend neigte sie den Kopf. »Ist es nicht so?«

»Ich hatte es gehofft, aber ich weiß eigentlich gar nichts von dir.«

»Du weißt sehr viel mehr über mich als jeder andere Mensch«, stellte Karen ruhig fest. Es war nicht zu erkennen, ob ihr das unangenehm war.

Ah, ja? Lena lachte freudlos. »Ja. Ich weiß, daß du kochen kannst«, warf sie ihr sarkastisch vor.

»Ja, zum Beispiel.« Karen ging auf Lenas Sarkasmus gar nicht ein.

»Großartig. Dann willst du mir also nichts sonst sagen.«

Mit einem Stirnrunzeln betrachtete Karen sie abschätzend, aber nicht unfreundlich, eher ein wenig verwirrt. »Was willst du hören? Daß ich dich ebenso begehre wie du mich?« Ja, das konnte sie offenbar leicht sagen. Das war ja auch rein körperlich. »Oder daß ich dich will?«

»Nein, verdammt! Das weiß ich alles«, fuhr Lena ungeduldig auf. »Aber ich bestehe doch nicht nur aus einem Körper, den du ficken kannst!«

Karen stutzte. »Ich wußte nicht, daß du solche Ausdrücke benutzt«, entfuhr es ihr erstaunt.

Lena erschrak selbst ein wenig, als sie sich diesen Ausdruck sagen hörte. Das lag ihr nicht. Ein Zeichen dafür, wie sehr Karen sie zum Wahnsinn trieb. In absolut jeder Hinsicht. »Das tue ich auch sonst nicht«, wehrte sie sich, aber sie spürte, wie sie ein wenig rot wurde. Auch das noch! Amüsiert lächelte Karen, und

Lena sträubte sich gegen das, was gleich kommen mußte. Aber der Spott blieb aus.

Karen neigte sich näher zu ihr und raunte leise: »Das ist ungewöhnlich, aber irgendwie … erregend.«

»Karen«, stöhnte Lena verzweifelt. Darüber wollte sie jetzt *nicht* sprechen.

»Immer die deine«, flüsterte Karen noch leiser, und ihre Stimme bekam etwas Samtiges und verführerisch Sinnliches. Ein Schauer rann durch Lenas Körper, allein schon beim Klang ihrer Stimme. Ihre Abwehr brach zusammen. Sie wich nicht zurück, als Karen sich langsam erhob, sich über den Tisch hinweg zu ihr beugte und sie ganz behutsam küßte. Es war nur ein Streicheln mit ihren Lippen. Dann glitt sie mit ihrer Zunge über sie. Wie ein elektrischer Schlag durchzuckte es Lenas Körper, und sie öffnete aufseufzend die Lippen. Langsam durchforschte Karens lange kundige Zunge ihren Mund.

Viel zu schnell beendete Karen den Kuß und zog sich entsetzlich weit zurück, indem sie sich wieder setzte. Lena starrte sie an. Ihre Lippen brannten, ihr ganzer Körper bestand aus verlangender Hitze. Sie wollte Karen. Jetzt! Hier und sofort. Lenas begehrlicher Blick ließ Karen atemlos lächeln.

»Ich finde, es ist Zeit für den Nachtisch«, verkündete Lena mehrdeutig.

»Etwas Süßes?« fragte Karen amüsiert.

Oh, *das* konnte *sie* auch! Lena lehnte sich zurück und tat, als dachte sie darüber nach. »Ja, vielleicht.« Von der Seite her ließ sie ihre Augen ganz harmlos zu Karen schweifen. »Aber eigentlich würde ich einfach nur gerne dich schmecken. Ich habe schon fast vergessen, wie das ist.« Bei ihren Worten biß Karen sich auf die Lippen, und interessiert bemerkte Lena, wie sie die Hände ineinander verkrampfte. Sie rang sichtlich um Beherrschung. Lenas eigene Erregung wuchs, dabei saßen sie gut einen Meter auseinander und hatten den Tisch zwischen sich. Es war ihr ein bißchen peinlich, diese Dinge zu *sagen* statt einfach zu tun. Aber Karens Reaktion war es wert, sich zu überwinden. Es hatte etwas sehr Anregendes.

»Ich erinnere mich aber, daß du sehr gut geschmeckt hast«, fuhr Lena leise fort. »Du warst so warm und weich, wenn ich mit der Zunge von dir gekostet habe...« Ein unterdrücktes Stöhnen unterbrach sie. Karen konnte kaum noch stillsitzen, und ihr Atem ging etwas mühsam. Sie starrte Lena verlangend an. Ein erregtes Prickeln stieg in Lenas Bauch hoch.

»Ich kann nicht mehr«, preßte Karen hervor. »Bitte... berühre mich mit deinen Händen, deinen Lippen, deiner Zunge - womit du willst. Aber *berühre* mich endlich!« Sie stieß es schon beinahe verzweifelt hervor. Und Lena wollte nichts anderes. Plötzlich war es nicht mehr wichtig, was Karen sagte oder nicht sagte. Geredet hatten sie genug.

Lena erhob sich und trat um den Tisch zu ihr. Karen stand nicht auf, sondern verfolgte sie mit Blicken, als Lena sich über sie neigte, sich mit einer Hand auf der Sessellehne abstützte und sich Karens Gesicht näherte. Behutsam küßte sie Karen, die sofort den Kuß erwiderte, sehr fordernd und voller Verlangen. Nicht besonders zärtlich. Sanft befreite Lena sich und entzog sich ihr. »Warte«, bat sie leise und umschloß das Gesicht ihrer Geliebten mit den Händen, um sie festzuhalten. Karen starrte sie wild an, hungrig. Ein Zittern durchlief Lenas Körper. »Warte«, wiederholte sie, weil Karen sie scheinbar kaum hörte.

»Ich will dich, Lena«, wisperte Karen rauh.

»Das weiß ich.« Auch sie hatte Augen im Kopf, und Karens Begehren war unübersehbar. Und es ging ihr ja ebenso. »Aber ich will nicht mit dir kämpfen, sondern dich genießen. Ganz langsam und zärtlich. Bitte...« Sie war nicht sicher, ob Karen sich soweit zurückhalten konnte, denn sie schien zu brennen, innen wie außen. Lena lächelte verhalten. »Nur, wenn du das schaffst.«

»Oh, Lena ...«, stöhnte Karen auf und legte ihr die Arme um den Nacken, zog sie an sich. »Alles, was du willst«, hauchte sie in ihr Ohr. Die Erregung schoß in Lena hoch wie Lava, und plötzlich war sie sich nicht mehr sicher, ob *sie* es schaffen würde, ihr Verlangen zu zügeln.

Sie fühlte, wie Karen das Gesicht in ihr Haar drückte. »Ich weiß nicht, wie ich so lange auf dich verzichten konnte«, murmelte Karen dicht bei ihr. »Und jetzt halte ich es keine halbe Stunde neben dir aus, ohne dich zu berühren. Das ist nicht normal.« Aber so, wie Karen es sagte, klang es einfach wundervoll. Wenn das Verlangen, das sie teilten, unnormal war, dann mußte alles, was normal war, totlangweilig sein.

Lena schmiegte ihr Gesicht an den Hals ihrer Geliebten. Noch immer stand sie in der vorgebeugten Haltung über ihr. Gar nicht gut für den Rücken. Sie küßte Karens Wange, ihren Hals hinunter, und als sie ihren Ausschnitt erreichte, gab Karen sie widerwillig frei. Mit einem kleinen Schritt trat Lena vor sie hin. Karen öffnete die Schenkel, und Lena ging zwischen ihren Beinen ganz langsam in die Knie, bis sie auf dem Teppich vor ihr kniete. Ruhig öffnete sie die Knöpfe von Karens Bluse und folgte mit den Lippen, bis der Stoff aufklaffte. Sie zog ihr die Bluse aus. Dann trug Karen nur noch einen schwarzen BH. Sie sahen sich an. Karen lehnte sich in dem Sessel zurück. Ein Anblick, den Lena sehr genoß. Sie konnte sich kaum satt sehen an ihr. Sie hob die Hand und strich Karen mit den Fingerspitzen über die Wange und dann an der Linie ihres Unterkiefers entlang. Karen beobachtete sie jede Sekunde, als wolle sie ihren Anblick tief in sich aufnehmen.

Zart glitt Lena tiefer, streichelte Karens Hals und über ihre Schulter. Von dort fuhr sie mit der flachen Hand über Karens warme Haut zwischen ihren Brüsten entlang und ließ sie dort liegen. Sie fühlte, wie sich Karens Brust unter schweren Atemzügen hob und senkte. Sie war wirklich da, lebendig und warm, nicht nur ein Traumgespinst. Karen wartete nur auf sie. »Du bist so wunderschön«, flüsterte Lena beinahe lautlos.

Bei ihren leisen Worten schloß Karen die Augen und lehnte den Kopf in den Nacken. Geschmeidig bog sie ihren Rücken, drückte die Schultern gegen die Lehne und wölbte sich Lenas Hand entgegen. Es war aufregend.

Sie war aufregend!

Lena richtete sich auf die Knie auf und öffnete den BH vorne, streifte ihn ihr ab und befreite Karens Brüste. Sie neigte sich vor und preßte ihre Lippen auf die Stelle zwischen Karens Brüsten, wo eben noch ihre Hand gelegen hatte, während sie an ihren Seiten entlangstrich. Karen wand sich mit einem lustvollen Seufzen und bog sich ihren Lippen entgegen.

Lena genoß Karens Reaktionen auf das, was sie tat. Mit halbgeschlossenen Augen sah Karen zu, wie Lena mit dem Mund zu ihrer rechten Brust wanderte. Sie liebkoste mit den Lippen ihre volle Rundung und fand dann ihre Brustwarze. Mit der Zunge umkreiste sie die harte Warze und leckte dann darüber. Karen stöhnte leise. Mit ihren Schenkeln umschloß sie Lenas Oberkörper in Taillenhöhe und drückte sie sanft. Abwechselnd kostete Lena von ihren Brüsten. Mit der Zungenspitze umkreiste sie die Warze und biß dann behutsam hinein. Karen stöhnte wieder. Ihr Oberkörper war gespannt wie ein Bogen. Sie saß nur noch vorne auf der Sesselkante, die Schenkel um Lenas Körper gelegt. Lena lehnte sich eng gegen sie. Karens Mitte drückte sich an ihren Bauch, und obwohl Karen ihre Hose noch trug und Lena vollständig bekleidet war, konnte sie Karens Hitze fühlen.

Lena küßte sich an ihr hinunter, bis sie von dem Stoff ihrer Hose aufgehalten wurde. Mit beiden Händen strich sie über Karens Schenkel, dann fuhr sie sanft über die Innenseiten, während sie ihren Bauchnabel mit der Zunge umkreiste, und Karen lockerte ihre Umklammerung. Mit gespreizten Händen strich Lena innen hinauf und wieder hinunter, ganz gleichmäßig. Karen wand sich unter ihren Berührungen, immer wieder stockte ihr der Atem. Lena fand mit den Lippen wieder ihre Brüste, ohne ihr Streicheln weiter unten einzustellen. Ein feiner Schweißfilm bedeckte Karens Haut. Als Lena an ihrer rechten Brust zu saugen begann, stöhnte Karen laut auf. Ihre Hände fanden Lenas Haar, gruben sich hinein und drängten sie enger gegen sich. Lena saugte fester, nahm ihre Zähne zu Hilfe. Ihre Hände strichen wieder an Karens Schenkeln hoch. Sie berührte ihre Mitte, wollte den Reiz ein bißchen erhöhen.

Sie hatte nicht geahnt, daß Karen schon so weit war. Aber kaum berührte Lena sie im Schritt, da stieß Karen ihre Hüften vorwärts gegen ihre Hand und zuckte hilflos. Sie stöhnte. »Oh, nein …« Unbewußt krallten sich ihre Finger in Lenas Haar. Karen rang nach Luft und erstarrte, als sie zum Höhepunkt kam. »Verdammter … Mist!« Es war nur ein mühsames Keuchen, dann fiel sie schwer atmend zusammen. Mit geschlossenen Augen, noch kaum richtig wieder da, strich sie Lena fahrig durchs Haar, das sie ihr eben fast ausgerissen hätte.

Lena schaute von unten herauf in ihr erhitztes Gesicht. »Ich wußte nicht, daß du dabei fluchst.« Karen öffnete die Augen, um sie anzusehen, und Lena hob die Brauen in übertriebener Verwunderung. »Das hast du früher jedenfalls nicht getan.«

Mit einem matten Lächeln beugte Karen sich zu ihr, umschloß Lenas Gesicht mit den Händen und küßte sie zärtlich. »Ich wollte noch nicht kommen«, murmelte sie leise, »es war so schön.« Wieder küßte sie Lena hauchzart. Ihre Stimme war so sanft wie ihre Küsse. »Ich habe die ganze Zeit an dich gedacht, während ich auf dich gewartet habe. Dabei war ich nicht mal sicher, ob du herkommen würdest.« Ihre Lippen streiften Lenas Wange, und ganz kurz spürte sie ihre heiße Zunge auf der Haut, und es begann wieder, in ihr zu prickeln. Überall, aber ganz besonders zwischen ihren Beinen.

»Ich wollte nicht so schnell kommen. Ich wollte es eigentlich genießen.«

»Das können wir doch noch«, beruhigte Lena ebenso leise.

»Aber der erste Orgasmus ist immer der schönste«, meinte Karen und lächelte warm.

»Hast du es denn trotzdem gemocht?«

»Gemocht?« Karen lachte leise. »Sieh mich doch an. Du warst so zärtlich … Ich dachte, ich sterbe. Es ist ja kein Wunder, wenn ich nicht mehr anders konnte.« Sie schmunzelte. »Und was du mit meinen Brüsten gemacht hast …« Sie schluckte schwer, und ihr Lächeln wurde etwas zittrig. »Sie brennen immer noch.«

Fasziniert starrte Lena sie an. Ihre Hände hielten immer noch Lenas Gesicht umfangen, und mit den Daumen streichelte Karen behutsam ihre Schläfen. Lena brachte keinen Ton hervor, so gefangen war sie von ihrer Nähe.

»Ja, ich mag, was du mit mir tust«, sagte Karen. Sie küßte Lena und ergänzte dann in einem seltsamen Tonfall: »*Dich* mag ich. Ich mag dich sogar sehr.«

Meine Güte, das ist ja schon fast ein Liebesgeständnis, schoß es Lena blitzschnell durch den Kopf, kurz bevor ihr die Tränen in die Augen stiegen. Und Karen war so nah, daß sie es sehen mußte, selbst wenn Lena wenigstens ihre Stimme unter Kontrolle gehabt hätte, was nicht der Fall war. »Karen …«, flüsterte sie erstickt. Sie wollte noch mehr sagen, aber den Rest würgte sie hinunter, zusammen mit den Tränen. So weit kam es noch, daß sie hier heulte. *Deswegen* hatte Karen das sicher nicht gesagt.

Karen sah ihr in die Augen, und wie immer konnte Lena nicht erraten, was sie dachte. Aber ihr Gesicht war weich, und als sie lächelte, war es sehr liebevoll. »Laß uns ins Bett gehen«, schlug Karen praktisch vor und mit einem Hauch von Belustigung. Das holte Lena nachhaltig auf den Boden der Tatsachen zurück. Wäre ja noch schöner, wenn hier eine von ihnen anfing, von Liebe zu reden.

Karen stand auf und half Lena hoch. Sie nahm Lena bei der Hand und ging mit ihr ins Schlafzimmer. Vor dem Bett blieben sie stehen und sahen sich an. Plötzlich mußten sie beide grinsen, und ohne ein weiteres Wort begannen sie sich auszuziehen. Karen war schon fast nackt und daher auch eher fertig als Lena. Sie blieb unbefangen stehen und schaute Lena dabei zu, wie sie sich entkleidete. Es machte Lena ein wenig verlegen, aber sie sagte nichts.

»Soll ich wegsehen?« Karen überraschte sie wieder einmal. Allerdings sah Karen nicht so aus, als würde sie wegsehen wollen.

»Nein.« Lena straffte sich und zog mit einer trotzigen Bewegung ihre Hose aus. Erst, als sie ganz nackt war, hob sie wieder den Blick. »Nun zufrieden?« fragte sie herausfordernd.

»Ist es dir peinlich, wenn ich zusehe?« Karen konnte es nicht lassen, auf diesem Punkt herumzureiten. Es schien ihr sogar Spaß zu machen. Lena fühlte einen Hauch von Rot, der ihr warm in die Wangen stieg. Dennoch begegnete sie Karen tapfer. »Wenn du es genau wissen willst, dann - ja. Es ist mir etwas peinlich.«

»Warum? Ich habe dich schon nackt gesehen«, erinnerte Karen. In ihren Augen funkelte es amüsiert. Sie konnte einen wirklich ärgern.

»Natürlich hast du das. Aber darum geht es auch nicht.«

»Sondern?«

»Ich ...« Lena geriet ins Stocken. Das war ja albern! »Na ja. Du bist so schön. Und ich -« Sie machte eine hilflose Handbewegung und zuckte mit den Schultern.

Karens Gesicht wurde weich. »Was ist mit dir?« fragte sie leise.

Sie seufzte ergeben. »Was gefällt dir bloß an mir?« Genaugenommen hatte Karen ihr nie gesagt, ob sie ihr gefiel oder *was* ihr an ihr gefiel - oder überhaupt etwas Nettes ... »Du könntest sicher jede Frau haben. Ich bin doch nicht besonders ...« Lena lächelte bitter und deutete an sich herab. »Ich bin doch nichts

Besonderes.« Ihr Lächeln verlor von seiner Bitterkeit und fiel nur noch etwas kläglich aus. »Wirklich nicht.«

Karen trat dicht vor sie hin. »Du kleine Spinnerin«, flüsterte sie liebevoll und küßte sie sehr einfühlsam. Sie schob Lena zum Bett und legte sich mit ihr zusammen darauf. Eng schmiegte Karen sich an Lenas Seite, neigte sich über sie und bedeckte ihr Gesicht mit zarten Küssen.

Nach einer zeitlosen Ewigkeit, in der sie Lena so liebkoste, hielt Karen inne und schaute ihr in die Augen. Mit den Fingerspitzen zeichnete sie Lenas Augenbrauen nach. »Du hast wunderschöne Augen«, sagte Karen versonnen. »Das ist mir fast als erstes an dir aufgefallen. Ein wunderschönes Grün. Und wenn du wütend wirst, dann werden sie ganz dunkel. Oder wenn du sehr erregt bist. Dann sehen sie aus wie tiefgrüne Seen.«

Gebannt lauschte Lena ihren Worten. Flüchtig lächelte Karen sie an, aber es wurde ein wenig unsicher. Das war ganz offensichtlich ein Gebiet, auf dem sie nicht so souverän war. Sie küßte Lena, ehe sie fortfuhr: »Ich mag dein Lachen. Dann leuchtet dein Gesicht und … wenn ich es sehe und höre, dann kribbelt es in meinem Bauch. Es macht mich glücklich, wenn du lachst.«

»Sag mir mehr«, bat Lena leise, als Karen schwieg.

»Du bist genußsüchtig«, schalt Karen sie nachsichtig.

»Ja. Bin ich. Ich finde es sehr schön, wenn du mir solche – Komplimente machst. Sag mir mehr, bitte …«

Karen küßte sie und strich mit der Zungenspitze über Lenas Lippen. »Ich mag es, wie du schmeckst.« Sie streifte Lenas Wange mit den Lippen und murmelte an ihrer Haut: »Ich mag deinen Duft.« Wie ein Hauch streifte sie auch Lenas andere Wange mit den Lippen. »Deine Wärme und Zärtlichkeit.« Karen fand erneut ihren Mund zu einem langen und sanften Kuß und entfernte sich dann ein wenig, um sie anzusehen. »Es macht mich ganz verrückt, wenn ich dein Verlangen sehe und spüre«, gestand sie leise und schaute Lena tief in die Augen. »Du bist etwas ganz Besonderes, Lena.«

Plötzlich war Lenas Hals ganz trocken und rauh. »Ich –« – *liebe dich*, vollendete Lena in Gedanken und schloß kurz die Augen. Dann hob sie den Kopf und küßte Karen stürmisch. Sie rollte sich mit ihr herum, bis Karen auf dem Rücken lag, und schob sich auf sie. Die Liebe für Karen ließ sie alles andere vergessen. Es tat weh und war gleichzeitig einzigartig schön. Und es war ein so starkes Gefühl, daß sie fast platzte, weil sie es nicht ausdrücken konnte.

Lena schaute in Karens Gesicht hinunter. Karen lächelte sanft, und ihre Hände streichelten Lenas Rücken und tiefer zu ihrem Po. Behutsam nahm Lena Karens Schenkel zwischen die Beine und begann, sich auf ihr zu bewegen. Ihr Bauch zog sich zusammen vor Lust, und Nässe breitete sich zwischen ihren Schenkeln aus, als ihre Erregung wuchs. Ihre Brüste rieben ganz sacht aneinander, und Karens Hände auf ihr waren sanft und erregend, als sie ihre Wirbelsäule nachzeichnete und ihre Hüften streichelte, ihre Oberschenkel. Als Lenas Bewegungen heftiger wurden, ging auch ihr Atem laut und in angestrengten Stößen. Lena schloß die Augen.

»Nein. Sieh mich an«, verlangte Karen und krallte ihre Nägel in Lenas Pobacken. Lena keuchte leise und öffnete die Augen wieder. Sie hielt inne. Karen fing ihren Blick ein und hielt ihn mit einer brennenden Intensität fest, die Lena erschauern ließ. Karens Augen waren ganz dunkel und voller Leidenschaft. *Oh Gott, ich liebe sie so. Was tut sie nur mit mir?*

Karen streichelte ihren Po und ihre Schenkel und glitt dann mit einer Hand zwischen ihre Pobacken und folgte von hinten der heißen Spur aus Feuchtigkeit. Sanft tauchte sie zwischen ihre Beine ein und preßte gleichzeitig mit der anderen Hand Lenas Hüften fester auf sich hinunter. Lena begann wieder, sich zu bewegen. Drängend stieß sie gegen Karens Hand. Karen kam ihr entgegen, paßte sich ihren Bewegungen an und massierte ihre Klit. Lena stöhnte erregt, wollte den Kopf abwenden, da griff Karen hinauf in ihr Haar und hielt sie fest, so daß sie sie ansehen mußte. Lena verlor sich in ihren Augen. Die Spannung in Lena wuchs ins Unerträgliche, die Hitze staute sich in ihr, ihr Kopf schien anzuschwellen vor innerem Druck. Karen preßte ihren Schenkel gegen Lenas Mitte, eine Welle aus Hitze überrollte Lena, und sie stemmte sich auf die Arme und bog ihr Kreuz durch. Ihr Atem setzte aus, und sie erstarrte, als sie innerlich explodierte und eine Flut von Empfindungen sie unter sich begrub. Lena schloß die Augen. Es ging nicht anders.

Ihr Körper erbebte, als der Orgasmus verebbte, und langsam sank sie auf Karen. Eine Weile brauchte Lena, ehe sie wieder Luft bekam. Die ganze Zeit, in der sie erschöpft auf Karen lag, streichelte diese sie. Beruhigend und tröstend strichen ihre Hände über Lenas Rücken.

Nach einer Weile hob Lena den Kopf und schaute Karen an, begegnete ihren Augen, die sie mit soviel Zärtlichkeit betrachteten, daß es ihr einen Stich versetzte. »Ich –« Aber wieder brach Lena ab. Sie preßte die Lippen zusammen, schüttelte den Kopf und barg ihr Gesicht an Karens Hals. Ganz fest umarmte sie die Frau unter sich und gab sich der wohligen Schwäche hin, die sich in ihr ausbreitete.

»Sag es«, flüsterte Karen leise an ihrem Ohr.

Lena erstarrte. »Was?«

»Sag es mir.«

Zögernd und ohne den Kopf zu heben, fragte Lena: »Was soll ich dir sagen?«

»Du weißt, was.«

»Warum willst du das?« Sie konnte nicht verhindern, daß leichtes Unbehagen sich in ihr breitmachte.

Eine Zeitlang schwieg Karen. Dann strichen ihre Hände zu Lenas Haar hinauf. Sanft aber unnachgiebig fuhr sie hinein und zwang Lena so, den Kopf zu heben und ihr ins Gesicht zu sehen. Karen ließ sie los und streichelte ihren Nacken. »Sag es mir. Bitte.«

»Warum? Du wirst nur wieder ungehalten. Verdirb uns doch nicht die Stimmung.«

Wider Erwarten lächelte Karen. »Ich würde es aber gerne hören.«

Lena suchte nach etwas in ihrem Gesicht, nach Ungeduld oder Ärger. Aber sie fand nichts davon. Sie verstand nicht, warum Karen das jetzt von ihr wollte. Die ganze Zeit hatte die Frau sich dagegen gesträubt, und Lena war so daran gewöhnt, nicht zu sagen, was sie empfand, daß es sie jetzt regelrecht Überwindung kostete, diese innere Schranke in sich zu überschreiten.

Als Lenas Schweigen andauerte, strich Karen ihr zart mit der Fingerspitze über die Stirn. »Du bekommst wieder diese Grübelfalte. Ist es denn so schlimm, was ich von dir verlange?«

»Es ist ungewöhnlich.« Plötzlich lächelte Lena. In anderen Beziehungen war es sicher das Normalste auf der Welt, sich gegenseitig die Liebe zu versichern. »Für unsere Verhältnisse zumindest«, schränkte sie darum ein.

»Haben sich deine Gefühle für mich geändert?« Karen wollte ausdruckslos klingen, aber Lena hörte ihre Unsicherheit heraus.

»Nein, das haben sie nicht.«

Karen atmete auf. »Das - freut mich«, gestand sie dann unerwartet, wenn auch stockend. Lena blinzelte verwundert, aber sie verkniff sich jede Frage.

»Und da habe ich überlegt, ob ich überhaupt komme«, bemerkte Lena mehr zu sich selbst als zu Karen. *Was hätte ich nicht alles verpaßt.*

Karen grinste frivol. »Du bist doch gekommen. Ziemlich heftig sogar.«

Lena spürte, wie sie ein wenig rot wurde. »Das meinte ich nicht«, stellte sie säuerlich richtig.

»Ich weiß«, lachte Karen heiter. Lena verdrehte die Augen und bettete ihren Kopf wieder auf Karens Schulter.

»Wenn ich dir zu schwer werde, mußt du es sagen, ja?« murmelte Lena entspannt und hoffte, daß sie ihr nicht zu schwer wurde. Sie liebte es, Karen so nah zu sein, ihren Körper unter sich zu spüren, den Druck ihrer Brüste, ihre warme Haut, ihre Lebendigkeit.

Karen umarmte sie eng. »Darauf kannst du lange warten.«

Gut, dachte Lena selig. *Sehr gut.* Ganz sachte küßte sie Karens Hals, und nach einer Weile kostete sie mit ihrer Zungenspitze von ihr. Lena strich höher zu Karens Ohr, küßte die weiche Stelle dahinter und nahm dann ihr Ohrläppchen zwischen die Lippen. Sie saugte ein bißchen daran, bis sie Karens leises Seufzen hörte. Mit Lippen und Zunge liebkoste Lena sie und glitt einmal rasch mit der Zunge in ihr Ohr. Unvermittelt zuckte Karen unter ihr bei dem Kitzel. Lena lächelte und küßte sie aufs Ohr.

Dann wurde Lena still. Kurz zögerte sie und schmiegte ihre Wange an Karens. Dicht bei ihr und fast lautlos wisperte Lena: »Ich liebe dich, Karen.« Einen Moment wartete sie auf eine Reaktion, aber Karen blieb ganz ruhig liegen und hielt sie umarmt. Lena schloß die Augen. »Ich liebe dich«, wiederholte sie ebenso leise wie zuvor, traute sich nicht, es lauter auszusprechen. Ihr Flüstern war ganz rauh. »Du kannst dir gar nicht vorstellen, wie sehr. So stark habe ich noch nie für eine Frau empfunden wie für dich. Es ist beinahe ein wenig erschreckend. Und manchmal tut es richtig weh. Ganz tief in meinem Bauch.« Lena schwieg und wartete. Als Karen nichts sagte, entfernte sie sich ein Stück, um ihr prüfend ins Gesicht zu sehen. Karen begegnete ihren Blicken. Lena schluckte schwer. »Was denkst du jetzt?« fragte sie beklommen.

»Ich bin mir nicht sicher«, gab Karen zu. »Aber es klingt schön, wenn du das sagst.« Sie lächelte sanft. »Sag es noch einmal, bitte.«

Lena staunte nicht schlecht und mußte sich erst mal wieder ein wenig fangen. Dann räusperte sie sich leise, um die Gewalt über ihre Stimme wiederzugewinnen. »Ich liebe dich.« Und so, wie Karen sie anblickte, hatte Lena flüchtig den Eindruck, die andere wolle etwas sagen, aber bestimmt täuschte sie sich, denn Karen schwieg. Aber das fand Lena nicht schlimm. Selbst wenn sich Karen dessen vielleicht nicht bewußt war, so war für Lena jede ihrer Berührungen ein Liebesgeständnis.

Noch immer lag Lena auf ihr, Karens Schenkel zwischen ihren Beinen. Jetzt bewegte Lena ihre Hüften in langsamen sinnlichen Kreisen. Karen lachte bei Lenas begehrlichem Blick und zog sie zu einem leidenschaftlichen Kuß zu sich hinunter. »Du bist wunderschön, wenn du einen Orgasmus hast«, murmelte sie an Lenas Mund. »Du solltest dich dabei sehen können.«

Lena hielt inne. Du meine Güte! Wenn Karen heute noch so weiter machte, dann würde sie aus ihrer Verlegenheit nicht mehr herauskommen. »Äh - danke.« So ein merkwürdiges Kompliment hatte sie noch nie bekommen.

Ihre Verlegenheit schien Karen sichtlich zu erheitern. »Du wirst schon wieder rot.«

Schön, daß ihr das auffiel. Lena biß Karen in die Unterlippe, nicht stark, aber spürbar.

»Au!« kam ein schwacher Protest.

»Du ärgerst mich gerne, oder?«

»Ja.« Karen grinste. »Du bist bezaubernd, wenn du rot wirst. Ich habe noch nie eine Frau gekannt, die noch rot werden kann. Die meisten waren sich viel zu sehr bewußt, wie gut sie aussehen, und fanden solche Komplimente ganz selbstverständlich.«

Finster zog Lena die Brauen zusammen. »Dann machst du jeder Frau solche Komplimente. Gut zu wissen.« Beleidigt rollte sie sich von Karen herunter und blieb neben ihr auf dem Rücken liegen, ohne sie zu berühren.

Karen drehte sich zu ihr, stützte den Kopf in eine Hand und betrachtete Lena von der Seite. »Nein«, erklärte sie mit einem Lachen in der Stimme. »Ich habe noch keiner gesagt, daß sie aufregend schön aussieht, wenn sie zum Höhepunkt kommt.«

Lena stöhnte leise in Richtung Zimmerdecke und fühlte die Hitze in ihren Wangen. »Du machst mich wahnsinnig.«

»Das gefällt mir.« Und mit einem Mal klang Karens Stimme sehr viel ernster. Lena warf ihr einen schnellen Blick zu. Karen streckte die Hand nach ihr aus und begann, sie zu streicheln. Mit gefühlvollen Fingerspitzen widmete sie sich ihren Brüsten, bis Lena wohlige Schauer durchrieselten. »Du bist ganz anders als alle anderen Frauen«, murmelte Karen abwesend, ohne mit ihrem Streicheln aufzuhören.

Lena verdrehte die Augen, griff nach Karen und umschloß ihr Kinn. Energisch drehte sie Karens Gesicht zu sich. »Würdest du damit aufhören, von deinen anderen Frauen zu reden«, knurrte Lena mißmutig.

Karen grinste schief. »Tut mir leid.«

»Nein, das tut es nicht. Du ärgerst mich mit Absicht.«

»Ja, du hast mich erwischt.«

»Hexe«, flüsterte Lena, aber es klang ausgesprochen zärtlich, und in ihren Augen lag ein Lächeln. Sie erhob sich halb und neigte sich zu Karen, um sie zu küssen. Sanft kostete sie von ihren Lippen. Ihre Hand wanderte in Karens Nacken, und als Lena sich langsam wieder zurücksinken ließ, zog sie Karen mit sich hinunter und schob sich unter ihren Körper. Lena drang mit der Zunge in ihren Mund und tastete mit der Hand zwischen ihnen tiefer, bis sie Karen zwischen den Beinen berührte. Karen keuchte überrascht und stöhnte dann lustvoll. »Lena …«

»Soll ich aufhören?« fragte Lena unschuldig und schob ganz langsam ihren Finger in Karen hinein.

Die so Gequälte stöhnte mühsam. »… nein … nicht aufhören …« Ihre Stimme klang heiser, und sie schien erhebliche Mühe beim Atmen zu haben.

»Wie bitte?« fragte Lena nach. Sie bewegte ihren Finger in Karens Öffnung, streichelte ihre weiche warme Innenseite und genoß das Gefühl ihrer Nässe.

Karen küßte sie heftig. »Du verstehst mich schon.«

Lena schaute in ihr konzentriertes Gesicht. »Ich liebe dich, Karen.« Sie mußte es einfach sagen. Wer wußte schon, ob Karen es sich nach dieser Nacht nicht wieder anders überlegte. Sie strich über Karens Klit, und wieder zuckte die Frau zusammen. Wie von selbst begann sie sich gegen Lenas Hand zu bewegen, und es dauerte nicht lange, bis sie kam. Lena stellte fest, daß auch Karen sehr schön aussah, wenn sie einen Orgasmus bekam. Sie sagte ihr das auch. Karen war noch zu benommen, um mit Unwillen zu reagieren. Ein undeutliches Brummeln war alles, was sie von sich gab, und sie kuschelte sich eng an Lena. Und zum ersten Mal fühlte sie sich Karen ganz nah. Ein tiefes warmes Gefühl von Zufriedenheit füllte Lena aus, und sie genoß es, so lange sie es konnte.

28.

Das Telefon weckte Lena. Es kam ihr vor, als wäre sie gerade erst eingeschlafen, und vermutlich lag sie damit gar nicht so falsch. Sie hatten sich immer wieder geliebt. Manchmal war Karen oder sie eingeschlafen, aber dann hatten sie sich gegenseitig sanft wieder geweckt, und sehr lange hatte die Müdigkeit nie angehalten. Ewigkeiten hatten sie miteinander geschmust, einfach einander genossen, Zärtlichkeiten ausgetauscht, sich lange und ausdauernd nur geküßt, bis ihre Leidenschaft wieder erwacht war. Lena hatte eine Stille und einen Frieden mit Karen genossen, den sie noch nie mit ihr erfahren hatte.

Als das Telefon sich zum dritten Mal mit schrillem Klingeln meldete, regte Karen sich neben ihr. Sie wälzte sich herum und nahm endlich ab. »Ja?« Sie klang so müde und gerädert, wie Lena sich fühlte. Einen Moment herrschte Schweigen, als Karen dem Anrufer zuhörte. »Endlich«, sagte sie dann schon bedeutend munterer. »Ich komme sofort.« Sie legte auf. Lena sah zu Karen, die sich gerade zu ihr umwandte. Karen lächelte und küßte sie. Sie war ein wenig zerzaust, aber ihre Augen waren schon wieder sehr wach. »Ich muß los.«

Schade. Sie hatte gehofft, daß sie zusammen frühstücken würden. »Wohin?« fragte Lena enttäuscht.

»Ich habe noch einen Job«, erinnerte Karen sie geduldig.

Lena schielte kurz zur Uhr auf dem Nachtisch hinüber. »Aber es ist noch ziemlich früh.«

Karen beugte sich zu ihr hinunter und liebkoste ihre Wange mit den Lippen. Karen war noch ganz warm und weich vom Schlaf. »Ich würde auch lieber bleiben«, murmelte sie leise. »Aber es geht nicht anders. An dieser Sache sind wir schon seit Monaten dran. Eine wirklich große Sache. Tut mir leid.«

»Schon gut.« Immerhin konnte sie Karen nicht gut an sich fesseln und erwarten, daß sie ihren Job aufgab, um bei ihr zu sein. Nachher mußte sie schließlich auch zur Arbeit. Dennoch fiel es Lena schwer zu begreifen, daß das Leben einfach unbeeindruckt von der vergangenen Nacht weiterging.

Karen streichelte ihr über die Wange. »Schlaf noch ein wenig. Du kannst dir nachher Frühstück machen. Nimm dir, was du brauchst. Ich stelle dir den Radiowecker, damit du nicht verschläfst, okay?« Und damit verließ Karen das Bett, und Lena schloß müde die Augen. Träge rutschte sie auf Karens Seite hinüber und schmiegte ihr Gesicht in deren Kissen. Es roch nach Karen, und ihre Bettseite war noch wohlig warm.

Undeutlich hörte sie die andere herumwerkeln, Karen duschte nebenan im Bad, kehrte ins Schlafzimmer zurück und zog sich an, dann küßte sie Lena noch einmal und strich ihr das wirre Haar aus der Stirn. Lena genoß diese kleinen Zärtlichkeiten, obwohl sie schon fast wieder eingeschlafen war, dann hörte sie die Haustür ins Schloß fallen.

Irgendwann später riß der Radiowecker sie aus sanften Träumen, so wie Karen es versprochen hatte. Ein widerlich fröhlicher Radiomoderator machte blöde Witze. Stöhnend wälzte Lena sich auf den Rücken und blinzelte müde. Sie brauchte eine Tasse Kaffee und eine Dusche. Nur hätte sie dazu aufstehen und das warme Bett verlassen müssen. Wozu sie sich nicht in der Lage fühlte. Aber weil es alles nichts half, rappelte sie sich hoch und ging zur Arbeit.

Keine Überstunden dieses Mal. Sie hatte es eilig, nach Hause zu kommen, und wartete darauf, daß Karen sich melden würde. Sie hätte auch einfach zu ihr gehen können. Allerdings entschied sie sich dann doch dagegen. Sie wollte sich nicht so plump aufdrängen. Also wartete sie. Stundenlang. Aber das verdammte Telefon klingelte nicht. Schließlich rief sie bei Karen an. Sie hatte ihr zwar die Telefonnummer gegeben, aber na ja ... man konnte ja nie wissen. Sie hatte das Vergnügen, sich mit dem Anrufbeantworter unterhalten zu dürfen und hinterließ noch einmal ihre Nummer und die Bitte, Karen möge zurückrufen, egal, wie spät es sein sollte.

Dann hockte sie sich planlos vor den Fernseher und wartete weiter. Die Nachrichten plätscherten monoton vor sich hin. Und weil sie nur mit einem Ohr hinhörte, hätte sie fast die Meldung des Nachrichtensprechers verpaßt. Von einer Sekunde zur anderen schoß sie vom Sofa hoch, schnappte sich die Fernbedienung vom Tisch und erhöhte hektisch die Lautstärke, bis die Stimme des Sprechers sie regelrecht anbrüllte. Reglos hielt Lena inne und starrte auf den Bildschirm, wo eine Menge Polizeiwagen zu sehen waren. »… ein Schlag gegen das Verbrechen gelungen«, berichtete der Sprecher. »Heute in den frühen Morgenstunden war es der Polizei möglich, einen großen Drogenring zu sprengen. Es kam in der Innenstadt zu einem Schußwechsel mit einer Sondereinheit der Polizei, als die Verdächtigen Widerstand leisteten. Dabei wurden nach noch nicht bestätigten Meldungen mehrere Menschen verletzt, darunter auch einige Beamte der Polizei. Außerdem gab es zwei Tote, deren Identität noch nicht festgestellt werden konnte.« Es folgte ein abrupter Übergang zum Wetterbericht, und Lena drehte den Fernseher leiser.

Benommen lehnte sie sich zurück. Ihr Herz schlug hart gegen ihre Rippen, und ihr Magen rebellierte mulmig, während sie allmählich begriff, was das Gehörte bedeutete. Karen! Karen war dabei gewesen. Deswegen war sie heute früh gerufen worden. Eine große Sache, hatte sie gesagt. *Oh, lieber Gott, bitte nicht …* Lenas Magen krampfte sich zusammen, und ihr wurde kalt. Zwei Tote. Was, wenn es Karen war? Vielleicht war sie getötet worden oder schwer verletzt. Vor ihrem inneren Auge sah sie Karen auf der Straße liegen, blutend von einer Schußverletzung, sterbend – tot!

Ganz ruhig, ermahnte Lena sich. Sie durfte jetzt nicht in Panik geraten. Karen war keine Anfängerin, sie wußte, was sie tat. Vielleicht war sie auch gar nicht dabei gewesen. Eine Menge Vielleichts …

Sie rief wieder bei Karen an. Ließ es klingeln, bis der verfluchte Anrufbeantworter anging. Dann legte sie auf. Scheiße!

Kurz entschlossen verließ sie die Wohnung und fuhr zu Karen. Sie klingelte. Lange passierte nichts, und die Angst machte sie ganz schwach. Bestimmt der Papierkram im Revier, der Karen aufgehalten hatte. Oder sie ist im Krankenhaus …

Nein, nein. Bitte nicht … Das nicht! Sie klingelte erneut, und endlich hörte sie Schritte hinter der Tür. Karen öffnete und hielt verwundert inne, als sie Lena erblickte. »Was machst du denn hier?«

»Ich wollte nur wissen, wie es dir geht«, sagte Lena, ehe sie noch richtig darüber nachgedacht hatte.

»Warum?«

Hielt Karen sie denn für so dumm? »Ich habe es in den Nachrichten gehört«, erklärte Lena. »Und da habe ich eins und eins zusammengezählt und mir gedacht, daß diese Meldung deinen Einsatz betraf, zu dem du heute früh gerufen wurdest.«

»So«, brummte Karen und ließ sie endlich an sich vorbei hinein, um die Tür zu schließen. Ohne Lena anzusehen, ging sie durch den Flur an ihr vorbei ins Wohnzimmer. Lena schaute ihr nach und folgte ihr dann langsamer. In der Tür blieb sie stehen, während Karen sich in ihren Sessel fallen ließ. Aufseufzend streckte sie die Beine aus und lehnte sich mit geschlossenen Augen zurück.

»Ich habe angerufen, aber du bist nicht rangegangen«, erklärte Lena bedächtig.

Karen rührte sich nicht, als sie sagte: »Hm ... Ich bin selber gerade erst gekommen.«

Mehr nicht! Keine Erklärung, keine Beruhigung? »Ich habe mir Sorgen gemacht«, stieß Lena hervor. »Wo zum Teufel warst du, Karen?«

»Das geht dich nichts an«, kam es barsch zurück, aber Karen öffnete nicht einmal die Augen. Sofort zog Lena sich innerlich vor ihr zurück. *Du hättest nicht fragen sollen.* Aber diese Erkenntnis kam etwas spät. Sie mußte damit leben, daß Karen einen gefährlichen Job hatte, sie *mußte* es akzeptieren. Diese Marina hatte es nicht gekonnt, das vermutete Lena zumindest, nach dem, was sie alles von Karen wußte. Marina war nicht damit klargekommen, ständig in der Ungewißheit und Angst zu leben, daß Karen etwas zustoßen konnte.

Dieses Risiko mußte Lena akzeptieren. Sie konnte Karen nicht vorschreiben, ihren Job zu kündigen. Das war unmöglich. Dann hätte Karen sich sofort von ihr zurückgezogen, denn diese Erwartungen, die Lena entwickeln könnte, und die Forderungen, die sie stellen könnte, waren genau das, was Karen ablehnte und was sie so vorsichtig und wachsam machte, wenn es um eine Beziehung ging. Während sie hier stand, begriff Lena, daß es vielleicht unmöglich für sie war, anzuerkennen, daß Karen ihr Leben für sie nicht ändern würde. Für niemanden!

Lena wünschte sich die Nähe und den Frieden der vergangenen Nacht zurück, die sie mit Karen geteilt hatte. Beinahe erschien es ihr nur noch wie ein Traum. Er verblaßte in ihrer Erinnerung und wurde immer undeutlicher. »Du hast recht«, räumte Lena ein und verbarg ihre Enttäuschung. Karen hatte viel um die Ohren. Sie wollte ihre Ruhe. Sie konnte nicht mal annähernd nachempfinden, wie es Karen gehen mußte, nach so einem Tag. Sie sah erschöpft aus und etwas blaß, abgekämpft und noch immer angespannt. Lena fühlte sich hilflos. Gerne hätte sie irgend etwas Gutes für sie getan, damit sie den heutigen Tag einfach vergessen konnte. Aber das war wohl unmöglich.

Lena ließ Karen allein und ging in die Küche. Sie kochte Tee und brachte ihn ins Wohnzimmer, wo Karen noch immer mit geschlossenen Augen dasaß. Es sah fast so aus, als wäre sie eingeschlafen. Leise ging Lena zu ihr und stellte den Becher auf den Tisch.

Als sie sich zu Karen umdrehte, begegnete sie ihren offenen Augen, die sie beobachteten. »Möchtest du irgend etwas?« fragte Lena hilfsbereit, aber Karen schüttelte den Kopf. Finster zog sie die Brauen zusammen, und Lena bereitete sich auf eine unfreundliche Antwort vor, aber Karen zögerte unentschlossen. Was immer sie sagen wollte, Karen schien nicht sicher zu sein, wie sie es sagen konnte. Aber Lena ahnte, was sie wollte. So schwer war das nicht zu erraten. »Möchtest du, daß ich gehe?«

Mißtrauisch verengte die andere die Augen, als erwarte sie Vorhaltungen von Lena, aber sie nickte dennoch. »Ja, ich würde gerne allein sein.« Ihre Stimme war völlig ruhig. Wieder ganz die alte Karen, die Frau, die Lena in den ersten paar Tagen kennengelernt hatte. Eiskalt und unnahbar.

»Wie du möchtest. Aber - wenn du etwas brauchst, dann kannst du mich jederzeit anrufen, okay?« Wortlos nickte Karen, und Lena wandte sich zum Gehen.

An der Tür zum Wohnzimmer hielt Karen sie auf. »Lena?«

Lena sah zu ihr zurück. Wieder zögerte Karen kurz und begann dann langsam: »Es war ein anstrengender Tag für mich. Ich -« Sie suchte nach Worten. »Ich brauche ein bißchen Ruhe, das ist alles.« Es war eine Entschuldigung.

»Ich verstehe dich schon«, lenkte Lena verwundert ein. »Du brauchst nichts zu sagen.«

»Bist du sauer?«

Mein Gott, Karen! dachte Lena ergriffen. *Warum sollte ich wohl sauer sein? Weil du müde bist und deine Ruhe willst?* »Nein, bin ich nicht.«

»Dann ... sehen wir uns morgen - vielleicht?« fragte Karen ein wenig zaghaft, so als fürchte sie, Lena vor den Kopf gestoßen zu haben. Lena verbarg ihre neuerliche Überraschung und lächelte aufmunternd - für Karen und für sich selbst.

»Sicher. Bis morgen.«

29.

Das Telefon weckte sie um halb drei Uhr früh. Ganz schön früh für einen Anruf. Bestimmt hatte sich irgend so ein Idiot verwählt. Sie schwankte, ob sie überhaupt rangehen sollte, aber dann ging sie doch. »Hallo?« meldete Lena sich mißmutig über die Störung. Das konnte man ruhig hören, dann wußte der Anrufer wenigstens, daß er sie aus dem Schlaf gerissen hatte.

»Du hast schon geschlafen«, stellte eine bekannte Stimme fest.

»Karen«, rief Lena überrascht aus, und fast sofort erwachte ihre Sorge. »Was ist los?«

Das Schweigen am anderen Ende dauerte entsetzlich lange. Als Karen dann sprach, war ihre Stimme leise. »Kannst du zu mir kommen?«

Eine eisige Hand krallte sich um Lenas Magen. »Geht es dir nicht gut? Ist irgendwas passiert?« fragte sie besorgt.

»Ich –« Karens Stimme versagte, und wäre es nicht so absurd gewesen, dann hätte Lena beinahe vermutet, daß Karen mit den Tränen kämpfte. Aber als sie weitersprach, war ihre Stimme fest und ohne das leiseste Zittern. War bestimmt nur Einbildung. »Ich habe Angst, Lena. Ich ... habe schreckliche Angst. Bitte, komm zu mir. Ich ertrage es nicht ...«

»Schon gut«, beschwichtigte Lena rasch und verdrängte ihre Fassungslosigkeit. »Schon gut, Karen. Ich bin sofort da. Gib mir fünfzehn Minuten. Nein, zehn – ich beeile mich!«

Lena schaffte es in zwölf Minuten, sich anzuziehen und in wilder Hektik das Haus zu verlassen. Sie fuhr bis zu Karens Wohnung, stürmte zwei Stufen auf einmal nehmend bei ihr die Treppen hinauf und drückte keuchend auf die Klingel. Karen öffnete, und besorgt tastete Lena ihre Gestalt mit den Augen ab. Karen war noch in einem Stück, sie war angezogen, alte Jeans und Pullover. Karen war blaß, wirkte aber ganz gefaßt, wie Lena feststellte. Sie kam sich ein wenig albern vor, wie sie da so vor Karen stand, nach Luft ringend, wie ein Fisch auf dem Trockenen.

Karen ließ sie herein und ging vor ihr her ins Wohnzimmer. Verwirrt und ein wenig argwöhnisch folgte Lena ihr. Ohne sich zu ihr umzudrehen, blieb Karen im Wohnzimmer stehen, legte die Hände auf die Lehne des Sessels und schwieg. Lena wartete zunehmend irritiert von diesem Verhalten. Schließlich, als das Schweigen andauerte und Karen sie nicht einmal ansah, fragte Lena behutsam. »Was ist denn los?«

»Gar nichts«, sagte Karen tonlos in die andere Richtung.

»Bin ich deswegen so gerannt?«

»Tut mir leid. Ich hätte dich nicht anrufen sollen.«

»Oh ...«, machte Lena verdrossen. Jetzt kam sie sich richtig bescheuert vor. Da hetzte sie wie eine Bekloppte durch die nächtlichen Straßen, um sich sagen zu lassen, daß sie eigentlich auch gleich wieder gehen konnte. »Na ja, dann kann ich ja gehen«, bemerkte Lena gedehnt.

»Es tut mir leid«, wiederholte Karen so leise, daß Lena sie kaum verstehen konnte. Irgendwas war doch los. So kannte sie die andere gar nicht.

»Willst du mir sagen, wovor du dich fürchtest?« fragte Lena sehr bedächtig.

Plötzlich fuhr Karen herum. »Es ist völlig albern«, regte sie sich auf. Lena stutzte verwundert über diesen Ausbruch. »Es tut mir so leid, daß ich dich angerufen und hochgescheucht habe. Ich habe einfach nicht nachgedacht. Es ist wirklich nicht der Rede wert. Mach dir keine Gedanken.« Lena hatte nicht den Eindruck, daß Karen wirklich an das glaubte, was sie da sagte. Es schien eher so, als wolle sie sich selber damit überzeugen.

»Macht ja nichts«, lenkte Lena beruhigend ein. Sie musterte Karen unauffällig. »Ich bin immer für dich da. Das habe ich schon gesagt. Es ist wirklich nicht schlimm. Ich – habe eigentlich noch gar nicht richtig geschlafen.«

»Das ist gelogen«, sagte Karen, und ein kaum merkliches Lächeln verirrte sich auf ihr blasses Gesicht. »Trotzdem danke.«

»Tja ...« Lena zuckte mit den Schultern. Sie sahen sich an. Karen sah schrecklich müde aus und ziemlich am Ende ihrer Kraft angelangt. Sie wich Lenas Blicken aus, und es schien unbewußt, als sie die Arme um den Oberkörper schlang, so als wäre ihr kalt. Tatsächlich erzitterte sie kaum merklich. Lena konnte es sehen. »Was ist nur los, Karen? Willst du es mir nicht sagen?« Hilflos hob Karen den Blick zu ihr, und die Verzweiflung stand ihr ins Gesicht geschrieben. So deutlich, daß Lena es kaum ertragen konnte, sie so leiden zu sehen. »Du weißt, du kannst mir vertrauen«, drängte Lena sanft. »Du kannst mir alles erzählen. Egal, was es ist.«

»Ja, ich weiß«, seufzte Karen. »Aber bestimmt bilde ich mir alles nur ein.«

Also wenn ihre Einbildung ihr solche Angst machte, dann mußte es schon mehr sein. Aber das behielt Lena für sich.

»Ich - weiß nicht, ob ich dir alles sagen kann«, fuhr Karen leise fort, und es hörte sich eher so an, als rede sie zu sich selbst. »Seit dieser Sache - meiner ... Gefangennahme, da habe ich das Gefühl - als ob ich auf etwas warte, ohne daß ich weiß, auf was. Es ist schwer zu erklären. Ich - ich finde einfach keine Ruhe. Obwohl ich versuche, nicht darüber nachzudenken, was passiert ist, merke ich doch, daß ich einfach nicht mehr zu mir selber finde.« Karen machte eine nachdenkliche Pause und nickte dann bedächtig. »Ich nahm an, das würde vergehen, wenn ich diesen Fall abgeschlossen hätte. Aber es änderte sich nichts. Es ist seltsam. Ich habe eigentlich gar keine Angst, und sogar die Alpträume lassen langsam nach.«

Langsam! Lena hatte nicht mal gewußt, daß Karen Alpträume hatte.

»Das wäre ganz normal, hat man mir gesagt.« Karen sah kurz zu Lena, sie schien nervös zu sein. Gerne hätte Lena sie beruhigt, aber sie wußte nicht, wie. »Ich dachte deswegen, ich komme darüber hinweg. Aber diese Unruhe blieb. Und obwohl ich darüber gesprochen habe, konnte sie mir nicht helfen.«

»Gesprochen? Mit wem denn?« Einen kurzen Augenblick fühlte Lena stechende Eifersucht. Der Gedanke an Marina schoß ihr durch den Kopf. Wem vertraute Karen so sehr, daß sie mit ihr über diese Dinge sprach? *Und warum kommt sie damit nicht zu mir?*

Karen warf ihr einen raschen Blick zu, schwieg aber zunächst nur, als suche sie nach einem Ausweg. Sie fühlte sich sichtlich unwohl. »Willst du dich nicht setzen?« fragte sie ohne Zusammenhang.

Irritiert sah Lena zum Sofa, als wäre es gerade von der Decke gefallen. »Nein. Ich glaube nicht, daß ich mich setzen will«, entgegnete sie unwillig. Karen wich ihr aus, noch dazu reichlich ungeschickt.

»Aber *ich* werde mich setzen«, murmelte Karen undeutlich und sank auf das Sofa hinunter. Erschöpft bedeckte sie das Gesicht mit den Händen, und plötzlich tat es Lena leid, daß sie sie so drängte.

»Karen«, begann Lena entschuldigend, »du mußt mir nichts sagen, wenn es dir so widerstrebt.«

»Aber du hast mich gefragt«, kam es undeutlich durch ihre Hände.

Als würde sie das zu irgend etwas bewegen können, überlegte Lena. »Ja, aber –«

»Nein, nein. Schon gut.« Karen senkte die Hände und lehnte sich zurück. Sie sah zu Lena hoch. »Das meiste weißt du ja auch schon. Es ist nur trotzdem nicht - ganz einfach für mich.« Das merkte Lena auch, darum tat es ihr ja so leid, überhaupt gefragt zu haben. Sie wußte immerhin, wie Karen es haßte, über ihr Privatleben zu reden und über ihre Gedanken und Gefühle. Über sich selbst. Stockend sagte Karen: »Ich - ich gehe zur Therapie, seit ich wieder hier bin.«

Lena fiel aus allen Wolken. »Was?«

»Eine Psychiaterin versucht, mir zu helfen. Sie ist auf solche Fälle wie den meinen spezialisiert. Opfer von Gewaltverbrechen.

Entführungsopfer, Vergewaltigungen …« Karens Stimme war belegt, und sie räusperte sich leise.

Eine Therapie! Lena konnte es nicht fassen. Karen, die unbeugsame, wütende Karen … »Ich glaube, jetzt muß ich mich doch setzen«, hauchte Lena und ließ sich neben sie auf das Sofa fallen. Dann wurde Lena sich ihrer Gedankengänge bewußt. Sie erlag schon wieder ihren heroischen Vorurteilen. Warum sollte Karen nicht zur Therapie gehen? Grund genug hatte sie. Karen *brauchte* Hilfe! »Warum hast du denn nichts gesagt?«

»Weil es niemanden etwas angeht«, sagte Karen ganz selbstverständlich. »Es ist meine Sache. Es ist mein Leben.« Karen hatte ihre Stimme wieder unter Kontrolle. Fast wirkte sie so gelassen wie eh und je, wären da nicht ihre lodernden Augen gewesen, in denen all ihre unterdrückten Emotionen lagen.

Lena fühlte sich in ihre Schranken zurückgewiesen, obwohl Karen nicht einmal die Stimme erhoben hatte. »Das ist es natürlich«, stimmte sie zu und musterte Karen von der Seite, bis die andere leise seufzte. Ziemlich abrupt stand Karen auf und verließ den Raum. Ratlos blieb Lena sitzen und fragte sich gerade, ob sie jetzt gehen sollte, da kam Karen wieder zu ihr zurück, eine schmale Akte in der Hand. Sie setzte sich wieder aufs Sofa und entnahm der Akte ein Foto. Sie reichte es Lena, die es verständnislos ansah und dann wieder fragend zu Karen.

»Dieser Mann«, Karen deutete auf das Foto, ein Polizeifoto, auf dem Lena einen blonden, durchschnittlichen Mann sah, der garantiert durch nichts auffiel, »er war es … der mir all das angetan hat.« Sie unterbrach sich kurz, und als sie fortfuhr, klang ihre Stimme tonlos und neutral. »Bei diesem Einsatz heute gingen ein paar Dinge schief. Wir wußten von dem Drogenlager und haben es rund um die Uhr observiert, bis die wirklich wichtigen Leute dort anzutreffen waren. Mit Waffengewalt verschafften wir uns Zugang. Alles streng nach Vorschrift. Jedoch gab es ein oder zwei Lebensmüde, und obwohl wir die Waffen auf sie gerichtet hatten, ging plötzlich die Schießerei los. Niemand hatte damit gerechnet. Nicht mehr zu diesem Zeitpunkt«, setzte Karen erklärend hinzu. »Der Beamte neben mir schrie plötzlich, er sei getroffen, und dann kippte er auch schon um. Es ging alles entsetzlich schnell. In dem Durcheinander hörte niemand mehr auf den anderen. Wir versuchten nur, die Verdächtigen nicht entkommen zu lassen und diese schießwütigen Idioten zu entwaffnen. In dem Chaos wagten einige die Flucht, und es gelang ihnen auch. Und für einen winzigen Moment konnte ich das Gesicht des einen sehen.« Karen zögerte und schaute auf ihre Hände hinunter, die sie lokker im Schoß liegen hatte. »Es war dunkel, alles ging so schnell. Ich bin mir nicht sicher, aber ich glaube, es war dieser Mann, den ich gesehen habe.«

Langsam sah Lena wieder zu dem Foto in ihrer Hand, und alles, was sie dachte, war, daß der Beamte neben Karen angeschossen worden war. Angeschossen! Wieviel Zentimeter hatten wohl gefehlt, bis es Karen gewesen wäre, die die Kugel abbekommen hätte? Ein kalter Klumpen legte sich in ihren Magen. Dies war alles so fremd. Es war nicht ihre Welt. Gewalt, Schießereien und Verletzte, das alles kannte sie nur aus dem Fernsehen oder aus Büchern. Aber Karen erlebte es. Sie steckte mitten drin.

Nach einer Weile bemerkte Lena die Stille und blickte zu Karen, die sie abwartend betrachtete. »Hast du es jemandem gesagt? Wegner zum Beispiel.«

»Ja. Aber er kann nichts machen. Der Mann ist immer noch zur Fahndung ausgeschrieben. Viel mehr Möglichkeiten gibt es nicht. Bei den Festnahmen zu meinem Fall hat man nicht alle erwischt. Er war auch kein großes Licht innerhalb der Organisation. Ein Mitläufer und Handlanger, der versucht hat, seinen Teil vom Kuchen zu erwischen. Er erledigte die – Drecksarbeiten.« Das Zögern war fast unmerklich.

»Aber er war dabei«, wollte Lena wissen.

»Ja. Er war dabei. Heute und damals.« Eine Weile sah Karen sie schweigend an, die Lippen zu einem Strich zusammengepreßt. »Ich habe Angst, Lena«, flüsterte Karen kaum hörbar. »Ich habe es alleine nicht mehr ausgehalten. Aber ich wollte nicht, daß du denkst, daß ich …, daß …« Ihre Stimme brach. Karen weinte nicht, aber sie zitterte ganz leicht. Lena ertrug es nicht, sie so zu sehen. Und sie konnte so wenig tun. Nichts, außer sie in die Arme zu nehmen. Als hätte Karen darauf gewartet, umschlang sie Lena sofort und drückte sich an sie. Beruhigend strich Lena über ihren Rücken.

»Hab keine Angst«, wisperte Lena. »Ich werde nicht zulassen, daß man dir etwas tut.« Und in diesem Moment meinte Lena genau das, was sie sagte. Sie umarmte Karen fester. »Ich werde nicht zulassen, daß dir jemand etwas tut. Das schwöre ich dir, Karen.« Und was vielleicht noch seltsamer war, war, daß Karen nicht widersprach.

»Bleib bitte bei mir.« Karen war kaum zu verstehen, so leise redete sie. Nichts hätte Lena bewegen können, Karen in ihrem Zustand alleine zu lassen. Behutsam löste Lena sich aus der Umarmung und forschte besorgt in ihrem Gesicht. Sanft strich sie der anderen über die Wange und küßte sie dann ganz sacht. Es war ungewohnt, daß sie die Starke von ihnen beiden war. Aber Karen fing sich bereits wieder. Sie zitterte nicht mehr, und wenigstens äußerlich machte sie einen gefaßten Eindruck. Aber davon ließ Lena sich nicht täuschen.

»Laß uns versuchen, noch ein paar Stunden zu schlafen«, schlug Lena vernünftig vor. Wenn sie beide die Nacht schlaflos verbrachten, würde das nicht viel helfen. Karen fügte sich widerstandslos. Überhaupt war sie sehr still. Als sie zusammen im Bett lagen, ergriff Karen unter der Decke Lenas Hand und hielt sie fest, mehr nicht. Mitfühlend betrachtete Lena sie, während Karen langsam einschlief.

30.

Es war spät, als Lena erwachte. Karen schlief noch tief und fest, und Lena wollte sie nicht stören. Leise ging sie ins Bad, duschte und zog sich dann an. Nachdem sie eine Weile in der Küche herumgesucht hatte und Kaffee und Filtertüten fand, kochte sie eine Kanne Kaffee. Der Zeitungsjunge, oder vielleicht war es auch ein Zeitungsmädchen, hatte die Morgenzeitung bereits durch den Briefschlitz gezwängt. Mit einer Tasse Kaffee und der Zeitung machte sie es sich in der Küche gemütlich, legte die Füße auf den Stuhl gegenüber und überflog das Neueste des Tages. Sie langweilte sich gerade mit dem Wetterbericht, als Lena nur wegen einer Ahnung den Blick von der Zeitung hob. Karen stand in einem Morgenmantel in der Tür. Lena lächelte. »Guten Morgen. Der Kaffee ist bereits fertig, wenn du welchen möchtest.«

»Du bist noch hier?« Es war, als hätte Karen nicht gehört, was sie gesagt hatte.

Zurückhaltender als eben noch nickte Lena und bestätigte das Offensichtliche. »Ja.« Dann fragte sie: »Geht es dir gut?«

Karen zeigte keine sichtbare Reaktion. Ihr Gesicht blieb verschlossen und ein wenig düster. »Ja. Ich denke schon. Aber ich dachte nicht, daß du noch hier bist.«

Verdammt, so direkt muß sie nun wirklich nicht werden! Lena biß die Zähne zusammen und gab ihre entspannte Haltung auf. Sie legte die Zeitung auf den Tisch. »Ich gehe sofort, wenn du möchtest.« Ihre Stimme klang so verletzt, wie sie sich fühlte. Irgendwie hatte sie sich das anders vorgestellt, nach allem, was passiert war. Sie erhob sich und ging zur Tür. Karen rührte sich nicht und machte keine Anstalten, sie durchzulassen. In Lena kroch ungeduldiger Ärger hoch, aber sie schwieg trotzig.

»Ich habe nicht gesagt, daß du gehen sollst«, stellte Karen endlich fest.

Ach, nein? Es hat sich aber verdammt so angehört! Energisch schob Lena sich an ihr vorbei, als Karen nach ihrem Arm griff und sie festhielt. »Warte bitte. Ich –« Karen rang mit sich. »Ich wollte dir sagen, daß …« Wieder unterbrach sie sich und suchte nach Worten. *Was kommt jetzt wieder?* fragte Lena sich mit einem innerlichen Seufzer.

Plötzlich lächelte Karen, nur ein ganz kleines bißchen. »Eigentlich wollte ich mich bei dir bedanken. Für alles, was du für mich getan hast und immer wieder tust.« Karen ließ ihren Arm los. »Das wollte ich dir nur sagen. Ich bin nicht gut in solchen Sachen.«

»Ich weiß«, meinte Lena nur ergeben.

Unbehaglich und verlegen verzog Karen das Gesicht. »Ja, natürlich weißt du das«, murmelte sie. »Als ich aufwachte und du nicht mehr im Bett warst, da dachte ich, daß du – na ja, daß du nichts Eiligeres zu tun hattest, als die Flucht vor mir zu ergreifen.«

»Warum sollte ich das tun?« fragte Lena ehrlich überrascht. Sie hatte Mühe, Karens Gedankengängen zu folgen.

»Wegen heute nacht natürlich. Ich – verdammt, Lena!« fuhr Karen hoch und machte eine ungeduldige Handbewegung in ihre Richtung. »Du fragst wirklich, warum?«

»Allerdings, ja. Du hast meine Hilfe gebraucht. Und du hast mich deswegen angerufen –«

»Ich habe mich aufgeführt wie eine Närrin«, unterbrach Karen sie aufgebracht. »Das hätte nicht passieren dürfen. Nicht mir!«

Es war erstaunlich, wie ähnlich sie beide dachten, überlegte Lena. Nur: Sie arbeitete wenigstens daran, Karen nicht als die abgebrühte Heldin zu sehen, die alles wegsteckte. Irgendwie versuchte Karen jedoch verzweifelt, eben diese Maske aufrechtzuerhalten, vielleicht, um sich selbst zu schützen. Mit allen Mitteln.

»Du hast viel durchgemacht«, beschwichtigte Lena. »Und so schwer es dir auch fällt, aber ich kenne dich inzwischen gut genug, um zu wissen, daß da in dieser rauhen Schale eine sehr sanfte, liebevolle und verletzliche Frau steckt, die genauso wie alle anderen Menschen auch mal Hilfe braucht und Angst hat.«

»Hör auf damit«, preßte Karen wütend hervor. Sie stand so gerade, als hätte sie eine Eisenstange verschluckt. Ihre Kiefer mahlten.

»Ja, ja. Ich weiß, daß dir das nicht behagt. Du hast ja hartnäckig genug versucht, mich von dir fernzuhalten. Aber jetzt ist es zu spät. Du bist nicht so, wie du immer tust. Nicht nur jedenfalls«, schränkte Lena ein, denn es gab die unbeugsame Kämpferin in Karen, die Raubkatze, die immer wieder zum Vorschein kam, wenn sie wütend wurde - *so wie jetzt zum Beispiel*, stellte Lena fest. »Ich wünschte, du würdest mir vertrauen.«

»Das tue ich.«

So? Davon merkte sie nicht viel. »Warum regst du dich dann so auf?«

»Weil - weil ich eben einfach Angst habe. Angst vor dem, was passiert ist. Angst vor dem, was noch passieren könnte.«

»Ich bin immer für dich da«, bekräftigte Lena eindringlich. »Ich würde alles für dich tun. Du bedeutest mir sehr viel.« Sie seufzte resigniert. »Aber das sagte ich ja schon einige Male.«

»Und genau davor habe ich Angst.«

Lena stutzte. »Vor mir?« wollte sie ungläubig wissen.

»Nein, nicht vor dir.« Hilflos hob Karen die Hände und ließ sie dann kraftlos wieder fallen. Sie wirkte etwas ratlos. »Ich habe Angst, daß ich mich verliebt haben könnte.«

»In wen?« entfuhr es Lena entsetzt.

Erstaunt sah Karen sie an. Dann lachte sie plötzlich auf. Mit einem Schritt überwand sie den Abstand zwischen ihnen und küßte Lena spontan. Noch immer lächelnd sagte Karen: »In dich natürlich. In wen wohl sonst, Lena?«

»Verliebt?« Lena war ganz benommen.

»Warum, glaubst du, war ich so unfreundlich, als ich dich hier gesehen habe?«

Woher soll ich das wissen? Ich verstehe überhaupt gar nichts mehr. »Ich komm nicht drauf. Verrat es mir, bitte.«

»Als ich aufwachte, da - Also, ich war enttäuscht, als du nicht neben mir im Bett warst. Sehr sogar. Und als ich dich dann hier sitzen sah, so als wäre es ganz selbstverständlich - *alltäglich*, da habe ich mich gefreut, dich zu sehen. Und ich glaube, da wußte ich es. Ich wollte mich nicht verlieben. Es macht alles so kompliziert. Es war nicht meine Absicht.«

Wenn sie sich jetzt für ihre Gefühle entschuldigt, stöhnte Lena innerlich auf, *dann haue ich ihr eine runter.*

Karen schaute hinunter auf den Boden. »Darum war ich wohl ein wenig - ähm, unfreundlich. Ich brauche ein bißchen Zeit, um mir ganz sicher zu sein und mich daran zu gewöhnen.« Das klang, als redete sie von einem Klumpfuß, mit dem sie plötzlich aufgewacht war. Lena konnte sich auch denken, wofür Karen diese Zeit brauchte, nämlich, um zu versuchen, ihren Verstand über ihr Herz siegen zu lassen und sich selber diese Verliebtheit auszureden. So lange hatte Lena darauf gewartet, daß Karen etwas Ähnliches sagen würde, und jetzt, wo Karen es getan hatte, hatte es einen schlechten Beigeschmack.

Von unten herauf sah Karen sie an. »Worüber denkst du nach?« fragte sie aufmerksam.

Mit einem dünnen Lächeln wehrte Lena ab. »Das willst du sicher nicht wissen.« Etwas anderes fiel ihr ein. »Du möchtest bestimmt, daß ich jetzt gehe, oder?« *Will sie das nicht dauernd?* »Es geht dir wieder besser, und du brauchst Zeit zum Nachdenken.«

Sehr eingehend musterte Karen sie. Als es Lena schon unbehaglich zu werden begann, schüttelte Karen den Kopf. »Nein. Ich will nicht unbedingt, daß du gehst.« Wieder wanderte ihr Blick über Lena, sehr provokativ. Es verunsicherte Lena. »Würdest du mit mir schlafen?« Karen stellte die Frage ganz unbefangen. Es verschlug Lena den Atem. Das war sicher das Letzte, womit sie jetzt gerechnet hatte. Und sie sagte das einfach so, als hätten sie nicht eben sehr umwälzende Probleme diskutiert. Diese Gefühlsschwankungen waren wirklich umwerfend.

»Bedeutet dein Schweigen ja oder nein?« fragte Karen nach. Sie lächelte sanft.

»Äh ... ja. Sicher«, stammelte Lena überrumpelt. Sie atmete tief durch, dann platzte sie heraus: »Machst du das mit Absicht?«

»Was denn?«

»Mich zu verwirren.«

Karen lachte leise, aber sie schüttelte den Kopf. »Nein, eigentlich nicht. Aber du siehst trotzdem süß aus, wenn du diese Grübelfalte auf der Stirn bekommst.«

»So?«

»Mhm.«

Plötzlich grinste Lena. »Du lenkst sehr geschickt von unserem Gespräch ab«, stellte sie nachsichtig fest.

»Tu ich das?« Karen erwiderte kaum merklich ihr Grinsen. »Ist mir gar nicht aufgefallen. Aber vielleicht hast du recht.«

Lena seufzte entnervt und wollte etwas einwenden, da neigte Karen sich zu ihr und küßte sie. Sanft liebkoste sie Lenas Lippen mit der Zunge und drang sehr langsam in ihren Mund ein, nur mit der Zungenspitze. Lena fühlte ihre brennende Sehnsucht, kaum, daß sie Karens Kuß spürte. Sie kam der anderen willenlos entgegen. Sie spielten miteinander, reizten sich mit den Zungen. Karen war es, die schließlich nach Lena griff und sie an sich zog. Ihr Kuß wurde fordernder. Atemlos befreite Lena sich aus ihren Armen. »Warte, Karen.«

»Was ist?«

Himmel! So hatte Lena sich das nicht vorgestellt. Gerade hatte sie Karen soweit, daß sie über ihre Beziehung sprachen, da landeten sie schon wieder im Bett. Auf die Art würden sie keinen

Schritt weiterkommen. »Wie wäre es, wenn ich frische Brötchen kaufe, und wir frühstücken erst mal gemeinsam.«

Skeptisch verzog Karen das Gesicht. »Dabei können wir dann reden, ja?« Das klang nicht sehr begeistert. Lena hatte nichts anderes erwartet, darum hatte sie es auch so direkt nicht gesagt.

»Ja, das könnten wir«, gab sie aber zu.

»Wir könnten aber auch etwas anderes machen«, lockte Karen und ließ ihren Blick anzüglich über Lena wandern. Dann griff Karen zwischen ihnen hinunter zu ihrem Morgenmantel und öffnete den Gürtel. Der Stoff fiel auseinander. Darunter war Karen nackt. Sie standen dicht voreinander, und doch berührten sie sich nicht. Die Luft zwischen ihren Körpern knisterte. Lenas Herz begann, schneller zu schlagen. Atemlos hob sie den Blick zu Karens Gesicht und begegnete ihren Augen. »Ich will dich spüren«, hauchte Karen kaum hörbar.

Oh ja, das wollte Lena auch. Sehr sogar. Wie sehr, das fühlte sie beim Anblick von Karens Körper, ihren weichen Brüsten, ihrem nicht vorhandenen Bauch, dem dunklen, aufregenden Dreieck ihrer Scham und den irrsinnig langen Beinen. Brennende Hitze stieg Lena ins Gesicht, und die Schmetterlinge waren wieder in ihrem Bauch. Hunderte mußten es sein, oder Tausende.

Ohne daß sie ein einziges Wort ihre trockene Kehle hinaufzwingen konnte, hob Lena die Hände und legte sie auf Karens Schultern. Sie schob sich unter den Stoff des Morgenmantels, bis sie warme Haut spüren konnte. Karen fühlte sich so gut an … Lena schob den Stoff über Karens Schultern, und diese ließ ihn achtlos über ihre Arme auf den Boden zu ihren Füßen gleiten. Nackt und schön stand Karen vor ihr, wie eine Venus. Eine Venus mit dunklen Haaren und lodernden Blicken. Karens Atem ging ein wenig schneller, und ihre Augen waren dunkel vor Erregung. Lena konnte sich nicht satt sehen an der Schönheit ihrer Geliebten. Jede Einzelheit ihres begehrenswerten Körpers nahm sie in sich auf und genoß die prickelnde Erotik, die Karen ausstrahlte, ihr Wollen und ihre Sehnsucht.

Karen griff nach Lenas Pullover und holte sie damit in die Wirklichkeit zurück. Es war, als wache Lena aus einem Traum auf. »Ich will dich ansehen«, sagte Karen als Antwort auf die stumme Frage in Lenas Blick, und weil sie sich erinnerte, wie Lena beim letzten Mal darauf reagiert hatte, fügte sie hinzu: »Bitte ... Erlaube es mir.«

Wortlos hob Lena die Arme, damit Karen ihr Pullover und T-Shirt über den Kopf ziehen konnte. Beides warf Karen beiseite, ehe sie sich Lena wieder zuwandte. Ihre Blicke streichelten Lena. Lange betrachtete Karen nur ihr Gesicht, ohne sie zu berühren, und sie wirkte fast versunken in ihren Anblick, als bewundere sie etwas Seltenes und Außergewöhnliches. Lena mußte schwer schlukken. Karen sah es und legte ihre Hand gegen Lenas Wange. Sanft streichelte Karen darüber und lächelte mit unbeschreiblicher Wärme. Lena wollte etwas sagen, um ihr Unbehagen und ihre Verlegenheit zu überspielen, auch wenn ihr in Karens berauschender Gegenwart und unter ihren andächtigen Blicken nicht allzuviel Gescheites einfiel, aber Karen verschloß ihr behutsam mit dem Zeigefinger die Lippen und schüttelte kaum merklich den Kopf. Gehorsam schwieg Lena, und Karen nahm die Hand wieder fort.

Ihre Blicke lösten sich von Lenas Gesicht und wanderten tiefer. Sehr lange verweilte sie bei ihren Brüsten. Hitze kroch in Lenas Körper hoch, und auch ohne hinunterzusehen, wußte sie, daß ihre Brustwarzen hart wurden. Es spannte, und es war, als sehnten sich ihre Brüste danach, daß Karen sie berührte und mit ihren Händen umschloß, sie wärmte und liebkoste. Unauffällig holte Lena Luft und versuchte, ganz stillzustehen, obwohl ihr Körper innerlich danach schrie, Karen in die Arme zu nehmen und an ihrer Haut zu fühlen. Aber dies war Karens Spiel, und Karen wollte sie weiter betrachten. Jedenfalls machte sie keine

Anstalten, sich Lena zu nähern. Nur ihre Augen lagen auf ihr und wanderten über die nackte Haut ihres Oberkörpers.

Dann hob Karen die Hand, berührte mit der Spitze ihres Zeigefingers Lenas Kehle und strich von dort sehr langsam und hauchzart zwischen ihren Brüsten hinab. Sie umkreiste die rechte Brust und strich dann weiter hinunter zu ihrem Bauch. Lena erschauerte ungewollt und bekam eine Gänsehaut am ganzen Körper. Ihre Brustwarzen zogen sich noch härter zusammen und standen jetzt deutlich hervor.

»Ist dir kalt?« fragte Karen rücksichtsvoll. Lena bekam kein Wort hervor und schüttelte darum nur kurz den Kopf. Kalt war ihr nicht. Sie verbrannte innerlich, ihr Körper war gerade dabei, sich in Lava aufzulösen. »Dreh dich um«, bat Karen unerwartet. Lena fragte nicht, was sie vorhatte. Dazu genoß sie die Situation viel zu sehr, auch wenn es etwas befremdlich war, so betrachtet zu werden. Zumindest aber hatte sie Karens volle Aufmerksamkeit.

Langsam drehte Lena sich um. Karen nahm den Finger nicht fort und so strich er, Lenas Bewegung folgend, die den Arm darüber hob, über ihre Taille herum auf ihren Rücken. Mit gesenktem Kopf stand sie da, Karen in ihrem Rücken, und noch immer fühlte sie ihre Blicke, die sich auf ihre Haut brannten. Irgendwie machte es sie schutzlos, während sie darauf wartete, was Karen mit ihr tun würde. Sie konnte sie nicht sehen, nur ihre Gegenwart hinter sich fühlen. Es hatte etwas Erregendes, nicht zu wissen, *was* Karen tun würde, sondern nur, *daß* sie etwas tun würde. Und sei es nur, sie weiter anzusehen, was schon verwirrend genug war.

Nach einer ganzen Weile strich Karen mit dem Zeigefinger ihr Rückgrat hinauf bis zu ihren Schultern. Sehr langsam zeichnete sie eine unsichtbare Linie von rechts nach links und dann ihren gebeugten Nacken hinauf. Wieder erschauerte Lena. Dann fühlte sie die weiche Wärme von Karens Lippen, als Lena sie auf die Schulter küßte und gleich darauf auf den Nacken. Ihre Zunge strich naß über ihre Haut, und kurz darauf biß Karen sie sanft. Lena stöhnte leise, als der leichte Schmerz durch ihren ganzen Körper zuckte. »Karen …«, flüsterte Lena kaum verständlich. An den Schultern drehte Karen sie zu sich herum und schaute Lena ins Gesicht.

»Komm her«, verlangte Karen leise. Lena lächelte und ließ sich in ihre Umarmung ziehen. Ihre Brüste drückten sich gegeneinander. Ein unbeschreibliches Gefühl. »Hm … du fühlst dich so gut an«, murmelte Karen und sprach damit aus, was Lena empfand. Karen entfernte sich etwas, um sie zu küssen. Zärtlich liebkoste sie Lenas Lippen, schmeckte sie und knabberte sehr behutsam an ihrer Unterlippe. Immer wieder glitt Karen mit der Spitze ihrer Zunge über Lenas Lippen, lockte sie damit, bis Lena hilflos stöhnte und sich ihr verlangend entgegenreckte, damit Karen sie endlich richtig küßte.

Karen lachte leise an ihrem Mund, und dieses Geräusch verursachte ein wohliges Gefühl ganz tief in Lenas Bauch. Sie griff nach Karen, streichelte über ihren Rücken und nach vorne zu ihren Brüsten. Mit den Daumen glitt sie über die Warzen, bis sie hart waren wie zwei Perlen. Karen stöhnte unterdrückt, und endlich wurde ihr Kuß leidenschaftlicher. Ohne zu zögern und sehr besitzergreifend drang sie mit ihrer Zunge tief in Lenas Mund ein. Lena gab sich ihr hin, während sie weiter den Körper ihrer Liebhaberin streichelte. Sie erreichte ihren Bauch. In langsamen Bewegungen liebkoste sie Karens Leistengegend, fuhr sanft auf und ab und fand ihr sprödes lockiges Schamhaar, in das sie ihre Finger versenkte. Karen krallte ihre Fingernägel in Lenas Schultern und drängte ihren Unterleib gegen ihre Hand.

Lena schob Karen nach rückwärts, bis die andere die Wand im Rücken hatte, und drückte sie mit ihrem Gewicht dagegen. In derselben Bewegung ersetzte Lena ihre Hand durch ihren Schenkel und preßte ihn zwischen Karens Beine. Karen stöhnte auf und brach den Kuß ab, um nach Luft zu schnappen. »Oh,

Lena …«, keuchte sie. »Lena …« Sie legte den Kopf nach hinten gegen die Wand und schloß die Augen. Ruhelos glitten ihre Hände über Lenas Schultern, in ihr kurzes Haar im Nacken und wieder zurück.

Lena küßte sie und wanderte dann tiefer zu ihrem Hals. Mit Lippen und Zähnen liebkoste sie ihre Kehle, bis Karen leise stöhnte, scheinbar ohne es selber zu merken. Lena fuhr noch tiefer hinunter, bis sie ihre Brüste erreichte. Sie saugte an ihnen, an jeder abwechselnd. Mit den Zähnen hielt sie die Warze fest und ließ ihre Zunge immer wieder schnell darüber gleiten. Schwer sank Karen gegen die Wand, und erst als sie es nicht mehr aushielt, griff sie nach Lena und zog sie zu sich hinauf. Mit einem wilden Kuß verschlang Karen sie, so daß Lena ganz schwindlig wurde.

Schwer atmend löste Karen sich von ihrem Mund und küßte sie über ihre Wange bis zu ihrem Ohr. »Du bist so aufregend.« Karens Stimme war rauh, und ihr Atem fuhr Lena in heftigen heißen Stößen ins Ohr. Karen entfernte sich, und sie sahen sich an. Lena versank in ihren grauen Augen, die ganz tief innen zu glühen schienen.

Karen nahm Lenas rechte Hand, führte sie an sich selbst hinunter, über ihren Bauch, über lockiges Haar und legte sich Lenas Hand zwischen die eigenen Beine. Lenas Finger trafen auf heiße Feuchtigkeit, als sie Karens Scham umfaßte. Heftig sog Karen die Luft durch die zusammengebissenen Zähne und schloß fast wie unter schrecklichen Qualen die Augen. Ganz still bedeckte Lena Karen mit ihrer Hand und wartete ab.

Nach einer Weile öffnete Karen die Augen und sah sie durch halbgesenkte Lider an. Bei diesem überaus erotischen Blick vibrierte Lenas Innerstes wie eine angeschlagene Saite. »Ich … will dich, Lena«, flüsterte Karen, und noch nie hatte eine Frau ihren Namen so sinnlich ausgesprochen, wie Karen es tat. »Bitte – nimm mich! Jetzt und hier.«

Von einer Sekunde zur anderen konnte Lena kaum noch stehen, als das Begehren durch ihren Körper jagte und in ihrem Unterleib explodierte. Ihr Herzschlag setzte aus und raste dann doppelt so schnell weiter. Karen mußte ihre Reaktion sehen, die diese paar Worte in ihr auslösten. Jedenfalls beugte sie sich zu Lena, bis sie die Lippen wieder an ihrem Ohr hatte. Ihre Zunge strich über ihre Ohrmuschel, und dann biß sie in ihr Ohrläppchen. Lena erschauerte und stöhnte leise. In langsamen Bewegungen strich Karen an Lenas Arm entlang, deren Hand noch immer reglos zwischen ihren Beinen lag, dort, wo Karens Hitze sie verbrannte und ihre Nässe sich an ihren Fingern sammelte. Ganz gleichmäßig fuhr Karen von ihrem Oberarm bis hinunter zu ihrem Handgelenk und wieder zurück. Karens Atem blies ihr mindestens ebenso heiß, wie sie es unten war, ins Ohr, als sie murmelte: »Nimm mich! Bitte … ich halte das nicht länger aus. Du quälst mich.« Lena streichelte Karens weiche Schamlippen, und die andere erbebte spürbar. »Ja … Lena! Ja …«, stöhnte Karen abgerissen.

Ihre gestammelten Worte, eigentlich waren es nur schwache Seufzer, stachelten Lenas eigene Erregung an, wie sie es nie für möglich gehalten hätte. Mit einem harten Kuß fesselte sie Karen und schob sich mit ihrem Körper gegen sie. Sie preßte ihre Hand fester gegen Karen und tauchte mit den Fingern zwischen ihre nassen Schamlippen. Karen reagierte mit einem kehligen Laut und umklammerte Lena, als bedeute es ihr Ende, sie auch nur einen Moment loszulassen. Was so sanft begonnen hatte, hatte sich zu einem wilden und leidenschaftlichen Liebesspiel gesteigert. Karens Hände wühlten sich in Lenas Haar und hielten ihren Kopf fest, während sie mit rauher Zärtlichkeit in ihre Lippen biß. Lena antwortete mit ihrer Hand, indem sie Karens empfindlichen Punkt fand. Karen stockte der Atem, und sie hielt kurz inne. Mit zwei Fingern drang Lena langsam in sie ein. Karen ließ zitternd die Luft los und stieß ihre Hüften vorwärts gegen ihre

Hand, um sie noch tiefer in sich hineinzutreiben. Mit wilden Küssen glitt Karen über Lenas Wange und zu ihrem Hals hinunter, wo Lena kurz darauf wieder ihre Zähne fühlte, als sie sie biß und dann ein heftiges Saugen, das Lena bis hinunter in die Zehenspitzen schoß. Lena glitt ein Stück aus Karen hinaus und wieder hinein. Atemlos preßte Karen ihr Gesicht gegen Lenas Schulter und stöhnte, »Hör nicht auf. Bitte ... hör nicht auf ...«

Aber das hatte Lena sowieso nicht vorgehabt. Sie massierte Karen in gleichmäßigen Stößen und glitt mit dem Daumen schnell über ihre Klit. Karen schrie auf, und der Schrei verwandelte sich in ein tiefes lustvolles Stöhnen, das in einem Flüstern endete. »... meine Lena ...«

Bei diesen Worten verschlug es Lena den Atem, obwohl eine kleine zweiflerische Stimme in ihr ihr einzureden versuchte, daß Karen nicht wußte, was sie sagte, nicht in ihrem Zustand äußerster Erregung. Da sagte man schon mal dies und das ...

Mit der anderen Hand streichelte Lena Karens Schenkel, wanderte hinauf zu ihrem Po, knetete Karens festes Fleisch und hielt sie gleichzeitig fest, um sie so gut es ging zu stützen. Erneut glitt sie in Karen hinein und stieß gleichzeitig mit den Hüften gegen sie. Karen wurde von ihrer Kraft erschüttert, stöhnte hilflos auf und zitterte am ganzen Körper vor Anspannung. Immer wieder glitt Lena gezielt über ihre erregte Klit, bis Karen atemlos den Kopf zurückwarf und erstarrte. Sanfter massierte Lena ihre Mitte und fühlte das tiefe Pulsieren, mit dem Karen zum Höhepunkt kam, und gleich darauf die Welle von Feuchtigkeit, die gegen ihre Hand brandete.

In einem langen Seufzer atmete Karen aus und sank gegen die Wand zurück. Lena zog ihre Hand weg und umfing ihre Geliebte. Zärtlich begann Lena ihren Hals zu küssen, ungezielt wanderte sie mit ihren Lippen über Karens warme duftende Haut bis hinauf zu ihrem Gesicht und fand sie schließlich zu einem behutsamen Kuß auf ihre erschöpften Mundwinkel und dann auf ihre

Lippen. Karen schlug die Augen auf und lächelte sie an. »Meine Lena«, raunte sie zärtlich.

Oh, na ja - jetzt ist sie aber wieder bei Verstand, und sie hat es wiederholt. Karen wußte, was sie sagte. Sehr genau sogar. Ebenso wie vorhin, dessen war sich Lena absolut sicher. Lena erwiderte ihr Lächeln. »Ich liebe dich.«

Karen küßte sie lange - sehr, sehr lange und unendlich zärtlich, und selbst wenn sie diese verflixten drei Worte nicht aussprechen konnte, so sagte ihr Kuß deutlich, daß sie ebenso empfand. Selbst dann, wenn es ihr nicht bewußt war.

Als Karen ihren Mund freigab, seufzte Lena genüßlich. Sie behielt die Augen geschlossen und strich sich mit der Zunge über die Lippen. Bei Karens leisem Lachen sah Lena sie an. »Du siehst aus, als hättest *du* den Orgasmus gehabt und nicht ich«, sagte Karen heiter.

Ausnahmsweise wurde Lena mal nicht rot bei Karens Direktheit. *Vielleicht gewöhne ich mich an ihre Art.* Sie lächelte verhalten. »Hm, deine Küsse sind eben schon fast so gut wie ein Orgasmus. Das kannst du gar nicht beurteilen. Du mußt das erleben.«

»Das wird kaum gehen.«

Lena griff in Karens Nacken und zog ihren Kopf zu sich. Sie küßte Karen und murmelte dann an ihren Lippen: »Du verpaßt etwas. Das kann ich dir versichern.« Karen grinste amüsiert und küßte Lena ihrerseits. Schweren Herzens befreite Lena sich aus ihren Armen. Allerdings ließ sie es sich nicht nehmen, Karens nackten Anblick für einen Moment zu genießen. Sie seufzte tief auf, was Karen zum Grinsen brachte. Mit einem verlegenen Lächeln zuckte Lena mit den Schultern. »Tut mir leid, wenn ich dich dauernd anstarre«, bemerkte sie, auch wenn diese Entschuldigung nicht so ganz erst gemeint war.

»Braucht es nicht.« Karens Augen funkelten. »Jeder deiner Blicke ist ein Kompliment. Davon kann man nie genug bekommen. Wirklich ...« Ihre Stimme bekam einen verführerischen Tonfall. »Es ist sehr angenehm, so von dir betrachtet zu werden.«

Wachsam wich Lena ein Stück vor ihr zurück. »Versuch das nicht –«

»Was denn?« Karen lächelte unschuldig und stieß sich von der Wand ab. Sie machte einen Schritt auf Lena zu, mit wiegenden Hüften, jede ihrer Bewegungen geschmeidig und verlockend. Karen fixierte sie mit Blicken, die einen Eisberg zum Schmelzen gebracht hätten.

Lena lachte wissend und schüttelte gleichzeitig abwehrend den Kopf. »Oh, nein, Karen. Ich sage dir, was ich jetzt machen werde. Ich gehe uns jetzt Brötchen kaufen, und dann werden wir frühstücken. Meinetwegen brauchen wir dabei auch keinen Ton zu sagen, wenn du das nicht willst. Es kann ja gut sein, daß *dir* ein bißchen Sex zum Frühstück genügt. Aber auch wenn deine Küsse noch so süß sind, Liebling, ich brauche ein paar Kohlehydrate, um bei Kräften zu bleiben, sonst werde ich vor deinen Augen verhungern. Und ich kann mir nicht vorstellen, daß du das möchtest.« Sie grinste Karen übermütig an und fügte hinzu: »Sonst müßtest du dich nämlich selbst befriedigen.«

Fassungslos bei so viel Frechheit starrte Karen sie an. Dann warf sie den Kopf zurück und lachte. »Du bist unglaublich, Lena!« Ihr Gesicht strahlte vor Belustigung. »Einmalig! Und du hast recht. Ich will nicht, daß du mir verhungerst. Bestimmt nicht.«

»Das erleichtert mich.«

Karen wurde nachdenklich. »Sag mal«, fragte sie gedehnt, »hast du eben Liebling gesagt?«

Hoppla! Das war ihr so rausgerutscht. Sie hatte angenommen, Karen hätte es vielleicht gar nicht mitbekommen. Vorsichtig nickte Lena. »Ja. Ich schätze ja. Warum?«

Ihr Gegenüber betrachtete sie abschätzend. *Jetzt kommt's*, dachte Lena ahnungsvoll. Aber Karen zuckte nur mit den Schultern. »Ich wollte es nur wissen«, meinte sie lapidar.

Na, so was! Aber Lena kam nicht dazu, sich darüber Gedanken zu machen, was sie von dieser Nichtreaktion halten sollte, denn Karen fuhr fort: »Aber ich habe eine bessere Idee.« Seufzend verdrehte Lena die Augen zur Decke, weil sie sich denken konnte, was nun wieder kommen mußte - und es würde schwer sein, ihren Verführungskünsten zu widerstehen. Verdammt schwer! Mit einem unterdrückten Lachen, das ihre Stimme kaum merklich zittern ließ, erklärte Karen: »Nicht, was du denkst.«

Nein? Zweiflerisch bedachte Lena sie mit einem Blick, bereit, noch ein Stück zurückzuweichen, um sich nicht der Versuchung von Karens nacktem Körper auszusetzen, dessen Anblick alleine Lena schon zum Schwitzen brachte.

Ihr offensichtliches Mißtrauen bereitete Karen einen riesigen Spaß. Sie begann zu grinsen. »Nein«, beantwortete sie Lenas stumme Frage, die an ihrem Gesicht abzulesen sein mußte. »*Ich* werde uns die Brötchen kaufen und auch das Frühstück machen.«

Okay, Lena war überrascht bei diesem Vorschlag. »Warum? Es dauert doch nicht lange. Außerdem -«, sie ließ ihre Blicke über Karens Körper gleiten, und fast hätte sie wieder aufgeseufzt, »- bin ich angezogen. Wenigstens fast.« Ihren Pullover überzustreifen war wirklich keine große Sache. Und während sie hier diskutierten, hätte sie schon dreimal zurück sein können.

»Ich beeile mich auch«, beharrte Karen.

»Warum willst du dich so abhetzen? Leg dich doch einfach noch mal hin, und ich bringe dir das Frühstück ans Bett.« Lena dachte, daß diese Aussicht Karen umstimmen würde. Sie hatte sich getäuscht. Wenn Karen sich erst mal etwas in den Kopf gesetzt hatte, dann konnte sie stur bleiben.

Mit einer hilflosen Geste meinte Karen: »Ich würde es aber gerne tun. Ich möchte die Brötchen kaufen und dir das Frühstück machen und dich ein bißchen …«, sie stockte, « … verwöhnen.« Karen lächelte schwach. »He, das ist meine Wohnung. Ich bin die Gastgeberin, schon vergessen?«

»Nein. Ich dachte nur – Hast du mir nicht gesagt, du kochst nicht gerne? Ich wollte dir das ersparen. Es macht mir wirklich nichts aus.«

»Wenn wir noch lange herumreden, dann ist es Zeit für das Mittagessen«, murrte Karen etwas ungeduldig. »Jetzt setz dich hin, trink noch eine Tasse Kaffee, lies die Zeitung oder sonst was, und dann bin ich sofort wieder da.« Mit einem schnellen Schritt trat Karen auf sie zu. Lena kam nicht dazu, ihr auszuweichen, da zog Karen sie auch schon in die Arme. Ihre Brüste drückten sich aufeinander, und Karens Brustwarzen hinterließen brennende Male auf ihrer Haut. Lenas Körper antwortete sofort, und sie schmolz dahin. Nur mit ihrer gesamten Willenskraft hielt sie sich noch aufrecht. Aber nicht sehr lange. Denn Karen küßte sie, ehe Lena protestieren konnte, und schon war ihre Beherrschung dahin wie ein Eiswürfel in einem Lavastrom. Sie öffnete die Lippen für Karen und erwiderte hingebungsvoll ihren Kuß.

»Ich möchte alles für dich tun, was immer du willst«, murmelte Karen ganz nah. Ihre Lippen streiften beim Sprechen die ihren. Bei ihren Worten und ihrer verwirrenden Nähe hatte Lena keine Chance.

»Ich werde auf dich warten«, flüsterte Lena mit rauher Stimme, die ihr fast wegblieb. Karen küßte sie ein letztes Mal und gab sie dann frei. Lena taumelte, als ihre Beine beinahe nachgaben, und schnell stützte Karen sie.

»Ist alles in Ordnung?« fragte Karen besorgt.

Zittrig strich sich Lena durchs Haar, rang unauffällig nach Luft und versuchte energisch, ihre Erregung zurückzudrängen. Mühsam brachte sie ein etwas unsicheres Lächeln zustande. »Du gehst einkaufen«, bekräftigte sie in Karens Richtung, »und ich werde mich irgendwohin setzen.«

Karen durchschaute sie sehr wohl. Ihr Lächeln hatte etwas Verschmitztes. »Ich könnte auch ein bißchen später gehen«, schlug sie in mehrdeutigem Ton vor.

»Oh, nein.« Lena wehrte sie mit einer Handbewegung ab. »Geh jetzt. Bitte.«

Grinsend zuckte Karen mit den Schultern. »Wie du willst.« Und dann ging sie tatsächlich, womit Lena schon kaum noch gerechnet hatte, und verschwand im Schlafzimmer, um sich anzuziehen. Erleichtert atmete Lena auf und sank geschwächt auf einen Stuhl. Ihre weichen Knie waren ihr dankbar dafür. Himmel, diese Frau machte sie fertig! Es war unglaublich, was jede ihrer Berührungen in ihr auslöste. Lena stand jedesmal kurz vor dem Zusammenbruch. Sie mußte lächeln. Ein schönes Gefühl eigentlich.

Karen beeilte sich. Kaum war sie angezogen, da wühlte sie nach Geld und einem Beutel und eilte zur Tür. Amüsiert schaute Lena ihr dabei zu. Dann kam Karen noch einmal zurück und verabschiedete sich mit einem langen zärtlichen Kuß von Lena, als würde sie nicht in zehn Minuten wieder hier sein, und lächelte sie dermaßen sanft an, daß Lena schon wieder ganz warm wurde. »Beeil dich«, sagte Lena. »Ich weiß nicht, wie lange ich es ohne dich aushalte.«

Sichtlich ergriffen zögerte Karen und küßte sie noch einmal behutsam. »Ich werde mich beeilen«, versprach sie ein wenig heiser und schoß zur Tür. Lena lächelte verliebt und räkelte sich auf ihrem Stuhl. Als ihr ein wenig kühl wurde, zog sie ihr T-Shirt über, während sie sich in Gedanken schon ausmalte, was Karen tun würde, wenn sie wiederkam. Mit einem leisen Seufzen schloß sie die Augen.

Ein Klopfen an der Wohnungstür lenkte Lena ab. Sie grinste und ging, um zu öffnen. »Na, was hast du vergessen? Oh –« Zwei Männer standen vor der Tür. »Tut mir leid«, entschuldigte Lena sich verblüfft. »Ich dachte, Sie wären jemand anderes.«

»Macht doch nichts«, wehrte der eine der beiden ab und setzte ein freundliches Lächeln auf. Rasch musterte Lena die Männer, und weil sie annahm, daß es irgendwelche Vertreter waren, wollte sie schon zu der Erklärung ansetzen, daß sie nichts kaufte. Aber ehe sie den Mund aufmachen konnte, fragte der eine: »Ist die Dame des Hauses nicht da?«

»Äh – nein«, sagte Lena. Kannte er Karen denn? Vielleicht waren sie doch keine Vertreter. Sie betrachtete die Männer genauer, und irgendwie kam ihr der eine bekannt vor.

»Wann kommt sie denn wieder? Es ist wichtig.«

Irritiert schüttelte Lena den Kopf. »Sie ist nur kurz weg«, murmelte sie abwesend und starrte den Mann an. Sie kannte ihn. Sie war ganz sicher. Aber woher? Es war nichts Erfreuliches, daran erinnerte sie sich. Ein mulmiges Gefühl beschlich sie bei seinem Anblick, aber sie kam nicht drauf. Der Mann zeigte wieder sein freundliches Lächeln. Er sah sympathisch aus, ganz unauffällig und durchschnittlich und –

Es durchfuhr Lena wie ein Schlag. »Ich kenne Sie!« rief sie plötzlich aus. »Von dem Polizeifoto –« Schlagartig verstummte sie und wußte, daß sie einen Fehler gemacht hatte. Das Lächeln verschwand von dem Gesicht ihres Gegenübers, als würde es jemand ausknipsen. Im selben Moment griff der Mann unter seine Jacke. Lena wich zurück und warf in einer Kurzschlußhandlung die Tür zu. Aber sie war nicht schnell genug. Der Mann stellte seinen Fuß in den Türspalt. Mit der Kraft, die ihr der Schreck verlieh, warf Lena sich gegen die Tür und wurde von einem Schmerzensschrei belohnt, als sie seinen Fuß quetschte. Dann rammte mit unglaublicher Wucht etwas von der anderen Seite gegen die Tür. Lena verlor den Halt. Die Tür wurde ihr aus den Händen gerissen und prallte zurück. Ein Schlag traf sie, und gleißender Schmerz explodierte in ihrem Kopf. Sie stürzte, versuchte sich in einem Reflex abzufangen, als sie auch schon hinschlug.

Vor ihren Augen trieben rote und schwarze Punkte. Verschwommen sah sie die Männer in die Wohnung kommen und die Tür schließen. Dann tauchte direkt über ihr das Gesicht des Mannes auf, den Karen ihr gestern nacht auf dem Polizeifoto gezeigt hatte. Ein unauffälliges, freundliches Gesicht, das jetzt auf sie hinunterlächelte. Ein hämisches Lächeln.

»Ich glaube, wir werden hier auf die Dame des Hauses warten«, erklärte er. Lena starrte zu ihm hinauf. Die Stelle an ihrer Stirn, wo die Tür sie erwischt hatte, pochte schmerzhaft, und etwas Warmes sickerte über ihre Haut. Sie tastete danach und traf mit den Fingern auf etwas Klebriges. Als sie die Hand zurückzog, war Blut an ihren Fingern.

Der Mann hatte sie beobachtet und ging nun neben ihr in die Hocke. Er musterte sie eingehend und, wie es schien, mit kindlicher Neugier. *Dieselbe Neugier, mit der Kinder Spinnen die Beine ausreißen*, dachte Lena.

Dann lächelte er wieder dieses Lächeln, das so sanft wirkte – und das in Lena Übelkeit hochsteigen ließ. »Tut es weh?« fragte er. Und als Lena nicht antwortete, nickte er. »Oh, ja«, beantwortete er seine eigene Frage. »Es tut weh. Da bin ich sicher.« Er kicherte. »Aber Schmerz ist etwas Wunderbares.« Er erhob sich wieder und griff in seine Jackentasche. Ein zerknautschtes Päckchen Zigaretten wurde von ihm zu Tage gefördert, und er zündete sich eine davon an. Dann ging er wieder neben ihr in die Hocke. Er machte einen tiefen Zug und ließ die Zigarette rot aufglühen. Dann hielt er Lena das glühende Ende ganz dicht vor das Gesicht, so daß sie es gut sehen konnte. Mit eisigem Schrecken erinnerte Lena sich an Karens Worte.

Er war der mit den Zigaretten!

31.

Er lachte, als er die Panik in ihrem Gesicht aufflackern sah. Lena wollte vor ihm zurückweichen, als sie von hinten unvermittelt zwei harte Hände packten und auf die Füße rissen. Sie hatte den zweiten Mann vergessen. Lena gab einen erschrockenen Laut von sich und wehrte sich panisch in seinem Griff. Der Mann zerrte und schob sie durch die Wohnung und stieß sie dann in einen der Sessel im Wohnzimmer. »Bleib da sitzen!« befahl er finster. *Er* paßte zu dem Bild eines Verbrechers: groß und breit, ein grobes Gesicht und lange Haare, die strähnig um seinen Kopf hingen. Sobald Lena in seine kalten Augen sah, traute sie ihm alles zu. Jedes Verbrechen.

In diesem Augenblick ging der Schlüssel in der Tür, und Lena schoß vom Sessel hoch. Der blonde Mann zuckte zu ihr herum, und wie aus dem Nichts hatte er plötzlich eine Pistole in der Hand, die sehr präzise auf ihren Kopf zielte. »Ein Ton, und ich werde dich erschießen«, sagte er drohend und mit eisiger Entschlossenheit. Lena erstarrte. Sein Kumpan stellte sich hinter die Wohnungstür, als diese sich öffnete. Karen kam herein, eine Papiertüte mit Brötchen auf dem Arm, den Schlüssel noch in der Hand. »Ich bin wieder da«, rief Karen und gab der Tür einen schwungvollen Schubs, so daß sie ins Schloß fiel.

Dieses Geräusch ließ Lena hochschrecken. »Karen –« Der Blonde bewegte sich schnell. Lena sah seine Faust nicht, die sie mit unglaublicher Wucht in den Bauch traf. Die Luft wurde aus ihr herausgepreßt, so daß sie nicht einmal vor Schmerz schreien konnte. Sie fiel in den Sessel zurück und krümmte sich keuchend. In dem Moment, als der Blonde sie niederschlug, stürzte der andere sich von hinten auf Karen. Die war davon völlig überrascht. Ihr Abwehrversuch kam viel zu spät, und der Tritt des Mannes erwischte sie in der Seite. Mit einem Schmerzenslaut taumelte Karen gegen die Wand. Brötchen kollerten über den Boden.

Der Mann setzte ihr nach und warf sich auf sie. Er hatte allerdings nicht mit Karens schnellen Reaktionen gerechnet. Sie wich ihm aus, und ehe er noch richtig begriff, was geschah, knallte er von seinem eigenen Schwung getragen gegen die Wand. Eine Sekunde später lag er auf dem Boden, weil Karen ihm die Beine unter dem Körper weggetreten hatte. Sie setzte nach und zerrte den Mann auf die Füße. Mit all ihrer Kraft warf sie ihn erneut gegen die Wand und nagelte den stöhnenden Mann fest, ihren Arm gegen seine Kehle gepreßt, so daß ihm schier die Augen aus dem Kopf quollen und sein Gesicht eine bedenklich rote Farbe annahm, als er röchelnd in ihrem Griff hing.

Alles ging so schnell, daß Lena dem kaum folgen konnte. Halb benommen vor Schmerz kämpfte sie mit ihrer Übelkeit, während sie die Tränen aus den Augen blinzelte. Sie wollte aufstehen, aber ihr Körper gehorchte ihr nicht richtig.

»Das reicht!« ertönte die Stimme des Blonden direkt neben Lena, und im selben Augenblick drückte sich der Lauf seiner Pistole seitlich gegen ihre Schläfe. Aber seine Worte galten nicht Lena. Karens Kopf fuhr zu ihnen herum, und innerhalb von einer Sekunde erfaßte sie die Situation. Ihr wütendes Gesicht wurde blaß, und ihre Augen weiteten sich entsetzt.

Mit einem metallischen Klicken spannte der Blonde den Sicherungshebel der Waffe, ein unnatürlich lautes Geräusch in Lenas Ohren, und sie erstarrte zur Bewegungslosigkeit. »Jetzt laß ihn los, oder ich erschieße diese kleine Schlampe hier«, sagte er ganz ruhig und tippte nachdrücklich mit dem Lauf gegen Lenas Kopf. »Sie hätte längst tot sein sollen. Schließlich ist es ihr Pech, daß sie dich versteckt gehalten hat, Beringer. Blöder Job. Echt. Aber wie es scheint, hat sie so viel Glück wie du. Die Bombe hätte genügen müssen, sie in alle Richtungen zu blasen. Tja, das hat *leider* nicht funktioniert.« Er klang sehr selbstsicher. »Aber glaube mir, aus dieser Entfernung kann ich nicht vorbeischießen. Dieses Mal entkommt sie mir nicht. Es liegt bei dir, Beringer. Bleib ganz ruhig, und spiel nicht die Heldin, dann lebt sie noch ein bißchen länger … vielleicht.«

Für einen winzigen Moment zögerte Karen, aber dann gab sie den Mann in ihrem Griff frei, der hustend auf den Boden sackte. Karen trat von ihm zurück, ohne ihn ein einziges Mal anzusehen. Der Blonde lächelte zufrieden. »Na also, es geht doch.« Er nahm die Waffe von Lenas Kopf fort und richtete sie mit ausgestrecktem Arm auf Karen. Langsam ging er auf sie zu, bis der Lauf direkt ihre Stirn berührte. Karen blinzelte nicht und zeigte auch sonst keine Reaktion. Der Blonde lächelte. »Noch immer kalt wie eine Hundeschnauze, was? Aber ich erinnere mich, daß das anders war.«

Karen sah an ihm vorbei zu Lena. Ihre Augen waren voller Entsetzen. Es gefiel dem Blonden nicht, daß niemand ihn beachtete. Zornig zischte er Karen an: »Los! Knie dich hin!«

Karen starrte ihn an, und ihr Gesicht war seltsam leer.

»Du sollst dich hinknien!« schrie er sie an. Karen fuhr zusammen wie unter einem Schlag, und als Lena benommen mit ansah, wie Karen langsam in die Knie ging, da vergaß sie beinahe ihre eigene Angst vor absoluter Fassungslosigkeit. Karen sagte nichts, und sie wehrte sich nicht - sie gehorchte ihm einfach, so als habe sie keinen eigenen Willen mehr. Auf dem Boden kniend schaute sie wieder an dem Mann vorbei zu Lena, als suche sie nach einem Halt. Lena wurde eiskalt. Karen starb. Sie starb direkt vor ihren Augen, lautlos - innerlich. Sie gab sich einfach auf.

Der Blonde packte Karens Haare und riß ihren Kopf zurück. Von oben starrte er in ihr Gesicht hinunter. Er lächelte süßlich. »Wir machen einfach da weiter, wo man uns unterbrochen hat. Erinnerst du dich daran?«

Ihre Augen zuckten zu ihm. »Ja«, flüsterte Karen.

»Du hast mir viel Spaß gemacht.« Er sagte es fast schon zärtlich.

Hilflos schüttelte Karen den Kopf, und sofort verstärkte er seinen Griff in ihrem Haar und riß sie weiter nach hinten. Sie keuchte vor Schmerz, und obwohl sie die Hände frei hatte, wehrte sie sich nicht.

»Du gehörst mir. Die berühmte Beringer. *Spitzenermittlerin.* Dieses Mal werde ich auch dafür sorgen, daß du dein Gesicht nicht mehr wiedererkennst.« Er spuckte ihr die Worte regelrecht ins Gesicht. »Du weißt, ich kann dir weh tun. Ich kann es so machen, daß es dir *richtig* weh tut. Willst du, daß ich dir weh tue?«

Karen zitterte am ganzen Körper, und plötzlich liefen ihre Augen über. Geräuschlos rannen die Tränen über ihre Wangen. Sie schien es nicht mal zu merken. »Nein, nicht ...«, flehte sie leise. »Tu mir nicht weh ...«

Karen, stöhnte Lena innerlich auf. Ihre Hände ballten sich zu Fäusten, und der Haß auf diesen Mann raubte ihr fast den Verstand. Lena wollte ihn umbringen, aber die Angst, die sie gleichzeitig hatte, verhinderte, daß sie durchdrehte, und hielt sie auf ihrem Platz gefangen.

Plötzlich küßte er Karen, verschlang sie regelrecht mit seinem Mund. Lena sah Karen würgen, als er ihr die Zunge bis in den Hals schob. Unvermittelt wimmerte Karen unterdrückt, und der Mann löste sich von ihr. Blut benetzte seine Lippen, und Karens Unterlippe blutete von seinem Biß. »Meine Süße. Wir werden viel Spaß haben zusammen. Ich werde nur für dich da sein«, versprach er. »Stundenlang.«

Er stieß Karen zurück, die sich mit einem Arm auf dem Boden abfing, aber nicht aufstand. Sie wirkte völlig erschöpft, als sie sich mit zitternden Fingern das Blut vom Kinn wischte. Der Blonde beachtete sie nicht mehr, ließ sie einfach da liegen, als wäre sie ein Nichts, das seine Aufmerksamkeit gar nicht wert war. Sein

Gesicht wurde hart, und ein grausamer Zug erschien um seinen Mund, als er sich an den anderen Mann wandte. »Beweg dich! Wir verschwinden.«

Der Angesprochene rappelte sich gerade erst vom Boden hoch, immer noch ein wenig atemlos, aber schon wieder bei Kräften. Er packte Karens Arm von hinten, verdrehte ihn ihr auf den Rücken und machte so seinem Ärger über seine Niederlage Luft. Karen schrie auf und bog den Rücken durch, um dem Schmerz zu entgehen, und ließ sich hochzerren.

Der Blonde drehte sich zu Lena um und richtete die Pistole auf sie. So unerwartet wieder im Mittelpunkt seiner Aufmerksamkeit zu stehen, ließ Lenas Haß erkalten, und die Angst gewann die Oberhand zurück, als sie in den Lauf der Waffe starrte. »Hör zu, Kleine«, fing er an. Er redete leise, fast schon sanft, so als müsse er einem begriffsstutzigen Kind erklären, warum er es leider bestrafen mußte. »Du hast Beringer vor mir versteckt. Ich weiß es. Nachdem ich euch zusammen im Auto gesehen habe, konnte ich eins und eins zusammenzählen. Und – das muß man dir lassen – du hast sie gut versteckt. Nicht mal in deiner Wohnung fand ich irgendeinen Hinweis. Du hast es mir schwer gemacht. Deinetwegen mußte ich lange warten, ehe ich sie mir holen konnte.«

Der unsinnige Wunsch, sich bei ihm zu entschuldigen, kam in ihr hoch, aber Lena unterdrückte dieses Bedürfnis. Ihr Mund fühlte sich staubtrocken an, und unter ihrer Kopfhaut prickelte es wie von tausend Nadeln. Jede Sekunde dehnte sich zur Ewigkeit, während sie die Pistole fixierte und auf den Schuß wartete, der ihr Leben beenden würde. Nichts anderes sonst existierte für Lena in diesem Augenblick. Die Welt war eingeschrumpft.

»... wirklich lästig«, stellte der Mann gerade fest, und Lena bemerkte, daß sie nicht alles gehört hatte. Wie in Zeitlupe sah sie, wie sich sein Finger um den Abzug krümmte, dann zerriß die Explosion des Schusses die Luft und ihr Trommelfell. Direkt neben ihrem Kopf platzte die Polsterung des Sessels auf, und weiße Watteflocken stoben durch die Luft. Lena saß da wie zu Stein erstarrt und wartete auf den Schmerz.

»Wenn du Dummheiten machst und dich auch nur von der Stelle rührst, dann werde ich dich erschießen«, sagte er und schob die Waffe unter seine Jacke, während er sich umdrehte. Die Männer verließen die Wohnung und stießen Karen vor sich her nach draußen. Karen ließ sich abführen wie eine leblose Puppe. Hinter ihnen fiel die Tür ins Schloß.

Sehr langsam ließ Lena den angehaltenen Atem los und starrte benommen auf das Loch im Polster des Sessels. Es war etwa fünf Zentimeter neben ihrem Kopf. Fünf *erbärmliche* Zentimeter! Sie begann, unkontrolliert am ganzen Körper zu zittern, und ein trockenes Schluchzen stieg ihre Kehle hinauf. Was sollte sie tun? Sie mußte etwas tun! Sie mußte Karen helfen, sonst würde dieser Irre sie ... er würde sie ... »Oh, mein Gott, Karen! Bitte, das darf er nicht. Das darf er doch nicht!« wimmerte Lena völlig außer sich vor Angst und Entsetzen. Tränen liefen über ihr Gesicht.

Sie war schon aufgestanden und auf dem Weg zu Tür, ehe ihr dies bewußt wurde. Sie zögerte kurz und änderte die Richtung zum Fenster, das hinunter auf die Straße zeigte. Sie brauchte nicht lange zu warten, bis die beiden Männer mit Karen aus dem Haus kamen und auf einen dunklen Wagen zuhielten, der achtlos in zweiter Reihe parkte. Mehr mußte Lena nicht sehen. Sie ging zur Tür und griff im Vorbeigehen die Schlüssel von Karens Dienstwagen auf der kleinen Kommode im Flur - und da erst wurde ihr so richtig klar, was sie im Begriff war zu tun. Aber sie blieb nicht stehen, sondern riß die Wohnungstür auf und hetzte die Treppe hinunter, so schnell sie konnte. Als sie auf die Straße hinausstolperte, sah sie gerade noch, wie der dunkle Wagen um die nächste Ecke bog.

Sie lief zu Karens Auto und fummelte hektisch den Schlüssel in das Türschloß, während ihr unentwegt Tränen über die Wangen liefen. Dann quälte sie sich noch einmal fluchend mit ihren zitternden Händen, das Zündschloß zu treffen und fuhr endlich los. Immer geradeaus. An den Seitenstraßen machte sie jedesmal eine Vollbremsung mitten auf der Kreuzung und sah rasch nach links und rechts, in der Hoffnung, daß sie den Wagen entdeckte, sollten sie abgebogen sein. Sie war schon kurz davor, sich ihrer Verzweiflung hinzugeben, da erblickte sie weit vor sich den Wagen. »Oh ... Gott sei Dank! Vielen, vielen Dank«, flüsterte Lena und wischte sich mit der Hand die Tränen fort.

In einigem Abstand, so weit, wie sie es gerade wagte, folgte sie und bemühte sich, nicht darüber nachzudenken, was sie hier machte. Sie wollte nicht an die Folgen denken, an die Pistole des Mannes, an die Kugel, die fünf Zentimeter neben ihrem Kopf in den Sessel geschlagen war, und daß eine der anderen Patronen in seiner Waffe auch bald in *ihr* stecken könnte - in ihrem Kopf, daß sie sterben könnte bei all dem hier. Heftig schüttelte sie den Kopf, um diese beängstigenden Gedanken abzuwehren und begrüßte den Schmerz, der dabei hinter ihrer Stirn zu pochen anfing. Rasch blickte sie in den Rückspiegel. Ihr Gesicht sah schrecklich aus. Überall klebte Blut, so daß die eigentliche Wunde irgendwo über ihrer Augenbraue gar nicht zu sehen war. Aber sie war definitiv vorhanden, genau da, wo die Taubheit allmählich nachließ und es pochte und brannte. So konnte sie nicht rumlaufen. Sie würde viel zu sehr auffallen.

Mit ein paar Taschentüchern, die sie im Handschuhfach fand, wischte sie das Blut von ihrem Gesicht. Gerade wollte sie das Handschuhfach wieder zuklappen, als ihr der metallene Griff einer Waffe ins Auge sprang, die Karen dort aufbewahrte. Ganz Polizistin.

Eine Weile fuhr sie, ohne sich zu bewegen, die Hände um das Lenkrad gekrampft, innerlich wie zerrissen. Ihr Blick fiel hinunter auf das Handschuhfach. Mit kalten Fingern griff sie nach dem Metall der Waffe. Ein schwerer Revolver. Die Trommel war geladen. Typisch für Karen. Bedächtig legte sie die Waffe neben sich auf den Beifahrersitz. Konnte sie das tun? War sie fähig, abzudrücken und auf einen Menschen zu schießen, wenn es darauf ankam? Eine gute Frage.

Es gab jedoch Leute, die das mit Sicherheit konnten. Warum hatte sie daran nicht schon früher gedacht!! Sie entdeckte das installierte Autotelefon. Ohne noch mehr kostbare Zeit zu verschwenden, griff sie nach dem Hörer und wählte die Nummer von Wegner.

»Ja?«

»Sie haben sie!« platzte Lena heraus und hörte die zitternde Hysterie in ihrer Stimme mitschwingen.

»Was ist los?« fragte der Mann verwundert, aber bereits hörbar wachsam.

»Dieser Mann, den Karen gesehen hat. Er ist in die Wohnung gekommen und hat Karen mitgenommen. *Er hat sie!*«

»Burghard? Ein blonder Mann, durchschnittlich«, beschrieb er schnell. »Karen sagte mir, sie habe ihn bei diesem Einsatz gesehen.«

»Ja. Ja, genau der. Sie müssen etwas tun. Er wird - er ...« Ihre Stimme gehorchte ihr nicht. »Er wird ihr weh tun«, stieß sie hervor. »Er wird sie umbringen. Sie dürfen das nicht zulassen.«

»Okay. Ganz ruhig, Lena. Wo ist das passiert?«

»In Karens Wohnung. Es ist meine Schuld. Ich wußte doch nicht - ich habe sie reingelassen. Karen war nicht da, und als sie kam ... Er hat gedroht, mich zu töten, und da konnte sie nichts mehr tun. Es ist meine Schuld!«

»Nein, ist es nicht.« Es klang automatisch, mit den Gedanken war Wegner längst woanders. »Wissen Sie, wo sie hinwollten? Haben die irgendwas gesagt?«

»Nein. Sie sind in einem Auto weggefahren.«

»Verdammt!« fluchte Wegner. Und dann sehr viel leiser und mutlos: »Das ist nicht gut. Sie könnten überall sein.«

»Ich glaube, sie wollen zu der alten Industrieanlage außerhalb der Stadt im Norden. Kennen Sie die?«

»Woher wollen Sie das wissen?« fragte er vorsichtig.

»Weil ich ihnen in Karens Dienstwagen folge.«

»*Was?!*« brüllte er in den Hörer, so daß seine Stimme in ihrem Ohr schrillte. »Sind Sie völlig wahnsinnig! Burghard wird Sie und Beringer umbringen!«

Die eisige Faust, die ihren Magen umschloß, zog sich noch etwas enger zusammen. Das mußte er ihr nicht extra sagen. »Das weiß ich. Aber er wird sie auch umbringen, wenn ich ihnen nicht folge. Ich bin fast sicher, daß sie dorthin wollen.«

»Hat er Sie bemerkt?«

»Nein. Ich glaube nicht.« *Ich hoffe nicht!*

»Wir sind schon unterwegs. Ich schicke meine Leute los. Wenn sie die Richtung ändern, dann rufen Sie mich wieder an. Noch eins – wenn Sie dort ankommen, dann unternehmen Sie nichts. Verstehen Sie mich! Verhalten Sie sich ganz ruhig. Das ist lebenswichtig.«

Lena legte auf. Nervös kaute sie auf ihrer Unterlippe herum. Als der dunkle Wagen weit vor ihr die Abzweigung hinunter zu den weitläufigen flachen Gebäuden der Industrieanlage nahm, ließ Lena sich zurückfallen. Ihre Vermutung wurde bestätigt. Der Wagen ignorierte die »Durchfahrt verboten«-Schilder und verschwand zwischen den Gebäuden. Im Kriechtempo folgte Lena der schmalen Straße und bog zwischen zwei Lagerhallen ein. Sie hielt an. Der andere Wagen parkte verlassen weiter vorn, vor einer der Hallen. Sie starrte zu dem Gebäude hinüber.

Neben ihrer Angst war da eine beginnende Entschlossenheit, dieser Situation zu begegnen, von der sie nicht gewußt hatte, daß sie dazu fähig war. Sie ertappte sich dabei, bedächtig alle Eventualitäten abzuwägen, und fand nicht das leiseste Zögern oder gar Zweifel. Sie erschrak vor sich selber. Wohin sollte das führen? Sie hatte kein gutes Gefühl. Sie hatte bei all dem ein *beschissenes*

Gefühl, so als ob sie mit offenen Augen auf einen unendlichen Abgrund zurannte.

Sie stieg aus dem Wagen und lauschte in die Stille um sie herum. Nichts rührte sich zwischen den alten Gebäuden. Die Fensterscheiben der Hallen waren alle eingeschlagen. Die dunklen Fensteröffnungen glichen hohlen Augen, die zu ihr hinunterstarrten. Ihre Schritte knirschten auf feinen Glassplittern und Splitt. Jedes Geräusch erschien ihr überlaut. Ihr Herz raste, als sie das Tor erreichte und vorsichtig an den offenstehenden Spalt zwischen Wand und Tor trat. Sie blickte in das dunkle Innere der Halle und wartete einen Moment, bis ihre Augen sich angepaßt hatten und sie etwas erkennen konnte.

Behutsam schob sie sich durch den Spalt und drückte sich an der Wand entlang. Wohin sollte sie gehen? Die Halle war riesig. Überall standen Container herum. Der Betonboden war mit Dreck und Müll bedeckt. Über ihr verliefen Metallstege, die wer weiß wohin führten. Türen zweigten von der Halle ab und gingen vermutlich in die angrenzenden Lagerhallen über. Unentschlossen zögerte Lena, als etwas sich rechts von ihr bewegte. Sie zuckte herum und erstarrte. Eine Tür bewegte sich nur wenige Meter von ihr entfernt kaum merklich im Luftzug. Jemand hatte sie nicht geschlossen.

Sie stieß sich von der Wand ab und ging hinüber. Sehr vorsichtig schob sie die Tür ein wenig weiter auf und spähte hindurch. Ein weiterer Lagerraum schloß sich dahinter an, und auf der anderen Seite war noch eine Tür. Ohne länger zu zögern, durchquerte sie die Halle und trat auch durch diese Tür. Eine weitere Lagerhalle. Hier gab es nur an der einen Seite weit oben ein paar schmale Fenster, die ein undeutliches Zwielicht verbreiteten. Tiefe Schatten kauerten zwischen einigen Containern. Von hier gab es keine Zugänge mehr. Keine Möglichkeiten, einen anderen Weg zu nehmen als den, auf dem sie gekommen war.

Ein leises Geräusch lenkte sie ab, und sofort war ihr ganzer Körper zum Zerreißen angespannt, und ihre Nerven vibrierten vor Nervosität. Alles in ihr schrie danach, wegzulaufen, und sie brauchte ihre gesamte Kraft, um diesem Reflex nicht nachzugeben, sondern im Gegenteil der Richtung, aus der das Geräusch gekommen war, zu folgen. Ihr Herzschlag dröhnte in ihren Ohren, und ihre Hände waren eiskalt. Leise ging sie zu einem der Container. Wieder hörte sie dieses Geräusch, und diesmal war sie sicher, daß es das leise Klirren einer Eisenkette war. Langsam ging Lena weiter, und gegen die hellere Wand löste sich aus den Schatten die Silhouette einer menschlichen Gestalt.

»Karen«, flüsterte Lena entsetzt, als sie sie erkannte. Die Männer hatten ihre Handgelenke gefesselt und sie dann an einem Haken und einer Kette, die von der Decke hing, regelrecht aufgehängt. Ihre Füße berührten zwar noch den Boden, aber nur gerade eben so, das meiste ihres Gewichts hing an ihren Armen. Ihr Kopf fiel leblos nach vorne.

Zögernd streckte Lena die Hand aus. Ihre Finger bebten, und sie konnte kaum atmen. Behutsam berührte sie Karens Gesicht. Bei der Berührung zuckte Karen panisch zurück. Wie wild riß sie an der Kette und versuchte zu entkommen. Erschrocken zog Lena die Hand zurück. »Karen! Ich bin es. Lena«, wisperte sie eindringlich. Aber ihre Worte drangen nicht bis zu ihr durch. Ohne Lena zu erkennen, gab Karen sich auf. Ihr Körper erschlaffte, und nur ein leises Schluchzen war zu hören. Karen war nicht mehr sie selbst. *Ich muß sie hier rausbringen!*

Lena trat wieder zu ihr und suchte nach dem Ende der Kette, das an einem Eisenring in der Wand befestigt war. Mit ein paar Handgriffen löste sie die Kette und ließ Karen so vorsichtig wie es eben ging herunter. Karen sank kraftlos zu Boden.

Lena kniete sich neben sie und quälte sich mit dem Knoten ihrer Fessel herum, bis sie ihn endlich aufbekam und den Strick löste, der sich in Karens Haut geschnitten hatte. Sie beugte sich über Karen und strich über ihre Stirn. »Karen? Bist du in Ordnung? Sag etwas!« Aber sie bekam keine Reaktion. Lena zwang sich zur Ruhe. Sie mußten hier raus, alles andere war erst einmal unwichtig.

»Komm! Steh auf!« drängte Lena flüsternd. Und weil Karen ihre Umgebung noch immer nicht wahrnahm, griff Lena nach ihrem Arm und legte ihn sich über die Schultern. »Steh auf!« befahl sie energischer, und zerrte an ihr. Willenlos gab Karen nach und erhob sich taumelnd. Lena ließ sie gegen die Wand sinken und schaute in ihr bleiches Gesicht. Karens Augen waren verschleiert und sahen blind an ihr vorbei. »Kannst du laufen?« Lena griff nach ihrem Kinn und zwang sie so, sie anzusehen. »Kannst du laufen?«

Sehr langsam bewegte Karen die Augen, bis sie auf Lena fielen. »Lena ... ?«

»Ich bringe dich hier raus«, versprach Lena mutiger, als sie sich fühlte. »Ich werde –« Schritte erklangen hinter ihnen und ein leises Lachen, das sie nur zu gut kannte. Karen begann zu zittern. Langsam drehte Lena sich um. Burghard stand einige Meter entfernt und beobachtete sie mit diesem entnervend süßlichen Lächeln. Instinktiv wich Lena zurück, bis sie Karen hinter sich im Rücken spürte. Schützend blieb sie vor Karen stehen, die wie erstarrt war.

»Ich hätte nicht gedacht, daß ich dich wiedersehe«, bemerkte Burghard. »Ich war der Ansicht, ich hätte mich klar ausgedrückt.« Das hatte er. Und wie er das hatte! Als er unter seine Jacke griff, reagierte Lena, ohne nachzudenken. Sie zog den Revolver unter ihrem Hosenbund im Rücken hervor und richtete ihn auf den Mann vor sich. Aus einem Gefühl heraus hatte sie die Waffe aus dem Handschuhfach dann schließlich doch mitgenommen. Jetzt hielt sie sie vor sich, wie einen Schutzschild. Der Mann blinzelte erstaunt, dann lächelte er. »Du überraschst mich schon wieder.«

Lena spannte den Hahn der Waffe – sie schaffte es kaum und brauchte beide Hände dafür – in einer offenen Drohung, nur für den Fall, daß er an ihrer Entschlossenheit zweifelte – *so wie ich selbst.* »Keine Bewegung«, sagte sie heiser und hörte die Angst in ihrer Stimme. Die Waffe zog schwer an ihren Armen. Sie hatte nicht gewußt, daß die Handhabung so viel Kraft erforderte. In den Fernsehkrimis sah das immer so leicht aus.

Burghard hob die Hände, es wirkte spöttisch. »Sonst?«

Darauf wollte Lena nicht eingehen. »Ich werde jetzt mit Karen gehen. Und du wirst uns in Ruhe lassen.«

»Sonst?« fragte er wieder.

»Ich *werde* schießen!«

Er musterte sie kurz. Dann schüttelte er nachsichtig den Kopf und senkte die Hände langsam wieder. »Nein. Ich glaube nicht, daß du das tun wirst.«

»Willst du es ausprobieren?« fragte Lena und versuchte, ihre Stimme entschlossen klingen zu lassen. Aber sie wußte, daß er recht hatte. Sie hatte gehofft, daß sie anders handeln würde. Eigentlich hatte sie gehofft, nicht in diese Situation zu kommen. Aber jetzt wußte sie, daß sie nicht schießen konnte. Sie konnte es einfach nicht! Und Burghard wußte es.

»Ja. Ich glaube, ich werde es ausprobieren.« Langsam kam er auf sie zu. Er machte sich nicht einmal die Mühe, seine Waffe zu ziehen, so überzeugt war er davon, Lena zu durchschauen.

Noch immer zielte sie auf den Mann. Ihre Hände mit der Waffe zitterten. »Bleib stehen!« schrie Lena ihn verzweifelt an.

Der Mann lachte, und seine Haltung wurde selbstsicherer. Er kam auf sie zu und griff gleichzeitig unter seine Jacke. »Du bist tot«, verkündete er freundlich. Sie sah ihn seine Pistole ziehen. Machtlos senkte Lena die Arme. Dann ging alles blitzschnell. Karen bewegte sich plötzlich, griff um Lena herum und packte schmerzhaft fest Lenas Hände, die um die Waffe lagen. Sie riß Lenas Arme wieder hinauf und zog in derselben Bewegung den

Abzug durch. Der Schuß explodierte, und Burghard blieb unvermittelt stehen.

Seine Augen weiteten sich vor Überraschung. Eine rote Blume blühte auf seiner Jacke auf und wurde größer, als das Blut aus ihm herausfloß, dort, wo die Kugel ihn erwischt hatte. Dicht unter der Schulter. Völlig fassungslos starrte er sie an, und sehr, sehr langsam verzerrte sich sein Gesicht vor Schmerz und Wut. Er griff hinauf zu der Wunde, und als er die Hand zurückzog und das Blut sah, rastete er aus. Er brüllte los und griff nach seiner Waffe, und während Lena noch völlig perplex den Mann anstarrte, entriß Karen ihren tauben Händen die Waffe und schoß ein weiteres Mal auf ihn. Der Mann wurde von der Wucht des Treffers von den Füßen gerissen.

Reglos standen sie da, während das Echo des zweiten Schusses verklang, und starrten Burghard an. Er bewegte sich nicht mehr. Benommen drehte Lena den Kopf zu Karen und schaute sie an. Die Frau stand da und zielte unbewegt auf Burghard, bereit, die restlichen Kugeln in seinen Körper zu jagen, wenn er auch nur einen Finger rührte. Lena hatte keine Erfahrung mit Toten – natürlich nicht –, aber daß dieser Mann sich nicht mehr bewegen würde, wußte sie. Sie streckte die Hand aus und legte sie über die von Karen, mit der sie die Waffe umkrampft hielt. Behutsam drückte Lena ihren Arm hinunter.

Karen entspannte sich ein wenig und sah endlich zu ihr. »Du bist hier ...«, flüsterte sie ungläubig.

Lena lächelte ein wenig blaß. »Es sieht so aus.«

Stumm schüttelte Karen den Kopf. Fast erwartete Lena, daß Karen die Hand ausstrecken würde, um sie zu berühren, nur um sicherzugehen, daß sie keine Einbildung war. Aber das tat sie nicht. Karens Blicke schweiften ab und durchforschten die Halle. Irgendwo wurde eine Tür zugeschlagen. Karen spannte sich wachsam.

Plötzlich ging ein Schuß los und schlug hinter ihnen in die Wand. Sie duckten sich hastig, und noch in derselben Bewegung griff Karen nach Lenas Hand. »Weg hier!« rief sie und zog sie auch schon mit sich, als sie loshetzte. Karen stieß die Tür zur nächsten Halle auf, ohne auch nur langsamer zu werden.

Sie hatten die zweite Halle fast durchquert, als hinter ihnen der andere Mann auftauchte. Er entdeckte sie und schoß erneut. Karen riß Lena mit sich in die Deckung eines Containers. Atemlos lehnten sie nebeneinander an der rostigen Metallwand. Karen sah sie von der Seite an, noch immer fassungslos, und gab sich dann einen sichtlichen Ruck. »Wir - wir müssen da rauf«, flüsterte sie gepreßt und deutete auf eine Metalltreppe nicht weit von ihnen.

Diese Idee fand Lena nicht besonders gut, aber alles ging viel zu schnell, als daß sie irgendwelche Einwände erheben konnte, denn kaum gesagt zog Karen sie bereits mit sich nach rechts zu der Treppe. Solang es ging behielten sie den Container zwischen sich und dem Mann, aber auf ihrem Weg hinauf boten sie bald ein recht gutes Ziel. Ihr Verfolger schoß wieder, und funkenschlagend prallten einige der Kugeln von dem Metall des Geländers ab. Lena hätte geschrien, wenn sie nicht ihren gesamten Atem zum Rennen gebraucht hätte. Karen war schnell, und Lena mußte sich anstrengen, um mit ihr mitzuhalten. Sie rannten den Steg entlang und aus der Reichweite des Mannes. Aber seine Schritte verfolgten sie, als er hinter ihnen die Treppe hinaufstürmte.

Sie überquerten die Gitterstege, nur eingegrenzt durch ein schmales Geländer, bis in die nächste Halle. Hinter Lena warf Karen die Tür zu, eine schwere Feuertür, und schob den massiven Riegel davor. Keuchend lehnte Karen sich dagegen. »Wo ist der Ausgang?«

Kurz schaute Lena sich um, bis sie die Orientierung wiederfand, und deutete hinunter in die Halle, in der sie sich jetzt befanden, und zu dem großen Tor. »Dort. Dein Wagen steht dort.«

»Gut, dann –« Ein dumpfer Schlag gegen die Tür unterbrach sie. Karen schoß hoch wie von der Tarantel gestochen, wirbelte herum und richtete die Waffe auf die Tür. Die Schläge wiederholten sich, als der Mann immer wieder gegen die Tür trat. »Nichts wie raus hier!« Ihr Weg führte sie auf eine Treppe zu, die am anderen Ende der Halle wieder hinunter führte. Hinter ihnen verstummten die Schläge. Abrupt blieb Karen stehen, so daß Lena fast in sie hineingelaufen wäre.

»Was ist?«

»Probleme«, murmelte Karen. Und was für Probleme! Vor ihnen endete der Steg. Das Metallgitter ragte abgerissen in die leere Luft und ging erst nach gut drei Metern weiter. Lena merkte auch erst in diesem Moment, als sie innehielt, das leichte Beben und Schwanken des Metalls unter ihren Füßen. Auch hier hatte der Zerfall nicht Halt gemacht.

Ein Schuß explodierte, und die Frauen fuhren herum. Ihr Verfolger hatte sich inzwischen einen anderen Weg gesucht. Er war unter ihnen in der Halle und näherte sich nun erschreckend schnell zwischen den alten Maschinen. Karen drängte Lena nach hinten, fort von dem Abgrund, und zielte in die Halle. Aber während sie hier oben wie auf dem Präsentierteller standen, hatte der Mann dort unten genug Deckung. Karen fluchte unterdrückt und schob die Waffe hinter ihren Hosenbund. »Wir müssen da rüber. Dieses Metallgitter ist zu unsicher. Dort drüben kann er uns nicht sehen.« Lena schaute auf die andere Seite hinüber und erkannte, daß Karen recht hatte. Der Boden dort ging in soliden Beton über, ehe er zur Treppe führte.

»Das schaffe ich nicht«, sagte Lena unsicher. »Das ist zu weit.«

Karen sah sie ungeduldig an. »Du schaffst das! Du *mußt!*« zischte sie, und dann rannte sie auch schon los. Lena sah, wie sie absprang und mit einem weiten Satz auf der anderen Seite landete. Sie wirbelte herum und winkte Lena zu. »Komm!«

In verzweifelter Panik sah Lena zu ihr und dann zu dem abgerissenen Steg. *Das ist Wahnsinn! Ich schaffe das nicht. Es ist viel zu weit.*

»Komm schon!« rief Karen und wurde von einem Schuß unterbrochen, der ungezielt in die Decke schlug. Der Mann näherte sich, er brauchte nur noch um einen Container herumzukommen, ehe er freies Schußfeld hatte. Ruckartig sah Karen zu ihr. »Lena! Spring endlich, verdammt noch mal! Vertrau mir!«

Lena starrte sie an, dann hinunter auf den Boden der Halle und danach zu dem abgerissenen Ende des Steges. Sie holte tief Luft, rannte los und sprang mit aller Kraft ab. Für einen winzigen Moment schien es tatsächlich, als könne sie es schaffen.

Aber in dem Bruchteil der folgenden Sekunde erkannte Lena, daß es nicht reichen würde.

Ihre Hände schlugen gegen das Gitter auf der anderen Seite. Sie rutschte ab, und in Todesangst packte Lena zu. Mit einem Ruck riß das Doppelte ihres Körpergewichts an ihren Armen, und sie schrie vor Schmerz, als das Metall tief in ihre Finger schnitt. Hilflos pendelte sie über dem Abgrund und klammerte sich trotz aller Schmerzen fest. Dicht neben ihrer rechten Hand schlugen Funken aus dem Metall des Steges, als eine Kugel sie nur knapp verfehlte. Karen tauchte über ihr auf. Nahe der Kante warf sie sich auf die Knie und griff nach ihren Armen. Karen kümmerte sich nicht um den Mann, der unter ihnen auftauchte. »Laß nicht los!«

»Ich kann nicht mehr«, keuchte Lena panisch. Im selben Moment wurde geräuschvoll das riesige Hallentor aufgezogen. Uniformierte stürmten die Halle, und Waffen richteten sich auf ihren Widersacher. Völlig überrumpelt ließ der Mann seine Pistole fallen und ergab sich der Übermacht.

Gefährlich weit beugte sich Karen nach vorne. »Laß nicht los, Lena! Gib nicht auf. Bitte! Gib mir deine Hand! Ich zieh dich hoch.«

Blöde Idee! »Ich – kann nicht ...« Wenn sie auch nur eine Hand löste, dann konnte sie sich nicht mehr halten. Lena starrte hinauf in Karens Gesicht und fauchte: »Ich kann nicht!«

»Aber du *mußt!*« schrie Karen außer sich und packte Lenas Arme fester. »Du mußt! Versuch es! Ich liebe dich. Und ich will dich nicht verlieren! *Komm schon!*« Und von einem Moment zum anderen packte Lena heftige und völlig unsinnige Wut. *Jetzt* sagte Karen ihr, daß sie sie liebte. *Jetzt! Ausgerechnet jetzt!*

Lena biß die Zähne zusammen und quälte sich mit all ihrer Kraft, zu der ihre zitternden Arme fähig waren, hinauf. Karen half ihr und zerrte sie auf den Steg, bis Lena nachgreifen konnte und sich bäuchlings auf das Metallgitter zog. Nach Luft ringend blieb sie liegen, wie ein gestrandeter Wal.

Eine Hand legte sich ihr auf den Rücken und strich immer wieder sanft darüber. Als sie ein Auge öffnete, sah sie Karen neben sich kauern. Mit Tränen in den Augen sah sie auf Lena hinunter, und ihr zittriges Lächeln mißlang kläglich. »Bist du in Ordnung?«

»Ich lebe noch«, krächzte Lena. Das war im Augenblick das Wichtigste. Daß ihr gesamter Körper aus einem einzigen Schmerz bestand, war nebensächlich. »Und wenn ich dir das nächste Mal sage, daß ich etwas nicht schaffe, dann glaub mir bitte.«

»Tut mir leid ... Kannst du aufstehen?«

»Müssen wir wieder irgendwo hinüberspringen?« fragte Lena gequält.

»Nein ... Nein, ich würde dich nur gerne von diesem Steg herunterbekommen«, erklärte Karen schuldbewußt. Lena stemmte sich ergeben hoch, und von Karen gestützt verließ sie den Steg, bis sie stabilen Betonboden unter den Füßen hatte. Um sie herum herrschte betriebsame Hektik, als Wegners Leute die

Umgebung sicherten und den Festgenommenen abführten. »Es ist tatsächlich vorbei«, murmelte Lena zu sich selbst. Sie sah zu Karen an ihrer Seite, die sie keine Sekunde aus den Augen gelassen hatte. »Burghard ist tot.« Es war mehr eine Feststellung als eine Frage.

Karen nickte. Lena konnte nicht unbedingt behaupten, daß ihr das sehr leid tat. Dennoch mußte sie das alles erst verarbeiten. Es war ein wenig viel auf einmal, und sie fühlte sich doch ein winziges bißchen mitgenommen – vorsichtig ausgedrückt. Aber eins mußte sie noch klären. Aufmerksam betrachtete sie Karen. »Wirst du warten, bis ich wieder über einem Abgrund hänge, ehe du mir noch einmal sagst, daß du mich liebst?« wollte Lena wissen.

Ohne eine Regung sah Karen sie an. Der Ausdruck ihrer Augen war seltsam. Lena bereute schon, was sie gesagt hatte, da umarmte Karen sie plötzlich. »Du hast mir Angst eingejagt«, wisperte Karen ganz nah bei ihr. Hinter ihnen wurden Schritte laut, als einige der Beamten zu ihnen hinaufkamen. Karen drehte rasch den Kopf und sah ihnen entgegen. Bevor die Leute sie erreichten, beugte sie sich zu Lena und flüsterte in ihr Ohr: »Ich liebe dich.« Dann trat Karen einen Schritt zurück und überließ sie der eifrigen Besorgnis der Beamten, die mit einer Flut von Fragen Lenas gesamte Aufmerksamkeit forderten.

32.

Obwohl Lena mehrmals versicherte, daß es ihr gut ging, bestand Wegner darauf, sie ins nächste Krankenhaus fahren zu lassen. Dort angekommen, untersuchte ein Arzt sie kurz und kam zu dem Schluß, daß es ihr gut ging. Lena seufzte leise. Der Arzt bestand jedoch darauf, ihre Platzwunde zu versorgen und klebte die Wunde anschließend mit kleinen Pflastern zusammen. Eine Beamtin, die anscheinend auf sie gewartet hatte, erbot sich, Lena mitzunehmen, und die willigte dankbar ein.

Karen ließ sich nicht mehr blicken. Vermutlich machte sie ihren Job auf dem Revier und kämpfte sich durch die Bürokratie. Zu Hause sank Lena müde auf ihr Bett. Sie kam sich vor wie nach einem Alptraum - wäre da nicht ihr schmerzender Kopf gewesen. Und noch etwas anderes wurde ihr bewußt, während sie dalag und an die Decke starrte. Nämlich, daß Karen jeden Tag ein solches Risiko auf sich nahm. Sie war Ermittlerin und arbeitete verdeckt im Untergrund. Es konnte immer wieder passieren, daß ihre Tarnung aufflog und sie in Lebensgefahr geriet. Vielleicht nicht jeden Tag, aber eines Tages …

Lena rieb sich über die Augen und bedeckte sie dann mit dem Unterarm. Damit kam sie nicht zurecht. Sie wußte es. Sie hatte es die ganze Zeit gewußt. Sie liebte Karen, und eben darum würde sie diese Ungewißheit nicht ertragen können, jeden Tag aufs Neue, ob Karen lebend nach Hause kam oder nicht. Es war alles so falsch. Jetzt, wo Karen endlich anfing, ihr zu vertrauen, da begriff Lena endgültig, daß sie es nicht ertragen würde, mit dieser Angst zu leben

Es klingelte an der Tür, und Lena schreckte hoch. Sie mußte eingeschlafen sein, denn es dämmerte draußen bereits. Ihr Kopf dröhnte, als sie aufstand und ging, um zu öffnen. Flüchtig bemerkte sie, daß sie noch immer ihre dreckigen Sachen anhatte.

Karen stand vor der Tür und musterte sie eingehend von oben bis unten. »Wie geht es dir?«

»Es geht so. Komm rein.« Hinter ihr schloß Lena die Tür. »Ich muß eingeschlafen sein«, rechtfertigte sie ihren Zustand.

Karen hatte allerdings anderes im Kopf. Sie wirkte sehr nachdenklich und in sich gekehrt. »Ich möchte mit dir reden«, sagte sie, kaum, daß sie in der Wohnung war.

Das klang ernst. »Okay.« Lena machte eine vage Geste. »Ich bin hier und höre zu.«

Lange starrte Karen sie einfach nur an, dann ging sie langsam zum Fensterbrett und setzte sich darauf. Bedrückt senkte Karen den Blick hinunter auf ihre Hände. »Ich - ich möchte dir danken.«

Lenas Gesicht wurde weich. »Das mußt du nicht.«

Karen hob den Kopf. »Aber -« Lena trat vor sie hin und verschloß ihr die Lippen mit den Fingerspitzen. Leise wiederholte sie: »Das mußt du nicht.«

Karen ergriff ihre Hand und nahm sie in ihre. »Dennoch verdanke ich dir mein Leben«, beharrte sie. »Du hast - du bist ...« Sie brach ab. Langsam neigte sie sich vor und küßte Lena behutsam. »Du bist meine Beschützerin, Lena. Ich weiß nicht, was ich ohne dich tun soll.«

Es war die Art, *wie* sie das sagte, die Lena aufmerken ließ. »Warum sagst du das?«

»Weil ich -« Karen wich Lenas fragenden Blicken aus und murmelte: »Ich wollte mit dir über etwas reden. Es geht um uns.« Sie war dabei so betrübt, daß Lena ahnte, worum es ging.

»Du willst mir sagen, daß wir uns trennen müssen«, sagte Lena sehr leise.

Karen drückte ihre Hand und nickte leicht. »Ich hatte solche Angst um dich heute. Ich dachte, du stirbst. Ich kann nicht mit dem Gedanken leben, daß dir wegen mir etwas zustoßen könnte. Und das könnte passieren, wenn wir zusammen bleiben. Mein Job ist nicht ungefährlich, und - alles kann passieren.«

Lena sah Karen in die Augen, die so verzweifelt waren, daß es ihr weh tat. Sie verspürte den Drang, die andere zu trösten, dabei fühlte sie selber Tränen ihre Kehle hinaufsteigen. »Ich weiß. Und ich weiß auch, daß ich nicht damit zurechtkommen kann, wenn du dich weiterhin auf diese Art in Gefahr begibst.« Und Karen würde den Job bei der Polizei nie aufgeben, das wußte Lena, und darum würde sie es gar nicht erst vorschlagen. Diese Lösung des Problems hatte nie zur Debatte gestanden. Lena lächelte, aber es verrutschte ein wenig. »Ich schätze, wir hatten nie eine Chance, oder?«

Stumm schüttelte Karen den Kopf, unfähig zu reden. Lena küßte sie noch einmal sanft und schmeckte salzige Tränen. *Sind es meine oder Karens?* »Es geht nicht anders«, murmelte Lena mit belegter Stimme. »Du hast es die ganze Zeit gewußt.«

»Ich wünschte, ich hätte nicht recht behalten«, murmelte Karen und erhob sich vom Fensterbrett. Lena trat beiseite, um sie vorbeizulassen, statt dessen umarmte Karen sie plötzlich. Sie weinte. Ihr ganzer Körper bebte vor unterdrücktem Schluchzen. Lena nahm sie in die Arme und hielt sie einen kostbaren Moment lang fest.

»Geh jetzt«, flüsterte sie und schob Karen an den Schultern von sich fort. Sekundenlang blickte Karen sie an. Dann drehte sie sich um und ging. Ihre Schritte verklangen wenig später im Treppenhaus.

33.

Den Schmerz kannte Lena schon. Es war genauso schlimm wie beim letzten Mal, als sie Karen verloren hatte. Aber dieses Mal war sie darauf vorbereitet. Sie wußte, was sie erwartete, auch wenn es dadurch nicht weniger entsetzlich wurde.

Die Idee kam ihr in der Nacht, als sie allein in der Dunkelheit lag und nicht schlafen konnte, weil ihr ganzer Körper ein einziger brennender Schmerz war. Sie wollte weg von hier. Es gab hier nichts mehr, was ihr etwas bedeutete. Sie wollte zurück zu Susanne und Rolf, zurück in ihr eigenes Leben. Dort konnte sie sich um sich selber kümmern und warten, bis dieser verfluchte Schmerz nachließ.

Gleich am nächsten Tag kündigte sie ihren Job beim Fuhrpark und verließ die Stadt. Am Telefon hatte sie Susanne kurz erzählt, was passiert war. Bestimmt hatte sie ihre Freundin damit wieder ein wenig geschockt. Es wurde eben nie langweilig, dachte Lena zynisch. Aber Susanne und Rolf waren so rücksichtsvoll, sie nicht mit Fragen zu quälen, als sie wieder bei ihnen einzog.

Lena war still und in sich gekehrt. Sie machte lange Spaziergänge, dachte nach und versuchte, sich von den Gedanken an Karen zu lösen. Besonders wollte sie dieses letzte Bild von ihr verdrängen, das sie dauernd im Kopf hatte: ihr tränennasses Gesicht mit den verzweifelten Augen.

»Willst du nicht doch darüber reden?« sprach Susanne sie eines Abends an, als sie beisammen saßen und Fernsehen sahen. Anscheinend hatte Susanne mehr Lena beobachtet, die abwesend vor sich hinstarrte, als auf das Programm zu achten. Lena blinzelte und schaute zu ihr. »Es würde dir vielleicht helfen«, fügte Susanne mitfühlend hinzu.

Lena lächelte kaum merklich. »Es geht schon. Gib mir Zeit. Es ist nur ein bißchen Liebeskummer. Nichts, was die Zeit nicht heilt.«

»Glaubst du an das, was du da sagst?« zweifelte Susanne.

»Wenn nicht, dann kann ich mich ja gleich umbringen«, entgegnete Lena bitter.

Susanne erschrak. »Lena! Das meinst du nicht ernst!«

»Natürlich nicht«, beruhigte Lena. »Ich schwöre, ich habe auch nicht darüber nachgedacht. Ich brauche nur noch ein wenig Zeit, dann geht auch das vorüber. Bestimmt sogar.« *Das hoffe ich inständig.* »Nächste Woche suche ich mir einen neuen Job.«

»Aha! Die Arbeitstherapie, ja? Denkst du, daß dir das hilft?«

»Es *muß!*« stieß Lena plötzlich heftig hervor. »Ich ertrage das sonst nicht länger.« Sie seufzte tief auf und wiederholte leiser: »Ich ertrage das nicht länger. Es tut so weh. Ich - verdammt, ich hatte schon öfter Liebeskummer. Es ist wahrlich nicht das erste Mal, aber noch nie hat es so sehr weh getan.«

»Ich erinnere mich da an einige Male, die du ähnlich deprimiert durch die Gegend geschlichen bist«, sagte Susanne sanft.

Lena starrte ihre Freundin an. Vielleicht hatte sie recht. Dachte sie nicht immer, daß es dieses eine Mal schlimmer war als all die anderen Male? Und doch ging es immer wieder vorbei. Lena senkte den Kopf. »Ja, vielleicht ist das so.«

Susanne erhob sich von ihrem Sessel und setzte sich zu Lena aufs Sofa. Sie legte ihr den Arm um die Schultern und drückte sie an sich. »Nein. Ist es nicht«, erklärte Susanne. »Wenn es so wäre, dann wärst du mir nämlich eben empört an den Hals gesprungen statt den Kopf hängenzulassen.« Lena ließ sich gegen ihre Freundin sinken und legte den Kopf an ihre Schulter. Tröstend streichelte Susanne über ihren Rücken, und Lena ließ sich einfach fallen.

Ein paar Tage später wurde Lena schon sehr früh wach. Das erste Morgenlicht zeigte sich gerade erst zögernd, aber sie konnte nicht mehr schlafen. Das Haus war still. Rolf schlief noch, und Susanne war über Nacht bei Julia geblieben. Aus Rücksicht auf Lenas Gefühle vermied Susanne es, Julia hierher einzuladen. Lena redete sich den Mund fusselig, um Susanne davon zu überzeugen, daß es ihr wirklich nichts ausmachte, wenn Julia hier war. Soweit kam es noch! Lena fühlte sich nur schuldig, wenn Susanne sich wegen ihr einschränkte. Aber davon wollte ihre Freundin gar nichts wissen. So war sie eben, typisch Krankenschwester, dachte Lena voller Zuneigung.

Sie öffnete das Fenster und schaute hinaus in den neuen Tag. Heute war Freitag. Montag würde sie sich auf die Suche nach einem neuen Job machen. Es war ihr eigentlich egal, was es war, Hauptsache Arbeit.

In der kalten Luft zog sie fröstelnd die Schultern hoch, aber die Kälte vertrieb auch ihre Müdigkeit und machte ihren Kopf klar. Ziellos schweiften ihre Blicke über die Landschaft. Rauhreif hing an den Gräsern und den letzten herbstlichen Blättern, die noch nicht von den Bäumen gefallen waren. Eine gefrorene Landschaft, die langsam in den Winterschlaf fiel. Es war tröstlich, daß die neuen Knospen bereits an den Bäumen und Sträuchern vorhanden waren und nur darauf warteten, bis sie im Frühjahr erwachen konnten.

Gerade wollte sie das Fenster schließen, als sie auf einen Wagen aufmerksam wurde, der, etwas vom Haus entfernt, auf der Zufahrtsstraße parkte. Mißtrauen regte sich in ihr. Sie schloß das Fenster und ging hinunter. Auf der Wiese vor dem Haus entdeckte sie eine dunkle Gestalt. Lena zögerte unsicher. Sie war nicht sicher, ob sie ihren Augen trauen konnte. Langsam ging sie näher, und dann, ohne es eigentlich zu wollen, weil es absolut kitschig war, fing sie an zu rennen. Sie konnte einfach nicht anders. Wortlos, weil ihre Kehle wie zugeschnürt war, warf sie sich in Karens Arme, die sie auffing und mit all ihrer Kraft an sich drückte. Lena preßte ihr Gesicht gegen Karens Hals und hielt sie so fest, als wolle sie sie in sich hineinziehen und zu einem Teil von sich machen. Keine sagte etwas.

Zögernd nur gaben sie sich schließlich frei und schauten sich an. Lena seufzte mutlos und ließ ihre Vernunft die Oberhand gewinnen. »Du hättest nicht kommen sollen. Damit machen wir es uns nur schwerer.«

»Ich habe dich vermißt. Die ganze Zeit. Es erschien mir wie eine Ewigkeit«, sagte Karen leise, als würde das alles erklären. Vielleicht tat es das ja auch.

»Es waren nur fünf Tage.«

»Und elf Stunden«, ergänzte Karen lächelnd, es fiel ein wenig traurig aus. »Du hast deine Arbeit gekündigt und deine Wohnung. Warum bist du weggegangen?«

»Es schien mir das Beste zu sein.« Lena wollte nicht darüber reden. »Warum bist du hier? Und warum stehst du hier draußen herum?«

»Ich bin eigentlich gerade erst gekommen. Ich habe ein wenig nachgedacht, und ich ... ich wollte dich nicht wecken. Es ist noch recht früh.« Das war nicht genau das, was Karen hatte sagen wollen, dessen war sich Lena sicher. Karen streifte sie mit unsicheren Blicken und rang nach Worten. »Du kommst nicht wieder zurück, oder?«

Lena schüttelte den Kopf. »Nein, ich glaube nicht. Ich bin ganz froh, wieder hier zu sein. Und ich werde schon einen neuen Job finden.« Sie lächelte schief. »Du weißt ja, ich bin sehr geschickt mit den Händen.«

Karen schmunzelte. »Ja, ich weiß.«

»Wollen wir nicht hineingehen? Es ist kalt.«

»Sicher.« Lena drehte sich schon um, als Karen sie am Arm festhielt. »Ich muß dich etwas fragen«, sagte Karen unvermittelt. Aufmerksam und ein wenig mulmig wartete Lena.

»Liebst du mich?«

Was für eine Frage! »Ja. Ich liebe dich. Von ganzem Herzen, Karen«, – *und anscheinend kann nichts das ändern.*

Karen schluckte schwer. »Ich dich auch«, flüsterte sie mit belegter Stimme und sah ihr in die Augen. Fast gewaltsam mußte Karen sich losreißen und zog einen Brief aus ihrer Jackentasche. Irritiert beobachtete Lena die andere. »Nach allem, was passiert ist, habe ich viel nachgedacht«, sagte Karen. »Es ist nicht ganz einfach. Manchmal habe ich immer noch Alpträume, und dann – dann muß ich mich daran erinnern, daß Burghard tot ist und daß er nicht wiederkommen wird. Ich – ich habe immer noch Angst. Auch vor mir selbst. Ich weiß einfach nicht, wie ich reagieren werde, wenn ich wieder in so eine Situation kommen sollte, wenn meine Tarnung bei einem Einsatz auffliegt.«

Warum muß sie das sagen, dachte Lena bekümmert. *Ist es nicht schon ohne diese Horrorvorstellung, die im Hintergrund lauert, schrecklich genug? Und sie denkt schon darüber nach, wie sie das nächste Mal reagieren wird. Lieber Gott ...!*

»Wegner hat mir vorgeschlagen, mich eine Zeitlang vom Dienst zu befreien«, fuhr Karen fort. »Aber das wollte ich nicht. Untätig herumsitzen liegt mir nicht ...«

»Ich weiß«, seufzte Lena nachsichtig.

»... aber ich denke, eine kleine Pause würde mir ganz gut tun.«

Tatsächlich? Lena merkte auf und fixierte Karen gespannt.

»Darum habe ich erst mal den Urlaub genommen, der mir noch zustand.«

Oh, Urlaub. Enttäuscht sanken Lenas Schultern herab. »Und danach? Was ist dann?« Sie sagte es so ruhig, wie sie es fertigbrachte. »Es ändert nichts, Karen. Danach wird alles wieder so sein wie zuvor. Du hast deinen Job, und ich werde immer Angst um dich haben. Ich wollte es nicht wahrhaben, aber - ich kann das nicht.«

»Ja, ich weiß. Aber du läßt mich nicht ausreden.« Karen holte tief Luft. »Könntest du dir vorstellen, daß wir erst einmal eine Zeitlang versuchen würden ... miteinander - auszukommen?«

Nett, wie sie das formulierte. *Miteinander auskommen!* Lena verstand kein Wort. Ihr ratloses Gesicht mußte Bände sprechen, denn Karen fuhr fort. »Es ist so: Wegner bot mir für eine gewisse Zeit eine andere Position an. Es geht darum, neue Anwärter zu unterrichten, Erfahrungen mitzuteilen und das Training zu gestalten. Und ich ... ich habe diesen Job angenommen. Nicht auf Dauer«, setzte sie rasch hinzu. »Es ist zunächst nur die Rede von einem Jahr. Ich bin mir wirklich nicht sicher, ob ich das länger aushalte. Aber ich werde es ausprobieren, bis ich wieder soweit bin und in meinen alten Job zurückgehen kann.«

»Ein Jahr?« Lena starrte sie an und wußte nicht, ob sie glauben konnte, was sie da hörte.

»Erst mal.« Karens Gesicht wurde ein wenig finster. »Ich weiß schon, was du jetzt denkst. Aber ich kann dir nicht die Ewigkeit versprechen, Lena. Das ist unmöglich. Alles, was ich dir geben kann, ist ein Jahr. Was danach kommt ...« Sie zuckte vage mit den Schultern. »Du hast gesagt, wir hatten nie eine Chance. Aber jetzt ... Vielleicht haben wir jetzt eine - wenn du es möchtest.«

Nachdenklich betrachtete Lena sie. Ein Jahr hatte Karen ihnen gegeben. Ein Jahr war eine lange Zeit. Lena war davon überzeugt, daß sie nie von Karen genug bekommen würde, aber das würde sich zeigen. Karen hatte das für sie getan, und sie war zu ihr gekommen und fragte sie, ob sie mit ihr zusammen sein wollte - wenn auch etwas umständlich und um acht Ecken. Sie gab ihnen eine gemeinsame Zukunft, wo Lena schon aufgegeben hatte. Aber Karen war ja schon immer eine Kämpferin gewesen. Lena fand es ein schönes Gefühl, wenn Karen um sie kämpfte, um sie beide.

Ihr langes Schweigen verunsicherte Karen, und niedergeschlagen senkte sie den Blick. »Ich habe es dir vermutlich nicht leicht gemacht. Aber du - du bedeutest mir sehr viel, Lena. Ich liebe dich. Und ich würde gerne bei dir sein. Diese letzten Tage ohne dich - Es war die Hölle.« Kurz schaute sie in Lenas Gesicht und murmelte zaghaft: »Ich brauche dich. Du bist doch meine Beschützerin, Lena. Was soll ich denn ohne dich machen, hm?«

Mit einem Schritt trat Lena zu ihr und küßte sie, während sie ihr die Arme um den Nacken schlang und Karen an sich zog. Dann wich sie ein Stück zurück, um Karen anzusehen. »Da hast du recht. Was sollst du bloß ohne mich machen?« Lena lachte und küßte Karen noch einmal, und das Verlangen nach Karen verzehrte sie.

Atemlos löste Karen sich. »Bedeutete das ja?«

»Ich habe dir das schon einmal gesagt, Karen. Ich bin mit dem zufrieden, was du mir geben möchtest. Und«, setzte Lena grinsend hinzu, als Karen gerade den Mund zu einem Widerspruch öffnete, »im Augenblick bin ich sehr zufrieden. Besonders, wenn du endlich mit mir hineinkommst.« Lena küßte sie zärtlich und kostete von ihren Lippen. »Ich sehne mich nämlich ganz schrecklich nach dir«, murmelte sie.

Der Blick, mit dem Karen sie bedachte, reichte fast schon aus, daß Lena die herbstliche Kälte vergaß. »Ich liebe dich, Lena.«

Lena lächelte. »Und *das* kannst du mir ruhig noch viel, viel öfter sagen, Liebling.«

Karen lachte leise und ergriff ihre Hand. »So oft, wie du willst«, versprach sie, und Lena merkte, wie sie abhob, irgendwo in diesen legendären siebenten Himmel, den sie bisher immer für ein Gerücht gehalten hatte. Sie lächelte leise, und mit Karen an ihrer Seite ging sie zurück zum Haus.

Silke Köhler - **Liebende der Nacht**

Lesbische Vampirgeschichte

Inspiriert vom lesbischen Kultfilm der 80er Jahre »The Hunger« (»Begierde«) wird erzählt, wie die Polizistin Carol der geheimnisvollen Tochter einer wunderschönen Vampirin verfällt.

»Verzweifelt riß sie ein letztes Mal an den Fesseln. Alles in ihrem Körper schrie nach Pascale, aber je länger sie in die Finsternis starrte, desto mehr zweifelte Carol daran, sie je in ihrem Leben wiederzusehen. Daran, ob sie sich noch erinnern würde, sie einmal geliebt zu haben [...] Sie warteten. Françoise lauschte in alle Richtungen. Carol versuchte, etwas zu entdecken, bevor ihre Peinigerin es sehen konnte. Aber nichts. Sie waren ganz allein auf diesem Feld, außerhalb der Stadt, unbeobachtet, und der Nieselregen durchweichte langsam ihre Kleider.«

Die Polizistin versucht, dem Sog der von dunklen Mächten beherrschten Leidenschaft zu entkommen, aber das Fleisch ist schwach ...

Regina Beyer - **Katzenfrühstück**

Liebesgeschichte

Rick wacht eines Morgens in einem fremden Bett neben einer fremden Frau auf - und kann sich an nichts erinnern. Sie schleicht sich davon, doch die Fremde hat sich in Rick verliebt. Rick und Dana, so ist ihr Name, könnten nun ein glückliches Paar werden, wenn da nicht der Noch-Ehemann wäre, von dem sich Dana scheiden lassen möchte, und wenn es Danas unbändigen Kinderwunsch nicht gäbe, der sie in eine bedrohliche Situation bringt ... kann es dennoch ein Happy End für die beiden Frauen geben?

Erscheint Frühjahr 2000

Nele Tabler - **Detektei »Lesbisches Leben«: Die tote Krankenschwester**

Lesbenkrimi

Hier ist sie endlich: die deutsche, die lesbische Agatha Christie! Inmitten eines bunten Haufens von »Landlesben«, die alle auf dem Dorf leben, findet sich plötzlich eine Leiche. In bester Miss-Marple-Tradition versuchen die Frauen nun herauszufinden, wer den Mord begangen hat - und dabei entblößen sich allerlei Kuriositäten, die man unter braven Dorfbewohnern gar nicht vermutet.

Die Detektei »Lesbisches Leben« wird ins Leben gerufen und hat von nun an alle Hände voll zu tun, denn ein Mord kommt selten allein ...

Erscheint Frühjahr 2000

Ruth Gogoll - **Tödliche Liebesspiele**

Lesbenkrimi

Die Fortsetzung des Krimis »Computerspiele«. Kommissarin Renni hat wieder einen neuen Fall zu lösen: Wer ist die tote Frau auf dem Parkplatz? Die Ermittlungen erweisen sich als schwieriger als zunächst angenommen, und darüber hinaus geht es auch in ihrem Privatleben drunter und drüber: Obwohl immer noch verliebt in Nora, beginnt sie eine Affäre mit der Pathologin, mit der zusammen sie an der Aufklärung des Mordes arbeitet. Probleme über Probleme für Renni - schafft sie es diesmal, alle zu meistern?

Ruth Gogoll - **Computerspiele**

Ein Lesbenkrimi

Der erste Krimi der Autorin von »Taxi nach Paris« und »Über die Liebe oder Ein Tod in Konstanz«:

Der Mord an der Ex-Freundin ihrer Geliebten Ellen reißt Nora aus ihrem Alltag als Computerfachfrau. Ellen gerät unter Mordverdacht, und Nora versucht mit allen Mitteln, ihr zu helfen. Noras Schulfreundin Renni, mittlerweile Polizistin, stellt zudem ihre eigenen Ermittlungen an.

Schließlich führen die Nachforschungen sie auf eine Reise ins Internet - ist dort die Wahrheit über den Mord zu finden?

Ruth Gogoll - **Taxi nach Paris**

Der lesbische Erotikbestseller

Sie begegnet ihrer Traumfrau, aber viel zu schnell landen beide im Bett - während sie sich verliebt hat, geht die andere nur ihrem Gewerbe nach. Jedoch sie ist sich sicher, das Herz der Angebeteten erobern zu können. Wird die Liebe stärker sein als die Zerreißproben und die beiden Frauen in der Stadt des Lichts zusammenführen?

»Hin- und hergerissen von ihren Gefühlen, zwischen totaler Eifersucht und Hingabe entwickelt sich eine atemberaubende Affäre, mit dramatischen Steigerungen und überraschenden Wendungen ...« (lespress)

Ruth Gogoll - **Über die Liebe oder Ein Tod in Konstanz**

Liebesroman

Eva hat sich mit ihren 45 Jahren in ihrem ruhigen, ereignislosen Leben eingerichtet und erwartet nicht mehr viel davon. Da taucht Sina auf: 25 Jahre alt und ganz das Gegenteil von Eva. Eva hält ihr Verhältnis zu Anfang für eine reine Bettgeschichte, denn sie glaubt, der Altersunterschied würde Liebe verhindern. Sie will sich auf diese aussichtslose Beziehung erst gar nicht einlassen. Doch da erscheint mit einem Mal Jeanne auf der Bildfläche, Sinas Ex-Freundin ...

Diana Lee - **Die Geliebte der Wölfin**

Die lesbische Robin Hood

Die schöne Lady Gwendolyn wird auf dem nächtlichen Heimweg überfallen. Rettung naht in Gestalt der attraktiven Ritterin Sir Blaidd, die in geheimer Mission eine Verschwörung gegen die Königin aufdecken soll. Gwendolyn verliert ihr Herz an die tapfere Heldin, gemeinsam versuchen sie nun mit ihren Freunden den Verschwörern zuvorzukommen. Doch die Feinde sind mächtig, mittels dunkler Rituale versuchen sie, ihre Kräfte zum entscheidenden Schlag zu bündeln. Auch Gwendolyn gerät in Gefahr. Kann Sir Blaidd sie mit ihrem Mut und ihrem geschickten Schwert aus der tödlichen Falle befreien?

Michèle Atanassoff u. a. - **Warum verliebe ich mich immer in die falsche Frau?**

Ein LesbenLiebesRatgeber

Amüsante Geschichten über Situationen, die jeder Leserin bekannt vorkommen. Zum Wiedererkennen und (vielleicht?) lernen, wie lesbe es beim nächsten Mal besser machen könnte. Dazu eine fundierte Analyse der Psychotherapeutin Michèle Atanasoff, warum sich die Muster immer wiederholen, obwohl wir das doch eigentlich das nächste Mal vermeiden wollten.

Ist die »falsche« Frau vielleicht doch die »richtige«?

Astrid Flint - **Wie kriege ich meine Traumfrau rum?**

LesbenLiebesRatgeber 2

Der zweite Ratgeber für Lesben in Sachen Liebe. Endlich ein Knigge für korrektes Anbaggern und salonfähiges Verhalten auf dem lesbischen Parkett.

»Die ›gute, alte Freundin‹, sonst Meisterin der Lage, beruflich höchst kompetent und souverän, mit den stets passenden Worten für die verzwickte Liebeslage der anderen, verwandelt sich vor den eigenen Augen in eine pubertierende 13jährige ohne jegliche (sexuelle) Erfahrung. Und nun sehen wir das arme Hascherl da stehen, urplötzlich gebeutelt von einem Symptombündel bestehend aus der Kombination von verknoteter Zunge, trockenem Gaumen, wachsweichen Knien und schwitzigen Händen. Die Feinmotorik ist zudem einem vorübergehenden Funktionsausfall unterworfen.«

Um solch eine Situation bewältigen zu können, ist diese Einführung in die »Baggetikette« für die Lesbe von Welt einfach unentbehrlich.

Brenda Miller - **Court of Love**

Liebesroman

Die Basketballspielerin Chris hat sich bei einem Spiel schwer verletzt und kommt ins Krankenhaus. Dort wird sie während der Rekonvaleszenz von der Physiotherapeutin Beth betreut. Die beiden verlieben sich ineinander. Beth hat sich vor kurzem von ihrer Freundin getrennt, für Chris gab es bis jetzt nur Basketball und das College. Sie weiß noch nicht, ob sie sich für Männer oder Frauen interessiert, und sie hat noch nie mit jemandem geschlafen ...

Daniela John - **Ein Kaffee für zwei**

Liebesroman

Jo, Jurastudentin, ist fasziniert von ihrer Dozentin Gabi, einer Richterin. Jo verliebt sich in Gabi und durch Zufall ergibt sich die Gelegenheit einer gemeinsamen Reise, auf der die romantische Liebesgeschichte ihren Anfang nimmt ... doch später muß Gabi sich entscheiden zwischen Jo und einer neuen Karriere - das Drama der Trennung beginnt. Werden sie am Ende dennoch zusammenfinden?

Anne Seale - **Sex for Breakfast**

frankly lesbian ...

Musikkassette

Erfrischend einfach und locker, mit einer Musik, die die Laune hebt und keine schweren Gedanken aufkommen läßt, behandelt Anne Seale in ihren Liedern auf humorvolle Art die Freuden, Irrungen und Wirrungen lesbischer Beziehungen.

MC mit Booklet (Texte englisch/deutsch).

Queer WATCH

die
Einzigartige

von Frau
für Frau

Die erste Armbanduhr exklusiv designed für Lesben & Schwule:

Queer WATCH

Viele verschiedene Zifferblatt-Motive können kombiniert werden mit hochwertigen Armbändern aus Leder. Ein Schweizer Uhrwerk garantiert hohe Qualität und Lebensdauer.

Bestellen Sie den farbigen Katalog bei:

Queer WATCH
PF 790
CH - 3098 Bern
www.perso.wanadoo.fr/queer_watch
queer.watch@gmx.de